Douglas Kennedy est né à New York en 1955 et vit entre Londres, Paris et Berlin. Auteur de trois récits de voyage remarqués – *Au pays de Dieu* (2004), *Au-delà des pyramides* (2010) et *Combien ?* (2012) –, il s'est imposé avec *Piège nuptial* (1997), porté à l'écran par Stephen Elliot, *L'homme qui voulait vivre sa vie* (1998), adapté au cinéma par Éric Lartigau en 2010 avec Romain Duris et Catherine Deneuve, et *Les Désarrois de Ned Allen* (1999). Ont suivi *La Poursuite du bonheur* (2001), *Rien ne va plus* (2002) – Prix littéraire du Festival du cinéma américain de Deauville 2003 –, *Une relation dangereuse* (2003), *Les Charmes discrets de la vie conjugale* (2005), *La Femme du Ve* (2007) – adapté au cinéma en 2011 par Pawel Pawlikowski, avec Kristin Scott Thomas et Ethan Hawke –, *Quitter le monde* (2009), *Cet instant-là* (2011), *Cinq jours* (2013), *Murmurer à l'oreille des femmes* (2014), *Mirage* (2015) et *Toutes ces grandes questions sans réponse* (2016). En 2017 a paru le premier livre de *La Symphonie du hasard*, suivi en 2018 des livres 2 et 3. Tous ses ouvrages ont paru chez Belfond et sont repris chez Pocket. En 2019 Douglas Kennedy publie un livre jeunesse illustré par Joann Sfar, *Les Fabuleuses Aventures d'Aurore*, aux éditions PKJ.

Retrouvez toute l'actualité de l'auteur sur :
www.douglas-kennedy.com

LA SYMPHONIE DU HASARD

Livre 3

DU MÊME AUTEUR
CHEZ POCKET

DOUGLAS KENNEDY

LA SYMPHONIE DU HASARD

Livre 3

*Traduit de l'anglais (États-Unis)
par Chloé Royer*

belfond

Titre original :
THE GREAT WIDE OPEN
Ouvrage publié avec le concours de Françoise Triffaux.

Pocket, une marque d'Univers Poche,
est un éditeur qui s'engage pour la préservation
de l'environnement et qui utilise du papier fabriqué
à partir de bois provenant de forêts gérées
de manière responsable.

1

Nixon a démissionné. Gerry Ford est devenu président. Le Viêtnam s'est écroulé. Un Français fou à lier du nom de Philippe Petit a franchi l'espace entre les deux Tours jumelles sur une corde raide. La Turquie a envahi Chypre. On ne pouvait plus entrer dans un bar ou un *diner* sans entendre *I Shot The Sheriff* d'Eric Clapton, même si les gens cultivés parlaient surtout de Randy Newman, de Tom Waits et de Steely Dan. Et juste avant que l'automne n'arrive dans le Vermont, notre nouveau président a scandalisé tout le monde en graciant son prédécesseur... dont la paranoïa et le désir de vengeance avaient causé la perte.

L'automne dans le Vermont. On répète partout que c'est une saison typique de la Nouvelle-Angleterre, où le feuillage prend une couleur intense et éblouissante. Début octobre, un brusque rafraîchissement a apporté deux semaines de froid mordant et d'ensoleillement cristallin.

J'étais consciente de la beauté de cet automne, mais de manière distante. Tout aussi distraitement, j'écoutais la radio, et achetais parfois le journal pour m'informer des événements récents survenus dans le pays et le monde.

Personne, dans le petit immeuble où je louais un studio pour moins de cent dollars par mois, ne me connaissait. Quand on me posait la question, je disais juste que j'étais étudiante à l'université.

Toutes les deux semaines, j'avais rendez-vous chez un audiologiste pour évaluer mon ouïe, encore très abîmée. Pendant les premiers mois après mon retour, mes oreilles avaient sifflé en permanence. Ça avait fini par s'estomper, mais les sons aigus me causaient encore une vive douleur. Par moments, mon ouïe se brouillait. L'audiologiste m'avait proposé de recourir à des prothèses auditives, une pour chaque oreille, et je m'étais tout de suite imaginée en vieille sourdingue, avec deux tuyaux reliés à des transistors énormes que je rangerais dans les poches de mon cardigan mangé aux mites – mais Fred le Prothésiste, comme je l'avais surnommé, s'était montré très rassurant. À l'en croire, on venait de commercialiser des appareils sans fil, très discrets, qui se dissimulaient derrière l'oreille.

Fred avait la cinquantaine, une veste à carreaux criarde et couverte de pellicules, et portait d'épaisses lunettes. C'était le Dr Tarbell, mon ORL au Medical Center Hospital of Vermont, qui me l'avait recommandé.

« Il est un peu excentrique, avait-elle ajouté avec un sourire, mais il connaît son métier. Et puis, on aime bien les excentriques, ici, à Burlington. »

Le cabinet de Fred était proche des arcades de Main Street. Comme il ne vendait pas que des prothèses auditives, sa vitrine était remplie de bras et de jambes artificiels. Il m'a fait passer toute une batterie de tests. Il accomplissait la moindre tâche avec une lenteur méthodique, mais maîtrisait effectivement bien son sujet. À la fin de notre première consultation, il m'a effleuré le bras d'un air triste.

« Le Dr Tarbell m'a raconté l'origine de votre perte d'audition. Je tenais à vous dire que je suis terriblement désolé pour ce que vous avez traversé. »

Chaque fois que quelqu'un mentionnait l'« incident » (l'euphémisme si souvent employé), une brusque torpeur s'emparait de moi et, ajoutée à mes problèmes d'oreille interne, me rendait insensible à toute gentillesse. Bien sûr, j'étais consciente du tact et de la bienveillance dont les gens faisaient preuve : à commencer par les deux robustes pompiers dublinois qui m'avaient découverte, prostrée, sur Talbot Street, les yeux rivés sur une monstruosité que jamais je ne pourrais effacer de ma mémoire. Ils étaient parvenus à me soulever et à m'emporter juste avant qu'une voiture enflammée à quelques mètres de là n'explose à son tour. Quelques jours plus tard, le policier venu recueillir mon témoignage à l'hôpital m'a expliqué que, sans ces deux hommes, j'aurais sans doute péri dans la déflagration. À quoi j'ai répondu que j'aurais préféré.

Fred le Prothésiste n'a pas insisté quand j'ai accueilli ses condoléances d'un simple hochement de tête. Il a immédiatement enchaîné avec la description des deux appareils qu'il se proposait de me faire porter, et qui

étaient, selon lui, les aides auditives les plus techno-
logiquement avancées qu'il ait jamais vues. Comme
j'avais les cheveux longs, le transistor niché derrière
l'oreille serait pratiquement invisible, et il était possible
de mettre sur les écouteurs des embouts couleur chair
pour les camoufler. Avec ça, je serais débarrassée de
la majeure partie de mes problèmes d'ouïe.

« Si vous le dites », ai-je répondu d'une voix atone.

En plus de Fred et du Dr Tarbell, je voyais une
fois par mois un médecin généraliste. Le Dr Katherine
Gellhorn était une femme énergique, d'une cinquantaine d'années elle aussi, et originaire de la région. Dès
ma première semaine passée dans le Vermont, alors
qu'une sévère insomnie m'avait empêchée de dormir
pendant cinq jours d'affilée, l'infirmière de garde à
l'université m'avait envoyée chez elle après m'avoir
demandé les coordonnées de mon médecin de famille
dans le Connecticut. Quand j'étais entrée dans son cabinet, le Dr Gellhorn m'avait dévisagée avec un mélange
d'intérêt professionnel et de discrète sollicitude.

« Alice, a-t-elle déclaré fermement mais non sans
gentillesse, vous avez survécu à quelque chose d'abo-
minable. »

Puis elle a insisté pour m'examiner « de la tête aux
pieds ». La cicatrisation des balafres laissées dans mon
dos par les éclats de verre lui semblait satisfaisante,
mais elle s'est déclarée préoccupée par mon ouïe et
m'a pris rendez-vous chez le Dr Tarbell dès le lendemain, tout en me demandant sans chercher à me
ménager pourquoi je n'avais consulté aucun spécialiste
depuis plusieurs mois que j'étais revenue d'Irlande ni

même cherché à me faire prescrire quoi que ce soit pour « arranger tout ça ».

J'ai soutenu fermement son regard.

« Parce que je ne voulais pas voir de médecin, et que j'étais hébergée chez un ami. »

Après mon retour d'Irlande, j'avais d'abord réintégré la maison familiale dans le Connecticut avant de me réfugier à Manhattan en attendant de trouver ce que je voulais faire de ma vie. C'est seulement après avoir été acceptée à l'université du Vermont et avoir emménagé ici que les insomnies avaient commencé. Mes oreilles m'avaient fait de plus en plus souffrir, et j'avais décidé qu'il était temps de me faire aider.

Le Dr Gellhorn a réfléchi quelques instants.

« Votre famille ne vous a pas soutenue ?

— Oh, au début, ils ont été géniaux.

— Et ensuite ?

— Ensuite… les sales histoires ont recommencé, comme d'habitude.

— Je comprends. La famille, ce n'est jamais très simple. »

Elle m'a envoyée chez le Dr Tarbell, et prescrit du Darvon, un médicament pour faciliter le sommeil, et un autre, le Milltown, pour combattre mes angoisses. Dans les années soixante-dix, on ne parlait pas encore de stress post-traumatique, et personne ne considérait qu'un suivi psychologique était nécessaire pour se remettre d'un choc aussi violent.

« Si vous n'arrivez toujours pas à dormir, ou si vous avez l'impression de chanceler, je vous donnerai l'adresse d'un psychiatre. Mais attendons une quinzaine de jours pour voir comment ça se passe. »

Ça se passait très mal. Mais j'ai gardé ce détail pour moi. Le Darvon m'a bel et bien aidée à dormir, donc j'ai continué à en prendre, mais le Milltown m'abrutissait et me rendait aussi floue et confuse que mon ouïe endommagée. Je n'y avais recours qu'en cas de véritable crise.

Maintenant, c'était l'automne dans le Vermont. J'avais retrouvé le sommeil et, une fois équipée par les bons soins de Fred, une audition relativement satisfaisante. En dehors de ça…

J'étais inscrite en troisième année à l'université du Vermont. Je l'avais choisie par hasard. Le plancher sur lequel j'avais dormi pendant six semaines à New York (enfin, il y avait tout de même un futon entre mon dos et les lattes), après un bref passage dans la maison familiale, appartenait à mon ami Duncan Kendall, de Bowdoin. Il avait terminé ses études en juin, et quand Yale Drama School avait rejeté sa candidature au cursus de mise en scène il avait changé complètement d'orientation pour se consacrer à l'écriture. Il ne lui avait pas fallu longtemps pour obtenir un poste d'assistant éditorial à *Esquire*, et il essayait désormais de décrocher des articles intéressants pour faire sa place dans le métier, tel un nouveau Tom Wolfe. Duncan habitait un deux-pièces en étoile sur la 83e entre Amsterdam et Broadway, un quartier à l'atmosphère explosive, et à la population majoritairement latino. Il fallait louvoyer entre les seringues usagées en marchant sur le trottoir, et quand on rentrait la nuit, mieux valait avoir une bonne connaissance des règles tacites de la ville. Duncan avait appris pour l'« incident » en lisant mon nom dans le *New York Times*.

Après mon rapatriement aux États-Unis – et dans mon ancienne chambre de la maison de mes parents –, il m'avait écrit une lettre pour me témoigner son amitié et son soutien. Il proposait aussi de venir me rendre visite et avait ajouté sa nouvelle adresse et son numéro de téléphone. Je lui avais répondu avec une simple carte postale sur laquelle j'avais écrit que j'étais touchée, mais que j'avais besoin d'être un peu seule (et surtout pas de me trouver en compagnie d'un homme avec lequel j'avais bien failli sauter le pas). Puis la situation avait dégénéré à la maison et j'avais décidé de partir en jurant de ne plus jamais y remettre les pieds. De la gare d'Old Greenwich, j'avais téléphoné à Duncan pour lui demander s'il pouvait m'héberger quelque temps.

« Si ça ne te dérange pas de dormir à côté d'une baignoire, avait-il répondu, tu peux rester aussi longtemps que tu veux. »

La baignoire en question se trouvait dans un coin de la cuisine, et, derrière, Duncan avait aménagé une espèce de chambre d'amis dans une alcôve d'environ un mètre sur deux : un futon étalé sur le sol, des draps à carreaux et, au-dessus, une affiche d'Allen Ginsberg sur laquelle était inscrit un vers tiré de *Howl* :

J'ai vu les plus grands esprits de ma génération détruits par la folie...

Ce qu'il ne m'avait pas précisé dans sa lettre, ni au cours de notre conversation téléphonique – quand je l'avais supplié de m'aider à fuir le chaos familial –, c'est qu'il fréquentait Patricia, une fille charmante qu'il avait rencontrée à peine deux semaines après son arrivée en ville. Très mince, les cheveux courts,

Patricia peignait des décors au Metropolitan Opera et vivait à Hell's Kitchen, un quartier encore plus malfamé, sur la 49ᵉ Rue et la 10ᵉ Avenue. « Le trou paumé des junkies, ma cocotte », avait-elle commenté avec son accent astringent typique du New Jersey. Elle louait un studio au cinquième sans ascenseur pour soixante dollars par mois, et ne s'y sentait plus très à l'aise depuis qu'une de ses voisines âgées avait été retrouvée violée et étranglée. Sans compter qu'elle rentrait souvent tard du travail, ce qui, dans cette partie du quartier contrôlée par un gang portoricain à couteaux tirés avec les Irlandais qui, eux, régnaient en maîtres sur les immeubles voisins, pouvait se révéler assez sportif. Depuis qu'elle était avec Duncan, elle passait donc la majeure partie de ses nuits chez lui. Ce qui ne l'a pas empêchée, quand j'ai débarqué pour établir mes quartiers dans l'alcôve où je traînais toute la sainte journée (j'avais beaucoup de mal à sortir sans être accompagnée), de se montrer incroyablement compréhensive. Au cours du mois que j'ai passé dans l'appartement, elle ne m'a pas parlé une seule fois de l'« incident », dont elle connaissait pourtant les détails – Duncan me l'a confirmé quand je lui ai posé la question. Lui-même comprenait parfaitement que je ne veuille pas aborder le sujet, mais je voyais bien que son âme curieuse d'apprenti écrivain brûlait de m'interroger sur mon séjour en Irlande et la tragédie qui y avait mis fin. Je n'en appréciais que davantage sa retenue et sa discrétion face à ma fragilité psychologique. Un soir, vers le milieu de l'été, j'ai émis l'idée de reprendre des études, dans une université de niveau correct, qui m'accepterait rapidement, et située loin de New York et de ma famille ; Patricia m'a immédiatement proposé de postuler à l'université du Vermont.

« D'accord, ce n'est pas le même niveau que celles où tu étais avant, mais j'ai fait mes études là-bas et j'ai beaucoup aimé. J'ai rencontré des gens sérieux, il n'y a pas de système de castes, et je suis sûre que tu te plairais bien à Burlington. J'ai même une copine qui travaille au bureau des admissions. »

Quand on y pense, le hasard détermine un si grand nombre de choses. Je ne cessais de me torturer l'esprit : pourquoi, sur le chemin de Connolly Station, Ciaran avait-il choisi de nous faire emprunter Talbot Street plutôt qu'une rue parallèle ? Et pourquoi avait-il fallu que je m'arrête pour acheter des cigarettes dans cette boutique-là, où j'avais perdu plusieurs minutes cruciales à attendre que la femme devant moi cesse de monopoliser le vendeur ? Si j'avais décidé de les prendre à la gare, nous aurions été à plusieurs centaines de mètres de l'épicentre de l'explosion, et je ne serais pas ici, à squatter le plancher d'un ami de Bowdoin qui aurait pu devenir mon petit ami à l'époque. Mais le fait même que je l'aie repoussé, que j'aie choisi de rester avec Bob… m'avait amenée à prendre la fuite jusqu'en Irlande. Et le résultat de cette opération…

Une semaine après cette conversation, j'étais assise dans un train roulant à une allure d'escargot vers Burlington. Patricia avait prévenu son amie au bureau des admissions, et, de mon côté, j'avais appelé Bowdoin pour qu'ils envoient un exemplaire de mon dossier à l'UVM (ainsi qu'on appelait l'université du Vermont). J'étais munie des notes de mes examens que Trinity m'avait expédiées au cours de l'été : j'avais obtenu d'excellents résultats. Patricia s'était arrangée pour que je loge chez une autre de ses amies à Burlington. Grande, toujours de bonne humeur, avec des tresses qui lui tombaient jusqu'à la taille et des yeux perpétuellement doux, Rachel était « activiste pour la paix », appartenait à une troupe de danse expérimentale et travaillait dans un magasin d'alimentation saine. La vieille maison de style Grant Wood dans laquelle elle vivait, bien que divisée en plusieurs appartements, avait des airs de communauté, sans doute à cause des nombreux jeunes couples avec enfant qui venaient profiter de la crèche installée au sous-sol. Le rez-de-chaussée abritait un studio de yoga et un centre de méditation transcendantale. De toute évidence, Patricia avait raconté mon histoire à Rachel, parce qu'elle s'est montrée d'une délicatesse et d'une gentillesse surnaturelles à mon égard. Après avoir insisté pour me préparer un thé vert, elle a posé une main sur mon épaule dans un geste bien trop prévenant à mon goût.

« C'est un tel honneur pour moi d'être en présence d'une femme aussi brave et courageuse. »

Je n'avais qu'une envie : que le plancher s'ouvre sous mes pieds et m'engloutisse à jamais.

« Je ne suis pas courageuse, ai-je rétorqué en me dégageant.

— C'est encore plus admirable. Être allée dans une zone de guerre…

— Dublin n'est pas une zone de guerre.

— Mais tu as survécu à une bombe.

— Ça ne fait pas de Dublin une zone de guerre.

— Je pensais que toute l'Irlande était…

18

— Je n'ai vraiment pas envie de parler de ça.

— Bien sûr, je comprends. Moi qui ai passé les dix dernières années à prôner la paix, j'imagine que… »

Non, elle ne pouvait pas imaginer. Personne ne pouvait imaginer…

Les mots étaient sur le point de sortir, mais Rachel a dû sentir ma colère et mon désarroi.

« Pardon, pardon », a-t-elle murmuré en me guidant jusqu'à un fauteuil, où j'ai consenti à m'asseoir.

J'ai fermé les yeux en m'efforçant de me calmer : Rachel n'avait que de bonnes intentions. Pourtant, j'avais envie de lui hurler que l'indifférence la plus crasse était préférable à ses âneries bien-pensantes. Depuis toutes ces horreurs, je pensais souvent au Pr Hancock, mon professeur à Bowdoin. Peut-être avait-il compris une chose primordiale : quand sa souffrance était devenue intolérable, quand il s'était senti atteindre le point de non-retour, il n'avait pas eu d'autre solution que de passer une corde autour de son cou et de sauter dans le néant.

Mais je ne me suis pas défoulé les nerfs sur cette bonne Samaritaine au sourire béat, avec ses barres de céréales commerce équitable, ses bougies parfumées, son thé d'Asie, ses vêtements de yogi indien imbibés d'huile essentielle de patchouli. J'ai juste grogné quand elle s'est mise en devoir de me retirer mes sandales.

« Qu'est-ce que tu fais ?

— Je t'aide à te détendre, après t'avoir énervée.

— Je n'ai pas besoin de me détendre.

— On en a tous besoin… La réflexologie est faite pour ça. »

Elle a commencé à malaxer la plante de mon pied droit. Sous ses doigts puissants, des sortes de décharges électriques ont parcouru tout mon corps.

« Ferme les yeux. Essaie de ne penser à rien et de sentir l'attraction terrestre de ta respiration. »

Je voulais lui répondre d'arrêter avec ses sornettes *new age*, mais il fallait reconnaître qu'elle savait y faire. Pour la première fois depuis presque trois mois, je baignais dans un calme étrange, après une tempête sans fin. Je me suis laissée aller. Les yeux clos, tentant de garder l'écran de ma pensée vierge de toute image, j'ai régulé ma respiration tandis qu'elle drainait toutes mes tensions.

Quand elle a eu terminé, elle m'a remis mes sandales aux pieds avant de murmurer « Namasté » dans mon oreille – ce qui, je l'ai appris plus tard, était un mot tibétain signifiant la « paix ».

« C'était… différent. Merci beaucoup.

— Merci à toi d'avoir fait ce voyage. Sache que le chemin sur lequel tu marches à présent te mènera vers la guérison. »

Face à tant d'inepties, je me suis contentée de sourire.

« Merci pour les bonnes vibrations. »

Je ne pense pas qu'elle ait perçu l'ironie dans ma voix, parce qu'elle m'a gratifiée d'une « étreinte cicatrisante » avant de me laisser partir pour le bureau des admissions de l'UVM.

Mon entretien a été plutôt expéditif. La responsable des admissions, une certaine Mlle Strang – la quarantaine, l'air calme –, avait étudié mon dossier universitaire, et a examiné avec attention le relevé de notes de Trinity que je lui avais apporté. Elle aussi avait été briefée par Patricia : elle a commencé par me dire qu'elle savait tout de « ce qu'elle ne pouvait qu'imaginer être une terrible épreuve ».

« À en juger par la qualité de ces établissements et par les résultats que vous y avez obtenus, a-t-elle poursuivi, je ne vois aucune raison de ne pas vous accepter ici à la rentrée.

— Et si je voulais faire un double cursus en une année, et le semestre d'été l'an prochain ?

— Alors vous auriez tout ce qu'il faut pour obtenir votre diplôme d'ici un an. Mais est-ce vraiment raisonnable, avec ce que vous venez de traverser ?

— Si je peux me permettre, je pense que c'est à moi d'en décider.

— Bien sûr, mademoiselle Burns. »

Elle a eu l'air quelque peu confus et je me suis aussitôt sentie coupable d'avoir été si brusque.

« Non, je vous en prie. Désolée si je vous ai semblé un peu susceptible.

— Je comprends tout à fait. »

J'ai été de nouveau envahie par une profonde détresse, comme toujours lorsque quelqu'un me témoignait de la prévenance ; ça réveillait la certitude, tapie au fond de moi, que Ciaran avait trouvé la mort par ma faute. Je ne méritais pas de m'en être sortie vivante. C'était à moi de périr démembrée dans cette explosion. Jamais je n'avais partagé cette pensée avec quiconque.

Au bout de trois semaines de cohabitation, quand nous avions recommencé à nous entre-déchirer, ma mère avait voulu que je voie un psychologue – mais l'homme chez qui elle insistait pour m'envoyer était connu à Old Greenwich comme l'un de ces charlatans

qui prescrivent systématiquement de puissants antidé-
presseurs sans chercher plus loin la cause du mal.

Étonnamment, c'est mon frère Adam qui m'a mise
en garde contre ce médecin. Après l'attentat, mon père
et Peter s'étaient précipités en Irlande, où ils s'étaient
relayés à mon chevet à l'hôpital pendant dix jours,
et avaient pris en main toute la paperasse administra-
tive nécessaire à mon rapatriement dans les plus brefs
délais (à cette occasion, Peter avait aussi découvert
l'existence d'un fonds d'aide aux victimes créé spécialement par la république d'Irlande pour les personnes
qui se trouvaient dans ma situation). Mais, une fois aux
États-Unis, c'était Adam qui avait été le plus présent,
notamment pour faire barrage entre moi et ma mère.
Il était rentré du Chili deux semaines à peine avant
l'attentat ; en fait, il avait démissionné de la compagnie
minière de mon père et vivait à présent dans un petit
appartement à White Plains. Il n'y avait qu'Adam pour
jeter son dévolu sur un lieu aussi morne, mais les loyers
y étaient peu élevés, et il devait surveiller ses dépenses
maintenant qu'il était au chômage. Tout cela, je l'ai
appris après mon retour. Toujours sous le choc, sans
doute, je m'étais rangée à la suggestion que retourner
vivre chez mes parents était la meilleure solution qui
s'offrait à moi.

Grossière erreur. Bien sûr, au début, ma mère s'est
montrée immensément gentille et attentionnée, et, à
ma plus grande surprise, Adam venait me voir tous les
jours. Il insistait pour que je sorte avec lui, et faisait
diversion quand ma mère menaçait de me pousser à
bout avec sa mièvrerie et son chantage émotionnel.

À compter de cette période, ma relation avec Adam a évolué. Jusque-là, je l'avais considéré comme un garçon un peu effacé, qui laissait mon père prendre toutes les décisions importantes à sa place. Peu à peu, j'ai commencé à le voir différemment. Un jour de juin – j'étais rentrée depuis trois semaines –, Adam m'a rendu visite. Les cachets prescrits par les médecins de Dublin ne faisaient aucun effet contre les crises d'angoisse qui me prenaient à toute heure de la journée et j'étais de plus en plus consciente qu'il me fallait fuir ma mère si je voulais préserver le peu de santé mentale qui me restait. Simultanément, j'envisageais sérieusement de me suicider. Ces deux idées à première vue contradictoires me paraissaient parfaitement cohérentes : je devais échapper à l'emprise de ma mère, à sa folie, pour être enfin libre de m'ôter la vie comme bon me semblerait. Cet après-midi-là, donc, Adam est venu me voir et a proposé de m'emmener faire un tour en voiture, où je voulais. Pour la première fois depuis mon retour, je me suis sentie prête à aller marcher sur la plage de Tod's Point et à contempler les ondulations du détroit de Long Island, tout en sachant que, à environ cinq mille kilomètres au nord-est, se trouvait l'île sur laquelle j'avais pensé me réfugier et qui m'avait renvoyée à la case départ, percluse de cicatrices physiques et mentales dont je ne me sentais capable de me débarrasser qu'en disparaissant moi-même. La noirceur de mes pensées n'a pas échappé à Adam. Il m'a passé un bras autour des épaules, brusque élan de tendresse qu'il n'avait jamais eu auparavant.

« Promets-moi un truc : si un jour tu es sur le point de faire quelque chose d'irréversible, tu m'appelleras d'abord, quelle que soit l'heure. Ou tu sauteras dans un taxi, dans un train, tout ce que tu veux, pour foncer chez moi. Je sais ce que c'est, de ressentir ce genre de désespoir. De penser que tu ne peux plus le supporter. C'est possible de s'en sortir, je t'assure. »

Et c'est là, à cet instant, qu'il m'a mise en garde contre le psychologue vers lequel ma mère voulait me diriger.

« Après mon accident de voiture – tu sais, quand j'ai failli y passer, et que tous les autres sont morts –, maman m'a envoyé chez ce type. Les médocs qu'il m'a prescrits me retournaient le cerveau. J'avais l'impression de vivre dans un autre monde, je ne réagissais plus à rien. C'était tellement insupportable que j'ai tout balancé dans les toilettes de ma chambre d'étudiant. Deux jours plus tard, j'ai essayé de me défenestrer. Coup de bol, mes deux colocataires étaient là ce soir-là, et ils m'ont retenu juste à temps.

— Papa et maman sont au courant de ça ?

— Tu rigoles ? Je ne leur en ai jamais parlé. Mais je suis allé voir le médecin du campus, et je lui ai montré le flacon vide. Il a levé les yeux au ciel. Et il m'a dit de ne plus toucher à ça, et de ne jamais retourner chez ce médecin.

— Qu'est-ce qui t'a permis de t'en remettre, finalement ?

— La bière. »

Il y a eu un silence.

« Pourquoi tu ne nous as jamais raconté ça, à moi ou à Peter ?

— Parce qu'on ne se parle jamais de ce genre de chose. C'est peut-être ma faute, remarque. Et puis,

24

après ce qui t'est arrivé… Je me suis dit que je devrais sûrement faire quelque chose de bien, pour changer. »

J'ai arrêté de marcher pour l'observer avec attention.

« Tu as fait quelque chose de mal ?

— J'ai pris de mauvaises décisions, a-t-il répondu, les yeux fixés sur le sable.

— Tu veux en parler ?

— Non.

— Tu as commis des crimes au Chili, c'est ça ?

— Pas directement, non.

— Comment ça, "pas directement" ?

— Peter a dû te le dire, je travaillais pour une boîte intimement liée à la junte. Mais je n'ai jamais accepté de faire leur sale boulot.

— Par contre, papa ne s'est pas gêné, c'est ça ? »

Je m'attendais à un haussement d'épaules, comme chaque fois qu'on lui posait une question à laquelle il ne voulait pas répondre. Mais il m'a prise au dépourvu en se montrant parfaitement honnête.

« Papa travaille pour la CIA. Il n'est pas directement employé par l'Agence, mais il lui fournit des informations grâce à tous ses contacts au Chili. C'est d'ailleurs ça qui lui a permis de sauver Peter : la junte ne voulait pas s'attirer d'ennuis en tuant un Américain, encore moins un Américain dont le père lui était si utile.

— Papa et Peter sont tous les deux venus à Dublin.

— Oui, ils ont décidé de mettre leur guéguerre de côté pour prendre soin de toi.

— Quand je lui ai posé la question, Peter a dit que ça ne se passait pas trop mal entre eux.

— Il a bien fait. Tu avais déjà assez de soucis.

— Qu'est-ce que tu veux dire ?

25

— Tu veux que je te dise la vérité ?

— Évidemment.

— En dehors du temps passé avec toi, et des quelques entretiens avec la police et l'ambassade, ils ont à peine échangé un mot. Papa a proposé plusieurs fois à Peter de l'emmener manger quelque part, mais notre frère ne voulait pas en entendre parler. D'ailleurs, il m'a raconté qu'un jour ils se sont engueulés en plein milieu de la rue à cause de ce qui s'était passé au Chili. Ils se balançaient des accusations à la tête, papa a traité Peter de révolutionnaire dilettante, Peter lui a crié que c'était un assassin, et il a fallu que deux flics qui passaient par là s'interposent pour qu'ils n'en viennent pas aux mains.

— Oh, bon Dieu. Je ne savais rien de tout ça…

— Bien sûr que non, après ce que tu venais de vivre, ils ne voulaient pas en rajouter avec leurs bêtises. Je me sens mal de t'avoir raconté ça. Mais bon, autant que tu saches la vérité.

— Je ne sais pas si on peut vraiment parler de vérité, là, en l'occurrence.

— Tu as raison. Et puis, de toute façon, il n'y a jamais de vérité irréfutable. Tout le monde peut manipuler le passé à sa guise.

— C'est très élégant, comme formule.

— J'en ai marre de me planquer en permanence derrière des mensonges.

— Quel genre de mensonges ?

— Lâche-moi un peu, sœurette.

— À une seule condition : arrête de m'appeler comme ça. »

C'est la dernière fois que nous avons évoqué nos vies passées. Adam n'a jamais demandé à connaître les détails de mon séjour en Irlande, il s'est contenté d'être présent pour moi quand j'avais besoin de lui. Après ma fuite de la maison, c'est lui qui est venu chez Duncan m'apporter quelques affaires que je n'avais pas eu le temps de récupérer dans la précipitation.

Il est resté une demi-heure avec nous, mal à l'aise, devant la bière Löwenbräu proposée par Duncan. Je le voyais détailler du regard la décoration bohème de l'appartement et la tenue de Patricia – vêtue en tout et pour tout d'un soutien-gorge léopard et d'un mini-short. Il a refusé le bong qu'elle lui tendait, et j'ai fait de même : je savais d'expérience qu'Adam supportait très mal tout ce qui touchait à la drogue.

« C'était vraiment ton frère ? s'est étonnée Patricia quand il a enfin estimé que battre en retraite ne serait pas trop impoli. Je ne m'attendais pas à ça. Et puis, pourquoi tous les républicains que je rencontre sont habillés de la même façon ? La chemise bleu clair boutonnée jusqu'en haut, le fute beige, et ces putains de mocassins…

— Le résultat de décennies d'endoctrinement vestimentaire, a répondu Duncan. Comme le proclame l'édit des Brooks Brothers : tu t'habilleras comme l'automate capitaliste que tu espères devenir. Mon père est comme ça. Quand je suis rentré de l'université avec mes pattes d'eph' et mes cheveux longs, on aurait dit que j'avais mis le feu à mon livret de famille. "Pas question que mon fils ressemble à un hippie doublé d'une tapette."

— Mon père a fait à peu près le même numéro à Peter et Adam », ai-je ajouté.

Patricia a ri.

« Pas étonnant que ton frère ait un balai dans le cul.

— Ne dis pas ça. Il a l'air un peu coincé, mais c'est quelqu'un de bien.

— D'après Duncan, c'est ton autre frère, le plus cool.

— Peter est cool, oui. Et compliqué.

— Exactement mon genre, a-t-elle répliqué avec une œillade taquine à l'intention de Duncan.

— Je suis complexe, pas compliqué.

— Tu n'iras nulle part en chipotant comme ça. »

Brusquement, j'ai ravalé un sanglot. Ils se sont retournés, inquiets.

« J'ai dit quelque chose de mal ? » a demandé Patricia.

J'ai fait signe que non et, tout en m'essuyant les yeux, j'ai indiqué que j'aimerais bien une nouvelle bière. Duncan est allé me chercher une autre bouteille de Löwenbräu dans sa vieille glacière, et j'en ai vidé la moitié d'une traite. Avec la chaleur impitoyable de l'été new-yorkais, dans cet appartement où la seule source de fraîcheur était un vieux ventilateur poussif, une bière glacée semblait le seul antidote possible à la vague de détresse qui me submergeait. Dans mes moments de lucidité, je me rendais bien compte que ce genre de réaction échappait à mon contrôle. Je commençais à me faire à l'idée que, lorsque le chagrin s'emparait de moi, il ne servait à rien de lutter, même si j'étais en compagnie d'autres gens. C'est pourquoi, après une nouvelle gorgée de bière, j'ai éclaté en sanglots et j'ai laissé Patricia m'étreindre tandis que je déversais un torrent de larmes sur son épaule. Quand j'ai fini par me calmer, je me suis calée dans le sofa en m'essuyant les yeux, et j'ai enfin commencé à parler, à raconter toutes ces choses que je n'avais encore confiées à personne.

« L'explosion lui a arraché la tête. C'est la première chose que j'ai vue quand je suis sortie dans la rue, le dos hérissé de verre. Je suis tombée pile dessus… »

Et tandis que je parlais, tout m'est revenu. La tête de Ciaran, là, à mes pieds, qui me regardait avec de grands yeux et la bouche béante, comme si l'énorme éclat de métal qui l'avait décapité avait figé sur son visage la surprise d'une mort si soudaine. Je me rappelais avoir hurlé. C'était inhumain, je n'avais jamais produit de sons comme ceux-là, je ne savais pas que j'en étais capable. J'étais tombée à genoux. Impossible de détacher mon regard de sa tête, la tête de l'homme que j'aimais, avec lequel je pensais bâtir ma vie… J'avais perdu la notion du temps. J'entendais des sirènes, des gens qui couraient vers moi. Deux pompiers m'avaient soulevée, m'avaient enroulée dans une couverture et m'avaient confiée à des ambulanciers. Juste après, une voiture enflammée avait explosé. Ils avaient été obligés de me coucher sur le ventre sur la civière, à cause de tout le verre qui s'était fiché dans mon dos. Je hurlais toujours, de plus en plus fort. Je hurlais le nom de Ciaran, et je leur disais de me le ramener, qu'on ne pouvait pas le laisser là-bas, que…

Ensuite, l'un des ambulanciers m'avait dit que je souffrais d'un choc extrêmement sévère, que mon dos était profondément entaillé, et qu'il allait me donner de quoi m'aider à dormir. J'avais senti qu'on me passait quelque chose d'humide sur le bras, puis la piqûre d'une seringue. En dix secondes, tout était devenu noir.

Quand j'ai repris connaissance, j'étais couchée sur le ventre dans un petit lit d'hôpital. Il y avait une dizaine d'autres femmes alitées dans la même pièce, et l'air empestait le désinfectant et la mauvaise nourriture. Les infirmières étaient toutes des bonnes sœurs à l'air maussade. Quand j'ai essayé de bouger, c'était comme si tous les éclats de verre s'enfonçaient encore plus profondément dans mon dos. J'ai crié. Deux bonnes sœurs se sont précipitées à mon chevet. La plus vieille, sœur Mary, était la gentillesse même. Elle s'est présentée, m'a appelée par mon prénom, et m'a dit que tout allait s'arranger, qu'on avait retiré les éclats de verre, que j'avais juste mal à cause des points de suture…

Je me suis remise à crier. C'est là que l'autre infirmière, sœur Agnes, s'est manifestée. Dans les films, c'est toujours la vieille la méchante, et la jeune est douce et gentille, parce qu'elle n'est pas encore aigrie par des années et des années de célibat, de frugalité et de murs humides. Mais, au Mater Hospital de Dublin, les rôles étaient inversés, et sœur Agnes était bien décidée à ne pas se laisser enquiquiner par une Américaine aux nerfs trop sensibles. Comme je refusais de me calmer, elle m'a violemment saisie par le bras.

« Vous savez, Alice, on ne tolère pas les hystériques, ici. Alors vous allez arrêter ça tout de suite. »

Mes hurlements n'ont fait que redoubler.

« Si vous continuez, a-t-elle menacé, je serai obligée de… »

Malgré ma panique, j'ai entendu sœur Mary essayer de la raisonner.

« Laisse-moi m'occuper d'elle, s'il te plaît.

— Tu as une minute pour la calmer. Après, je m'en chargerai personnellement. »

Seulement, je ne pouvais pas me calmer, même avec la sollicitude de sœur Mary, et sœur Agnes n'a pas tardé à revenir, seringue hypodermique en main.

« Je n'aime pas droguer mes patientes, mais vous ne me laissez pas le choix. »

Elle m'a piquée, et j'ai sombré à nouveau. Quand je suis revenue à moi, tout était devenu flou. C'était comme si j'avais subi une commotion en plus de tout le reste : l'esprit embrumé, j'étais incapable d'accommoder ma vision. Il y avait un médecin en face de moi, mais il m'a fallu un certain temps pour discerner ses traits. C'était un homme d'un âge indéterminé, avec un léger accent campagnard, et il s'est présenté comme étant le Dr Ryan avant de m'expliquer que j'étais restée plus ou moins inconsciente au cours des dernières trente-six heures, et que – même si mes blessures n'étaient plus critiques, et même si j'étais partie pour m'en sortir avec juste quelques cicatrices sur le dos – le traumatisme que j'avais subi nécessitait de me garder « au calme encore quelque temps ». Ils continueraient donc à me « pacifier » pendant les jours à venir, jusqu'à avoir la certitude que « mon état soit plus stable ». En d'autres termes, ils me gavaient de tranquillisants pour éviter que je ne me remette à hurler ; leur méthode s'est révélée très efficace : je nageais en plein brouillard. Peu à peu, ils ont réduit mon dosage de sédatifs (je suis sûre que c'est ce qu'ils me donnaient) pour que je sois en état de répondre aux questions de la police et de l'ambassade, et aussi pour que je puisse passer du temps avec mon père et mon frère.

Mon père a été parfait. Il a pris le premier avion pour l'Irlande dès que l'ambassade l'a mis au courant… et, ainsi que je l'ai appris plus tard, il a formellement interdit à ma mère de l'accompagner, sachant pertinemment qu'elle ne ferait qu'aggraver la situation. C'était également lui qui avait appelé Peter, alors à Paris, pour le prévenir, bien qu'ils soient tous deux en froid depuis de longs mois. À son tour, Peter s'est précipité à Dublin. Les voir tous les deux auprès de moi quand j'ai fini par émerger de mon brouillard d'anesthésiques… C'était merveilleux. Il y a des moments où on a vraiment besoin de sa famille, si dysfonctionnelle soit-elle. Ils ont réussi à sauvegarder les apparences, sans montrer une seule fois la rancœur qui subsistait entre eux, et tout dans leur attitude montrait qu'ils feraient de leur mieux pour m'aider à laisser cette horreur derrière moi. Dans mon état peu reluisant, la perspective était réconfortante, mais, au fond, je savais bien que ce ne serait jamais aussi simple. Mon père restait incapable de faire face à ce que j'avais traversé, même si, tel l'homme d'affaires intraitable que j'avais toujours connu, il a donné le change en me faisant installer dans une chambre privée, en réglant toute la paperasse et en s'arrangeant pour que je puisse rentrer aux États-Unis dès que ma santé le permettrait.

Peter, de son côté, restait avec moi, me serrait contre lui quand je me mettais à pleurer, me rassurait quand je me sentais sur le point de craquer, et s'est même débrouillé pour me débarrasser de sœur Agnes, qui s'obstinait à me droguer dès que je lui paraissais trop instable. Un matin, j'ai entendu mon père remonter les bretelles au Dr Ryan dans le couloir, en vociférant qu'il était hors de question que je sois maintenue dans cet état de semi-conscience « juste parce qu'une petite conne est incapable de supporter les émotions humaines ». Quand le docteur a prétendu que c'était le mieux à faire dans un cas comme le mien, Peter a menacé de contacter l'un de ses amis, journaliste à l'*Irish Times*, pour lui décrire la manière dont était traitée la seule victime américaine de l'attentat, ajoutant que beaucoup de journaux internationaux seraient certainement ravis de relayer l'information. L'argument a fait mouche : non seulement j'ai obtenu une chambre individuelle, mais je n'ai plus jamais entendu parler de sœur Agnes, et le Dr Ryan m'a rendu visite au moins quatre fois par jour pour s'assurer que je me portais du mieux possible. Ce qui était loin d'être le cas.

Sur son conseil, je me suis fait examiner par un audiologiste. D'après le diagnostic de cet homme, il était encore trop tôt pour déterminer l'ampleur des dégâts causés à mon ouïe, et il faudrait pour cela attendre que les séquelles de l'explosion diminuent d'elles-mêmes... si toutefois ça arrivait un jour. Le Dr Ryan m'a aussi déniché un psychiatre, qui m'a prescrit des somnifères et des cachets pour m'aider à supporter les moments les plus noirs. Il était jeune et, d'après ce qu'il m'a raconté, il avait suivi une formation médicale à Londres avant de revenir à Dublin, où les psychiatres étaient plus rares. Selon lui, les médicaments qu'il me prescrivait ne me rendraient pas insensible à toute souffrance – parce que j'allais avoir besoin de beaucoup pleurer.

« Je ne peux pas vous épargner la douleur, juste la rendre un peu plus tolérable. »

Puis les parents de Ciaran sont venus me voir. Ciaran était leur fils unique et adoré, la prunelle de leurs yeux ; dire que sa mort brutale leur avait brisé le cœur est un monstrueux euphémisme. Ils étaient complètement anéantis. Sa mère, Anne, semblait avoir vieilli de dix ans en quelques semaines. Quant à son père, c'était comme s'il avait perdu toute raison de vivre. En les voyant entrer dans ma chambre d'hôpital…

À ce moment de mon récit, ma voix s'est mise à trembler. Je me suis recroquevillée sur le canapé de Duncan, au bord des larmes, incapable de poursuivre. Un cri rauque m'obstruait la gorge, menaçant de s'échapper. Alors j'ai fait quelque chose qui était devenu un réflexe depuis mon retour d'Irlande : j'ai mordu un de mes doigts jusqu'à ce que la douleur perçante m'ancre dans la réalité. Patricia a passé un bras autour de moi, mais je n'ai pas relâché ma prise, mordant mon index jusqu'au sang. Duncan a couru chercher du désinfectant et un pansement. Pendant qu'il épongeait le sang avec un coton, j'ai repris le fil de mon histoire. Je leur ai raconté comment, lors d'une de mes énièmes disputes avec ma mère, j'avais menacé de me suicider. Pour toute réponse, elle avait jeté dans les toilettes tous les cachets qu'on m'avait prescrits en Irlande, avant de me dire que si je lui parlais encore une fois sur ce ton – j'avais pris l'habitude de lui hurler dessus dès qu'elle me provoquait –, elle me ferait enfermer.

« Elle ne peut plus rien te faire, maintenant que tu es là, m'a rassurée Patricia. Et puis, tu as vingt ans, non ? »

J'ai acquiescé.

« Donc tu es une adulte. Ton frère Adam pourra se porter garant de ta santé mentale si elle essaie de te faire interner. Et puis, de toute façon, si des hommes en blanc débarquent ici, on ne les laissera pas entrer. »

Mais les « hommes en blanc » n'ont jamais pointé le bout de leur nez. Adam venait me voir tous les deux jours. Un soir, il a débarqué avec deux sandwichs et un pack de Carling Black Label achetés dans un *deli* italien du quartier. Il avait réussi à joindre notre père au Chili plus tôt dans la journée, et lui avait raconté les frasques et les menaces de notre mère, ainsi que ma fuite et ma récente résolution de m'inscrire à l'université du Vermont pour l'année suivante. Papa était heureux d'apprendre que je voulais recommencer à étudier. Il avait aussi tenu à me rappeler que dix mille dollars, issus du fonds d'aide aux victimes d'attentats et négociés par ses soins avec un fonctionnaire de Dublin attaché à mon dossier, dormaient sur un compte à la Chase Manhattan Bank de la 42e Rue, « au cas où tu voudrais t'acheter une voiture d'occasion, ou quelque chose de ce genre ».

« Je ne me vois vraiment pas prendre le volant, en ce moment, ai-je répondu à Adam. Mon premier réflexe serait de foncer dans le mur le plus proche à cent trente kilomètres heure. »

Il a ouvert de grands yeux.

« J'ai dit quelque chose de mal ? ai-je poursuivi d'un ton aussi neutre que possible.

— Plutôt, oui. Tu me fais flipper.

— Je me fais "flipper" aussi, si ça peut te rassurer.

— Tu ne veux pas que je t'emmène voir un médecin ?

— Si tu veux absolument faire quelque chose pour moi, aide-moi à m'inscrire à l'université.

— D'accord, mais à une condition : tu iras à l'infirmerie du campus pour demander l'adresse d'un médecin.

— Tu es dur en affaires.

— Tu as vraiment envie de péter un câble et de finir à l'asile ?

— Peut-être que j'ai besoin de cette douleur. C'est tout ce qui me définit, maintenant.

— Sœurette…

— Putain, mais arrête… »

Je m'apprêtais à lui demander d'un ton cassant pourquoi il s'acharnait à me donner ce surnom ridicule, mais je me suis aperçue qu'il avait baissé les yeux, et que ceux-ci débordaient de larmes. Je lui ai pris le bras.

« Je suis désolée.

— Je veux t'aider, a-t-il murmuré. Et je ne peux rien faire.

— Mais tu m'aides déjà.

— Arrête de mentir. Je ne peux aider personne. Papa a raison : je suis un incapable et un bon à rien.

— C'est pourtant vrai que la détresse des autres aide à se sentir mieux… pas longtemps, mais quand même. Non, tu n'es pas un bon à rien. N'écoute pas papa. Il ne pense pas ce qu'il dit.

— Quand tu seras à Burlington, tu iras voir l'infirmière ? »

Je savais que je devais dire oui. Parce que, en acquiesçant, mon pauvre frère solitaire – que je n'avais toujours pas l'impression de connaître ni de bien comprendre – se sentirait peut-être un peu moins inutile. Ça lui ferait du bien de remporter une petite victoire, pour une fois. Depuis qu'il avait arrêté le hockey, ça ne lui était presque plus arrivé.

« D'accord. J'irai. »

2

Même dans les périodes les plus difficiles, les choses finissent parfois par se mettre en place. Parce que, aussi épuisé et détaché du monde qu'on puisse se sentir, une partie de nous se met en tête de survivre, coûte que coûte.

À Burlington, le Dr Gellhorn m'avait aiguillée vers les spécialistes adéquats. À son tour, le Dr Tarbell m'avait dirigée vers Fred le Prothésiste, qui avait réussi à améliorer mon audition, tout en faisant preuve d'une gentillesse incommensurable. D'après lui, il était possible de restaurer mes « capacités auditives » à un niveau à peu près normal d'ici Noël, à condition que je passe le voir une fois par semaine pour vérifier mes progrès et ajuster mon appareillage. Il profitait toujours de l'occasion pour me servir une tasse de thé et me parler des personnes célèbres devenues sourdes : Beethoven, lors de la première représentation de sa *Neuvième Symphonie*, était placé sur scène près du chef d'orchestre, et battait la mesure du pied au même rythme que les vibrations des instruments, sans pouvoir discerner une seule note de ce qu'il avait composé.

Si cette histoire avait pour but de me remonter le moral, ça n'a pas marché. Mais je me suis tout de même surprise à sourire en pensant à l'étrangeté de Fred, avec ses vestes tout droit sorties d'un vaudeville des années quarante, ses cravates absurdes, ses pellicules qui lui couvraient les épaules comme des flocons de neige, et la collection d'aides auditives à travers le temps – jusqu'aux cornets à oreille du XVIIᵉ siècle –, pour laquelle il avait fait fabriquer une vitrine sur mesure occupant tout un mur de la boutique.

Ce que j'appréciais le plus, c'est que, au cours des mois où il m'a suivie, il ne m'a jamais posé la moindre question personnelle sur ma situation ou mon moral. Il m'arrivait de lui confier des choses, comme la fois où je lui ai dit que j'évitais de prendre les tranquillisants prescrits par le Dr Gellhorn : comme tous les autres médicaments censés calmer mes angoisses, ils me donnaient l'impression d'avoir du rembourrage de coton à la place du cerveau. Intrigué, Fred m'a tout de suite demandé si les cachets affectaient mon ouïe, et je lui ai répondu que, effectivement, ils étouffaient la plupart des sons. Ni une ni deux, il a téléphoné au Dr Gellhorn et lui a dit de me trouver un nouveau traitement contre l'angoisse. « C'est bien la première fois qu'un prothésiste m'indique comment m'occuper de mes patients », m'a-t-elle fait remarquer avec ironie lorsqu'elle m'a appelée le soir même pour me poser quelques questions, notamment savoir si je dormais. Ses cachets remplissaient bien leur rôle, ils m'assommaient complètement. Seulement, en me réveillant le matin, je me sentais souvent comme une vieille télévision au son crépitant et à l'image brouillée par les parasites. Le Dr Gellhorn m'a alors recommandé un nouveau traitement à base de benzodiazépine, récemment introduit sur le marché et conçu pour faciliter le sommeil et éviter les crises d'angoisse : le Valium. Je devais en prendre des doses légères pendant la journée et plus importantes le soir, avant de me coucher. Comme d'habitude, on verrait avec le temps si ce médicament me convenait mieux.

Au fond, je ne rêvais que d'une chose : envoyer promener tous ces médecins et ces traitements. Même si j'appréciais les nuits sans rêves et le cocon d'insouciance que me prodiguait le Darvon, j'étais de nouveau étudiante à plein temps, et j'avais du mal à me concentrer pendant les cinq cours que je suivais au premier semestre. Heureusement, le Valium était très efficace la nuit, et je me sentais deux fois moins embrumée le matin qu'avec le traitement précédent. Il me suffisait de deux cafés et d'une petite demi-heure de jogging (j'avais succombé moi aussi à cette mode) pour me remettre d'aplomb… mais je n'aimais pas du tout l'état dans lequel les cachets me mettaient tout au long de la journée. Alors, avec l'accord du Dr Gellhorn, j'ai commencé à les prendre uniquement quand je me sentais au bord du gouffre. Et même ainsi, quelque chose en moi rechignait à accepter ce répit pharmaceutique entre les crises de souffrance qui semblaient surgir de nulle part.

Le chagrin se manifeste à sa manière, souvent étrange. On pense passer une journée correcte (et quand ça arrivait, c'était un véritable triomphe pour moi), et soudain la vision d'un couple marchant main dans la main sur une pelouse, la pétarade d'un moteur lointain, une certaine nuance de vert sombre rappelant celle de la veste de tweed dont Ciaran ne se séparait jamais… un simple détail suffisait pour que le sol se dérobe sous mes pieds, et alors c'était comme si je tombais en chute libre. Le Valium atténuait un peu ce genre de réaction, mais la menace sous-jacente demeurait : *Rien de tout cela ne disparaîtra. C'est une partie de toi, maintenant. Et ça le restera toujours.*

Le Dr Gellhorn ne m'a jamais suggéré de parler de mes angoisses à un professionnel. Selon elle, dans le Vermont, la prescription de benzodiazépine était encore remise en question, et réservée aux cas extrêmes (dont je faisais clairement partie). Pour les gens d'ici, le meilleur remède à la détresse était une petite promenade sur les berges du lac Champlain – c'est pourquoi mon médecin approuvait sans réserve mes séances de jogging quotidiennes. J'ai même investi une petite fortune dans un vélo de course Schwinn à cinq vitesses. Je me sentais un peu privilégiée de chevaucher ce bolide moderne à Burlington, où les gens ne conduisaient que des Coccinelle ou des combis Volkswagen, de temps en temps une Volvo vieille de quinze ans, et où tous les vélos dataient de la présidence Kennedy ; c'est Rachel qui m'avait persuadée de me faire ce précieux cadeau. Elle m'avait présenté nombre de ses amis, dont le propriétaire d'une librairie d'occasion en centre-ville, un New-Yorkais prénommé Leonard. Sa librairie vendait le *New York Times*, qui arrivait chaque jour directement de Manhattan par le train de treize heures. Leonard – qui, je l'ai découvert plus tard, avait été un amant de Rachel – m'a accueillie dans son domaine avec la chaleur discrète et détachée typique du Vermont. Je n'ai jamais su si Rachel lui avait parlé des circonstances de mon arrivée, car il n'a pas abordé le sujet une seule fois ni même semblé savoir quoi que ce soit de ma vie.

Rachel a ainsi endossé envers moi le rôle de grande sœur, me faisant rencontrer un autre de ses amis, Julius, qui gérait l'un des rares immeubles de la ville : une vénérable bâtisse des années vingt, divisée en petits appartements meublés, située non loin de la boutique de Leonard, de plusieurs autres librairies, d'un cinéma à la programmation intéressante, d'une bonne friperie, d'un magasin d'alimentation naturelle, et même d'un café très Greenwich Village où l'on pouvait se faire servir de vrais espressos – chose rare en dehors de New York et du quartier North End de Boston.

Le studio que j'ai accepté de louer mesurait à peu près cinq mètres sur huit, et semblait avoir été meublé d'après une description d'un roman d'espionnage datant de la guerre de Corée : papier peint aux couleurs passées, grand fauteuil de cuir usé, canapé tout aussi vétuste mais confortable, lit double quelconque, petite kitchenette tout en chrome dont les chaises recouvertes de vinyle vert avaient probablement été volées dans un *diner*, et une petite salle de bains à la peinture blanche écaillée, avec des taches de rouille autour du lavabo et de la baignoire. Comme les fenêtres donnaient sur une ruelle, l'endroit n'était pas très lumineux. Mais il possédait un certain charme rétro (même si personne n'utilisait le mot « rétro » en 1974), et le loyer était très abordable. J'ai signé. J'ai emménagé sans rien changer à la décoration, à l'exception de draps neufs, des serviettes de bain et quelques ustensiles de cuisine. Les murs sont restés nus, et j'ai simplement ajouté une étroite bibliothèque dénichée dans un magasin de meubles d'occasion, que j'ai entièrement garnie de livres en quelques mois à peine.

Suivre cinq cours universitaires exigeait de lire énormément. Et j'étais réellement impressionnée par la qualité de l'enseignement à l'UVM. Comme partout, certains de mes condisciples faisaient preuve d'une grande intelligence et d'une culture étendue, d'autres me semblaient des abrutis finis. Mais, contrairement aux années précédentes, je n'ai fait aucun effort pour m'intégrer à la vie de l'université, malgré les invitations répétées de mes camarades à prendre un café, boire une bière, ou se rendre à une soirée. Chaque fois, je répondais poliment que j'étais trop occupée pour le moment. Ma tutrice académique, Jane Sylvester, m'a demandé lors d'un de nos entretiens bimensuels si je me faisais des amis, si je ne passais pas trop de temps seule. Âgée d'une trentaine d'années, elle était professeure de littérature, titularisée depuis peu, et venait d'Angleterre – ce qui se voyait à ses sobres jupes de tweed et gilets de pêcheur. Elle parlait des grands écrivains avec élégance et enthousiasme, et c'est elle qui m'a fait découvrir Graham Greene, E. M. Forester et Patrick Hamilton – pour cette raison, j'ai envers elle une dette éternelle.

« Je ne voudrais pas être indiscrète, a-t-elle poursuivi, mais j'ai l'impression que vous restez très solipsiste. »

Quel joli mot – *solipsiste* –, mais ce qu'elle insinuait me mettait mal à l'aise : ainsi, tout le monde voyait que je m'isolais volontairement ?

« C'est un problème ?

44

— Pas le moins du monde. Surtout si cela n'affecte pas vos notes. Toute discrète que vous êtes, je dois reconnaître que votre niveau d'écriture est excellent.

— Alors tout va bien ?

— Oui, bien sûr, ne vous inquiétez pas.

— J'ai eu le sentiment que vous insinuiez que j'étais renfermée et bizarre.

— Alice, je vous en prie…

— Pardon. »

J'ai fermé les yeux en souhaitant me trouver ailleurs, n'importe où plutôt que dans ce bureau.

« Je suis désolée si ma question vous a gênée. Je suis au courant du traumatisme que vous avez subi, même si nous n'en avons encore jamais parlé.

— Alors, toute l'équipe académique a reçu une circulaire *Attention, une survivante d'attentat dérangée a rejoint nos rangs* ? »

Elle a souri.

« Je comprends mieux pourquoi l'Irlande vous convenait si bien. Vous avez un esprit mordant.

— Qu'est-ce qui vous fait dire que l'Irlande me convenait ?

— Votre bulletin de notes à Trinity. Et une lettre de recommandation que nous a envoyée un certain Pr Kennelley.

— Ah oui, c'est vrai, je la lui avais demandée.

— J'ai lu ses poèmes. C'est impressionnant.

— Il y a tellement de gens impressionnants là-bas… Et amers, et tordus. C'est ce que j'aimais dans ce pays : il était en même temps hospitalier et détestable. Je n'ai jamais rencontré de gens aussi impitoyables et spirituels.

— Ça vous manque, n'est-ce pas ? »

J'ai acquiescé, la tête basse, les paupières closes.

« Je suis sincèrement désolée d'avoir abordé le sujet », a-t-elle dit.

J'ai rouvert les yeux.

« Tant que vous ne dites pas : "Je ne peux même pas imaginer ce que vous avez traversé"…

— Ni : "J'admire votre courage et votre sérieux dans cette situation épouvantable", a-t-elle ajouté en souriant de nouveau.

— Ça aussi, je n'en peux plus. Toute cette empathie, cette bienveillance… enfin, je suis injuste, la femme qui m'a prise sous son aile à mon arrivée ici est l'incarnation même de ces deux mots, et elle a été extraordinaire avec moi.

— Rachel Skidmore, c'est ça ?

— C'est une petite ville, décidément.

— En fait, j'ai les pieds plats. Et c'est la meilleure réflexologue de la région… »

Quand j'ai vu Rachel ce soir-là, je lui ai demandé de bien vouloir arrêter de raconter ma vie à tout le monde. Il n'y avait aucune colère dans ma voix : j'espérais qu'elle comprendrait, mais elle a semblé surprise.

« Je pensais que tes professeurs étaient déjà au courant de tout ça.

— Non, pas du tout.

— Ah, pardon… Mais tu ne m'as jamais dit que je ne pouvais pas en parler, si ? »

Elle ne comprenait vraiment pas. J'ai poussé un soupir, et je me suis enfoncée dans mon fauteuil, les yeux clos, tandis que Rachel me massait les pieds et trouvait les endroits exacts où appuyer pour relâcher toute la tension emprisonnée en moi. J'ai tenté de me laisser aller, de tout oublier, de ne pas penser au malaise que faisait naître en moi la prévenance de tous ces gens, cette volonté qu'ils avaient de vouloir me connaître, de vouloir m'atteindre. Mes angoisses, mon désespoir me donnaient envie de disparaître, de quitter le monde sans laisser de trace. Burlington était une petite ville, et je ne pouvais pas m'empêcher de me demander qui d'autre était au courant, et ce que ses habitants savaient de moi.

« Le plus important, ce n'est pas de savoir qui est au courant ou qui ne l'est pas, a commencé Rachel comme si elle lisait dans mes pensées. Il faut que tu *absorbes* la vérité, Alice : ce qui t'est arrivé à Dublin fait maintenant partie de ton être. Tu vas devoir l'accepter, et accepter aussi les changements que ça a provoqués dans ton essence. C'est une étape psychique importante. Il te faudra du temps pour l'intégrer à ta vision du monde. Mais, si horrible qu'ait été ce que tu as vécu – et même si tu as perdu l'homme que tu aimais –, il y a un miracle au sein de cette tragédie : tu as été épargnée. Le destin t'a laissée libre de poursuivre ta vie. Je ne crois pas aux interventions divines, la "main de Dieu" et toutes ces choses ; en revanche, le karma, les forces de l'univers qui nous viennent en aide à certains moments, ça, j'y crois. Une puissance karmique t'a sauvée, Alice. Pour toi, ce sont des âneries, et tu as tout à fait le droit de le penser. Mais moi, je sais qu'une force karmique a décidé que tu n'étais pas prête à partir, que tu avais encore des choses à faire, à apporter au monde. Que tu méritais plus de temps. »

En entendant ça, j'ai retiré mes pieds.

« Donc tu es en train de dire que Ciaran, lui, était prêt à partir, et que ces "puissances karmiques" ou je ne sais quoi ont décidé qu'il valait mieux qu'il meure ?

— Pas du tout. Je dis juste que le karma peut te servir de protection. C'est ce qui t'est arrivé.

— Mais ça n'a pas protégé Ciaran. Je voulais passer ma vie avec lui.

— Nous sommes tous appelés vers l'au-delà, à un moment ou à un autre. C'est difficile de voir ce qui provoque notre départ et ce qui nous retient.

— Désolée, Rachel, ce sont des conneries. »

J'ai ramassé mes chaussettes et mes chaussures de marche.

« Tu as le droit de penser ça, a répondu calmement Rachel.

— Ce qui m'énerve le plus chez toi c'est de me rendre compte à quel point tu es raisonnable. Je peux me mettre en rage, devenir agressive, et tu me serviras toujours ton foutu sourire compréhensif avant de me dire de trouver mon centre cosmique, ou un truc du genre. J'aimerais vraiment me débarrasser de toute cette colère, mais elle fait partie de moi, elle aussi. Je rêve de passer à autre chose… Merde, est-ce que tu as la moindre idée de l'énergie qu'il me faut pour survivre, jour après jour ? »

Silence. Rachel a repris mon pied droit entre ses mains. J'ai essayé de me dégager, mais elle a maintenu sa prise et recommencé ses mouvements de réflexologie. Elle avait beaucoup plus de force que je ne l'aurais imaginé à première vue, et j'ai grimacé tandis qu'elle pressait la zone située juste sous mes orteils – ce qui, paradoxalement, m'a détendue. Je n'en revenais pas.

Je me sentais soudain légère, et même un peu grisée, comme si je venais d'écluser deux verres de vin.

Nous n'avons pas échangé un mot de plus jusqu'à ce qu'elle finisse de masser mon second pied. La tête me tournait, mais sans malaise – pour la première fois depuis longtemps.

« Je suis une vraie conne, ai-je lâché.

— Tu es ce que ton expérience a fait de toi. Mais tu es libre de regarder l'avenir sous un angle différent. Il faut que tu reviennes me voir tous les trois jours pour que je continue à travailler là-dessus. En parallèle, je veux que tu fasses le plus d'exercice possible, et que tu prennes l'air. Tu dois te concentrer sur ce qui te fait du bien, tout ce qui t'aidera à contrer ton énergie négative. »

J'avais fermé les yeux pendant qu'elle me manipulait, et je n'avais toujours pas trouvé le courage de les rouvrir.

« Pardonne-moi d'avoir été si brusque, s'il te plaît.

— Ce n'est pas à moi que tu dois demander pardon. C'est à toi-même. »

Aussi hippie et planante que Rachel puisse être, sa phrase s'est gravée dans ma conscience, et j'y repensais chaque fois que la culpabilité s'emparait de moi ou que je me sentais plonger dans le désespoir. Par la suite, j'ai résolu de l'écouter et de revenir la voir tous les trois jours pour des séances de réflexologie. Sur ses conseils, je me suis laissé embarquer dans un cours de yoga deux fois par semaine, et je dînais régulièrement chez elle en compagnie de ses amis, dont les visions du monde ne différaient pas tellement de la sienne. Au fur et à mesure que les jours raccourcissaient et que le mercure du thermomètre baissait, les conversations autour de la table se sont orientées vers la chute imminente de Saigon, le scandale soulevé par Ford quand il avait évité à Nixon toute poursuite judiciaire, et aussi vers le gouverneur de Géorgie, un certain Carter, chrétien mais très progressiste, et éloigné des rouages du pouvoir de Washington.

Je me suis inscrite dans un club de course, et je passais donc mes samedis à faire des tours du lac Champlain en compagnie d'une dizaine d'autres joggeurs. Je continuais à suivre les cours et à participer aux débats, et à aller voir Fred le Prothésiste toutes les semaines et le Dr Gellhorn deux fois par mois. Bref, je menais une vie sociale satisfaisante, tout en me gardant bien de ne jamais aller plus loin avec qui que ce soit. Un jour, l'un des membres de mon groupe de course m'a proposé d'aller voir le dernier Ingmar Bergman, *Sonate d'automne*, dans un cinéma d'art et d'essai de la ville ; il s'appelait Charles, et était militant écologiste. J'ai décliné son invitation d'un sourire, en répondant que j'avais déjà quelqu'un – et, plus tard, j'ai regretté de n'avoir pas été plus honnête avec lui, quitte à lui dire en face que je n'étais pas intéressée (cela dit, il n'était pas déplaisant avec son style de vie sain et sportif). Je passais la plupart de mes soirées seule, à travailler à la bibliothèque de l'université. Je me couchais en général vers vingt-deux heures, parce que mes cours commençaient presque tous les jours à huit heures du matin. Je m'accordais un peu de répit le samedi : après mon footing, j'allais faire la tournée des librairies d'occasion de la ville, faire des courses, parfois voir un film ou m'installer dans un club de folk pour

écouter des *protest songs* ou des morceaux mélancoliques. Le dimanche, j'achetais le *New York Times*, je
me préparais un brunch digne de ce nom, et je faisais
une longue balade à vélo, du moins jusqu'à la première
neige. Pour le reste, je travaillais d'arrache-pied dans
le but d'obtenir tous mes crédits avant la fin de l'été
1975. Je n'avais aucun contact avec ma mère. Mon père
m'appelait de temps en temps. En plus de payer mon
inscription et de me verser deux cents dollars par mois
pour mon loyer et mes dépenses, il avait pris l'habitude
de glisser tous les mois un billet de cinquante dollars
dans une enveloppe qu'il m'envoyait. Généralement,
nos conversations téléphoniques étaient brèves.

« Comment ça va, ma grande ? »

En réalité, mon père ne voulait rien savoir des dif-
ficultés psychologiques que je traversais, et même le
reste de ma vie ne l'intéressait que modérément. Il en
était venu à passer plus de la moitié de l'année au
Chili, et lorsqu'il rentrait aux États-Unis il séjournait
la plupart du temps dans un grand hôtel à l'ancienne, le
Roosevelt, situé non loin des bureaux de sa compagnie
à Grand Central Station.

« Pourquoi tu ne rentres pas fêter Noël à la maison ?
m'a-t-il demandé une semaine avant les fêtes.

— À ton avis ?

— D'accord, d'accord, je sais qu'elle est invivable, mais...

— N'insiste pas, papa.

— Je serai là, moi. Et Adam aussi. Tu n'as qu'à
arriver pile pour le réveillon et repartir le lendemain de
Noël. Si tu veux, je peux même te dégoter une chambre

51

au Roosevelt entre le 26 et le Nouvel An. Une semaine entière à Manhattan. Qu'est-ce que tu en dis ?

— Je ne veux pas quitter Burlington.

— Mais tu vas te retrouver toute seule.

— Ça ne me dérange pas.

— Passer Noël toute seule ? Je ne souhaite ça à personne.

— Pourquoi ?

— Ça ne m'est arrivé qu'une seule fois, juste en rentrant de la guerre. On venait d'atterrir à San Francisco, et on avait un jour de permission avant de reprendre le train vers l'est. Il y avait un dîner de Noël organisé dans un grand entrepôt près des quais, où on était tous censés dormir après. Mais je ne me sentais vraiment pas d'y aller. Alors je suis allé marcher dans la ville, et j'ai fini dans un bar miteux du Tenderloin, à boire des *boilermaker* bon marché : une bière et un shot de mauvais whisky. Et là, j'ai fait l'erreur de me mettre à réfléchir.

— À quoi ? »

Il y a eu un silence à l'autre bout du fil, et j'ai entendu le cliquetis caractéristique de son Zippo alors qu'il s'allumait une cigarette.

« Parlons d'autre chose, tu veux bien ?

— Mais c'est toi qui as commencé à me raconter…

— Noël tout seul, oui. Un des pires jours de ma vie.

— Pourquoi… ?

— Parce que je me suis rendu compte que je n'avais plus personne. Depuis que ma mère était morte, sept ans auparavant… Je t'ai parlé d'elle, n'est-ce pas, ma chérie ?

— Pas beaucoup. »

Il s'est tu, le temps de tirer une longue bouffée de fumée et de boire une gorgée de quelque chose, probablement du scotch.

« C'était une sainte, ta grand-mère. Allemande, très catholique, très belle. Et très mal traitée par mon père, qui n'était jamais là et lui parlait comme à un chien. »

Le reste de l'histoire était glaçant. Un soir que son père était rentré saoul et s'en était pris à elle pour avoir mis des vêtements à sécher sur le radiateur (« les séchoirs à linge n'existaient pas à l'époque, pas dans les appartements de Brooklyn, et avec le froid qu'il faisait on ne pouvait rien suspendre sur les cordes à linge de l'escalier de secours »), papa avait tenté de s'interposer. C'était la veille de Noël 1939, et il n'avait que treize ans. Son père, le Commodore, avec sa rigueur militaire, ne supportait pas le moindre désordre. D'un coup violent, il avait envoyé sa femme au sol. Contrairement à ses deux sœurs, déjà endormies, mon père avait veillé tard en écoutant la radio, et il avait entendu la dispute, les pleurs de sa mère, et le bruit de sa chute. Ni une ni deux, il était sorti de sa chambre et s'était jeté sur le Commodore, parvenant à le frapper une fois en pleine face avant que celui-ci ne l'empoigne et ne lui expédie deux coups de poing dans le ventre. Le souffle coupé, il s'était effondré tandis que son père relevait sa femme et vérifiait qu'il ne lui avait pas laissé de marque au visage : il l'avait frappée du plat de la main, car seules cinq traces de doigt étaient visibles sur sa pommette rougie. « Je ne suis qu'une brute », avait-il grommelé en la prenant dans ses bras, et après un rapide baiser il était parti se coucher en lui souhaitant un joyeux Noël. Restée seule avec mon père, elle s'était précipitée près de lui et l'avait aidé à reprendre sa respiration. « Il ne voulait pas te faire de mal, répétait-elle. Il avait juste un peu bu. Demain, tu verras, nous passerons tous un merveilleux Noël. »

Mais le lendemain, après que tout le monde avait ouvert ses cadeaux, bu du lait de poule et assisté à la messe de midi, le Commodore avait annoncé qu'il repartait en mer le soir même. Il avait pris mon père à part, pour l'avertir que, s'il essayait encore une fois de lever la main sur lui, il se prendrait la raclée de sa vie ; ensuite, il l'avait félicité d'avoir défendu sa mère et de savoir « frapper comme un homme ».

« Moins de deux semaines après, le 5 janvier 1940, a repris mon père, je suis rentré de l'école et j'ai trouvé ma mère par terre dans la cuisine, morte. Une embolie à cause d'une varice sur sa jambe. De nos jours, on l'aurait diagnostiquée avant que ça lui soit fatal, mais c'était il y a trente-cinq ans... »

Il s'est interrompu une nouvelle fois.

« Et donc, sept ans plus tard, quand tu as passé Noël seul à San Francisco... Ça t'a rappelé tout ça ?

— Oui, ce dernier Noël en compagnie de ma mère. Et aussi le fait que j'avais quitté Brooklyn avec cinq amis, un an et demi plus tôt, et que j'étais le seul à rentrer en vie. Je me suis retrouvé à pleurer dans ce bouge sordide de Tenderloin, avec le barman qui me servait des verres gratuits en disant que j'avais dû en voir, des horreurs, chez les Japs, et que je devrais être fier d'avoir servi mon pays... Je n'osais pas lui dire que je pensais à ma pauvre maman, et à quel point la solitude me pesait. Il n'y a pas pire endroit qu'une famille mal assortie pour se sentir seul. »

Je n'ai pas répondu tout de suite. Mon père s'est enfoncé dans un silence auquel, je le savais, les effets de l'alcool n'étaient pas tout à fait étrangers.

« Et on sait de quoi on parle, ai-je lâché.

— Qu'est-ce que tu racontes, Alice ?

— Pourquoi j'ai été obligée de m'enfuir, à ton avis ? Maman n'a pas tenu longtemps avant d'arrêter de me traiter gentiment, et elle est redevenue exactement comme elle l'avait toujours été. Et, comme d'habitude, tu n'étais pas là. Tu n'as rien fait pour me protéger d'elle, jamais. Parce que tu n'as jamais été fichu de vraiment t'opposer à elle, tu as toujours refusé de prendre mon parti, et... »

Un claquement sonore a retenti à l'autre bout du fil. Un problème sur la ligne, à moins que mon père ne m'ait raccroché au nez. Ça m'apprendrait à lui parler sans détour, à vouloir abolir la distance qu'il avait établie entre nous. À chercher un peu de compréhension, de soutien, après tout ce que j'avais subi.

Il n'y a pas pire endroit qu'une famille mal assortie pour se sentir seul.

J'étais bien d'accord. Maintenant, je savais que je n'avais vraiment personne sur qui compter.

Je n'ai eu aucune nouvelle de lui jusqu'au soir du 23 décembre, quand il m'a appelée pour me dire que ma mère était bouleversée à l'idée qu'Adam soit le seul à rentrer à la maison pour les fêtes. Il comprenait à quel point elle était insupportable, et il savait ce qu'elle m'avait infligé à mon retour de Dublin, mais, s'il envoyait Adam me chercher en voiture le lendemain, est-ce que je voulais bien... ?

« Joyeux Noël, papa », l'ai-je interrrompu.

Et j'ai raccroché.

Le lendemain matin, on a frappé à ma porte. Il avait neigé pendant la nuit, et le monde était blanc, dénué de toute impureté – pour quelques heures, du moins. Je suis allée ouvrir. C'était un coursier de la Western Union. Recevoir un télégramme avant huit heures est rarement synonyme de bonnes nouvelles, je l'ai ouvert tout de suite, sans attendre que l'homme soit reparti.

Je regrette que tu ne sois pas là. Mais, au fond, tu as raison. Joyeux Noël. Papa.

J'étais invitée chez Rachel pour le réveillon et chez le Pr Sylvester pour le déjeuner de Noël, mais je ne me sentais pas la force de me conformer à la bonhomie forcée de l'événement, et encore moins de parler à qui que ce soit. Je me suis tout de même arrêtée chez un caviste pour acheter une bouteille d'asti spumante dans un sac décoré, que j'ai déposée devant la porte de Rachel avec un petit mot.

Un peu d'esprit de Noël pour toi. J'ai besoin de me tenir à l'écart des festivités, mais tu es une amie incroyable. Mes pieds aussi te remercient. À bientôt, A.

Puis, craignant que le vin ne gèle, j'ai sonné à la porte et je me suis éloignée avant que Rachel puisse me voir.

Après avoir acheté à manger et deux bouteilles de vin, je suis allée chez un disquaire m'offrir le nouvel album de Joni Mitchell, *Miles of Aisles*. Ce serait mon cadeau de Noël. Je pouvais me le permettre, vu que mon train de vie était particulièrement frugal la plupart du temps. Les dix mille dollars versés par le gouvernement irlandais à la suite de l'incident – et négociés par les soins de mon père – étaient toujours à la banque, intacts. Je ne supportais pas l'idée d'utiliser cet argent. J'avais même écrit une lettre à John et Anne, les parents de Ciaran, en proposant de le leur donner.

Les parents de Ciaran… À cette pensée, je me suis arrêtée net en pleine rue. Je ne me rappelais que trop bien l'instant où ils étaient entrés dans ma chambre d'hôpital, tout juste sortis de la morgue, où ils avaient dû identifier le corps de leur fils. Et comment, en me voyant…

J'ai secoué la tête pour chasser cette scène de mon esprit. Repenser à tout ça risquait de détruire en un clin d'œil le fragile équilibre que j'avais réussi à regagner péniblement, mois après mois. La terrible souffrance ressentie ce jour-là – la mienne, ou celle de ces deux personnes qui ne l'avaient vraiment pas mérité – devrait rester enfermée à double tour au plus profond de moi, là où j'essayais désespérément de fourrer tous les cauchemars de l'année passée, dans l'espoir que cela me permettrait de continuer à vivre, jour après jour.

À mon retour aux États-Unis, je leur avais envoyé une longue lettre : je savais, avais-je écrit, que leur fils était l'amour de ma vie, et j'avais peu d'espoir de parvenir un jour à surmonter sa perte. Ils étaient tous deux les personnes les plus merveilleuses que j'aie jamais rencontrées, les meilleurs parents qui soient, et je n'osais pas imaginer ce qu'ils traversaient. L'argent que j'avais reçu en compensation de mes blessures leur revenait de droit, parce que mes plaies finiraient par guérir. Mais les leurs…

La réponse de John a mis plus d'un mois à me parvenir. Elle était tapée à la machine. Je l'ai lue une seule fois, avant de la ranger au fond d'un tiroir, incapable de la regarder plus longtemps.

29 juillet 1974

Chère Alice,

Je ne sors pas beaucoup, ces jours-ci. Anne non plus. La BBC lui a accordé un congé de six mois. Comme j'avais donné mon dernier cours de l'année le jour où Ciaran a été tué, il ne m'est plus resté qu'à noter les examens de mes étudiants. C'est mieux ainsi, car je ne pense pas que j'aurais été capable de faire face à une classe. L'université m'a dispensé d'enseigner au prochain semestre, mais je trouve le désœuvrement plus difficile qu'autre chose, et j'ai déjà eu une conversation avec le recteur de Queens pour lui dire que je voudrais recommencer à travailler dès la rentrée de septembre.

Ta lettre nous a énormément touchés, Anne et moi. Nous avons beaucoup pleuré, ce qui, maintenant, nous arrive très régulièrement, sans pour autant nous faire grand bien – si ce n'est que les quelques heures suivant chaque crise sont un peu plus supportables. C'est sans doute ainsi que fonctionne le deuil, en nous accoutumant peu à peu à l'horreur de ce qui s'est passé. Mais, pour nous, l'acceptation est encore loin, et chaque nouvelle journée apporte son lot de chagrin.

Nous avons pour toi beaucoup d'affection et d'estime, et nous étions heureux à l'idée que tu partages l'avenir de Ciaran. Vouloir nous donner cet argent est incroyablement généreux de ta part, mais nous voulons que tu le gardes. Tu as toute la vie devant toi, et nous sommes tous deux certains que tu possèdes assez de force et de caractère pour dépasser un jour cette épreuve. Que cet argent te serve à faire quelque chose de passionnant, quelque chose qui compte. La vie est si fragile, si ténue. Prends-la à pleines mains. Ciaran n'aurait pas voulu d'autre avenir pour toi que l'existence la plus intéressante possible.

Sache que nous pensons beaucoup à toi. J'espère qu'un jour, quand les circonstances s'y prêteront davantage, nous pourrons nous revoir, et sans doute pleurer ce qui aurait pu être, mais sans le déchirement qui nous afflige encore à chaque seconde.

Courage. Avec toute notre affection,
John

Deux jours plus tard, je m'enfuyais chez Duncan. *Ce qui aurait pu être...* J'étais consciente que, plus je m'attardais sur cette idée, plus j'éloignais la possibilité d'une guérison.

À cinq heures de l'après-midi, en cette veille de Noël, j'ai regardé ma montre. Il devait être vingt-deux heures à Belfast. Comment John et Anne pourraient-ils supporter l'idée de Noël, avec tous les souvenirs qui y étaient associés ? Ciaran enfant, émerveillé face au sapin étincelant, trépignant de joie devant sa pile de cadeaux... Je brûlais de décrocher le téléphone pour passer un appel longue distance en Irlande du Nord, mais le peu de raison qui me restait m'en a dissuadée : ça me ferait sans doute beaucoup plus de mal que de bien, et à eux aussi. Noël cette année serait déjà bien assez difficile pour nous tous.

Je ne suis pas ressortie de la journée. À dix-neuf heures, le téléphone a sonné. C'était Peter qui m'appelait depuis Paris. Il avait l'air d'avoir un peu bu, mais je ne l'avais pas entendu aussi heureux depuis longtemps.

« Devine ce que j'ai fait il y a cinq heures, a-t-il lancé en guise de bonjour après que l'opérateur transatlantique a établi le contact.

— Tu t'es cuité avec Simone de Beauvoir ?

— Dans mes rêves, peut-être. Non, j'ai fini le premier jet de mon livre.

— Effectivement, ce n'est pas rien. Bravo !

— Ne dis pas ça avant de l'avoir lu. Il pourrait très bien être nul.

— Contente de voir que je ne suis pas la seule à sécher les fêtes, en tout cas.

— J'ai de bonnes raisons.

— C'est certain.

— D'ailleurs, a-t-il repris, je viens de parler à maman, et elle ne comprend toujours pas pourquoi tu refuses de la laisser te pourrir la vie.

— Je t'ai expliqué ça dans mes lettres, il me semble.

— Oui, et Adam m'a donné quelques détails.

— Tu reparles à Adam ?

— On a discuté une fois en septembre, et une autre juste avant Thanksgiving.

— Ah oui, j'ai refusé d'y aller pour Thanksgiving aussi.

— Et je te comprends. Je sais que j'aurais dû t'appeler avant, mais…

— Tu es en Europe, je suis à Burlington. Et puis, on s'est quand même parlé après mon déménagement.

— C'était il y a quatre mois. J'aurais pu faire plus d'efforts.

— Deux Pater et un Ave et tout sera pardonné.

— Décidément, ça t'a marquée, l'Irlande.

— À qui le dis-tu.

— Oh, merde. Merde, c'était vraiment débile de ma part. Je suis désolé.

— C'est un des inconvénients de l'alcool.

— Vraiment, vraiment désolé.

— Ce n'est vraiment pas grave, Peter.

— Pourquoi ne pas sauter dans un avion et passer le reste des fêtes avec moi à Paris ? Tu ne reprends pas les cours avant au moins deux semaines, je me trompe ?

— Mais, si je viens, je devrai faire semblant d'aller bien pour ne pas gâcher le plaisir de tout le monde. C'est au-dessus de mes capacités, en ce moment. Et puis je dois me préparer pour le prochain semestre. Mon but, c'est de finir mes études avant la prochaine rentrée. Et toi, d'ailleurs ? Maintenant que tu as bouclé le prochain grand roman américain…

— Ce n'est pas un roman. C'est plus un genre d'autobiographie romancée. On m'a recommandé à un agent littéraire de New York. Dès que j'aurai peaufiné mon manuscrit et tout remis au propre, je l'enverrai directement à Manhattan. Pour la suite, on verra bien. Je donne des cours privés d'anglais pour arrondir mes fins de mois. Une quinzaine d'heures par semaine, à cent francs de l'heure. J'économise pour partir en Inde dès que j'en aurai fini avec mon livre.

— Tu veux te lancer dans la spiritualité ?

— Non, plutôt repousser le moment où je devrai trouver un travail et penser à ce qui m'attend.

— Mais si ton livre est publié…

— Ça changerait tout, c'est sûr. Mais c'est un grand "si".

— En attendant, tu passes Noël à Paris. Veinard, va. Tu es avec quelqu'un ?

— Il y a une femme que je vois depuis quelques semaines. Isabelle. Elle travaille à *Libération*, le journal gauchiste fondé par Sartre. À côté d'elle, je passerais presque pour un républicain. Et elle redoute encore plus que moi toute forme d'attachement.

— Elle n'a pas tort. L'attachement… C'est ce qui mène tant de gens à leur perte, non ? Attacher tous leurs espoirs et accorder toute leur confiance à une seule personne.

— Mais si on ne s'attache à personne, quel intérêt ? "Aucun homme n'est une île", tout ça.

— Ton ami Sartre dirait sûrement que l'attachement est une manière de restreindre notre liberté, et que créer trop de liens nous enferme dans une prison d'amertume.

— Comme tous les philosophes, il est partisan de la théorie. Personne ne peut vivre selon une théorie ou un dogme, même non dogmatique. C'est quelque chose que j'ai appris au Chili, je pense : les gens qui prétendent détenir toutes les réponses, savoir où aller et connaître un système pour que tout fonctionne… ceux-là sont généralement aussi rigides et doctrinaires que les tyrans qu'ils cherchent à renverser. Bref, ce coup de fil me revient à trente francs la minute, et je ne suis pas Crésus…

— Ça fait plaisir d'entendre ta voix, grand frère.

— Je suis content de voir que tu tiens le coup. »

J'ai appelé à la maison le jour de Noël, prête à essuyer la froideur et les reproches de ma mère, mais elle s'est comportée comme si tout allait bien entre nous, m'appelant « ma chérie » et me répétant que je leur manquais beaucoup, qu'elle espérait que je passais de bonnes fêtes « en solo », et qu'elle aimerait bien venir me voir à New York dans les mois à venir. J'ai joué le jeu, tout en me demandant dans quelle proportion elle essayait de me faire oublier les raisons de ma fuite. Peut-être voulait-elle juste croire que la rancœur entre nous appartenait au passé.

Elle a ensuite donné le téléphone à mon père. Je l'ai remercié pour son télégramme, et je l'ai rassuré sur mon état de santé. C'était plus par acquit de conscience qu'autre chose, parce qu'il n'avait pas vraiment besoin d'être rassuré : pour qu'il commence à se faire du souci, il aurait fallu que la police de New York l'appelle pour le prévenir qu'on venait de m'empêcher de sauter du pont de Brooklyn, et que j'étais internée à l'hôpital Bellevue. Puis il m'a passé Adam, qui, étonnamment, avait l'air de très bonne humeur. En effet, il avait, selon ses propres mots, des « nouvelles sympas » : il avait été engagé comme entraîneur de hockey à la Rye Country Day School, une académie au niveau correct située à vingt minutes à peine de son appartement de White Plains.

« Sacré changement de carrière, ai-je commenté.

— J'ai décidé de quitter le monde des affaires pour un temps, a-t-il répondu en baissant la voix. C'est mon ancien entraîneur de St Lawrence qui m'a recommandé. Il savait que je voulais faire quelque chose d'utile à la société. »

Enseigner l'un des sports les plus violents qui soient à une poignée de gamins friqués et agressifs ne correspondait pas tout à fait à ma vision d'une tâche « utile à la société », mais je me suis abstenue de tout commentaire.

« C'est très généreux de ta part », ai-je dit simplement.

Noël tirait à sa fin. Mon dîner a consisté en une quiche lorraine achetée au *deli*, une salade et deux verres de vin – je n'étais pas censée boire davantage. Comme le stipulait la notice, j'ai attendu trois heures après le dernier verre d'alcool pour prendre mes somnifères. Je me suis couchée. J'ai tiré la couverture sur ma tête. J'ai murmuré une brève prière, reconnaissante d'avoir survécu à cette journée si insupportablement chargée en émotions.

Le soir du Nouvel An, je suis restée chez moi à lire plusieurs études sur *Moby Dick* que j'avais empruntées à la bibliothèque du campus. L'un de mes cours du semestre suivant était entièrement dédié au grand méta-roman américain, et j'avais décidé de prendre un peu d'avance. J'ai ainsi pu terminer l'année, cette année que je souhaitais oublier aussi vite que possible, sans subir la joie forcée et l'optimisme hypocrite des soirées du Nouvel An.

Au fil des mois suivants, j'ai continué à passer l'essentiel de mon temps seule, tout en veillant à participer un peu en cours – de quoi satisfaire ma tutrice. Étudier cinq matières me forçait à travailler sans relâche, si ce n'est pour aller courir, faire du vélo, et me rendre à mes rendez-vous hebdomadaires avec Rachel ; toutes ces activités maintenaient à l'écart mes fantômes traumatiques.

Peter m'a écrit toutes les semaines pendant l'hiver. Sa première carte, postée depuis Paris, m'informait qu'il avait peaufiné et envoyé son manuscrit comme prévu, et qu'il embarquait le soir même pour Bombay. Ensuite, j'ai reçu presque chaque mercredi l'image sur papier glacé d'une nouvelle destination exotique : Bombay, Bangalore, Delhi, Rishikesh, Shimla, Colombo... Le jour de la dernière grosse chute de neige de la saison – le 1er avril –, j'ai trouvé dans ma boîte aux lettres une photo de l'Annapurna, portant le cachet de Katmandou.

Je n'aurai pas le courage d'escalader cette montagne. Mais la bonne nouvelle, c'est que j'ai trouvé un agent littéraire... et un contrat d'édition avec William Morrow ! Je vais être publié ! Après, ce sera ton tour. J'espère que ça va de ton côté. Je rentre mi-juin. Bises, Peter

C'était une nouvelle fabuleuse. Je mourais d'envie de lire son manuscrit, dès que j'aurais terminé mes examens de fin de semestre. En attendant, j'ai appelé Adam chez lui pour lui faire part de la réussite de notre frère aîné. Il n'a pas fait preuve d'autant d'enthousiasme que moi.

« Son livre, il parle de son séjour au Chili ?

— Je ne sais pas, ai-je menti.

— Ça ne peut rien nous apporter de bon.

— Qu'est-ce que tu veux dire ? »

Un long silence. Puis :

« Peut-être qu'il ne parle pas du Chili, après tout.

— Oui, ça peut très bien être un sujet complètement différent.

— N'en parle pas à papa.

— Ça ne me viendrait pas à l'idée. »

Je n'avais de nouvelles de mon père qu'une fois par mois environ, et j'avais décidé d'éviter les conversations avec ma mère en lui envoyant une lettre tous les dix jours pour lui parler de mes études, de mes lectures et de mes activités sportives. Elle me répondait de manière tout aussi neutre et banale, à propos de son bénévolat, des actualités politiques (*Je n'en reviens pas que ce salaud de Ford ait gracié ce salopard de Nixon*), et répétant régulièrement qu'elle était ravie d'entretenir cette correspondance avec moi. Nous étions en contact, mais à une certaine distance – ce qui nous convenait parfaitement à toutes les deux.

Le printemps est venu, et la neige a complètement disparu à partir de mi-avril. L'équipe de hockey d'Adam a atteint la finale du championnat local, mais pour se faire écraser 3-0 lors du dernier match. Adam était inconsolable. Quand je lui ai rappelé que c'était la première fois que cette équipe arrivait en finale depuis douze ans, et qu'il avait tout de même beaucoup de mérite, il a soupiré.

« Oui, oui, tout le monde dit que j'ai fait des miracles. Mais perdu, c'est perdu. On dirait que je suis condamné à ne jamais gagner quoi que ce soit. »

À la mi-mai, j'ai rendu mes derniers devoirs et passé mes derniers examens. Début juin, mon père m'a téléphoné. Comme c'était lui qui payait mes études, l'université lui envoyait mes bulletins de notes.

« Alors, a-t-il commencé, comment tu expliques ça ?

— Quoi ? ai-je demandé, soudain inquiète.

— D'avoir eu des notes aussi excellentes qu'au premier semestre ?

— Ah, ça. Je crois qu'on peut mettre ça sur le compte du sexe, de la drogue et du rock'n roll.

— Très drôle. Et bravo. Je n'ai jamais eu de résultats pareils, pas même approchants… Tu comptes toujours terminer tes études cet été ?

— C'est l'objectif, oui.

— Et ensuite ?

— J'ai quelques idées.

— Sur le livre de Peter aussi, tu as des idées ? »

J'ai tressailli. Mieux valait faire semblant de ne pas comprendre.

« Peter a écrit un livre ?

— Ne me prends pas pour un imbécile. Je sais que tu sais. Il a écrit un truc, et un assez gros éditeur de New York va le publier l'année prochaine.

— Je ne savais pas. C'est lui qui te l'a dit ?

— Il ne me parle plus, tu te souviens ? Et je sais que tu mens.

— Qui te l'a dit, alors ?

— À ton avis ?

— Maman ?

— Perdu. »

N'en parle pas à papa. Oh, Adam, pourquoi te laisses-tu toujours manipuler ? Ce n'est pourtant pas si difficile de mentir, comme tout le monde dans cette famille. Ou, au moins, de tenir sa langue.

« Je ne suis vraiment au courant de rien, papa.

— Ben, tiens. Encore bravo pour tes résultats. »

C'est la dernière conversation que nous avons eue avant bien des semaines. J'avais dix jours de congé entre la fin du semestre et le début des cours d'été. Duncan et Patricia m'ont invitée à venir les voir à

Manhattan, mais, même si je rêvais de la vie citadine, avec ses musées, ses théâtres et ses clubs de jazz, je craignais que toute cette agitation ne me pousse dans mes derniers retranchements. Lorsque j'ai fait part au Dr Gellhorn de mon hésitation à quitter le calme et la sécurité de Burlington, elle s'est montrée aussi directe que compréhensive :

« New York peut attendre. Mieux vaut rester où vous êtes tant que vous ne vous sentirez pas prête à affronter autre chose. »

J'ai suivi son conseil. Burlington me convenait bien : plus grand qu'un simple village, avec suffisamment d'événements culturels, de gens intelligents aux conversations passionnantes pour me donner l'impression de vivre en ville. J'adorais le lac et les montagnes environnantes. J'adorais ses penchants politiques à gauche, le désir ambiant de créer une véritable démocratie sociale, et le fait que même les républicains locaux croyaient aux vertus du bien commun. Et, surtout, j'appréciais que personne ne soit vraiment proche de moi – la possibilité de maintenir tout le monde à distance.

Hélas, un soir juste avant minuit, le téléphone a sonné. J'étais déjà couchée, à attendre que les somnifères fassent effet. J'ai ignoré la sonnerie, qui a fini par se taire au bout d'un long moment… Avant de reprendre à peine une minute plus tard. Je n'avais plus le choix : j'ai sauté à bas du lit pour atteindre le téléphone pendu au mur de ma kitchenette.

« Je savais que tu étais là, a lancé la voix de ma mère. Pourquoi tu n'as pas décroché tout de suite ?

— J'étais au lit. Et il est tard. Pourquoi tu m'appelles maintenant ?

— Parce que je suis dans mon nouvel appartement à Manhattan.

— Tu es *où* ?

— Dans mon nouvel appartement. Sur la 74ᵉ Rue Est et la 3ᵉ Avenue. »

J'avais l'impression d'halluciner.

« Mais depuis quand ?

— Trente-six heures, je dirais. J'ai déménagé hier.

— Pourquoi ?

— Devine. J'ai enfin décidé de tirer un trait sur ce mariage. Ça m'aura pris vingt-neuf ans… mais je suis une femme libre. »

3

L'appartement loué par ma mère se trouvait en face d'un célèbre bar pour célibataires, ainsi qu'elle me l'a fait remarquer le week-end où je suis venue la voir. J'avais préféré loger chez Duncan plutôt que chez elle. Elle l'avait mal pris au début, mais le simple fait que je lui rende visite quelques jours à peine après son coup de fil l'avait touchée, et elle ne s'est pas étendue sur le sujet. Cela dit, des deux, c'était bien moi la plus surprise. Après ce qui s'était passé quand j'étais rentrée d'Irlande, je m'étais juré de ne plus la laisser m'approcher – et, jusque-là, j'avais tenu parole. Nous ne nous étions pas vues depuis près d'un an. Il avait fallu cette nouvelle incroyable, la fin de ce mariage qui gâchait l'existence de mes deux parents depuis des décennies, pour que je me décide. Je devais voir de mes propres yeux les effets d'une décision aussi exceptionnelle.

Peut-être, au fond, espérais-je aussi – avec la naïveté d'une enfant – que nos relations s'amélioreraient comme par magie, et que ce changement de vie s'accompagnerait d'un changement dans notre rapport mère-fille.

J'ai donc appelé Duncan pour réserver ma place dans son alcôve, préparé un petit sac d'affaires et pris le car pour New York : huit heures de trajet au cours duquel j'ai lu sans interruption. Je n'avais plus mis les pieds en ville – ni d'ailleurs nulle part en dehors de Burlington et de ses environs – depuis presque dix mois. C'était une de ces journées de début d'été qui voient la température et l'humidité se disputer à qui rendra l'atmosphère le plus insoutenable. Les trottoirs fondaient littéralement, et il suffisait de passer cinq minutes dans le métro pour avoir l'impression de sortir des bains turcs du Lower East Side. J'avais dit à ma mère que j'arriverais vendredi matin, ce qui me permettait de passer une première nuit chez Duncan et Patricia. Duncan était aux anges : il travaillait depuis plus d'un an en qualité d'assistant éditorial – une année durant laquelle il n'avait cessé de demander régulièrement à son rédacteur en chef de lui confier une « vraie mission de journalisme » pour lancer sa carrière – et il venait de décrocher son premier gros coup. Il était chargé d'interviewer E. Howard Hunt, un ancien agent de la CIA devenu « plombier » de Nixon (ainsi qu'on appelait les hommes de main de la Maison Blanche), et coupable de divers crimes et délits associés au Watergate. Condamné à trente-trois mois de réclusion dans une prison de Floride, il avait accepté une série d'entretiens préparatoires à la parution de son portrait dans le plus audacieux et prestigieux des magazines américains. Duncan devait partir une semaine plus tard pour la Floride, où se tiendrait la première de ses quatre longues conversations avec le détenu. Mais, avant, il passerait l'essentiel de son temps dans la salle des périodiques et des microfilms de la bibliothèque publique de New York sur la 42ᵉ Rue Est, afin d'éplucher tous les documents existants sur la vie trépidante de cet espion de l'Ivy League devenu criminel politique.

« Si je travaille comme il faut, ça peut faire décoller ma carrière de journaliste.

— Tu vas voir, a dit Patricia d'un ton moqueur, il va devenir le nouveau Norman Mailer et tomber dans toutes ces conneries de grande littérature new-yorkaise. »

Duncan a haussé les sourcils.

« Contrairement à toi, ma chérie, je suis né sur cette île. Et je peux te dire qu'après douze ans passés dans une école pleine de fils de ploutocrates de l'Upper East Side, j'en connais un rayon sur les ravages de l'égotisme. Tu sais bien que je ne souscris pas à son ethos du "sensationnel avant tout".

— Ça explique ce qu'on faisait au Maxwell's Plum l'autre soir, quand on parlait avec tous ces cadors du *New York Magazine*. Et aussi pourquoi tu étais si déçu qu'on nous donne une table près des toilettes chez Elaine's, et quand George Plimpton t'a juste souri gentiment et ignoré quand tu as voulu discuter avec lui au bar. »

Duncan a rougi, pris de court par la causticité de cette taquinerie. Surprise par le sourire indéniablement malveillant de Patricia, je n'ai pas pu m'empêcher d'intervenir.

« Tu peins toujours, Patricia ?

— Tu essaies de changer de sujet ?

— Effectivement, oui.

— Pourquoi ? Quel est le problème ?

— Eh bien, ce que tu as dit à Duncan était à la limite de la méchanceté. C'est presque comme si tu voulais à tout prix gâcher sa joie de réussir. »

Elle a eu l'air d'encaisser le coup, mais, étrangement, elle s'est aussitôt radoucie.

« Il ne faut pas tout prendre au pied de la lettre. Pas vrai, Duncan ?

— Oui, bien sûr.

— Je suis tellement heureuse pour toi, a-t-elle repris avant de l'embrasser avec ferveur. Mon homme, le prochain prix Pulitzer !

— C'est peut-être un poil trop optimiste », a nuancé Duncan.

Patricia avait une répétition de danse ce soir-là, et j'ai proposé à Duncan de l'emmener dîner pour fêter sa bonne nouvelle, et aussi pour le remercier de m'héberger. J'ai choisi un restaurant près d'Irving Place, la Pete's Tavern, qui se vantait d'être la taverne la plus ancienne de la ville ; son existence remontait en effet à 1864. L'intérieur était tout en lambris, avec des pompes à bière en laiton et une petite salle pour dîner à l'arrière. On y servait de la cuisine italienne à la new-yorkaise, et même s'il y avait de meilleures adresses où déguster des spaghettis aux boulettes de viande, j'étais attachée à cet endroit : quand nous habitions encore à Manhattan, c'était là que mon père m'emmenait pour nos repas père-fille du dimanche soir – quand il rentrait de ses missions à l'étranger. J'avais énormément de bons souvenirs dans cette taverne. Lorsque j'avais appris que nous déménagions dans le Connecticut, j'avais pleuré en suppliant ma mère : « Je ne pourrai plus manger chez Pete avec papa. » À quoi elle m'avait répondu qu'il fallait que je voie avec lui, car tout était sa faute. J'ai raconté cette histoire à Duncan dans le métro qui nous menait là-bas, et il a levé les yeux au ciel.

« Je ne suis pas psy, mais tu n'as pas choisi ce lieu par hasard. C'est l'endroit que tu associes à ta relation avec ton père, et, comme par hasard, demain, tu vas revoir ta mère, avec qui tu ne t'entends pas bien, et qui vient de le quitter.

— Tu as sans doute raison.

— Il ne s'agit pas d'avoir raison, d'autant que tout ça est foutrement compliqué. »

Quand nous sommes arrivés à Irving Place, Duncan a admiré les superbes maisons de grès rouge datant du XIXe siècle, et la beauté de Gramercy Park avec ses manoirs anciens.

« À force de vivre dans ce quartier de fous et de travailler dans des buildings, j'en oublierais presque qu'il y a encore des coins de la ville qui ressemblent à un roman d'Edith Wharton. »

Pendant le dîner, je lui ai demandé si Patricia avait toujours son appartement à Hell's Kitchen.

« Elle l'a sous-loué. Elle habite officiellement chez moi, maintenant. D'ailleurs, elle voudrait qu'on trouve un endroit plus grand.

— Toi aussi, tu aimerais bien ?

— Qu'est-ce que tu entends par là ? On dirait que tu ne l'apprécies pas.

— Pas du tout, elle a été adorable avec moi quand j'ai débarqué l'été dernier, mais j'ai l'impression qu'elle développe une sorte d'esprit de compétition avec toi et ça me met mal à l'aise.

— Ça te rappelle de mauvais souvenirs ? »

J'ai été tentée de lui raconter l'histoire de Peter et Carly. Il y avait peu de points communs avec celle de Duncan et Rachel, mais je ne sais pas pourquoi, ça m'y faisait penser. Le problème, c'est que si je lui parlais des événements survenus au Chili et ensuite à Dublin, en bon journaliste, il n'y verrait qu'un sujet d'article : une jeune fille harcelée au lycée, devenue meurtrière en cavale, puis terroriste… avec mon frère et moi en personnages secondaires. Mieux valait me taire.

« Non, je n'en ai jamais fait l'expérience. Je suis encore jeune, après tout. Mais je suis ton amie, et je n'aime pas te voir rabaissé. Surtout par une fille clairement frustrée de ne pas être capable de faire mieux que peintre au Metropolitan Opera. Alors que c'est pourtant un super job.

— Tu devrais voir ses vraies toiles. Elles sont magnifiques.

— Elle expose ? »

Il a secoué la tête.

« Mais elle essaie de trouver une galerie ? ai-je poursuivi.

— Bien sûr.

— Et elle a… quoi, trente, trente et un ans ?

— Vingt-neuf. C'est encore très jeune pour percer dans le milieu artistique.

— Toi, tu en as vingt-deux, tu sors tout juste d'une grande université, et tu as déjà un poste dans un magazine connu. Et, en plus, voilà que tu décroches une enquête importante. Tu vois dans quel état ça l'a mise. Qu'est-ce qui se passera si tu continues à réussir aussi bien ? Tu n'as pas peur qu'elle essaie de miner ta confiance en toi pour te ramener à son niveau ?

— C'est un peu extrême.

— Comme sa réaction tout à l'heure. Enfin, j'exagère peut-être un peu, mais... »

Duncan avait baissé les yeux sur la nappe à carreaux rouges et blancs.

« Elle est enceinte », a-t-il soufflé.

Je me suis raidie.

« Oh, merde. Enfin, me suis-je reprise, sauf si c'est ce que tu voulais.

— C'est à des lieues de ce que je voulais.

— Alors comment est-ce arrivé ?

— Je ne vais pas te faire un dessin.

— Non, je veux dire, elle prenait sûrement la pilule, ou elle avait un diaphragme, une méthode contraceptive quelconque.

— Je le croyais aussi.

— Tu veux dire qu'elle t'a piégé ? »

Duncan a haussé les épaules.

« Elle a vu un médecin ? ai-je demandé.

— Non, elle a fait un test de grossesse.

— Ces trucs sont nouveaux sur le marché. D'après ce que j'ai entendu, ils ne sont pas fiables à cent pour cent. Elle t'a montré le résultat du test ?

— Qu'est-ce que tu essaies de me dire, là ?

— Même si elle est enceinte, tu n'es pas obligé de passer ta vie avec elle. Tu devras payer une pension, mais...

— On peut commander à boire ? J'en aurais bien besoin. »

J'ai fait signe au serveur. Quelques minutes plus tard, il nous apportait un pichet de vin rouge.

« Tu vas devoir en boire plus que moi, ai-je prévenu.

— Toujours avec tes somnifères ?

— J'en ai bien peur.

— Comment tu t'en sors ?

— Je m'en sors.

— C'est-à-dire ?

— Je survis en me noyant dans le travail et le sport.

— Ça se voit.

— Quoi, que je passe ma vie dans des livres ?

— Non, que tu fais beaucoup d'exercice. »

J'ai allumé une cigarette.

« Comme tu peux le constater, je fais quelques entorses à mon régime ultra-sain. Je sais que c'est mal de fumer, mais ça m'a aidée à traverser pas mal de moments difficiles. Et je pense que j'en aurai bien besoin demain. Je redoute ce moment depuis des mois.

— Ça ne me surprend pas, après ce qu'elle t'a fait.

— Tu sais quoi ? À part toi, je n'en ai plus jamais parlé à personne. En fait, je n'arrive toujours pas à y croire.

— Je te comprends.

— Le pire, c'est que… les premières semaines, ma mère avait fait tellement d'efforts. »

Le jour de mon retour, ma mère était venue m'attendre à l'aéroport et m'avait prise dans ses bras en murmurant que j'étais sa fille chérie, et qu'elle allait m'aider à traverser cette horreur. Les trois semaines suivantes, elle s'était montrée extraordinairement patiente et attentionnée, toujours présente à mon chevet quand je sentais que je perdais pied, très compréhensive face à mon refus de consulter d'autres médecins que celui qui soignait mon dos – je sais maintenant que mon entêtement à ce sujet découlait de ma culpabilité d'avoir survécu. Je passais des jours entiers renfermée sur moi-même et mes pensées, je refusais de parler à quiconque, et ne mangeais presque rien : un morceau de pain, une pomme, un verre d'eau... Au bout d'un moment, voyant que mon état ne s'améliorait pas, elle avait appelé un médecin sans me consulter. Mais le docteur qui était arrivé à la maison ce jour-là n'était pas notre médecin de famille habituel : c'était le Dr Bruce Breimer, le fameux psychologue féru de tranquillisants contre lequel Adam m'avait mise en garde. En le voyant, j'ai pris peur, et j'ai déclaré à ma mère qu'il n'était pas question de me laisser examiner par ce charlatan. Là, son calme et sa réserve se sont comme envolés : elle s'est mise à hurler que, depuis presque un mois, elle devait subir mes sautes d'humeur, mon attitude de zombie, mon besoin de tout rapporter à moi. Elle est allée jusqu'à m'accuser d'être narcissique et de me servir de mon malheur pour attirer l'attention. À ces mots, j'ai voulu quitter la pièce, mais le Dr Breimer – un homme inquiétant, grand et maigre, vêtu comme un croque-mort – m'a barré le passage. J'ai essayé de me faufiler et, quand ma mère a tenté de me retenir, je l'ai repoussée violemment avant de courir jusqu'à la porte d'entrée, Breimer à mes trousses. Par chance, une voiture de police passait justement dans la rue, et j'ai reconnu l'agent au volant : c'était le lieutenant Malone, un Irlandais gentil comme tout. Il avait été désolé d'apprendre ce qui m'était arrivé à Dublin, et il était même passé me voir un après-midi avec un gâteau au chocolat préparé par sa femme, en disant que si jamais j'avais besoin de son aide...

Eh bien, le moment était venu. J'ai couru vers lui en agitant les bras frénétiquement et en lui criant de s'arrêter. Dans un crissement de freins, il a ouvert la portière et s'est retrouvé entre Breimer et moi.

« Qu'est-ce qui se passe ? »

Le médecin s'est arrêté net. Je me suis précipitée dans les bras de Malone en tentant de lui expliquer la situation, entre deux sanglots. Depuis le pas de la porte, ma mère hurlait que je l'avais agressée. À mon tour, je me suis mise à hurler qu'elle avait menacé de me faire interner et traiter aux électrochocs. Face à tout ce désordre, Malone a levé une main, puis il m'a demandé si j'avais vraiment agressé ma mère.

« Elle a voulu me faire tomber, a-t-elle lancé.

— Parce qu'elle essayait de me retenir pour que ce sale type me fasse interner. »

Malone a regardé Breimer. Ce dernier était bien connu dans son quartier de Riverside pour ses méthodes peu orthodoxes et ses compétences douteuses.

« Quel âge as-tu, Alice ?

— Vingt ans.

— Va t'asseoir dans la voiture, s'il te plaît. »

J'ai obéi. Depuis la banquette arrière, je l'ai regardé se diriger vers le Dr Breimer et ma mère, qui l'avait rejoint sur la pelouse. Même sans entendre ce qu'il leur disait, je voyais bien qu'il était en colère. Il a désigné sa voiture à Breimer, sans doute pour lui recommander de partir, puis il s'est adressé longuement à ma mère en pointant le doigt vers la porte d'entrée de la maison. Elle lui a répondu, mais il a coupé court à ses explications. Finalement, après que Breimer a fichu le camp et que ma mère est rentrée d'un pas furieux, il est revenu s'installer au volant.

« Tu n'as pas besoin de te mettre à l'arrière, Alice. Tu n'es pas en état d'arrestation, tu sais. »

Je suis allée m'asseoir sur le siège passager.

« J'ai une idée assez claire de ce qui s'est passé, maintenant, a-t-il poursuivi. J'ai demandé à ta mère si elle souhaitait porter plainte contre toi pour agression – techniquement, elle pourrait –, mais elle a eu le bon sens de dire non. Surtout, elle n'a pas le droit de t'imposer un traitement médical, maintenant que tu es majeure.

— Vous pouvez m'emmener à la gare ?

— Tu ne préfères pas attendre que ton père rentre du travail ?

— Non. Je ne veux plus jamais remettre les pieds dans cette maison. »

Malone a réfléchi quelques instants.

« Comme tu veux, évidemment. Où comptes-tu aller ?

— Il faut que j'appelle quelqu'un.

— Je t'emmène au poste, alors. »

Mais je n'avais aucune envie qu'on me voie débarquer au poste de police. Old Greenwich était une petite ville, et les gens se poseraient des questions – j'avais déjà beaucoup de chance qu'aucun voisin n'ait assisté à la scène qui venait de se dérouler en pleine rue. Plus tard, je me suis demandé pourquoi ça me préoccupait. Après tout, ma mère venait de perdre ma confiance à tout jamais, et je m'étais juré de ne plus me laisser influencer par elle de quelque manière que ce soit ;

pourtant, je voulais à tout prix éviter que le reste de la ville apprenne ses méfaits. Compréhensif, le lieutenant Malone a accepté sans hésiter de ne pas ébruiter ce drame familial – sauf à mon père, à qui je lui ai demandé de tout raconter.

« Ça me semble en effet plus raisonnable, Alice. Tu veux que j'aille te chercher quelque chose à l'intérieur ?

— Il y a quelques affaires que j'aimerais bien emporter, oui.

— Tu as une idée de l'endroit où tu vas aller ?

— Chez un ami, à New York.

— Voilà ce qu'on va faire : je vais entrer et dire à ta mère de rester dans la cuisine, pendant que tu iras chercher ce dont tu as besoin. Puis je t'emmènerai à la gare. Il y a un téléphone là-bas. »

Quinze minutes plus tard, munie d'un petit sac et de ma machine à écrire, j'attendais le train sur le quai en compagnie du lieutenant Malone. J'avais appelé Duncan pour le supplier de m'héberger. Il n'était pas encore quatorze heures, et la gare était déserte – personne ne se demanderait pourquoi Alice Burns était escortée jusqu'au train par un officier de police.

« Promets-moi que, en cas de problème, tu appelleras le commissariat et tu demanderas à me parler. Je ne veux pas que tu disparaisses comme Carly Cohen. Tu étais au lycée avec elle, n'est-ce pas ? »

Malone n'avait rejoint la police locale qu'après la disparition de Carly.

« Oui, on était dans la même classe.

— On raconte qu'elle t'a rendu visite quand tu étais en Irlande. »

Ainsi, cette partie de l'histoire était revenue jusqu'aux oreilles d'Old Greenwich.

« C'est vrai. Je l'ai mise dehors au bout d'une nuit.

— Je suis au courant. Je sais aussi que tu as fait ce qu'il fallait par la suite. »

Merde. Il savait. Ce qui voulait dire que la ville entière devait le savoir aussi. J'ai réfléchi longtemps avant de répondre.

« Je n'avais pas vraiment le choix.

— Tu as pris la bonne décision. »

Le train est arrivé trois minutes plus tard. Tandis que je montais à bord, je me suis promis de ne jamais revenir dans cette ville. J'ai téléphoné à mon père aussitôt arrivée à New York, mais le lieutenant Malone l'avait déjà mis au courant. Il m'a assuré que, dorénavant, ma mère me laisserait tranquille. Il était en pleine réunion de crise à son travail, sinon il m'aurait emmenée dîner… Mais nous nous verrions dans quelques jours, m'a-t-il proposé.

Ces événements avaient eu lieu presque un an plus tôt, et voilà que j'étais de retour à la Pete's Tavern, en train d'essayer de me persuader que, après mes nombreux mois d'isolement, j'avais maintenant la force d'affronter ma mère à nouveau – et que je n'avais rien à craindre.

« Comment tu te sens à l'idée de te retrouver dans la même pièce qu'elle demain matin ? a demandé Duncan comme s'il lisait dans mes pensées.

— Morte d'angoisse. Elle arrive toujours à me rendre nerveuse et à me mettre en colère… mais elle vient de franchir une étape décisive, et, bon Dieu, ce n'est pas trop tôt. Pas simplement parce que mon père est invivable – elle n'est pas mieux, pour d'autres raisons –, mais ils étaient si mal assortis. Le problème, c'est que, après ce qu'elle m'a fait l'été dernier, je ne pourrai plus jamais lui faire confiance.

— Elle ne t'a jamais écrit ou appelée pour s'excuser ?

— Tu plaisantes ? Elle n'a jamais été fichue de reconnaître ses torts.

— Il faut une première fois à tout. Peut-être que demain…

— Tout ce que je sais, c'est que ça m'a au moins donné une excuse pour quitter ma forteresse du Vermont et essayer de supporter la vie en ville. Pour l'instant, je m'en sors bien. Et puis, ça me fait vraiment plaisir de te voir pour fêter ta grande nouvelle.

— Même si c'est à peu près la seule chose positive dans ma vie en ce moment.

— Écoute, on n'est plus dans les années cinquante. Ce n'est pas parce qu'elle est enceinte que tu vas devoir l'épouser. »

Il m'a effleuré le dos de la main – et une sensation étrange s'est emparée de moi. C'était la première fois que je désirais un homme depuis plus d'un an. Je lui ai rendu sa caresse avant de retirer ma main pour saisir mon verre.

« Si je peux te donner un conseil, tu devrais te tirer de là très vite. Cette fille est capable de gâcher toute ta vie avant même qu'elle ait commencé. »

Duncan a gardé les yeux fixés sur son verre de vin, comme s'il voulait plonger dedans et se dissoudre dans ses profondeurs grenat. Peut-être avais-je été un peu trop loin. Brusquement, je me suis souvenue de quelque chose que mon père m'avait raconté :

la veille de son mariage avec ma mère, son propre père, le Commodore, l'avait pris à part pour lui dire : « Tu n'es pas obligé de faire ça. » Bien entendu, s'il avait suivi ce conseil, je ne serais pas née. Mais pourquoi n'écoutons-nous jamais cette petite voix dans notre tête qui nous souffle que nous faisons une erreur ? Pourquoi n'avons-nous pas plus souvent le courage de prendre la porte ?

Le lendemain matin, quand je suis arrivée au 175, 74e Rue Est, et que le portier m'a dirigée vers l'appartement 4D, la première chose que m'a dite ma mère en ouvrant a été :

« Tu vois, j'ai enfin eu le courage de prendre la porte… Et me voilà. »

Elle m'a serrée dans ses bras, et je lui ai tapoté le dos, gênée. Je n'avais pas envie de prétendre que tout allait bien entre nous ni que j'avais oublié les circonstances de notre dernier face-à-face. Sentant ma réticence, elle s'est raidie un instant, sans pour autant desserrer son étreinte.

« Tu te rends compte ? À quarante-huit ans, c'est mon premier appartement ! »

C'était un studio en sous-location, dont le propriétaire, « consultant de mode », avait quitté New York pour Los Angeles. La décoration était beaucoup trop *mod* à mon goût, entre le gros canapé gonflable en plastique rouge, les immenses coussins de sol à pois, et le fauteuil de velours vert suspendu au plafond par une lourde chaîne. Des posters de rock de Fillmore East et des photos de couples en pleins ébats (très kitsch, avec des effets de flou stratégiques sur les parties du corps les plus cruciales) étaient accrochés aux murs.

La table et les chaises du coin kitchenette étaient en Plexiglas transparent. Dans un recoin séparé du reste par un rideau de perles violettes et blanc cassé se trouvait un lit à baldaquin aux voilages diaphanes et aux draps brun sombre… ainsi qu'un homme en pantalon pattes d'eph' moulant et chemise de soie grise ouverte sur son torse, avec une chaîne en or autour du cou et une grosse montre assortie au poignet gauche.

Sa présence m'a surprise (après tout, j'avais prévenu que je serais là à onze heures), mais moins son style vestimentaire, dans la mesure où il répondait à celui adopté par ma mère : ensemble veste-pantalon à rayures de zèbre qui lui donnait l'apparence d'un test de Rorschach ambulant, des sandales argentées, et une grosse tête de mort en cuivre qui pendait entre ses seins au bout d'un lacet de cuir tressé. Mais le plus choquant était ses cheveux : elle les avait teints en noir corbeau, et les avait arrangés en une espèce de coupe afro improbable. L'ensemble était ridicule – et tout à fait adapté à son nouvel appartement.

« Salut, beauté. »

La conquête de ma mère s'adressait à moi d'une voix cajoleuse avec un très fort accent du Queens, tout en me détaillant d'un regard qu'on pourrait poliment qualifier de « répugnant ». Ses dents très blanches luisaient dans la lumière du soleil baignant la Troisième Avenue.

« Qui êtes-vous ?

— Voici mon ami Jerome. Jerome, je te présente Alice, ma fille.

— Alice. Quel joli prénom. Il a un parfum de poésie.

— Qu'est-ce que ça sent, la poésie ? ai-je demandé.

— Elle est marrante, ta fille.

— Comment ça ? a répliqué ma mère en se tournant vers le susnommé Jerome, piquée au vif.

— C'est juste une remarque.

— Une remarque bizarre.

— Sur une fille bizarre. »

Cette fois, ma mère s'est franchement agacée.

« Ça suffit maintenant, tu peux nous laisser.

— Pardon ?

— Tu m'as entendue. Je ne te retiens pas. »

Jerome l'a toisée d'un air perplexe.

« Telle mère, telle fille, on dirait.

— Non, mais quel con !

— Tu ne disais pas ça quand tu m'avais entre les cuisses.

— Si tu n'as pas foutu le camp dans dix secondes, j'appelle le portier et…

— C'est bon, va te faire mettre. »

Il a tiré un paquet de cigarettes de sa poche de chemise, en a allumé une, puis a posé ses lunettes d'aviateur dorées sur son nez et est sorti non sans nous avoir gratifiées d'un doigt d'honneur.

Quand la porte a claqué derrière lui, ma mère s'est laissée tomber sur le canapé en plastique, affligée.

« Quelle idiote je fais. »

Sans rien dire, je suis allée m'asseoir à côté d'elle. Malgré la climatisation bruyante qui maintenait la pièce à une température supportable, le canapé était moite de transpiration. Ma mère m'a saisi la main, et je me suis laissé faire.

« Je sais que je fais n'importe quoi, et que j'ai été une mère horrible. J'aurais dû me débarrasser de lui plus tôt… Mais je ne pensais pas que tu serais à l'heure.

— C'est toi qui m'as appris à être ponctuelle. »

Elle a fondu en larmes, et j'ai passé un bras autour d'elle tandis qu'elle enfouissait son visage dans mon épaule. Je me suis demandé si c'était le genre de moment charnière dont on parlait dans les magazines de psy, où l'enfant devient le parent. Il n'y avait que ma mère pour provoquer des situations pareilles. Mais j'ai gardé mes observations pour moi.

« Tu viens juste de le rencontrer, non ?

— Oui, hier soir, au bar d'en face, le J.G. Melon.

— Tu passes beaucoup de temps là-bas ?

— Qu'est-ce que c'est que cette question ?

— Exactement ce que je viens de demander. Est-ce tu ramasses régulièrement des hommes dans des bars ?

— Je suis une femme célibataire depuis peu, je ne connais personne à New York, et je me sens seule. Ça répond à ta question ?

— Je ne voulais pas te vexer.

— Et moi, je ne voulais pas t'accueillir comme ça… »

En réalité, elle avait l'air plutôt satisfaite que j'aie croisé son coup d'un soir. C'était la preuve que, à son âge, elle était encore capable de séduire.

« On va prendre un brunch dehors ? ai-je proposé.

— Excellente idée, a répondu ma mère en se levant, visiblement soulagée de laisser derrière nous ces retrouvailles pour le moins gênantes. Celui qu'ils servent en face est très bon.

— Dans le bar où tu as rencontré ton nouvel amoureux ?

— Ne remue pas le couteau dans la plaie.

— Qu'est-ce que tu as fait à tes cheveux, maman ?

— Je voulais essayer quelque chose de nouveau.

— Ça se voit.

— Tu n'aimes pas du tout, hein ?

— Je n'ai jamais dit ça.

— Pas besoin. Je vois bien que tu me trouves ridicule.

— Tu testes un nouveau look, ai-je dit. Je respecte ça.

— Arrête de te montrer aussi raisonnable. Viens, on va manger. »

Le J.G. Melon avait des airs de bar clandestin : bois sombre sur toutes les surfaces, long bar d'acajou flanqué de tabourets, petites tables avec des chaises en bois cintré, nappes à carreaux rouges… et d'excellents bloody mary. Nous avons toutes les deux commandé des œufs bénédictine.

« Tu n'es pas ma fille pour rien », a-t-elle plaisanté.

Je me suis retenue de répondre que la ressemblance se bornait à nos goûts en matière de brunch.

Les bloody mary sont arrivés. L'alcool a ses avantages, et j'en avais sacrément besoin à ce moment précis ; ce qui n'a pas échappé à ma mère.

« Qu'est-ce que tu veux que je te dise, Alice ? Je sais que je suis loin d'être parfaite, et que je t'ai fait du mal. Je le regrette. J'aimerais pouvoir récrire le passé… et pas seulement l'été dernier.

— Tu as parlé à papa, récemment ?

— Depuis mon départ, tu veux dire ? Il a appelé deux fois, mais je lui ai raccroché au nez.

— Qu'est-ce qui s'est passé, au juste ?

— Je ne sais pas si tu as remarqué, mais on n'était pas le couple idéal.

— Sans blague.

— Et puis j'ai découvert qu'il me trompait.

— Ce n'est pas nouveau, pourtant.

— Bon Dieu, Alice…

— Mais c'est vrai, non ? Une fois, un type a même appelé parce que sa femme avait…

— Je n'ai pas envie de parler de ça, m'a-t-elle coupée – suffisamment fort pour que le couple de la table voisine nous lance un regard courroucé.

— Il avait quelqu'un d'autre, alors, ai-je repris à voix basse. Qui ça ?

— Tu n'as pas besoin de le savoir.

— Oh, que si. Je te rappelle que tu as voulu me faire interner par ce taré…

— Baisse le ton.

— Pourquoi ? Parce que le barman pourrait raconter à ton prochain vendeur de voitures d'occasion que tu as essayé de faire interner ta fille victime d'un attentat ? »

C'était sorti tout seul, et suffisamment fort pour que le barman, effectivement, m'entende. Ma mère m'a dévisagée, horrifiée, et j'ai cru un instant qu'elle allait s'enfuir en courant. Au lieu de ça, elle s'est penchée vers moi et m'a pris la main.

« Je ne me le pardonnerai jamais, a-t-elle dit d'une voix tremblante. Et je comprendrais parfaitement que tu ne veuilles plus jamais me parler. »

J'ai siroté mon bloody mary avant de répondre.

« Je suis venue. C'est déjà bon signe.

— Mais tu ne m'as pas pardonné. »

Je l'ai regardée droit dans les yeux.

« Pas encore, non. »

À son tour, elle a cherché refuge dans son verre. Ma mère n'avait rien d'une grande buveuse, mais, cette fois, elle a éclusé d'une traite la moitié de son bloody mary.

« Il fréquente une femme au Chili, la fille d'un des principaux conseillers de Pinochet. Elle s'appelle Isabella, et c'est une vraie beauté.

— Comment tu le sais ?

— J'ai engagé un détective privé.

— Pour quoi faire ?

— Pour en avoir le cœur net.

— Tu avais vraiment besoin de savoir ça ?

— Tu n'as pas idée de ce que c'est qu'être trompée en permanence.

— Mais tu as l'habitude, non ? Ce n'est pas comme si c'était la première fois. Et puis, soyons honnêtes, tu as dit toi-même que votre mariage n'était pas une réussite.

— Et je le pense. Mais, contrairement à moi, cette Isabella a vingt-huit ans, et elle est belle.

— Toi aussi, tu es belle, maman.

— Arrête de mentir. Je vais retourner chez le coiffeur pour essayer d'arranger ce désastre.

— D'accord.

— Tu vois que tu me trouves ridicule. »

J'ai ri. Elle m'a imitée.

« Je suis tellement heureuse que tu aies accepté de venir. Tu m'as manqué. C'est un nouveau départ pour nous deux, je te le promets. »

Je n'ai pu que hausser les épaules.

Elle a encaissé le coup et, pour moi, c'était la preuve qu'elle essayait vraiment d'assouplir les termes de notre relation. J'ai relancé la conversation sur mon père : avait-elle joué cartes sur table en lui annonçant qu'elle savait tout ? Oui, et il n'avait même pas essayé de nier. Au contraire, il avait déclaré qu'Isabella n'était ni la première ni la dernière. D'après lui, n'importe qui à sa place aurait fait la même chose. La plupart du temps, quand on s'aventure hors de son mariage, c'est pour une bonne raison – ou tout simplement suite à des années d'aliénation. Ma mère n'avait pas essayé de nier ce fait.

« La seule différence, c'est que ton père a réagi comme n'importe quel mâle : en couchant à droite à gauche. Alors que moi, comme la plupart des femmes de ma génération, je me suis résolue à souffrir en silence. Mais c'est terminé. »

J'ai préféré ne pas lui demander si l'affreux Jerome était sa première aventure depuis son départ. De toute façon, elle m'a épargné cette peine en me racontant comment elle avait rencontré son premier amant, un homme qui travaillait dans les relations publiques. Leur histoire n'avait duré qu'une dizaine de jours, après quoi il l'avait quittée pour une hôtesse de l'air de la compagnie Allegheny Airlines.

« Tu imagines, te faire plaquer pour une fille qui fait la navette entre Buffalo, Harrisburg, Allentown... tous les bleds perdus de ce pays ?

— Papa a essayé d'arranger les choses entre vous ?

— Non, évidemment. Cela lui aurait demandé du courage, et la capacité d'admettre qu'il avait autant de torts que moi.

— Et toi, est-ce que tu as déjà admis ça devant lui ? »

Elle s'est rabattue sur son verre au lieu de répondre.

« Tu vas droit au but aujourd'hui, a-t-elle fait remarquer après avoir bu les dernières gouttes.

— Et ce n'est pas trop tôt. »

J'ai allumé une cigarette.

« Alors tu fumes toujours.

— Et pas qu'un peu. Ça te dérange ?

— Je m'inquiète pour ta santé, c'est tout.

— Je n'ai jamais été aussi en forme.

— Ni aussi mince.

— Je mange suffisamment.

— Ça m'étonnerait.

— Si j'étais plus ronde…, ai-je commencé, excédée.

— … je ne serais pas aussi jalouse », a terminé ma mère, à ma grande surprise.

Je n'ai pas pu m'empêcher de sourire. Son visage s'est éclairé.

« Alors comme ça, j'arrive toujours à te faire rire. D'après le Dr Davenport, c'est ma capacité à ne jamais me prendre au sérieux qui va m'aider à traverser tout ce bazar en meilleure forme qu'avant.

— Laisse-moi deviner : le Dr Davenport est ton nouveau psy.

— Oui, c'est mon psychiatre. Pas tellement freudien. Il donne beaucoup dans le compromis. Ah, et il est plutôt mignon pour ses quarante ans.

— Merci pour ce détail, maman.

— Oh, tu sais bien que je dis ça pour m'amuser.

— Quelle chance tu as de t'amuser.

— Ne sois pas si dure.

— Je me trouve plutôt gentille, au contraire. Et tu le sais très bien. »

Le serveur a apporté nos plats. Ma mère a regardé ses œufs bénédictine en silence.

« Ça va prendre du temps, n'est-ce pas ? a-t-elle enfin lâché.

— Quoi donc ?

— Pour que tu me pardonnes.

— Oui… ça prendra du temps. On mange ? »

Ma mère a obligeamment changé de sujet pour me raconter qu'elle avait décidé de devenir agent immobilier, et qu'elle avait des examens à passer (« Je n'ai rien le droit de vendre tant que je n'ai pas mon permis de New York Realtor »). Elle avait donc commencé un stage chez Cushing Wakefield, l'une des plus grandes agences new-yorkaises.

« Il me suffit de deux ventes rapides pour me lancer.

— Tu ne touches pas de salaire ?

— Juste une commission. Mais j'ai de grands projets. Je compte devenir la reine de l'immobilier new-yorkais.

— Alors tu as raison de retourner chez le coiffeur. Personne n'achèterait un appartement à un agent avec cette dégaine. »

En voyant ses yeux se remplir de larmes, je m'en suis immédiatement voulu – comme chaque fois qu'elle me donnait le sentiment d'être une mauvaise fille, l'enfant qui lui gâchait l'existence, et ce, depuis ma venue au monde. J'avais fait ce commentaire sans réfléchir, une forme de vengeance, et d'avertissement aussi : les choses n'étaient plus les mêmes entre nous, et il n'y aurait pas de réconciliation mère-fille à la sauce hollywoodienne. Mais, tandis qu'elle se retenait à grand-peine de pleurer, je me suis sentie coupable de lui infliger cette souffrance, reflet de tout le mal qu'elle m'avait fait, elle, à l'image de notre maudite famille ;

et, en même temps, je me suis rendu compte que cette famille était tout ce que j'avais au monde. Une prise de conscience déprimante s'il en est.

« Un jour, quand tu auras des enfants…, a-t-elle commencé.

— Je n'aurai jamais d'enfants.

— C'est ce que tu dis maintenant. Mais laisse-moi finir : quand tu auras des enfants, tu comprendras très vite que tu ne peux pas t'empêcher de leur faire du mal. Parce que tout ton foutoir se mêle à leur innocence initiale pour former leur propre foutoir, et tu passes l'essentiel du restant de ta vie à regretter ce que tu leur as transmis. La famille est un foutoir, mais c'est notre foutoir. C'est peut-être un peu maladroit comme manière de te demander pardon, mais… »

La tête me tournait. Machinalement, j'ai écrasé ma cigarette pour en allumer une nouvelle la seconde suivante. Alors seulement, j'ai répondu :

« Je peux te pardonner pour ce foutoir. Mais je ne peux pas l'oublier. Alors qu'est-ce que je fais, maintenant ? »

Elle a ouvert de grands yeux.

« Tu crois vraiment que je connais la réponse ? »

4

Pour cette deuxième nuit à New York, j'ai préféré retourner chez Duncan. Ma mère m'a proposé avec insistance de dormir sur son canapé en plastique, répétant que, avec des draps, il serait très confortable ; mais je connaissais mes limites. Je ne serais pas capable de la supporter beaucoup plus longtemps. Pendant le reste de notre brunch, elle m'a agréablement surprise en me posant tout un tas de questions sur mon bien-être. Sa dernière conversation pacifique avec mon père avait eu pour sujet mon relevé de notes du second semestre : ils étaient tous deux extrêmement fiers de mes résultats.

« C'est une belle réussite, surtout après ce que tu as vécu. »

Ce que j'avais vécu n'était rien à côté de ce que je traversais jour après jour. Mais comment le lui dire, comment le leur faire comprendre à tous ? Les événements de Dublin avaient beau remonter à un an, mon équilibre était encore fragile. Je n'avais pas d'autre solution que de me débattre avec ma confusion et mon accablement. J'ai tenté de le lui expliquer cet après-midi-là, après avoir fait la queue pendant une heure pour la séance de seize heures des *Dents de la mer* – le film de l'été, qui nous a toutes deux terrorisées.

« Ce requin, dans le film… C'est le chagrin que je ressens tous les jours. Il fait des cercles autour de moi, il est de plus en plus menaçant. Et puis il passe à l'attaque, et m'arrache un morceau de chair, mais sans me tuer pour autant. Ce qui n'est pas tout à fait une bonne chose, parce qu'une grande partie de mon esprit n'a plus envie d'exister. Je voudrais que tu comprennes ça. »

Nous étions en train de marcher dans la rue. Elle s'est immobilisée, choquée.

« Ne dis pas ça, je t'en prie.

— Ça te surprend vraiment ? À quoi est-ce que tu t'attendais ? »

Elle a saisi mes mains dans les siennes.

« La première chose à laquelle j'ai pensé, quand j'ai appris que tu étais à l'hôpital après cet attentat, c'est que mon univers était sur le point de s'effondrer. Je me serais précipitée à ton chevet si ton père ne me l'avait pas formellement interdit. D'après lui, étant donné nos rapports difficiles, ma présence n'aurait fait qu'aggraver les choses. J'aurais dû insister. J'aurais dû venir quand même. Mais j'ai commis l'erreur de ne pas le faire. Tout comme, ensuite, j'ai commis celle d'appeler ce médecin… J'ai tellement honte de ce que j'ai fait, maintenant. Je comprends que ce soit difficile pour toi de me voir, mais, par pitié, je t'en supplie, promets-moi que tu ne te feras aucun mal.

— Je ne peux rien te promettre. Tout ce que je peux dire, c'est qu'il y a aussi une partie de moi qui veut à tout prix rester là. Parmi les vivants. Mais, en dehors de ça… »

Je n'ai pas terminé ma phrase, et ma mère, à mon grand soulagement, n'a rien ajouté. Elle s'est contentée, tandis qu'elle me raccompagnait jusqu'à l'arrêt de bus de la 79e Rue Est et de la 3e Avenue, de passer un bras autour de mes épaules.

« Donne-moi une chance de me racheter, m'a-t-elle dit au bout de quelques instants de silence. J'ai un grand travail sur moi-même à accomplir, et tu as tout à fait le droit de garder tes distances, mais, s'il te plaît, ne me ferme pas complètement la porte. »

En guise de réponse, j'ai déposé un rapide baiser sur sa joue.

« Merci pour cette bonne journée. »

Ses yeux se sont embués à nouveau.

« Je suis là si tu as besoin de moi. Donne-moi de tes nouvelles.

— D'accord. »

Je suis montée dans le bus. Les portières se sont refermées derrière moi, direction l'ouest de Manhattan.

Le lendemain, à bord du car Greyhound qui me ramenait à Burlington, j'ai repensé à tout ce qui s'était déroulé avec ma mère. Son nouveau style ringard et les abrutis qu'elle invitait dans son lit étaient de tristes indices de sa solitude, de sa peur, maintenant qu'elle avait pris la décision de changer de vie. Elle ne pouvait plus se cacher à l'ombre de son mariage raté. J'ignorais si nous parviendrions un jour à rebâtir une relation dénuée de toute colère et de toute culpabilité, ou si j'arriverais à la considérer comme une alliée (ce que je souhaitais ardemment). Je ne lui en voulais pas d'avoir pris la tangente face aux infidélités de mon père. D'un autre côté, je ne pouvais pas non plus en vouloir à mon père de l'avoir trompée. J'étais juste contente qu'ils aient enfin mis un terme au long et malheureux échec qu'était leur relation. Mais, dans l'immédiat, comme tous les autres, amis proches et simples connaissances, je les maintiendrais à distance, autant que possible.

Les cours d'été ont commencé. Quelques jours plus tard, le Pr Sylvester m'a convoquée dans son bureau. Elle avait une offre d'emploi pour moi. Un internat mixte du Vermont recherchait un professeur d'anglais à compter du mois de septembre. Est-ce que ce poste m'intéressait ? La Keene Academy était située non loin de Middlebury, et son fondateur J. G. Keene avait été un pionnier de l'éducation progressive en Nouvelle-Angleterre qui cherchait à mettre en valeur la rigueur et la réussite académiques, dans une certaine mesure de simplicité.

« C'est le genre d'école qui a aboli les uniformes et l'esprit de compétition encouragé presque partout ailleurs, m'a expliqué le Pr Sylvester. Ils n'ont aucune tolérance pour le harcèlement, ce qui, si vous voulez mon avis, les distingue des autres lycées de la région. Pour avoir fréquenté un établissement similaire en Angleterre, je dois dire que j'apprécie beaucoup l'approche de Keene. Et je pense que vous vous plairiez là-bas. Si vous êtes tentée par l'enseignement, bien entendu. »

Pour être honnête, l'enseignement n'avait jamais fait partie de mes objectifs professionnels. Je me voyais plutôt intégrer l'univers des médias à New York, peut-être en dénichant un poste subalterne dans une maison d'édition avant de gravir les échelons jusqu'à devenir éditrice. Mais j'étais consciente que, si je m'aventurais dès maintenant dans le panier de crabes qu'était le monde du travail à Manhattan, je serais réduite en charpie. Les deux jours que j'avais passés là-bas – en dehors de l'affaire compliquée avec ma mère – avaient été une sorte de test pour voir si je me sentais de taille à affronter le rythme endiablé de la vie citadine, ainsi que son hypercompétitivité profession-nelle. Au moment de repartir, j'étais fixée : c'était ce que je voulais, seulement je n'étais pas encore prête à me jeter à l'eau. Je n'avais pas non plus envie de rester étudiante jusqu'à la fin de ma vie, de faire un doctorat dans le seul but d'échapper quelques années de plus au monde du travail. J'avais envisagé de postuler à la rédaction d'un journal local, comme le *Burlington Reader*, sauf que je n'étais pas tentée par la perspective de passer les prochaines années de ma vie à écrire des articles à propos d'accidents de voiture sur des routes de campagne, à interviewer des directeurs d'école, et à faire la critique de *Notre petite ville* mis en scène dans le théâtre local. Une petite voix me soufflait de prendre l'argent reçu du gouvernement irlandais, de m'acheter une voiture et de conduire droit devant moi, jusqu'à me perdre dans le Grand Néant américain, pour voir où la vie me mènerait. J'en ai même parlé au Dr Gellhorn, elle a été catégorique : mieux valait y aller progressivement.

« Vos fantasmes à la Kerouac, si admirables qu'ils soient, ont peu de chances de vous fournir les repères dont vous avez besoin pour l'instant. »

Avais-je besoin de repères ? Par moments, je rêvais de tout envoyer balader et de partir. Un après-midi, j'ai même emprunté la voiture de Rachel. J'avais envie de conduire. Elle possédait une Saab 96 de 1965, d'un vert qui rappelait la teinte de la chartreuse. Un modèle qui ne déparait pas au milieu des Coccinelle Volkswagen, des vieilles Volvo et des Renault Dauphine qui parsemaient les rues de Burlington, la ville où les rêves de grandeur, si prisés en ce pays, n'avaient pas leur place.

Au début, j'ai apprécié la sensation de me retrouver sur la route, les vitres baissées pour lutter contre la chaleur de juillet, j'ai même poussé jusqu'à cent kilomètres heure. J'avais choisi l'Interstate 93, qui menait vers le nord, à la frontière du Québec. Alors que je longeais des champs verdoyants, des granges rouges et des silos à blé, sous le charme de ce paysage pastoral à la Andrew Wyeth, je me suis fait dépasser par un camion canadien, avec le nom Bombardier inscrit sur la carrosserie. Quelques secondes plus tard, j'étais grossièrement garée sur la bande d'arrêt d'urgence, le cœur tambourinant dans ma poitrine. Je me sentais idiote, de laisser un simple mot me mettre dans cet état et raviver tant de douleurs enfouies, comme un monstre de cinéma brutalement surgi de l'océan s'attaquerait aux buildings de Tokyo. J'ai fini par reprendre mon souffle et je suis rentrée tant bien que mal chez Rachel. En un regard, elle a compris la détresse dans laquelle je me trouvais et elle m'a fait asseoir.

« Le deuil est un processus, m'a-t-elle rappelé. Il peut te prendre par surprise n'importe quand. Juste quand tu penses qu'il a fait ses valises et débarrassé le plancher… *bam*, il repasse la porte pour te montrer qu'il est toujours là, qu'il a toujours une emprise sur toi. Mais c'est comme tout le reste : son pouvoir diminue avec le temps, si tu t'appliques à le repousser, comme tu le fais, sans le sous-estimer pour autant.

— Et moi qui voulais acheter une voiture et traverser le pays d'est en ouest…

— Laisse-toi le temps. De toute façon, tu vas devoir m'emprunter la voiture la semaine prochaine pour ton entretien à l'internat. Tu dois trépigner d'impatience.

— J'ai du mal à m'imaginer en prof. Mais bon, je n'avais pas non plus imaginé tout ce qui m'est tombé dessus.

— La question que je me pose le plus souvent, moi qui suis une quinquagénaire divorcée deux fois et incapable d'établir une relation digne de ce nom avec un homme, c'est celle-ci : est-ce que je suis destinée à rester seule pour toujours ? Et est-ce moi qui me suis condamnée à cette réalité-là ? Bien sûr, on peut aussi être victime des contingences, et tu es bien placée pour le savoir – mais, quelque part, on a toujours une certaine marge de manœuvre. Je sais que tu ne me crois pas, mais je t'assure que tu as un puissant instinct de survie. Et je trouve ça très bien que tu te sois concentrée sur tes études cette année pour mieux combattre tes démons.

— En fait, j'ai l'impression que je ne fais que me laisser porter.

— Tu fais beaucoup plus que ça, et tu le sais. Même si tu ne veux pas l'entendre. »

Sur ce point, elle avait raison. Mais comment se convaincre qu'on vaut quelque chose, quand toutes nos expériences indiquent le contraire ? Comme le reste de

103

l'humanité, j'avais été définie par mon éducation – et donc par notre singulière dynamique du malheur. Ce qui soulevait une autre question : la famille pouvait-elle être autre chose qu'un réceptacle de ressentiment, de rancœur, de griefs personnels et de torts partagés ? On nous répète sans cesse que le bonheur est le but ultime auquel chacun doit aspirer – parents et enfants, frères et sœurs, ensemble. Une famille heureuse. Et pourtant… la famille est si souvent un lieu d'obscurité, où seules de rares lueurs osent apparaître fugitivement.

Même si tu ne veux pas l'entendre.

Pourtant, je savais aussi jouer les jeunes femmes brillantes et compétentes, capables d'endosser des responsabilités d'adulte sans se laisser dépasser. C'est ce masque que j'ai enfilé dix jours plus tard pour mon entretien à la Keene Academy. Rachel avait insisté pour m'accompagner, et je m'étais facilement laissé convaincre : depuis mon moment de faiblesse au volant, je redoutais de perdre à nouveau tous mes moyens. Keene s'est révélé être un charmant endroit tout en brique et en lierre, à une dizaine de kilomètres du village de Middlebury. Tout, des bâtiments anciens aux pelouses soigneusement entretenues, en passant par les terrains d'athlétisme et la haute forêt de sapins qui bordait le campus, évoquait une rusticité précieuse, typique de la Nouvelle-Angleterre. Et je me suis aussitôt dit : *Oh non… Ce n'est pas d'une nouvelle tour d'ivoire que j'ai besoin, c'est de me confronter au vrai monde.*

Néanmoins, quand j'ai fait part de ce qui m'avait traversé l'esprit à Rachel, elle m'a répondu : « Vois ça comme une nouvelle étape sur la voie de ta guérison. »

J'avais rendez-vous avec le directeur de l'établissement, Thomas Forsythe, un homme d'une quarantaine d'années aux cheveux blond cendré et aux petites lunettes ovales. Comme l'année scolaire était terminée, il était vêtu de façon assez informelle d'une chemise froissée et d'un pantalon bleu délavé. J'avais appris par le Pr Sylvester qu'il avait fait ses études à Dartmouth, puis à Harvard. Malgré son abord relativement distant, je l'ai très vite trouvé intelligent et franc. Il semblait impressionné par mon parcours à Bowdoin, puis à Trinity College, et l'estime du Pr Sylvester à mon égard avait aussi son importance. Il m'a posé des questions sur mes goûts en matière de littérature, puis informée que le programme du premier semestre porterait sur Shakespeare et le roman du XIXe siècle, et celui du second sur la littérature du XXe siècle et la poésie moderne – ce que je savais pour m'être déjà renseignée. Ma performance a eu l'air de le convaincre. Le salaire annuel pour ce poste s'élevait à huit mille dollars, assorti d'un certain nombre d'avantages : logement gratuit sur le campus, repas offerts à la cafétéria (« Et notre cuisinier n'est pas mauvais », a-t-il précisé), couverture médicale, et presque quatre mois de vacances. Tout ça me paraissait extrêmement raisonnable. Sans loyer à payer ni distractions métropolitaines, je pourrais mettre de l'argent de côté. Sans doute assez pour prendre la route quand j'aurais vaincu ma peur des grands espaces et de la liberté.

« Je dois vous prévenir, a ajouté M. Forsythe, que le Pr Sylvester m'a informé de ce qui vous est arrivé à Dublin. Et même si vos résultats universitaires sont plus que satisfaisants, j'espère que vous me pardonnerez cette question : est-ce que vous vous sentez psychologiquement apte à faire ce métier ? »

Je me doutais bien que le sujet serait abordé au cours de cet entretien, j'avais donc préparé ma réponse : « L'attentat m'a marquée, physiquement et mentalement, c'est vrai. Mais je me suis fait aider, et la meilleure manière d'avancer a été de me concentrer sur mon travail, de faire beaucoup de sport pour essayer de passer à autre chose. Je ne dis pas que je suis complètement guérie, non ; quant à savoir si je suis capable de vivre avec tout ça, et de m'en sortir correctement... eh bien, je pense que mes résultats aux examens de cette année sont une réponse suffisante.

— C'est indéniable. Mais l'enseignement est l'un des métiers où l'on s'expose le plus. Il n'y a pas vraiment de temps morts ni de droit à l'erreur, surtout ici, à Keene : nous mettons en avant le dialogue entre élèves et professeurs. Nous avons des équipes sportives, mais c'est davantage pour l'exercice que pour la compétition entre lycées. Les jeunes qui viennent chez nous savent pourquoi ils sont là. Même s'il n'y a pas de règlement strict concernant la tenue vestimentaire, et même si nous ne voyons pas l'intérêt de punir nos élèves en leur donnant des heures de retenue, nous leur demandons beaucoup de rigueur et d'application dans leur travail. Vous savez sans doute que nos effectifs sont réduits, pas plus de soixante-quinze élèves par niveau, et que les dortoirs, contrairement au reste de l'établissement, ne sont pas mixtes. Nous sommes progressistes, mais exigeants. Y compris envers nos professeurs. C'est pourquoi je vous demande de bien réfléchir avant de me répondre : vous sentez-vous apte à supporter la pression et à répondre aux attentes considérables de vos élèves ? »

J'ai pris un moment pour organiser mes idées.

« Le Pr Sylvester m'a dit que Keene avait une réputation d'excellence et de rigueur. C'est exactement ce que je cherche. Quand j'étais en Irlande, j'ai appris un mot : *potasseur*. Il désigne une personne qui a toujours le nez dans un livre. Ça me décrit parfaitement. Mais ce n'est pas tout. Pour moi, le métier d'enseignant a quelque chose de sacré, parce que je sais l'influence qu'ont eue sur ma vie mes meilleurs professeurs, et aussi ce que c'est que de se sentir déçu par ceux qui ne s'impliquent pas suffisamment dans leur travail. À leur contact, j'ai appris que, pour enseigner, il faut impérativement établir un contact avec ses élèves. Et c'est ce que je compte mettre en pratique ici. »

Je l'avoue, j'avais préparé ce petit discours. Le Pr Sylvester m'avait conseillé d'exprimer clairement l'importance du rôle de l'éducation, et ça a fait son petit effet : pendant que je parlais, M. Forsythe hochait la tête à intervalles réguliers.

« Je peux vous prendre à l'essai pour un an, a-t-il fini par déclarer. Je vais être honnête avec vous : nous avions un postulant diplômé de la Harvard Graduate School of Education, mais il a préféré accepter un poste à Choate. J'ai contacté le Pr Sylvester car j'avais besoin de quelqu'un pour ce poste, et j'avais des réserves quand elle m'a dit que vous étiez tout juste en train de terminer vos études… Mais vous lui avez fait une forte impression, et à moi aussi. Alors, si les conditions que j'ai citées tout à l'heure vous conviennent…

— Elles me vont parfaitement. »

Enfin presque. En dépit de mon enthousiasme apparent, je doutais tout de même un peu de ma capacité à enseigner. J'avais accepté cet emploi parce qu'il me permettait de répondre, au moins temporairement, à la question de plus en plus pressante de savoir ce que je ferais ensuite.

« Bravo, tu as décroché ton premier vrai boulot, m'a félicitée Rachel sur le chemin du retour.

— J'ai l'impression de me faire passer pour ce que je ne suis pas.

— Il va falloir t'y habituer. C'est le cas pour presque tout le monde, même les plus grands… surtout les plus grands, d'ailleurs. »

À la fin de l'été, j'ai obtenu mon diplôme sans cérémonie. Pour fêter ça, j'ai décidé de m'offrir une voiture d'occasion. J'en ai trouvé une rapidement, chez un concessionnaire situé à l'extérieur de Burlington : une Toyota Corolla de 1971, pas toute neuve, mais en assez bon état. Du moins, c'était l'avis de Sid, un ami de Rachel bien entendu, mécanicien de son état, à qui j'avais apporté la voiture sous prétexte de lui faire faire un bout de route. Sid avait une trentaine d'années et portait exclusivement des salopettes, ainsi qu'un bandana sur les cheveux. Il avait toujours une cigarette ou un joint au coin des lèvres, mais il s'y connaissait en voitures, et m'a prodigué une formation accélérée sur les moteurs à combustion interne – avant d'établir sur une feuille estampillée à son nom (Sid le Mécano) une liste des défauts de la Toyota. J'ai présenté ladite liste à Lester, le vendeur, qui portait des lunettes d'aviateur et un costume-cravate du même beige que ma potentielle future voiture.

« Ne le prenez pas mal, Alice, a-t-il dit, mais tout le monde dans le milieu connaît ce camé de Sid. Il sort toujours ce genre de liste aux clients trop confiants, comme vous. »

Insensible à sa stratégie de vente – appeler les clients par leur prénom est une méthode vieille comme le monde pour établir une familiarité artificielle –, j'ai soutenu son regard.

« Vous me trouvez trop confiante ?

— Si vous vous laissez embobiner par Sid, c'est certain.

— Je crois plutôt que c'est vous qui essayez de m'embobiner en me vendant une voiture à l'embrayage usé, dont la transmission a besoin d'une nouvelle courroie, et dont il faut remplacer les bougies. »

Ça ne lui a pas plu du tout.

« Ce n'est pas pour vous vexer, jeune fille, mais vous n'y connaissez rien en moteurs.

— C'est bien pour ça que je suis allée consulter Sid. Je vous en offre deux mille cinq cents dollars, pas plus.

— Je ne peux pas accepter.

— Tant pis pour vous. »

J'ai pris mon sac et je me suis dirigée vers la sortie.

« Vous ne comprenez pas, a-t-il plaidé dans mon dos. On ne touche que très peu de marge sur ces voitures.

— C'est pourquoi je vous propose une affaire : le prix indiqué, moins le coût des réparations, ai-je répondu sans m'arrêter.

— Vous pouvez me faire un chèque tout de suite ? »

Je me suis retournée, tout sourires.

« Alors vous êtes d'accord ? »

Une semaine plus tard, j'ai chargé toutes mes possessions terrestres dans ma voiture – fraîchement retapée par Sid –, rendu les clés de mon appartement, promis à Rachel que je repasserais de temps en temps la voir, et je suis partie à la conquête du monde du travail. La Toyota était simple et sans climatisation, mais robuste, avec des sièges en tissu marron et une radio AM-FM. Sid m'avait avertie qu'elle n'irait pas à une vitesse folle. « Mais elle est solide. »

Mon logement de fonction au lycée était un deux-pièces neutre et plaisant : murs blancs, parquet usé, mobilier de dortoir. Il se composait d'un salon, d'une petite chambre, d'un placard et d'un lavabo. Au bout du couloir se trouvait une cuisine commune avec une table pour manger, ainsi que deux salles de bains – une pour chaque sexe. Je suis arrivée avant les autres résidents. Tous enseignaient déjà là l'année précédente. J'ai accroché quelques affiches, recouvert le lit étroit d'une couverture indienne à motifs de couleurs vives que Rachel m'avait offerte à mon départ, puis je suis allée m'acheter un fauteuil à bascule et une lampe pour lire. J'ai réussi à convaincre l'intendant du bâtiment, Charlie, de me trouver un bureau plus grand, et il est revenu avec une table en chêne un peu usée et un large fauteuil en bois cintré. Originaire du coin, Charlie avait trente ans, il était marié et avait deux enfants. Il avait passé quelques années à l'université locale avant de se rendre compte que faire carrière n'était « pas son truc », et que, de toute façon, il n'avait jamais eu de projet professionnel précis.

Il avait donc décroché ce poste d'intendant à la fin des années soixante et n'avait plus bougé depuis.

Dégingandé, toujours en chemise de flanelle et blue-jean effiloché, il faisait preuve d'une telle bonne humeur et d'une générosité si constante que je me suis demandé plus d'une fois s'il n'avait pas une face cachée – je n'avais encore jamais rencontré quelqu'un d'aussi gai, et il semblait ne jamais se laisser démoraliser par les turpitudes de l'existence. Quand je lui demandais des nouvelles de sa femme, de ses enfants, de son travail et de l'état du monde, tout était toujours « Nickel, nickel ». Quelques mois après la rentrée, il y a eu une fuite d'eau dans le bâtiment et trois des logements ont été inondés. Le mien n'a subi aucun dommage (j'habitais deux étages plus haut), mais j'ai un souvenir très net de Charlie pataugeant en bottes de caoutchouc dans le lac miniature apparu au rez-de-chaussée pour aller réconforter Sharon Miser, l'une de mes collègues, professeur de sciences. Célibataire endurcie de quarante-cinq ans, elle n'avait connu que des déceptions avec les hommes. Pour elle, le verre n'était pas seulement à moitié vide, il était aussi radioactif, et c'était le dernier verre d'eau de la planète. Charlie l'avait trouvée en pleine crise de larmes au milieu de ses affaires détrempées.

« Il y avait des trucs ici auxquels tu étais très attachée ? a-t-il demandé.

— Non… tous mes objets de valeur sont dans un garde-meubles à St Johnsbury. »

C'était la ville d'où elle venait.

« Dans ce cas, a repris Charlie, vois les choses du bon côté : tu vas pouvoir te racheter tout ce que tu veux, aux frais de l'assurance. »

Effectivement, Sharon n'avait rien perdu de trop précieux et l'affaire avait été très vite résolue. Ce qui ne l'a pas empêchée de se comporter pendant des semaines comme si ce qui lui était arrivé était la pire catastrophe de l'humanité depuis l'Holocauste. Charlie faisait de son mieux pour lui remonter le moral, mais, si gentil et si compréhensif qu'il fût, il a fini par se lasser un peu.

« Les situations comme ça, ça te prouve bien que, dans la vie, il y a ceux qui survivent à une vraie tragédie et ceux qui se laissent abattre par une flaque d'eau. »

Voilà le genre de personne qu'était Charlie. Plus tard, il m'a déniché un lit plus grand pour ma chambre, sans accepter le moindre dédommagement. Je lui ai quand même offert deux packs de six bières St Pauli, sa marque préférée.

« Merci, c'est hyper-sympa !

— J'aimerais te poser une question, lui ai-je demandé ce jour-là. Ça t'arrive de voir le mal chez les gens ?

— Eh bien... euh... en fait, non.

— Quelle chance tu as. »

Au fil des semaines, mes quartiers sont devenus très confortables et je me suis même acheté une chaîne stéréo. David, le professeur de musique qui vivait de l'autre côté du couloir, m'a fait découvrir de nouveaux groupes de jazz. Lui-même était saxophoniste. Il avait appris à jouer au Berklee College of Music de Boston, et ce poste d'enseignant était pour lui comme une res- piration, après plusieurs années à tenter par tous les moyens de se faire un nom sur la scène new-yorkaise.

« Au bout d'un moment, j'ai dû me rendre à l'évidence : je n'arriverais pas à percer. Alors j'ai contacté Berklee, et ils m'ont parlé de cette offre d'emploi à Keene. M'enterrer en Nouvelle-Angleterre, c'était admettre ma défaite, mais je sortais tout juste d'une rupture difficile et j'allais très mal. Je me suis dit : "Va prendre l'air pendant un an, panse tes plaies, et ensuite tu reviendras en ville." C'était il y a quatre ans, et je suis toujours là. J'aurai bientôt trente balais, d'ailleurs, et ça me terrifie : ce n'est pas vraiment comme ça que j'imaginais ma vie… Mais si je retourne à New York et que je me plante une deuxième fois, j'ai peur de ce qui se passera. Bref, tu sais maintenant pourquoi je ne devrais jamais fumer d'herbe avec d'autres gens. Ça me rend beaucoup trop bavard. »

David était mignon. Incroyablement grand (presque un mètre quatre-vingt-quinze), incroyablement mince, avec un style bien à lui : épaisses lunettes noires, pantalons moulants, chemises noires, et son éternel feutre rond. Il fumait sans discontinuer, était à mourir de rire, et savait parler de jazz avec une vivacité d'esprit et une érudition que je trouvais on ne peut plus sexy. Quand il jouait du saxophone, je me sentais terriblement attirée par lui… Seulement il était gay, fait qu'il dissimulait d'ailleurs à tout le reste de l'équipe pédagogique. Il voyait quelqu'un à Boston, un professeur au conservatoire de Nouvelle-Angleterre, et marié – ce qui compliquait encore davantage la situation. À l'époque, admettre son homosexualité quand on enseignait dans un internat revenait à dire adieu à sa carrière. David en était douloureusement conscient et n'avait jamais confié son secret à quiconque avant moi.

« Tu es la première à qui je fais vraiment confiance, ici. Je ne dis pas que tous les autres sont réacs ou de droite, c'est juste qu'ils ne veulent rien savoir. Ça leur poserait un problème que je montre qui je suis vraiment. Ce serait mauvais pour Keene. Tom Forsythe est quelqu'un de bien, au fond, mais il a toujours les parents et le conseil d'administration sur le dos. L'année dernière, il m'a mis discrètement en garde. Il avait remarqué que j'allais à Boston tous les week-ends... Je soupçonne aussi le responsable du courrier de lui avoir soufflé que je recevais pas mal de lettres du conservatoire, d'un certain Michael Bofard. »

Après un conseil de classe, M. Forsythe l'avait retenu pour discuter d'une élève qui postulait à Juilliard comme instrumentiste – elle jouait du violoncelle –, et en avait profité pour lui demander s'il connaissait des gens au conservatoire de Nouvelle-Angleterre. Il avait fait preuve de subtilité, mais David avait compris de quoi il retournait. Il avait répondu que, effectivement, il avait un ami là-bas, mais qu'il travaillait comme compositeur et n'avait donc pas le pouvoir de poser le dossier de leur élève sur le dessus de la pile. Forsythe avait alors eu cette formule lourde de sous-entendus :

« Dans ce cas, il n'est sans doute pas prudent pour vous de le mêler à cette affaire. Ça pourrait créer un conflit d'intérêts, et nous n'aimons pas les conflits d'intérêts à Keene. »

Cette entrevue avait glacé David. Sans rien évoquer directement, Thomas Forsythe lui avait fait comprendre que sa situation personnelle n'était plus un secret, et que, s'il comptait conserver son emploi, il ferait bien de maintenir cet aspect de sa vie à l'écart de la Keene Academy.

« N'ayez crainte, avait-il répondu. Je ferai bien attention qu'aucun conflit ne touche l'établissement à cause de moi. »

Et le sujet n'avait plus jamais été évoqué.

« En tout cas, ai-je dit, tu peux me faire confiance pour garder ton secret. Je regrette juste que tu sois obligé de te cacher comme ça. »

Ses confidences m'avaient beaucoup touchée et je voulais qu'il sache que je me montrerais digne de sa confiance.

« Bienvenue dans la vie d'un homo aux États-Unis… ou n'importe où ailleurs, en fait. Tu savais qu'en Angleterre, jusqu'à très récemment, l'homosexualité était passible de prison ? Enfin, je suis très content de t'en avoir parlé. Au moins, il y a quelqu'un dans ce lycée à qui je peux me confier.

— Et si, moi, je voulais te raconter quelque chose… ? »

À mon tour, je lui ai parlé de Dublin. Les yeux écarquillés, il m'a écoutée lui relater tous les détails de l'attentat et de ma convalescence – toujours en cours.

« Mon seul moyen de penser à autre chose, c'est le travail, que ce soit une activité physique, de la lecture ou la préparation de mes cours.

— Et j'ai entendu dire que tu étais une excellente professeure.

— S'il te plaît, ne parle de ça à personne.

— Ne t'inquiète pas, m'a-t-il assuré.

— Tom Forsythe est au courant, parce qu'il m'a posé tout un tas de questions avant de m'embaucher pour savoir si j'étais à la hauteur, psychologiquement.

— Et tu as fait tes preuves.

— Ça reste à voir. »

Il y avait deux autres professeurs à notre étage. Mary Harden enseignait l'Histoire à Keene depuis presque vingt ans : elle avait atterri ici à l'époque où Eisenhower tentait de se faire réélire, après s'être vu refuser un poste de titulaire à l'université de Middlebury – ce qu'elle reconnaissait volontiers. Les murs de son logement croulaient sous les livres et les disques. Profondément impliquée dans sa tâche, elle travaillait en parallèle depuis une dizaine d'années sur « une étude révisionniste de la Révolution française » qui, d'après elle, relancerait sa carrière universitaire en lui ouvrant les portes d'établissements illustres. David avait lu quelques passages de son manuscrit, et il m'avait expliqué avec une certaine tristesse que ses arguments étaient effectivement brillants, mais qu'au rythme où elle avançait il lui faudrait encore des années pour terminer ne serait-ce que le premier jet. Mary elle-même l'a reconnu un soir, autour d'un verre de vin.

« Parfois, j'ai l'impression d'écrire l'épopée qui jamais n'exista. Et je sais que, d'ici à ce que je la termine et que je trouve quelqu'un pour la publier, j'aurai la cinquantaine bien avancée. Qui voudrait engager quelqu'un d'aussi vieux ? »

Un peu plus loin dans le couloir vivait Tim Donovan, professeur de sciences, la trentaine, récemment divorcé : sa femme l'avait quitté pour le chef de la police et avait emmené leur fils de neuf ans avec elle. Tim faisait toujours bonne figure en public, que ce soit devant ses élèves ou au cours de nos réunions. Toutefois, il avait comme moi l'habitude d'aller courir, et je le

116

croisais souvent dans le petit bois voisin, le visage ruisselant de larmes. Un soir, vers onze heures, alors que j'avais décidé de braver la fraîcheur automnale pour aérer mes idées noires ou du moins gris foncé, j'ai surpris Tim en pleine conversation au téléphone du rez-de-chaussée, commun à tout le bâtiment. Il parlait manifestement à son ex-femme, et, tout en pressant le pas pour ne pas avoir l'air de l'écouter, je l'ai entendu sangloter. « Donne-moi une dernière chance, je t'en prie », gémissait-il. Puis, après quelques secondes, il a répété plusieurs fois : « Tu n'as pas le droit de faire ça. Tu n'as pas le droit. » Je suis sortie, secouée par sa peine. À mon retour, une demi-heure plus tard, la porte de la salle commune était ouverte. Tim se tenait debout, tête basse, les yeux rivés sur le sol dans une attitude de profond découragement. Prenant sur moi, je me suis approchée et j'ai risqué une main sur son épaule en lui demandant si je pouvais faire quoi que ce soit. Il s'est remis à pleurer.

« Attends-moi, je reviens tout de suite », lui ai-je dit. Je suis remontée dans ma chambre chercher le remède auquel j'avais recours dans les moments difficiles : une bouteille de Jameson. J'ai rempli deux petits verres, et j'en ai donné un à Tim en lui recommandant de le boire d'une traite. Puis je l'ai incité à parler jusqu'à ce qu'il me raconte toute l'histoire : Doreen et lui étaient tombés amoureux au lycée, elle était la seule femme qu'il ait connue et l'amour de sa vie, mais leur mariage s'était dégradé au fil des dernières années. Lorsqu'elle lui avait annoncé qu'elle le trompait avec le chef de la police, cela l'avait complètement déstabilisé, au point qu'il envisageait maintenant d'attacher un tuyau au pot d'échappement de sa Dodge, de le faire entrer par la vitre côté conducteur, et de s'installer sur son siège en scellant hermétiquement l'habitacle – il appelait ça « lâcher la rampe ».

J'avais fait promettre à M. Forsythe de garder le secret sur mes cicatrices dublinoises, je n'en avais parlé à personne d'autre que David, mais je répugnais à inclure un troisième larron dans la confidence. Au lieu de lui faire part de ce que je savais du chagrin et de ses étranges détours, je me suis contentée de l'écouter. Au troisième verre, il m'a appris que sa vie sexuelle était au point mort depuis deux ans déjà, que sa femme l'avait délaissé peu à peu, et qu'il s'était tout entier dévoué à son fils, qu'il n'était maintenant plus autorisé à voir qu'une fois par mois.

« Pourquoi ne pas demander à la justice un droit de visite plus fréquent ? ai-je demandé.

— Je viens tout juste d'engager un avocat, mais je continue d'espérer. Et si Doreen reprenait ses esprits et se rendait compte que nous sommes faits l'un pour l'autre ? »

Du haut de mes vingt et un ans, j'en savais bien peu sur les délicates commotions du mariage ; j'avais néanmoins compris que, lorsque tout part à vau-l'eau et que l'une des deux parties ne veut plus entendre parler de l'autre, il vaut mieux accepter cet état de fait et aller de l'avant, si difficile que ça puisse être au début. Le plus délicatement possible, j'ai essayé de persuader Tim qu'il fallait sans doute ne pas trop espérer ; ses sanglots ont redoublé. On cherche toujours des raisons de s'agripper à la souffrance, surtout celle qui accompagne la perte d'un être cher. Mais, de toute évidence, plus il s'entêterait à croire que tout allait redevenir comme avant, plus il aurait de mal à s'en remettre (une expression que j'en étais venue à haïr, à force d'entendre tout le monde me répéter que je finirais par « me remettre » de la mort de Ciaran – ce qui, à mon sens, ne serait jamais entièrement possible). Mais c'était le seul terme qui me soit venu à l'esprit sur le moment.

« Qui voudra de moi, maintenant ? a-t-il demandé entre deux hoquets.

— À mon avis, ce n'est pas le plus important, dans l'immédiat. Vous étiez ensemble depuis le lycée. Tu ne crois pas que ça te ferait du bien de vivre un peu seul ? Histoire de faire le deuil de cette histoire avant de passer à autre chose…

— Mais si je n'arrive pas à passer à autre chose ?

— C'est toute la question, mais tu sais aussi que tu peux décider de te battre. »

Le lendemain matin, durant mon cours sur la poésie moderne, j'ai parlé de T. S. Eliot et de son discours dans *Les Hommes creux* sur l'ambivalence au cœur de toute souffrance humaine.

Entre le mouvement et l'acte tombe l'ombre.

Quel est le propos d'Eliot dans cette phrase ? ai-je demandé à la classe. Rachel Zimmerman, une élève très vive, très volubile et d'une maigreur inquiétante (les troubles de l'alimentation étaient rarement diagnostiqués à l'époque) a levé la main.

« Peut-être qu'il voulait dire qu'on a tous des trucs sombres en nous.

— Eliot était obsédé par la mort, a enchaîné Alison Maple. Toujours à se demander si la vie valait quelque chose. Alors l'ombre pourrait être le fait que tout le monde meurt un jour. »

Alison venait d'une famille fortunée de Boston et, malgré une grande intelligence, je la sentais tiraillée entre ses aspirations personnelles et son besoin d'être populaire et appréciée.

Mais c'est Evan Michaelis qui a fait la meilleure analyse de ce poème sombre entre tous. Les yeux rivés à sa table, car il était incapable de croiser le regard des gens, il a levé sa grosse main.

« Je crois qu'Eliot parlait du fait que tout le monde pense une chose, mais en fait une autre, a-t-il murmuré d'une voix à peine audible. Pour lui, c'est ce qui fait de nous des êtres humains : on ne se comprend jamais complètement soi-même. C'est ça, l'ombre : la confusion qui règne en nous. »

Lui, il avait tout compris. J'aurais voulu l'encourager pour qu'il me regarde dans les yeux, moi ou n'importe qui d'autre. À dix-sept ans, ce garçon collectionnait les problèmes de surpoids, de peau, d'hygiène (il aurait eu bien besoin d'apprendre à se servir d'un déodorant) et de tabagisme. Il venait de Manhattan, et avait atterri dans le Vermont après avoir quitté Collegiate à cause de la pression. Duncan m'avait un jour décrit son propre passage dans cet illustre lycée comme la meilleure éducation classique imaginable, mais dans une serre où tout le monde essayait d'écraser son voisin. Avec ses kilos en trop, son aversion naturelle pour le sport et ses habitudes étranges, il constituait sans doute une cible facile pour la cruauté de la jeune élite new-yorkaise. Son père, Toby, était un « gros éditeur » et sa mère, Naomi, s'impliquait beaucoup dans les intrigues sociales de la métropole.

Je l'ai rencontrée quelque temps après, lors d'une réunion parents-professeurs. C'était un vrai moulin à paroles, drôle, ambitieuse et perpétuellement à cran. Elle travaillait pour un célèbre membre du Congrès, Bella Azbug – l'une des premières politiciennes réellement féministes, et qui avait la réputation d'être très agressive et rarement indulgente envers les hommes qui se mettaient en travers de son chemin. Je l'ai trouvée un peu autoritaire et portée à étaler à la face du monde ses contacts haut placés ; elle m'a annoncé d'emblée qu'elle sortait tout juste d'une fête caritative en compagnie de Norman Mailer, Mike Nichols, Roy Halston et, bien sûr, Andy Warhol. Sans me laisser le temps de réagir à cet étalage de célébrités, elle a enchaîné :

« Mon garçon dit que vous êtes une prof extraordinaire, et que vous le comprenez vraiment. De mon point de vue, ça fait effectivement de vous la meilleure enseignante qu'il ait jamais eue. »

Je me suis sentie obligée de prendre la défense d'Evan.

« C'est un véritable plaisir de lui faire cours. »

Evan s'est éloigné pour parler à Rachel Zimmerman et il n'a donc pas entendu la suite de ce que disait sa mère. Et tant mieux.

« Pas la peine de me baratiner, mademoiselle Burns, a-t-elle lâché en mettant l'accent sur le *mademoiselle*. Je sais que c'est un gamin bizarre.

— Vous pensez qu'il a un problème ?

— Disons juste que je ne le vois pas mener une vie normale.

— Qu'est-ce qu'une vie normale ?

— Être capable d'interagir normalement avec les autres. Avoir une conversation comme celle-ci sans garder les yeux fixés sur ses chaussures. Regardez, il est incapable de soutenir le regard de cette maigrichonne.

— Je ne la trouve pas maigrichonne.

— Vous n'aimez pas mes manières, n'est-ce pas ? Vous trouvez que je suis trop directe…

— Il ne s'agit pas d'être trop directe. Vous vous trompez, c'est tout. »

Elle a eu l'air interloquée. J'en ai profité pour ajouter :

« Il se trouve qu'Evan est l'un des plus grands esprits de ce lycée. »

Le lendemain, M. Forsythe a glissé un mot dans ma boîte aux lettres pour me demander de passer dans son bureau. Je m'attendais à une réprimande pour la manière dont j'avais parlé à Naomi Michaelis, mais, au contraire, elle m'avait trouvée « pleine de vie », et avait apprécié que je lui tienne tête pour défendre son fils.

« Vous avez eu raison, Alice. Nous pensons tous qu'Evan est un garçon très spécial, et qu'il faut l'approcher avec imagination et délicatesse, ce que vous réussissez admirablement. Son père lui rend visite la semaine prochaine, et j'aimerais que vous ayez une discussion avec lui. Par ailleurs, j'ai appris que M. et Mme Michaelis sont séparés, mais qu'ils ne lui ont pas encore annoncé la nouvelle. Pour l'instant, Evan a postulé à Bard, et je pense que c'est le genre d'université où il pourra s'épanouir tout en se sentant aussi à l'aise que possible, comme ici à Keene. Même s'il a le niveau pour aller à Chicago ou Princeton, je crains fort qu'il ne tienne pas une semaine dans de tels endroits.

— Qu'est-ce qu'il en pense, lui ?

— Vous savez que ce n'est pas facile d'avoir une conversation avec Evan. Quand je lui ai suggéré d'envoyer sa candidature à Bard, il a simplement haussé les épaules et dit : "Comme vous voulez."

— Je vais lui en parler. »

L'après-midi même, je donnais un cours sur Shakespeare et *Le Conte d'hiver*, une pièce dans laquelle la jalousie, la rage et la méfiance détruisent un mariage et une famille… juste avant que Shakespeare, en magicien du théâtre, ne transforme cette tragédie fondée sur la mesquinerie humaine en brillant conte moral sur le pouvoir de la rédemption et du pardon. Certains de mes élèves avaient trouvé ce brusque revirement très perturbant.

« C'est un conte de fées », a déclaré Jonathan Gluck.

Ce garçon du New Jersey était beaucoup trop sérieux pour son âge. Son père, un chirurgien esthétique de renom, n'avait que la réussite à la bouche, et son credo était : « Devenez ce que vous voulez être. » David le prenait en pitié à cause de toutes les attentes malsaines qui, selon lui, pesaient sur ses épaules. Sans compter que tout ce qu'il possédait avait été financé par des remodelages de nez. Quoi qu'il en soit, même si Jonathan prenait tout au pied de la lettre, il semblait comprendre d'instinct les subtils tenants et aboutissants de l'existence.

Jonathan a poursuivi sa diatribe.

« Léonte accuse sa femme de l'avoir trompé, elle meurt, il est triste et il s'en veut à cause de son erreur…

123

et là, magie, elle ressuscite et tout va pour le mieux ? Je n'y crois pas. Il essaie de nous convaincre que les morts peuvent revenir à la vie et qu'on aura tous une fin heureuse. »

Du coin de l'œil, j'observais Evan qui se tortillait sur sa chaise. Finalement, n'y tenant plus, il a levé la main.

« Mais enfin, a-t-il commencé avec une véhémence inhabituelle, Shakespeare connaissait tout le théâtre antique sur le bout des doigts. Il avait compris que les comédies ne sont rien d'autre que des tragédies qui finissent bien. Il veut nous montrer que, si on arrête de se focaliser uniquement sur notre ego, on peut rendre les choses meilleures. Ce n'est pas un conte de fées. C'est un conte moral. »

Une fois de plus, il avait tapé dans le mille.

C'était pour ce genre de moment que j'aimais mon nouveau métier. Enseigner n'était plus seulement un travail étonnamment prenant, plutôt une sorte de devoir sacré : sous mes yeux se développait une certaine vision du monde, que j'avais le pouvoir de pousser discrètement dans la bonne direction. Mais il m'arrivait aussi d'être exaspérée par l'intransigeance de mes élèves et leur incapacité à s'affranchir de leur perspective d'adolescents.

À l'exception d'Evan Michaelis.

Après ce cours sur Shakespeare, je lui ai proposé d'aller prendre un café à Middlebury.

« J'ai fait quelque chose de mal ?

— Pourquoi je t'inviterais à prendre un café, si c'était le cas ? »

Il a hésité, laissant errer son regard devant lui comme s'il cherchait le trou noir le plus proche pour s'y cacher.

« Ah oui. »

Nous sommes montés dans ma voiture, et il a entrepris de chercher une station de radio.

« Si c'est la NPR que tu veux, elle est déjà enregistrée. Appuie sur le un.

— J'adore la NPR, elle est tellement cool. Il y a des débats vraiment intéressants, et les infos aussi… Je n'arrive pas à croire qu'on ait une radio aussi bonne, et en même temps publique, qui s'adresse à tout le monde sans chercher à faire du chiffre.

— Je suis d'accord avec toi. »

Combien de gamins de dix-sept ans, me suis-je demandé, ont assez de présence d'esprit pour comprendre que la création d'une radio publique de qualité accessible sur tout le territoire est un grand pas en avant pour l'éducation ?

« C'est mon père qui me l'a fait découvrir. Il m'a aussi abonné au *New Yorker*, a poursuivi Evan en s'animant soudain. C'est vraiment cool de sa part, non ? Il s'intéresse à la politique. La semaine dernière, il m'a dit qu'en se débarrassant de Tricky Dick et de tous ses petits copains on laissait le champ libre à ce *nouveau* type de Géorgie, Jimmy Carter. Il veut tout changer à Washington. Mon père est sûr qu'on entre dans une période géniale, où les conservateurs vont perdre pas mal de leur pouvoir, et où ce sera à nous, les libéraux, de décider de l'avenir. Vous pensez qu'il a raison ?

— En tout cas, je l'espère. Ce pays serait très différent si JFK et Bobby Kennedy n'avaient pas été assassinés. Surtout Bobby. Il avait une véritable conscience sociale, la plus sincère depuis Roosevelt. Enfin, j'aime bien le discours du cultivateur de cacahuètes de Géorgie sur le matérialisme, le consumérisme. Il a raison, nous sommes tous trop obnubilés par nos possessions matérielles pour nous concentrer sur ce qui est vraiment important, comme l'entraide.

— C'est pour ça que vous êtes devenue prof ? »

J'ai réfléchi quelques instants.

« Pour être tout à fait honnête, j'ai fait ce métier par accident. Parce qu'on m'a proposé un poste ici. Mais, ensuite, je me suis rendu compte que c'était un travail extrêmement important.

— C'est vrai que vous êtes différente des autres professeurs. Vous n'avez pas l'air à votre place ici, en province. »

Nous avons jeté notre dévolu sur un petit snack-bar de la rue principale. À peine assis, Evan s'est allumé une cigarette avant de se plonger dans le menu.

« Prends ce que tu veux, je t'invite, ai-je dit, amusée par sa concentration extrême.

— Oh, du pain de viande. J'ai vraiment envie de pain de viande.

— Alors prends-en. Il paraît qu'il est très bon, ici. »

Je me suis contentée d'un café, tout en regardant Evan dévorer son énorme pain de viande accompagné de frites, le tout en moins de cinq minutes.

« Tu avais faim, on dirait.

— Il y a trop longtemps à attendre entre le déjeuner et le dîner.

— Mais le dîner au lycée est dans deux heures. Tu n'auras pas assez faim pour un autre repas, si ?

— J'ai l'impression d'entendre ma mère.

— Je pensais juste…

— … que je suis gros et moche.

126

— Je n'ai jamais dit ça, jamais. C'est ce que tu penses de toi ?

— Tout le temps.

— Tu es tout sauf moche.

— Je pèse quatre-vingt-quatre kilos… Presque vingt de trop.

— Perds du poids, alors.

— Mais j'aime manger.

— Rien ne t'empêche de manger et de faire du sport en même temps.

— Mais j'ai horreur de ça. Et puis, de toute façon, je n'en aurai pas besoin pour le métier que je veux faire.

— Et quel est-il ?

— Je veux créer des dessins animés.

— Je ne savais pas que tu dessinais.

— Je dessine comme un pied. Ce que je veux, c'est écrire les scripts des dessins animés.

— C'est original, comme choix de carrière. Mais ça a l'air intéressant.

— Vous me trouvez timbré, quoi.

— Non, pas du tout.

— Tout le monde me trouve timbré.

— Même ton père ?

— Non, lui, ça va… Quand il est là. Il travaille beaucoup et, le reste du temps, il traîne avec des auteurs connus, ou il sort avec des intellos… le genre de femmes qui me regardent à peine deux secondes et pensent : "Gros tas boutonneux."

— Je suis sûre que ton père était persuadé d'être bizarre, lui aussi, à une époque.

— Mon père ? Bizarre ? J'ai vu des photos de lui quand il était à Collegiate – il était super-populaire, et moi, personne ne voulait me parler. C'est pour ça qu'on m'a envoyé ici, à l'internat pour cas sociaux. Après, mon père est allé à Williams, et il a tout réussi haut la main : il était rédacteur du magazine littéraire, capitaine de l'équipe d'aviron… Toutes les filles lui couraient après. C'est pour ça que ma mère le quitte, d'ailleurs.

— Vraiment ? »

J'étais surprise qu'il soit au courant, M. Forsythe m'avait pourtant assuré qu'il ne savait rien de cette séparation.

« Ne faites pas comme si ma mère ne vous avait rien dit l'autre jour. Elle en parle à tout le monde, même à ceux que ça n'intéresse pas. C'est ma cousine Geraldine qui me l'a écrit dans une lettre. Geraldine fait ses études à Barnard et ma mère le lui a dit alors qu'elle accompagnait son espèce de gourou, Bella Azbug, pour une conférence. Elle tombe par hasard sur sa nièce, et tout ce qu'elle lui trouve à lui dire c'est : "Ah, au fait, je quitte ton oncle, ce salopard adultère." Du coup, Geraldine m'a écrit pour me dire qu'elle était désolée. Je crois qu'elle a toujours trouvé papa plutôt sympa.

— Quand as-tu reçu cette lettre ?

— Ce matin.

— Qu'as-tu ressenti ?

— On dirait le psy chez lequel ma mère m'a envoyé après Collegiate. Puisque vous voulez tout savoir, je vais vous dire ce que je ressens : j'espère que mon père va tenir sa promesse et que je pourrai vivre avec lui quand je ne serai pas à l'internat ou à l'université. Mais bon, il a abandonné ma mère, alors il fera peut-être pareil avec moi. »

C'est étrange comme un simple commentaire peut faire écho à nos interrogations les plus profondes et les plus intimes. Ma plus grande peur vis-à-vis de mon père, si souvent absent, était qu'il m'abandonne pour de bon entre les griffes de ma mère. Et je craignais que cette éternelle blessure ne motive toutes mes décisions. Comme cela semblait être le cas pour Evan.

« Ton père t'aime, j'en suis certaine.

— Ce qui est sûr, c'est qu'il ne me critique pas tout le temps comme ma mère.

— C'est ton allié.

— Vos parents, à vous, ils sont toujours mariés ?

— Non, plus maintenant.

— Et c'est mieux comme ça ? »

Il m'a fallu quelques instants avant de pouvoir répondre.

« Ma mère a quitté mon père pour le même genre de raison que la tienne. Et je pense qu'elle est soulagée d'avoir réussi à partir, après tout ce temps… Mais elle est aussi terrifiée. Et seule.

— Vous êtes de son côté, alors ?

— Elle est insupportable, mais je ne prends pas le parti de mon père non plus. De toute façon, ça fait des mois qu'il a quitté le pays et que je n'ai aucune nouvelle. Si j'étais toi, je ne choisirais aucun des deux camps. Le plus important pour toi, c'est de penser à ta vie, et à ce que tu veux maintenant.

— Maintenant, j'aimerais bien… un dessert. »

Il a jeté son dévolu sur un énorme brownie servi avec une généreuse boule de glace à la vanille. Tout en le regardant enfourner bouchée après bouchée, je me suis fait la réflexion qu'Evan avait beau être intéressant, spécial et à l'écart des normes de la société, il était surtout un jeune garçon très abîmé – à la fois farouchement déterminé à être aimé et reconnu et, en même temps, bien décidé à s'assurer du contraire.

« Vous pensez que Rachel Zimmerman accepterait de sortir avec moi ? » a-t-il demandé de but en blanc, alors qu'un filet de crème glacée lui coulait sur le menton.

Que lui répondre ? Malheureusement pour lui, je savais que Rachel était déjà avec Jonathan Gluck. La veille, je l'avais retenue à la fin de mon cours pour lui parler du devoir sur *Macbeth* qu'elle m'avait rendu : complètement à côté de la plaque, il ne correspondait pas du tout à son style habituel. À la question de savoir pourquoi elle avait pris si peu de risques, elle avait répondu que son petit ami, Jonathan, lui avait conseillé de voir les choses autrement : Macbeth n'était pas vraiment soumis, c'était juste une sorte de businessman ambitieux qui voulait vraiment décrocher un travail.

Abasourdie, je m'étais gardée de tout commentaire. Jonathan deviendrait sans doute un grand avocat de la finance un de ces jours, mais il manquait clairement de vision littéraire, et il n'avait aucun sens poétique.

« À l'avenir, avais-je dit à la place, ne laisse personne te dicter ton opinion, que ce soit sur une pièce, sur un livre, sur un film, sur une œuvre d'art, ou même sur un discours d'homme politique. C'est ton jugement qui importe. »

J'aurais pu ajouter : « Et tu devrais vraiment trouver un petit ami plus intéressant », mais ce n'était pas mon rôle. Il suffit d'observer une personne de dix-sept ans quand on en a quatre ou cinq de plus pour se rendre compte de la maturité que l'on peut acquérir en un aussi court laps de temps. Mais il y a de quoi se demander : « À quarante ans, partirai-je du principe que j'étais crédule quand j'en avais trente ? Et quand j'en aurai soixante, mon moi quadragénaire m'apparaîtra-t-il comme l'incarnation même de la naïveté et de l'ignorance ? » En réalité, il est assez difficile d'affirmer qu'on finira un jour par se comprendre soi-même. Pour ma part, j'en doutais sérieusement.

Mais je n'avais rien dit à Rachel, et je n'ai pas non plus révélé à Evan qu'elle fréquentait Jonathan. J'ai néanmoins jugé plus honnête de l'informer qu'elle était « prise » (même si je n'appréciais pas ce terme). Je me suis rendu compte trop tard que j'avais commis une grave erreur. Il est devenu blanc comme un linge et s'est mis à se balancer d'avant en arrière sur la banquette du *diner*.

« Impossible…, répétait-il. Impossible… »

Alors qu'il se troublait de plus en plus, j'ai voulu lui prendre la main pour le calmer ; mais il a bondi en arrière avec un petit cri, comme s'il avait reçu une décharge électrique. Presque immédiatement, la gérante de l'établissement – une femme aux épaisses lunettes avec un crayon planté dans son chignon – est venue voir ce qui se passait.

« Il y a un problème ?

— Non, non, tout va bien. Il est juste un peu agité. »

C'était l'euphémisme de l'année : juste à cet instant, Evan s'est emparé de sa cuiller et l'a tordue si violemment qu'elle s'est cassée en deux.

« Je dois vous demander de partir, a dit la gérante d'un ton sévère. Et vous me devez un dollar pour cette cuiller.

— Un dollar ! a crié Evan. Un dollar !

— Je vais payer, Evan. »

Il ne m'écoutait pas.

« Tout le monde veut me faire payer pour tout ! C'est toujours comme ça ! »

Il s'est levé comme un ressort et a pris la fuite. J'ai juste eu le temps de laisser un billet sur la table, et je l'ai suivi au pas de course. Il dévalait en hurlant la rue principale de Middlebury, qui menait à un pont, et en comprenant ce qu'il s'apprêtait à faire, j'ai cédé à la panique. Accélérant autant que je pouvais, j'ai réussi à l'atteindre au moment précis où, une jambe déjà passée par-dessus la balustrade, il allait se jeter dans la rivière dix mètres plus bas. Je l'ai agrippé de toutes mes forces et tiré à moi, malgré ses cris et ses efforts désespérés pour se dégager – ce qu'il était parvenu à faire en me jetant à terre. Par chance, deux électriciens qui avaient assisté à la scène l'ont saisi chacun par un bras et plaqué au sol juste avant qu'il ne saute dans l'eau glacée. Ils n'étaient pas trop de deux pour le maîtriser. Un passant a appelé la police, et je me suis précipitée auprès d'Evan. Je l'ai supplié d'arrêter de se débattre, je lui ai juré que tout irait bien… même si rien n'était moins sûr.

Une heure plus tard, M. Forsythe me rejoignait à l'hôpital où on avait emmené Evan, sanglé dans une camisole de force. J'avais conjuré les médecins de le traiter avec douceur, mais il avait eu un nouvel accès de violence et il avait fallu lui injecter un tranquillisant. Les policiers qui nous avaient escortés ont expliqué la situation à M. Forsythe – et celui-ci, au lieu de m'ordonner de faire mes valises et de ne plus jamais

132

revenir, s'est assis près de moi sur un banc de la salle d'attente.

« Merci de lui avoir sauvé la vie.

— Je suis désolée, je n'aurais jamais dû l'emmener déjeuner en ville.

— Ce n'est pas interdit. Au contraire, j'apprécie que des professeurs prennent ce genre d'initiative pour gagner la confiance d'un élève. Mais que s'est-il passé, exactement ? »

Je lui ai raconté que c'était arrivé d'un seul coup, quand j'avais appris à Evan que Rachel Zimmerman avait un petit ami.

« Je m'en veux terriblement, ai-je dit en conclusion. Mais j'ignorais qu'il était sujet à ce genre de crise.

— C'est la première fois depuis plus d'un an. J'aurais dû vous avertir qu'il fallait le traiter avec précaution.

— Je faisais pourtant attention...

— L'an dernier, il s'est déjà amouraché d'une élève et ça s'est soldé par une crise du même genre. Il a détruit tout ce qui se trouvait dans sa chambre. Son père nous a suppliés de le garder. Mais après ceci...

— Si ce n'est arrivé qu'une fois... Il ne lui reste que quelques mois avant de terminer le lycée.

— Imaginez qu'il recommence, et qu'il blesse un autre élève. Les policiers m'ont dit qu'il vous avait jetée à terre. Je ne peux pas laisser faire ça.

— Mais s'il voyait régulièrement la psychologue du lycée, il...

— C'est déjà le cas. Et regardez ce qui vient de se passer. Vous n'aviez rien dit de particulièrement provocateur... Je ne peux pas prendre un tel risque, Alice. »

Evan serait retenu au service psychiatrique de l'hôpital jusqu'à l'arrivée de son père le lendemain. M. Forsythe m'a proposé de prendre ma journée si je le désirais.

« Ce n'est pas nécessaire, ai-je répondu. Je ne suis pas blessée. Juste un peu secouée, et très triste pour Evan. Mais ç'aurait pu être bien pire : la police pourrait être en train de chercher son corps dans le lit de la rivière en ce moment même.

— Nous vous devons énormément. S'il était mort... »

Il n'a pas terminé sa phrase. Nous savions tous deux que, si Evan avait fait une chute mortelle dans les profondeurs glacées, la réputation du lycée ne s'en serait probablement jamais remise.

« Il est en vie. C'est tout ce qui compte. »

Ce soir-là, mes collègues ont insisté pour retourner boire un verre à Middlebury : d'après David, j'en avais bien besoin. Mary nous a raconté qu'un internat de Rhode Island avait dû fermer l'année précédente, quand deux élèves s'étaient pendus à la suite d'un pacte suicidaire.

« Les parents nous paient presque quatre mille dollars par an pour instruire, loger, nourrir et protéger leur précieuse progéniture, a-t-elle poursuivi. Il aurait suffi d'un seul accident pour que les inscriptions se mettent à diminuer drastiquement. On te doit une fière chandelle, Alice. »

J'ai trinqué avec eux, un peu désorientée par ces félicitations, alors qu'Evan passait la nuit sanglé sur un lit d'hôpital. Avant de partir, j'avais demandé à M. Forsythe de s'arranger avec les médecins pour qu'on lui retire cette camisole monstrueuse, et il m'avait promis de s'en occuper.

Le lendemain, en classe, tout le monde ne parlait que de ça. La rumeur avait vite fait le tour du lycée, et mes élèves brûlaient de connaître les détails. J'avais eu, au préalable, une discussion avec M. Forsythe pour déterminer quel discours leur tenir, et nous avions décidé de leur dire la vérité : Evan avait subi un trouble psychologique sévère, et il allait maintenant retourner à New York, mais nous espérions qu'il se remettrait vite, *et cetera, et cetera*.

J'étais en train de transmettre cette version officielle à ma classe quand on a frappé à la porte de la salle. M. Forsythe a passé sa tête par l'ouverture, s'est excusé pour l'interruption, et m'a fait signe de le suivre dans le couloir.

Là, je me suis retrouvée face à un homme qui m'a semblé à la fois incroyablement séduisant et incroyablement fatigué. Le temps a paru se figer tandis que j'enregistrais tous les détails de sa physionomie : la quarantaine, très grand, musclé, mais avec aussi une certaine finesse tout intellectuelle, et une veste en cuir.

« Alice, je vous présente le père d'Evan, M. Michaelis. »

Il m'a pris la main, et j'ai croisé son regard.

« J'ai une immense dette envers vous », a déclaré Toby Michaelis.

Je ne le savais pas encore, mais bientôt, ce serait mon tour de lui devoir énormément.

5

Je suis retournée dans ma classe terminer ce qui était le dernier cours ce jour-là, avant de rejoindre M. Michaelis et M. Forsythe dans le bureau de ce dernier. M. Michaelis était passé voir son fils à l'hôpital pendant la journée, et m'a proposé d'y retourner avec lui pour lui rendre visite.

« Ils lui ont donné beaucoup trop de tranquillisants, a-t-il déploré. Le psychiatre chargé de son cas prétend que c'est pour son bien... Mais ils transforment mon fils en zombie. C'est inqualifiable. Il n'a enfreint aucune loi, il a juste été victime d'une crise.

— Mais, monsieur, a objecté M. Forsythe, il a tout de même voulu se suicider. Si Mlle Burns n'avait pas réagi à temps...

— Je sais. »

Il s'est tourné vers moi.

« Encore une fois, mademoiselle Burns, je vous dois tout.

— Merci. Mais appelez-moi Alice, je vous en prie.

— Dans ce cas, appelez-moi Toby. »

Sur ces paroles, il m'a effleuré la main.

« Je ramène Evan à New York demain. Je lui ai obtenu une place à Payne-Whitney, le meilleur hôpital psychiatrique de Manhattan. J'ai un ami haut placé là-bas, et d'après ce qu'il a pu tirer du psychologue qui s'occupe d'Evan en ce moment, mon fils ne devrait pas rester interné très longtemps. Monsieur Forsythe, a-t-il poursuivi, il y a encore quelques détails à régler. »

Je suis sortie pour les laisser seuls. J'attendrais dans la salle des professeurs le moment où M. Michaelis (Pardon, Toby) serait prêt à partir. Dans le couloir, j'ai failli percuter David.

« Il paraît que le père d'Evan est dans le coin, a-t-il dit, et qu'il est piquant. »

J'ai secoué la tête en souriant.

« On ne dit plus "piquant" depuis les années cinquante.

— Eh bien, c'est la période où j'ai été conçu, et toi aussi si je ne m'abuse.

— Tout comme le hula-hoop. »

M. Forsythe a rouvert la porte du bureau et m'a fait signe de revenir avant de disparaître aussi sec.

« Amuse-toi bien avec M. l'Éditeur de renom », a murmuré David.

Cinq minutes plus tard, Toby et moi prenions la direction de Middlebury dans sa Plymouth d'occasion. La radio, allumée sur la fréquence NPR locale, diffusait une symphonie de Mozart.

« C'est merveilleux de pouvoir entendre cette musique en pleine cambrousse, a commenté Toby. Il y a deux radios de classique à New York : WQXR et WNCN. Mais il y a quinze ans, quand je terminais mes études à Williams, il n'y avait pas une seule fréquence intéressante en dehors de New York et Boston… encore moins dans l'ouest du Massachusetts.

— Vous avez déjà vécu ailleurs qu'à New York, alors.

— Pas vraiment. Trois mois après mon diplôme, j'étais marié, et j'avais trouvé un travail dans l'édition. Mes rêves de devenir écrivain à Paris en sont restés là.

— C'est ce que fait mon frère.

— Quel veinard ! Il a vraiment écrit quelque chose, ou il fait partie de ceux qui passent leurs journées à se faire un carnet d'adresses aux Deux Magots ?

— Il va être publié. Par William Morrow. »

Ça a eu le mérite d'attiser sa curiosité.

« Vraiment ? Comment s'appelle votre frère ? »

Quand je le lui ai dit, il a eu l'air extrêmement surpris.

« Vous êtes la sœur de Peter Burns ? Incroyable. Son livre est génial.

— Vous l'avez lu ?

— Bien sûr. Son agent l'a proposé à Crown, ma maison d'édition. Il m'a vraiment impressionné, surtout la partie qui parle de son père. Mais notre directeur éditorial l'a refusé en prétextant qu'il ne voyait pas qui pourrait l'acheter, à part les "gauchos urbains". Maintenant, il paraît que Warren Beatty a acheté les droits pour en faire un film, et le Book of the Month Club va en faire la promotion dès sa sortie en automne prochain.

— Quoi ?

— Vous l'ignoriez ?

— Peter est en Inde et au Sri Lanka depuis des mois, et il ne m'écrit pas souvent. Et comme il n'est plus en contact avec notre autre frère et qu'il n'a probablement pas parlé du livre à mes parents – pour des raisons assez évidentes –, non. Je ne savais pas. C'est une sacrée nouvelle.

— S'il joue ses cartes comme il faut, ça pourrait être le début d'une brillante carrière. Ce livre lui ouvrira les portes de magazines importants. »

Tassée dans mon siège, j'ai allumé une cigarette. Pourquoi Peter ne m'avait-il rien dit de tout ça ? C'était assez vexant d'apprendre son incroyable réussite par le biais d'une personne que je venais tout juste de rencontrer. D'ailleurs, Peter avait promis de m'envoyer un exemplaire de son manuscrit, et n'était jamais passé à l'acte.

« Je ne voudrais pas me montrer trop curieux, Alice, mais vous avez l'air de tomber des nues.

— Ma famille a le don de me surprendre constamment. Et c'est rarement en bien.

— À mon avis, votre père lui aussi va être surpris quand il lira ce livre.

— Comment ça ?

— Vous devriez le lire avant lui.

— Vous pourriez m'en obtenir un exemplaire ?

— Ils en ont peut-être quelques-uns en trop chez William Morrow. Je demanderai à ma secrétaire de s'en occuper dès mon retour.

— Ça doit être passionnant d'être éditeur.

— Pas autant que d'être écrivain. L'éditeur est, en quelque sorte, la sage-femme. Mais on a aussi une certaine influence sur le nouveau-né… enfin, assez de métaphores. Je voudrais vous poser une question : pourquoi une jeune femme aussi intelligente que vous viendrait-elle s'enfermer ici, dans le Vermont ?

— C'est provisoire. Je n'ai pas l'intention de passer ma vie ici.

— Si je peux vous donner un conseil... Partez dès que possible. À votre âge, il faut éviter de s'aliéner trop tôt. Il faut accumuler les expériences. À vingt-sept ans, j'avais déjà deux enfants, et même si ma vie à New York était intéressante – avec un appartement sympathique dans l'Upper West Side, un travail enrichissant et des fréquentations notables –, je n'avais plus la moindre marge de manœuvre. Votre frère Peter, lui, a fait ce qu'il fallait. Disparaître. Voir où la vie le mènerait.

— C'est une idée séduisante.

— Alors qu'est-ce qui vous retient ? »

Je n'avais pas envie de me lancer sur ce sujet, cela faisait des mois que je n'avais pas parlé de Dublin. Toby a remarqué mon malaise.

« Désolé, s'est-il empressé de dire. Je ne voulais pas paraître indiscret. »

J'ai haussé les épaules, puis changé de sujet en l'interrogeant sur les écrivains qu'il fréquentait. Le temps d'arriver à l'hôpital, je savais tout de sa beuverie d'un soir avec Jack Fanshawe, un auteur de romans noirs de La Nouvelle-Orléans, ainsi que de la fois où il avait forcé Stewart Patterson, romancier émérite et alcoolique, à reprendre cinq fois le brouillon d'un livre – qui avait ensuite reçu le prix Pulitzer en 1971. Le métier d'éditeur me paraissait de plus en plus attrayant.

« Vous avez l'air d'adorer votre travail.

— J'ai de bonnes raisons pour ça, c'est certain. »

Mais il n'avait pas l'air convaincu.

« Vous avez de la chance, ai-je dit.

141

— Vous êtes un peu ironique, non ?

— Et vous, vous ne pensez pas tout à fait ce que vous dites. »

Nous étions devant l'hôpital. Toby a garé la voiture, éteint le moteur, et s'est tourné vers moi, déconcerté.

« C'est si évident que ça ?

— Quoi donc ?

— Que j'essaie désespérément de faire bonne figure. »

Je n'ai pas su quoi répondre – et, soudain, j'ai été prise d'une envie folle de me pencher pour l'embrasser. Une envie aussi inexplicable que ridicule, bien sûr : à ses yeux, je n'étais qu'une gamine. Je ne comprenais pas ce qui m'arrivait, pourquoi, soudain, je désirais si fort cet homme. Peut-être s'était-il rendu compte de quelque chose, car, après plusieurs longues secondes de silence gêné, il a posé doucement sa main sur la mienne.

« On reparlera de ça plus tard… peut-être. »

Une fois à l'intérieur, je me suis assise dans la salle d'attente, tandis qu'il s'entretenait seul avec Evan et les médecins. Avec une pointe d'agacement, j'ai regretté de n'avoir pas emporté quelques copies à corriger. À la place, j'ai feuilleté un numéro du *National Geographic* qui traînait. Tout en admirant les photos admirablement limpides de l'océan et de la grande barrière de corail australienne, je me suis demandé combien de personnes assises dans une salle d'attente, quelque part aux États-Unis, lisaient cet article ou un autre du même genre, et pensaient exactement la même chose. À savoir que le monde s'étendait, juste sous nos yeux, dans toute son incroyable diversité… et restait pourtant hors d'atteinte, parce qu'on se laissait prendre dans un bourbier de conventions qu'on s'était pourtant juré d'éviter à tout prix.

Près d'une heure plus tard, Toby est revenu, visiblement préoccupé.

« Evan n'est pas de très bonne humeur. Son médecin juge préférable qu'il se repose tranquillement ce soir.

— Je suis désolée. »

Les paupières closes, il a inspiré longuement pour se reprendre en main.

« Si vous avez un jour des enfants, vous découvrirez que la vie de parent se résume à cela : une blessure perpétuelle. »

Il a semblé regretter ses paroles alors même qu'il les murmurait.

« Pardon, a-t-il ajouté en haussant les épaules. Je collectionne les catastrophes en ce moment. Si on allait prendre un verre ? J'en aurais bien besoin. »

Nous avons atterri dans un bar de Middlebury. En bon éditeur qui se respecte, Toby nous a commandé des gins martinis, puis il a décrété qu'un steak nous ferait le plus grand bien. Au bout du deuxième martini, j'en savais beaucoup plus long sur sa vie. Son père, cardiologue réputé du New Jersey, s'était toujours montré distant envers ses enfants, et avait péri dans un accident de voiture quand Toby avait douze ans. Sa mère, grecque orthodoxe, très religieuse et très secrète, se montrait aussi froide que feu son mari. Toby se sentait le besoin d'exceller en tout afin d'intégrer la haute société new-yorkaise – et c'est pourquoi Naomi, experte en relations sociales, et avec son carnet d'adresses fourni, lui avait semblé être un si bon choix d'épouse.

« À un certain âge, on se persuade qu'on a besoin de ceci, de cela, comme si on cochait des cases sur une liste. Mais, un matin, on se rend compte que cette liste est absurde. »

À un moment du repas, alors qu'il me racontait ses virées en voilier avec George Plimpton et le match de boxe de George Foreman auquel il avait assisté en compagnie de Norman Mailer, il s'est brusquement arrêté en faisant remarquer qu'il parlait beaucoup trop de lui. Et moi, qu'en était-il de moi ?

Difficile d'évaluer la quantité d'informations qu'il est bon de révéler au cours d'un premier rendez-vous – notre dîner en avait indéniablement pris la tournure. J'ai gardé pour moi une masse écrasante de détails personnels mais je lui ai quand même confié mes relations tortueuses avec ma famille : mon père, mes frères et mon lien dément avec ma mère. Quand il m'a posé des questions sur mes anciens petits amis, j'ai opéré une sorte de repli stratégique. Je n'avais aucune envie de m'aventurer sur ce terrain – cela m'aurait obligée à raconter encore une fois la même histoire. Toby a tout de suite perçu mes réserves, et ne s'est pas privé de le souligner.

« S'il y a des choses dont tu ne veux pas parler, Alice, ce n'est pas un problème. Ça peut attendre une prochaine fois.

— Ah, il y aura une prochaine fois ? ai-je laissé échapper, avant de me rendre compte de la bourde que je venais de commettre.

— J'aimerais bien. En fait, ça me ferait extrêmement plaisir. »

Il m'a ensuite expliqué que, même s'il était encore officiellement marié, il fréquentait actuellement une femme à New York.

« Emma est au comité de rédaction de *Vogue*, et elle parle déjà de faire sa vie avec moi… Même si je l'apprécie beaucoup, ce n'est pas ce que je recherche en ce moment. »

Je n'ai pas pu me défendre d'une pointe de jalousie en l'entendant décrire cette femme, visiblement mondaine et populaire, tout ce que je savais pertinemment ne pas être. Était-ce vraiment ce que je voulais, cet éclat métropolitain qui me changerait en je-sais-tout cosmopolite aux dizaines d'amis fabuleux ? Toby, remarquant sans doute que je m'étais renfrognée, a poursuivi.

« Je suis bien conscient que, dans le monde où je travaille, le talent littéraire n'est que secondaire au regard de ce que les Romains appelaient le *cursus honorum* : la carrière des honneurs. Je rêve de me sortir de là, parfois… mais pour quoi faire ? M'enterrer dans le Maine et écrire un roman qui sera forcément mauvais, parce que je n'ai rien d'un écrivain ? Disparaître de l'autre côté de l'océan pour découvrir ce que je veux vraiment, en traînant mon passé derrière moi ? Le problème est là : j'ai un poste génial dans une grande ville, et le genre de travail profondément intéressant que presque tout le monde m'envie. Et j'ai cette épouse magnifique et dynamique, qui croit en moi, mais qui m'apparaît comme exclusivement superficielle – une coquille vide, en quelque sorte. Sans compter que, maintenant, elle veut se débarrasser de moi parce qu'elle me considère comme un vaurien.

— Et c'est vrai ? Tu es un vaurien ? »

Il a terminé son troisième martini, un sourire aux lèvres.

« Oui. C'est vrai.

— Au moins, tu es honnête.

— Ou idiot. »

Il a fait signe au serveur, et lui a demandé s'il pouvait m'appeler un taxi pour que je retourne au lycée.

« Je loge au Inn, juste à côté d'ici. Je suis désolé, mais avec tout ce que j'ai bu, il ne serait pas prudent que je reprenne le volant... et même après trois martinis je ne suis pas assez fou pour proposer à l'enseignante de mon fils de passer la nuit avec moi. Même si j'en ai très envie. »

J'en avais envie aussi, tout en étant terrifiée à l'idée de sauter le pas avec un homme marié – et le père d'un de mes élèves, quand bien même l'élève en question ne remettrait jamais les pieds dans ma classe. De plus, certains de mes collègues, sachant que j'étais partie à l'hôpital en compagnie de Toby, ne manqueraient pas de se poser des questions si je ne rentrais pas ce soir.

« Tu pourras me tenir au courant de l'état d'Evan ?

— Bien sûr », a-t-il répondu.

Il a fouillé dans la poche de sa veste et m'a tendu une carte de visite.

« La prochaine fois que tu passes à New York...

— Je te préviendrai. Et n'oublie pas de me dire pour Evan, c'est vraiment un garçon spécial, et je dis ça dans le meilleur sens du terme. »

Ce n'était sans doute pas la chose la plus appropriée à dire à un homme légèrement ivre : quelques secondes plus tard, il avait le visage baigné de larmes.

« Je suis en train de le perdre.

— Tu ne l'as pas encore perdu. »

Instinctivement, je lui ai pris la main – la pire chose à faire si je voulais vraiment prendre ce taxi pour rentrer. Mais ses doigts se sont refermés autour des miens et, tandis qu'il tentait de ravaler ses larmes, je me suis penchée en avant pour l'embrasser sur les lèvres. Il m'a rendu mon baiser, puis s'est reculé.

« Partons d'ici. »

Plusieurs heures plus tard, allongée près de lui, je repassais dans ma tête notre merveilleux – et fougueux – moment passé au lit. C'était la première fois que je couchais avec un homme depuis Ciaran, et les trois martinis n'avaient en rien diminué son ardeur – ni la mienne. Ces quelques heures d'abandon passionné collaient parfaitement avec ce dont j'avais besoin. Alors qu'il se levait pour nous servir à chacun un verre de Jack Daniel's, j'ai allumé une cigarette et décidé d'opter pour une totale sincérité.

« Je vais te dire un truc, et ça va probablement te surprendre.

— C'est mauvais signe.

— Au contraire. Je voudrais juste être claire : j'aimerais bien qu'on se revoie de temps en temps. Sans attaches. Si ça te convient. »

Suspendant son geste, il s'est retourné vers moi, ébahi.

« C'est à peu près la dernière chose à laquelle je m'attendais, venant de toi.

— Tu croyais que j'allais exiger toute ton attention, te demander d'être fidèle, et te dire : "Oh, Toby, tu es tout ce que je recherche dans un homme" ?

— Ce n'est pas le cas, peut-être ? a-t-il rétorqué avec un sourire.

— Tu as presque dix-huit ans de plus que moi. Et tu as remarqué les cicatrices de mon dos. Tu te demandes sans doute ce qui m'est arrivé, quelle calamité j'ai subie, pour garder des marques pareilles. Je te raconterai tout cela une autre fois. En attendant, sache ceci : j'ai passé une excellente soirée, et je voudrais recommencer. Mais toi, tu es à New York avec ta belle dame de chez *Vogue*, et moi, je suis ici, en pleine campagne, à donner des cours pour survivre. Je ne veux rien de plus que ce qu'on a déjà fait. Je ne te demanderai rien. Ma seule condition, c'est que, quand l'un de nous décidera de mettre fin à cette relation, on le fasse dans les formes. Tout ce que j'exige de toi, c'est que tu me respectes. Ça ne te pose pas de problème ? »

Il a vidé son verre, puis s'est approché pour m'embrasser.

« Aucun. »

Ainsi ont débuté plusieurs années très plaisantes de ce que j'appelais « intimité *freelance* ». Dès l'instant où je suis rentrée chez moi, à l'aube, en ignorant les questions insidieuses de David sur ma soirée – « Vous avez pris le temps de manger, au moins ? » –, j'ai étouffé le sujet « Toby » sous une lourde chape de silence. Tout ce que savaient mes collègues, c'était que, deux fois par mois, je passais le week-end ailleurs. Ils ignoraient même que c'était à Manhattan. Quand je profitais de mes passages en ville pour prendre un brunch avec ma mère (qui commençait à se faire une place dans le monde de l'immobilier new-yorkais), elle me posait tout un tas de questions sur l'« homme que je fréquentais », jusqu'à affirmer un jour : « À tous les coups, il est marié, sinon tu ne serais pas aussi secrète à son sujet. » Adam aussi se doutait de quelque chose. Il était persuadé que mes allers-retours incessants à New York signifiaient que j'avais « trouvé quelqu'un ». Et même à Peter, rentré de son odyssée indienne (ayant, selon ses propres mots, « eu sa dose d'ashrams »), je n'ai jamais révélé l'identité de l'homme avec qui je passais des nuits en ville. Au bout d'environ six mois, mon arrangement avec Toby représentait pour moi une parenthèse sympathique dans mon existence. Lui voyait toujours sa rédactrice de *Vogue*, dont il déplorait souvent l'ambition dévorante et la ressemblance, en plus jeune, avec sa future ex-femme. Je ne faisais jamais de commentaire. Tout comme j'évitais absolument de m'afficher en public avec lui. Nous sortions, bien sûr, mais loin de l'univers clinquant dans lequel il avait l'habitude d'évoluer. Je lui faisais découvrir le monde du jazz, notamment au Vanguard où nous avons été soufflés par la performance d'un artiste appelé Keith Jarrett, et à mon vieux quartier général, le West End Café, où le brillant pianiste de boogie-woogie Sammy Price continuait à jouer tous les vendredis soir. Toby avait ses propres endroits de prédilection, mais nous nous étions mis d'accord pour les éviter. Après son divorce, il a acheté un trois-pièces dans le quartier encore peu connu de Park Avenue South – bien qu'à quelques pas de Gramercy Park, il était toujours considéré comme le milieu de nulle part. Le restaurant-night-club Max's

Kansas City n'était pas loin. Ce repaire cher à Warhol, Lou Reed et au Velvet Underground commençait tout juste, en 1976, à présenter une nouvelle vague musicale appelée « punk ». Au cours de cette première année avec Toby, je l'ai convaincu d'écouter des groupes comme Wayne County and the Electric Chairs, ou encore les New York Dolls. Plus tard, après que Carter est entré à la Maison Blanche, que l'Iran a pris les nôtres en otage, et que la crise pétrolière et la récession ont mis les années soixante-dix sur une voie de plus en plus sombre (où la violence dans les rues de New York battait son plein), nous passions au Max's des soirées à regarder jouer le Patti Smith Group, les Ramones, les B-52's et Talking Heads – des groupes encore presque anonymes, qui se produisaient pour presque rien au fil des nuits rudes et toujours fraîches de la Grosse Pomme.

Mais ces soirées demeuraient, de par la nature même de notre relation, épisodiques. Nous parvenions à nous voir deux fois par mois, au cours desquelles je remontais en voiture jusqu'à Montpelier, capitale du Vermont, pour prendre un car qui me déposait à New York vers vingt-trois heures. Toby s'arrangeait pour me voir les week-ends où Miss Vogue rendait visite à ses parents à Bucks County, Pennsylvanie, ou lorsqu'elle assistait à un lointain défilé de mode pour son travail. Mais, comme elle ne partait jamais avant le samedi, je passais invariablement le vendredi soir dans l'alcôve de Duncan. C'était devenu beaucoup plus facile de lui rendre visite maintenant qu'il s'était débarrassé de la terrible Patricia, dont la grossesse avait pris fin exactement trois jours après qu'il avait accepté de l'épouser – mais, opportunément, une semaine avant la cérémonie proprement dite. Elle avait soudain beaucoup saigné, au point que Duncan l'avait emmenée en urgence au New York-Presbyterian Hospital. Là-bas, le médecin l'avait rassuré en lui disant qu'il s'agissait simplement de règles très abondantes.

« Alors ce n'est pas une fausse couche ? » avait-il demandé.

À quoi le médecin avait répondu :

« Jeune homme, soit vous ne connaissez absolument rien à l'appareil reproducteur féminin, soit on vous a dupé. »

Gentleman comme à son habitude, Duncan n'avait rien dit à Patricia jusqu'à sa sortie de l'hôpital deux jours plus tard – là, il lui avait calmement annoncé que toutes ses affaires avaient été emballées et déposées à son appartement de Hell's Kitchen. Elle s'était mise à crier que l'appartement était sous-loué et qu'elle n'avait nulle part où aller, mais Duncan avait été inflexible.

« C'est ton problème. La prochaine fois que tu mens à un mec en faisant semblant d'être enceinte, prends tes dispositions en anticipant le moment où il te foutra dehors. »

La scène avait eu lieu deux semaines avant mon premier week-end à Manhattan, ce qui avait laissé à Duncan le temps de se remettre de la trahison : à mon arrivée, il était simplement soulagé de s'en être sorti à temps.

« Je crois bien que je l'ai échappé belle, m'a-t-il confié autour de la bouteille de vin que j'avais apportée.

— Oui, il était moins une… Mais parlons d'autre chose, j'ai adoré ton article sur E. Howard Hunt. Il était génial.

— Il a beaucoup plu. Je suis même passé sur WNYC pour parler du Watergate. Maintenant, *Esquire* veut m'envoyer suivre la campagne de Carter. Qu'est-ce que tu penses de lui ?

— Il est *clean*, positif, différent… Ça nous change des escrocs habituels de Washington. Et même s'il est un poil trop chrétien à mon goût, c'est la branche du christianisme qui prône les bonnes actions, la morale et l'éthique ; donc, après Nixon et Ford, ça ne peut qu'être mieux.

— Je vois ce que tu veux dire. Moi, j'ai un peu peur que Carter ne finisse comme dans le film de Frank Capra sur le petit garçon de province qui se retrouve dans l'arène politique et découvre que l'idéalisme ne le mènera nulle part à Washington, que tout repose sur les faveurs, les magouilles et les pots-de-vin. Ce sera toujours le même système. On a beau aimer les esprits nobles, les visionnaires aux mains bien blanches, ils se font rares. Et même quand l'un d'entre eux s'avance sur la scène politique, ça ne change pas grand-chose. Regarde Johnson : un bon vieux garçon texan, grossier et raciste comme il faut… et pourtant, c'est lui qui a fait passer les deux lois sur les droits civiques les plus importantes de notre époque, alors même que le Sénat et la Chambre des représentants ne voulaient pas en entendre parler. Il savait s'y prendre pour charmer, flatter, graisser les pattes, tordre les bras dans le dos. Carter va tomber de haut quand il découvrira qu'il ne suffit pas d'avoir l'âme pure pour faire avancer les choses. »

L'érudition politique de Duncan m'impressionnait toujours. Sa manière d'aller droit au cœur du sujet, son aptitude à prédire ce qui allait se dérouler dans un futur proche étaient saisissantes. Pour accompagner le vin, nous avons commandé à manger chez un traiteur chinois, puis discuté jusqu'à deux heures du matin – je ne pouvais pas voir Toby avant le lendemain après-midi, quand Miss Vogue aurait enfin quitté la ville. Plus nous buvions (et ma bouteille d'Almaden Ruby Cabernet a rapidement cédé la place à une deuxième), plus j'étais attirée par Duncan. Il était particulièrement séduisant ce soir-là, libéré de l'anxiété névrotique qui l'entravait la plupart du temps. Son histoire familiale rendait la mienne presque enviable : il avait passé l'essentiel de sa jeunesse à se détacher de parents qui, chacun à sa manière, lui faisaient clairement comprendre qu'il n'était ni aimé ni digne de l'être. Je n'étais en aucun cas d'accord avec cette dernière affirmation – même s'il était clair qu'un démon le dévorait de l'intérieur, un démon d'ambition qui le poussait à réussir. Mais ce n'était pas le type d'ambition impitoyable qui consiste à piétiner les autres pour atteindre le sommet ; c'était davantage un besoin de prouver au monde – et, en premier lieu, à lui-même – qu'il n'était pas l'enfant rejeté sur lequel ses parents avaient déchaîné leur colère.

Étant l'aîné de trois frères, ses parents avaient reporté sur lui toutes leurs frustrations. Tout ce qui allait mal dans leur vie, c'était la faute de Duncan. Ils habitaient dans le West End et il les voyait encore régulièrement, m'a-t-il confié ce soir-là. Mais ce n'était jamais une partie de plaisir, car ils se débrouillaient toujours pour lui faire comprendre que son petit frère, l'athlète, le futur avocat, qui avait toujours su gérer la folie de la mère et flatter l'ego surdimensionné du père, était en quelque sorte l'Élu... et lui, le vilain petit canard. Tout ce que son père avait trouvé à dire sur son article était : « Pas mal, mais Gay Talese aurait fait mieux. »

À mesure qu'il se dévoilait, j'étais de plus en plus sous son charme, mais je me suis retenue de faire le premier pas. Je n'étais pas prête, et rien de bon ne pourrait nous arriver si je tentais quoi que ce soit maintenant. Duncan était trop fragile émotionnellement, et je redoutais qu'il ne devienne en quelque sorte dépendant de moi ; or je ne pouvais pas me permettre d'être indispensable à quelqu'un. Tout ce dont j'avais besoin pour l'instant, c'était de sexe, et du réconfort intime que cela me procurait. Me laisser aller à l'amour, avec toutes ses implications et complications, aurait pour seul résultat de me rendre vulnérable à nouveau. Duncan était très intelligent, spirituel, incroyablement passionnant – et aussi très beau, même s'il n'en avait pas conscience. Mais il était également pétri d'un sentiment d'insécurité et de désirs contradictoires, ce que d'ailleurs il ne se gênait pas pour admettre.

Pendant l'année que j'avais passée en Irlande, il avait rencontré une violoncelliste qui faisait ses études à Juilliard. Anna. Très talentueuse, très éthérée, et totalement dévouée à son amoureux. Elle se voyait volontiers bâtir sa vie avec lui. Sauf qu'il avait paniqué. Incapable qu'il était de croire que quelqu'un pourrait l'aimer, lui à qui on avait si souvent répété qu'il n'était pas « aimable », qu'il était trop bizarre, trop compliqué pour qu'on puisse l'apprécier. Et là, cette merveilleuse jeune femme le voyait vraiment, tel qu'il était, voulait construire son bonheur avec lui… Et qu'avait-il fait ? Il l'avait repoussée. Évidemment.

J'ai allumé une cigarette avant de lui lancer mon paquet. Depuis son retour à New York, il était devenu un fumeur invétéré ; ça semblait aller de pair avec le métier de journaliste.

« Tu n'as pas à t'en vouloir, ai-je dit. C'était peut-être la belle violoncelliste de tes rêves, mais te serais-tu vraiment senti prêt à t'installer avec quelqu'un, à ce moment-là ? À poser tes valises pour toujours ?

— Mais elle m'aimait, et je lui ai brisé le cœur. »

À l'époque, Anna se préparait à jouer lors d'un festival de musique dans les Adirondacks. À la dernière minute, il avait décidé de ne pas y aller, et s'était volatilisé sans même la prévenir.

« Elle a cru que j'étais mort ou qu'il m'était arrivé un truc. Elle a même appelé mes parents. Ma mère lui a dit qu'elle venait juste de m'avoir au téléphone et que j'étais resté à New York, alors elle m'a envoyé une carte postale : *Je t'attends toujours. Pourquoi as-tu fait ça ?* Je n'avais pas de réponse à cette question.

— Bien sûr que si. Tu l'as fait parce que tu n'étais pas prêt à franchir le pas. Accepter son amour, c'était limiter ton horizon. Tu avais d'autres choses à accomplir : parcourir la planète et faire des expériences. L'amour véritable attendra un peu.

— Mais tu l'avais trouvé, toi. »

Je me suis tue un instant, tirant furieusement sur ma cigarette.

« Et on me l'a arraché. En une fraction de seconde. Si j'en ai retenu quelque chose, c'est que la seule forteresse dans laquelle on puisse trouver refuge est à l'intérieur de nous.

— Stoïcienne des temps modernes, hein ?

— Pour tout te dire, j'aime assez l'idée. J'ai beaucoup lu Sénèque, Marc Aurèle et Épictète... J'avoue que j'ai tiré un certain réconfort de l'idée que c'est nous qui autorisons la tristesse à s'installer.

— Mais comment interprètes-tu ce qui t'est arrivé à Dublin ?

— Le hasard bête et méchant. D'une certaine manière, on devrait tous accepter que nos petites vies, tout ce qu'on fait, tous ceux qu'on rencontre, tout ça est temporaire, éphémère.

— C'est pour ça que tu fréquentes un type marié ? Pour lutter contre la permanence ?

— Je n'ai jamais dit qu'il était marié.

— Ce n'est pas difficile à deviner. Il est soit marié, soit en couple avec quelqu'un d'autre. Sinon, qu'est-ce qui te forcerait à dormir ici ?

— Je ne dirai rien.

— D'accord. Je ne voulais pas être indiscret.

— Tu es journaliste. C'est ton travail d'être indiscret. Si tu veux savoir, je suis avec cet homme parce que ce sont les limites mêmes de notre relation – le fait de n'avoir aucun avenir ensemble en dehors des conditions fixées d'un commun accord – qui me la rendent vivable. Et maintenant, arrête de me poser des questions. »

Duncan a été fidèle à sa parole pendant les trois années qui ont suivi et au cours desquelles je me suis

156

rapidement installée dans une routine : faire cours à la Keene Academy, voir Toby, passer une ou deux nuits par mois sur le futon de Duncan… Même lorsqu'il était en reportage en dehors de New York, j'avais un double de ses clés pour pouvoir utiliser son appartement. Bien sûr, il a toujours refusé que je lui verse le moindre centime en échange du service qu'il me rendait. Il se contentait de me laisser l'inviter de temps en temps à dîner ou à un concert de jazz. Il a fréquenté pas mal de femmes pendant cette période et bon nombre d'entre elles voyaient ma présence d'un mauvais œil. Nous avions une relation privilégiée et elles le sentaient sans doute. Jamais il n'a soupçonné l'identité de mon amant. Et, ce qui est tout à son honneur, jamais il n'a tenté de la deviner.

Pourtant, Toby et lui ont été présentés une fois : à la soirée de lancement du livre de Peter, en juin 1976. C'était un événement médiatique et littéraire de grande envergure – plus de deux cents personnes étaient présentes. Pas aussi démesuré que le lancement de *Ragtime* d'E. L. Doctorow l'année précédente ni que celui du *Monde selon Garp* de John Irving en 1978 ; mais *Chute libre* avait été l'œuvre de non-fiction la plus populaire du printemps. Le récit – superbement écrit – de son séjour au Chili en avait troublé plus d'un, en particulier le passage racontant son arrestation, son fameux survol du Pacifique, et la découverte que notre père, cadre de l'industrie minière, était en réalité impliqué dans les affaires du régime et de la CIA. *Harper's Magazine* en avait publié un extrait, à la suite de quoi Peter avait été invité sur le plateau de *Firing Line* : le présentateur, William Buckley, lui avait demandé au cours du débat s'il avait du mal à admettre que la CIA lui avait sauvé la vie. Peter s'en était tiré honorablement. Il s'était confié à propos de sa naïveté et de son imprudence à s'être aventuré sur un coup de tête dans le tumulte chilien. Mais il n'avait jamais souhaité dépeindre notre père comme un agent secret malfaisant. Au contraire, il en avait donné l'image d'un homme de sa génération. Un homme qui, après avoir combattu pendant la guerre, se retrouvait déboussolé par la ferveur radicale et les mœurs très libres des années soixante et avait décidé d'entrer dans la CIA afin de continuer à servir son pays. C'était avant tout, pour Peter comme pour notre père, « une grande épopée, loin, au sud de nos frontières, avec une junte brutale et des femmes faciles à séduire – l'impression de se plonger dans un roman de Graham Greene ».

Beaucoup de critiques et de journalistes ont applaudi Peter car il avait refusé de passer ses propres erreurs sous silence, et s'était décrit avec honnêteté. Comme notre père, il avait fui sa tour d'ivoire pieuse et douillette de la Yale Divinity School, mais, lui, pour rejoindre un groupe de révolutionnaires dont les intentions idéologiques respectables ne faisaient finalement pas le poids face à la tentation dictatoriale. J'ai appris beaucoup de choses dans son livre, notamment le fait que les femmes membres du front révolutionnaire étaient considérées comme appartenant à tout le monde ; Peter y racontait également que deux « camarades » avaient été exécutés pour insubordination, parce qu'ils avaient refusé de torturer un agent de police capturé pendant un braquage.

Le soir suivant, vers une heure du matin, le téléphone commun du bâtiment a sonné. J'étais à moitié réveillée – je ne prenais plus de somnifères depuis longtemps, et j'ai toujours eu le sommeil léger. Certaine que c'était mon père, j'ai enfilé un peignoir en vitesse avant de dévaler l'escalier. La ligne était mauvaise, pleine de grésillements et d'échos.

« Appel de personne à personne pour Mlle Alice Burns, a déclaré l'opératrice avec un fort accent hispanique.

— C'est moi.

— Parlez, *señor*.

— Salut, ma chérie… »

Il semblait encore plus ivre que la fois précédente.

« Salut, papa. Il doit être vraiment tard, chez toi.

— Je t'ai réveillée ?

— Pas grave. Qu'est-ce qui se passe ?

— Je voulais juste te dire à quel point je suis fier de toi. Tu as si bien réussi, affronté tellement de choses, et refusé de te laisser abattre par les épreuves… »

Je ne savais pas comment réagir. Mon père était peu coutumier de ce genre d'effusions, et encore moins de tant de vulnérabilité. J'ai décidé de prendre un risque.

« Elle te manque, n'est-ce pas ?

— Qui ça ?

— Maman.

— Ne dis pas de conneries. Elle et ses crises de nerfs… C'était une casse-bonbons de première.

— Qu'est-ce qui te manque, alors ?

— Je change de sujet. Sais-tu comment je peux me procurer un exemplaire du livre de Peter ?

— En le lui demandant. »

161

Et, à ma grande surprise, c'est ce qu'il a fait. Peter était encore à Delhi, et le message – *Peu importe ce que tu as écrit sur moi, je veux juste le lire* – a mis presque un mois à lui parvenir ; mais, quand il l'a reçu, il a immédiatement envoyé un télégramme à son éditeur pour lui dire d'expédier un exemplaire au bureau de notre père sur la 42ᵉ Rue Est. Le livre est arrivé un mois avant sa publication. À l'intérieur, en plus du bordereau standard « Avec les compliments de l'auteur », se trouvait un carton d'invitation pour la soirée de lancement. Ce qui m'a valu un nouvel appel nocturne de mon père, sauf que cette fois il exultait.

« Ton bon à rien gaucho de frère a décidé de me faire partager son heure de gloire. Je serai à la soirée !

— Génial, ai-je dit, légèrement inquiète.

— Cache ta joie, surtout.

— Maman sera là.

— Je m'en étais un peu douté, figure-toi. Avec son nouvel abruti ?

— C'est à elle qu'il faut demander ça.

— Ben tiens. Comment est-il, d'ailleurs, ce Trenton Carmichal ?

— Il la rend heureuse, il faut croire.

— Alors c'est forcément qu'il a été lobotomisé. De toute façon, quel genre de parfait crétin appelle son fils Trenton ?

— Quelqu'un qui aime particulièrement le New Jersey, je suppose. Mais tu ne m'as pas dit le plus important.

— Quoi ?

— Ce que tu as pensé du livre.

— Tu veux savoir ce que je pense du portrait que ton frère a brossé de moi ?

— C'est surtout ça qui m'intéresse, oui.

— Ça aurait pu être bien pire, tu ne crois pas ? Je veux dire, quand je l'ai lu, je me suis dit : "Merde, il me fait passer pour un vieux con borné." Mais, après, je l'ai prêté à Deke Halligan, un petit jeune de ma boîte, pour qu'il me dise ce qu'il en pensait, honnêtement, sans me baratiner. Deke m'a dit que je devrais plutôt me réjouir. Que je n'étais pas le méchant de l'histoire, juste un type qui croit vraiment au mode de vie américain. Que je passais pour un dur à cuire, un type rigide et un séducteur, mais que ça me donnait l'air cool. Il a vraiment utilisé ce mot : cool.

— Alors tu es content ?

— Eh bien, j'ai été immortalisé, pas vrai ? »

Je n'ai pas pu m'empêcher de sourire. Quelques jours plus tard, j'ai rapporté cette conversation à Toby. Selon lui, la perspective de Peter par rapport à notre père était vraiment originale – pour la simple raison qu'il ne l'accablait pas. S'il avait été chargé de la promotion du livre, Toby aurait mis l'accent sur la dynamique père-fils.

« Mon père a été médecin militaire, d'abord à Londres, puis en France après le débarquement, m'a-t-il expliqué. Il ne s'en est jamais vraiment remis. »

Son père n'avait jamais voulu en parler. Pourtant, Dieu sait que Toby avait essayé par tous les moyens de lui tirer les vers du nez, mais ces souvenirs-là restaient sous clé. Il avait vingt-six ans quand il s'était engagé, en laissant derrière lui sa femme et son fils de trois ans – Toby. À en croire ce que sa mère lui avait dit après la mort de son père, ce dernier était rentré complètement renfermé sur lui-même, encore plus distant qu'il ne l'était avant la guerre. De l'avis de Toby, cela valait aussi pour mon père : le retour de la paix était un cauchemar pour les vétérans. Le mariage, les enfants, le travail de bureau… une vie terriblement étriquée, après avoir risqué leur vie jour après jour sur un sol étranger. Nos pères n'avaient pas réussi à transcender cet ennui. Et, toujours de l'avis de Toby, nous aurions mieux fait d'en tirer une leçon.

« C'est ce que tu as fait. Tu n'es plus marié. Tu as élargi ton horizon.

— Tu sais que c'est loin d'être vrai. J'ai deux enfants que j'aime profondément, et qui resteront dépendants de moi pendant encore au moins quinze ans – parce que je ne paie pas seulement leur pension alimentaire, mais aussi leurs futures études. Je ne me plains pas. C'est juste qu'un salaire d'éditeur n'est pas infiniment extensible.

— Et voilà que Miss Vogue te demande de retenter l'expérience.

— On n'est pas obligés de parler de tout ça.

— C'est toi qui as commencé. Parce que ça te ronge. Tu as énormément de doutes à propos de Miss Vogue, je le sais, mais on dirait pourtant bien que tu vas te résoudre à fonder une famille avec elle.

— Tu sais, elle a trente et un ans… et elle me répète sans arrêt que son horloge biologique tourne.

— Ce n'est pas ton problème. Rien ne t'oblige à devenir une banque du sperme pour réaliser ses rêves.

— Cette conversation post-coïtale est bizarre.

— Tu n'avais qu'à pas lancer le sujet. Et puis, c'est l'avantage de notre situation, non ? Tu peux me parler de tout ça.

— Mais toi, tu ne me parles pas de tes problèmes.

— Parce que, contrairement à toi, je suis parfaitement satisfaite de ma situation.

— Et si je te disais que je te veux, toi et toi seule, à plein temps ?

— Non, merci. Je sais que tu ne le penses pas.

— Mais on va tellement bien ensemble.

— Sauf que tu as besoin d'une dimension conjugale dans ton couple. Et moi, cette idée me donne de l'urticaire. »

Du doigt, il a suivi le contour des cicatrices zébrant mon dos.

« Un jour, tout ça ne sera plus aussi douloureux, a-t-il dit. Mais ça pourrait prendre des années.

— Et, entre-temps, tu te seras enlisé dans un nouveau mariage, avec de nouveaux enfants.

— Je ne serai peut-être pas si bête.

— Même si ça arrive, j'aimerais qu'on continue.

— Moi aussi. »

Et nous avons continué, dans la plus parfaite discrétion. Lorsqu'il a reçu une invitation pour la soirée de lancement du livre, nous en avons discuté. Toby voulait être sûr que sa présence ne me gênerait pas. En effet, il tenait absolument à rencontrer Peter, afin, sans doute, de le débaucher vers sa maison d'édition pour son prochain livre.

« Aux yeux du reste du monde, ai-je répondu, j'ai juste été la prof de ton fils. Et c'est seulement à ce titre que nous nous connaissons. »

La santé mentale d'Evan s'était grandement améliorée après quelques semaines passées à Payne-Whitney, et, avec l'aide d'un psychiatre, il avait réussi à terminer son année dans un petit lycée privé de la ville et à s'inscrire dans une bonne université, Stony Brook, pour l'année suivante, en restant constamment sous surveillance psychiatrique. J'avais demandé à Toby s'il était possible d'organiser une rencontre entre son fils et moi, mais Evan avait encore trop honte de ce qu'il avait fait au lycée – en particulier sa tentative de suicide.

« Alors dis-lui simplement qu'il aura toujours une alliée, et que je crois en lui.

— Il faudrait surtout qu'il croie en lui-même. C'est en partie dû à sa maladie, mais aussi au fait qu'il soit si différent des autres.

— La différence est une force.

— Mais pas dans notre culture. Et surtout pas pour un adolescent. Quand on est lycéen, ce n'est jamais facile de se sentir différent. Enfin, nous n'avons pas eu à affronter ce genre de chose mais…

— Parle pour toi. Je n'étais pas du tout populaire. J'étais "la fille qui lit". Si j'ai décidé de ne jamais remettre les pieds à Old Greenwich, c'est aussi parce que j'y ai passé les pires années de ma vie. J'ai vu de très près les dégâts que peut causer le harcèlement. »

Toby connaissait toute l'histoire de Carly, surtout qu'elle avait à nouveau fait parler d'elle. Condamnée à dix ans de prison avec sursis pour sa participation à plusieurs braquages – en échange de son témoignage contre ses anciens frères d'armes, qui, eux, avaient écopé de longues peines –, elle s'était installée à Los Angeles, dans le quartier très bohème de Venice, et passait son temps à consommer de la drogue en compagnie de Dennis Hopper tout en écrivant ses « mémoires d'une esclave sexuelle des Black Panthers ».

« Je te parie que, contrairement à celui de Peter, son livre n'aura rien d'une autocritique, ai-je dit. Pas l'ombre d'une nuance dans le récit de ses aventures chez les extrémistes politiques.

— Ton frère, en revanche, est bien parti pour devenir un auteur reconnu… S'il réussit à transformer l'essai. »

La soirée de lancement donnait certainement l'impression que la scène littéraire new-yorkaise s'intéressait de très près à Peter Burns. Les écrivains et les journalistes de haut vol s'y bousculaient : Jimmy Breslin, Pete Hamill, Clay Felker – rédacteur du *New York Magazine* –, Gay Talese, et… incroyable, était-ce vraiment Kurt Vonnegut ? Dick Cavett, présentateur d'une émission de télévision hautement intellectuelle, a fait un passage éclair de trente minutes, ainsi que Gloria Steinem. Ma mère ne se sentait plus de joie à la vue de tous ces grands personnages venus honorer son fils, surtout quand elle a pu approcher David Reuben. Sept ans après la sortie son célèbre livre *Tout ce que vous avez toujours voulu savoir sur le sexe sans jamais oser le demander*, il en récoltait encore les lauriers. Le nouveau compagnon de ma mère, Trenton Carmichal, est resté collé à elle pendant la majeure partie de la soirée. À première vue, il s'agissait d'une réplique de mon père en plus mince, plus protestant, plus âgé et plus bourgeois, avec une veste bleue à boutons de laiton, une chemise bicolore blanche et bleu marine, une cravate à carreaux, un pantalon de flanelle grise et des mocassins vernis. Un verre de whisky en permanence à la main, il s'est montré très sympathique (« Et voici la fameuse Alice Burns… la meilleure prof du Vermont ! »), même au moment de rencontrer mon père (« Vous devez être si fier de votre fiston »). Papa, loin d'être ravi par la présence de son remplaçant, n'a pas semblé remarquer qu'il portait – ironiquement – presque exactement la même tenue que lui. Il a tout de même poussé la politesse jusqu'à gratifier Trenton d'une de ses poignées de main viriles, après avoir déposé une bise sur la joue de ma mère. Puis Peter l'a tiré par le bras pour le présenter à Gay Talese, qui s'est empressé de le bombarder de questions sur ses aventures en Amérique du Sud. Mon père se délectait de toute cette attention ; il était, après tout, le second personnage principal du livre, et présenté par la plume audacieuse de Peter comme quelqu'un de plus vrai que nature, catholique de Brooklyn devenu père de famille en banlieue, puis espion et séducteur dans un pays en dictature. C'était son quart d'heure de gloire – et tout ça grâce à un fils avec lequel ses rapports étaient, au mieux, tendus. Il était aux anges. Je l'ai même entendu dire à quelqu'un qu'il espérait que George Kennedy jouerait son rôle dans le film.

Adam, vêtu lui aussi d'une veste bleue et d'un pantalon gris, était clairement mal à l'aise au milieu de toute cette belle société new-yorkaise. Peter, au contraire, était très élégant : costume noir aux larges revers (ainsi que le voulait la mode du moment), gilet assorti, et chemise d'un violet profond déboutonnée au cou. Quant à moi, je devais sans doute donner l'impression de débarquer de Woodstock, avec ma longue jupe à fleurs, ma chemise noire légère laissant deviner mon soutien-gorge, mes sandales de cuir et les boucles d'oreilles d'argent en forme de demi-lune que Rachel m'avait offertes pour mon anniversaire. Adam était venu avec Janet, avec qui il sortait depuis six mois : ils habitaient dans le même immeuble à White Plains. Janet avait la vingtaine. Discrète et gentille, elle travaillait comme infirmière dans une maison de retraite de New Rochelle. C'était la première fois qu'Adam la présentait à la famille. Elle était un peu trop maquillée, raide dans son tailleur-pantalon beige, et visiblement aussi gênée que lui. Peter et moi avons fait de notre mieux pour la dérider, mais mon père, lui, s'est montré impitoyable. « Mais qu'est-ce qu'il lui trouve ? m'a-t-il glissé à l'oreille. C'est une version humaine de Levittown : vide et plate. » Adam et elle restaient collés l'un à l'autre comme des gamins timides pendant un bal de promotion ; mais, quand Adam a insisté pour tous nous rassembler (notre père, notre mère, Peter et moi) afin que Janet puisse nous prendre en photo tous ensemble à l'aide de son Kodak Instamatic, elle s'est gracieusement prêtée à l'exercice. Nous avons posé tous les cinq, les bras passés autour des épaules les uns des autres, souriants, jouant la famille heureuse. Puis, quand les quatre ampoules du Flashcube ont été utilisées, chacun de nous est retourné dans son monde respectif : Adam avec Janet, ma mère avec Trenton, mon père avec une femme d'environ quarante ans, à la coiffure volumineuse, et qui fumait en permanence. Peter, lui, s'est lancé dans une conversation animée avec Breslin, roi incontesté des journalistes de Manhattan. Tandis qu'il gesticulait en mâchonnant un cigare, une belle jeune femme l'écoutait attentivement, une main posée sur son épaule.

« La nouvelle conquête de ton frère ? a demandé Toby en passant furtivement un bras autour de ma taille.

— Aucune idée, ai-je répondu en me dégageant de son étreinte de peur qu'on ne nous surprenne. Mais il lui plaît, c'est sûr.

— Et le contraire doit être vrai aussi. Samantha Goodings est considérée dans le milieu comme l'une des jeunes romancières les plus prometteuses de sa génération. Belle, intelligente, professeur à Columbia… et un livre à paraître en octobre.

— Laisse-moi deviner, elle participe aussi aux jeux Olympiques de Montréal cet été. Dans l'équipe nationale de polo.

— Presque. Elle a bien failli devenir joueuse de tennis professionnelle.

— Comment est-ce que tu sais tout ça ?

— Le monde de l'édition est tout petit. Ne prends pas cet air jaloux.

— J'ai l'impression de n'être personne au milieu de tous ces gens brillants.

— Tu pourrais en faire partie.

— Je ne suis pas prête à lui ressembler. Ni à revenir dans ce genre de soirée.

— C'est ton choix, malheureusement. Tu comptes aller dîner avec Peter et tous les autres, après ça ?

— Oui, c'est ce qui est prévu, ai-je répondu.

— On peut se retrouver plus tard, alors.

— Emma est en déplacement ?

— Puisque je te le propose. Minuit chez moi ?

170

— J'y serai. Au fait, tu en sais bien long sur Samantha la femme parfaite. Tu as couché avec elle ? »

Un petit sourire s'est formé sur les lèvres de Toby – avant de disparaître aussitôt. J'ai poussé un soupir.

« Je n'aurais pas dû poser la question, c'est ça ?

— Tu apprends vite. »

6

Quelques mois après cette soirée, j'étais dans le salon de la résidence avec des collègues, et nous regardions Jimmy Carter remporter la présidentielle. Les sondages annonçaient des résultats très serrés depuis quelques jours, alors que Gerald Ford, le président sortant, semblait regagner en popularité à la dernière minute. Après le chaos scandaleux des années Nixon, l'idée que nous puissions élire son successeur désigné me paraissait pourtant inconcevable. Bien sûr, une grande partie du pays restait conservateur, et Nixon avait lancé la guerre culturelle entre « Nous, les vrais Américains » et les élites instruites. Deux pays distincts s'étaient détachés au sein d'une même nation. Mais Carter prêchait l'apaisement, le sens moral, le retour à un État où la Maison Blanche ne serait plus synonyme de coups bas, de mépris, d'entrées par effraction et de bombardements secrets de pays en paix (comme ceux ordonnés par Nixon au Cambodge et au Laos) – sans parler de la crise constitutionnelle causée par la déchéance, puis la démission d'un président. Carter apportait un souffle nouveau, une éthique inspirée par le côté positif du christianisme. Il croyait, tout simplement, aux vertus de la bienfaisance.

Au moment où David Brinkley annonçait sur la NBC que Jimmy Carter serait le trente-neuvième président des États-Unis, quelqu'un a débouché une bouteille de champagne, et nous avons trinqué avec nos gobelets en carton. Puis chacun est rentré chez lui. Ce soir-là, je me suis juré que, dans quatre ans, pour les résultats des prochaines élections, j'aurai quitté Middlebury.

Je savais pourtant que je n'étais toujours pas prête à me réinventer. Même pendant mes courts séjours à New York, je tremblais à l'idée de m'installer définitivement dans cette métropole féroce où seuls réussissaient les ambitieux et les téméraires. Je préférais de loin me retrancher dans ma campagne tranquille, tout en ayant accès aux richesses culturelles et sociales de la ville un week-end sur deux.

Le livre de Peter était encensé par les critiques. Il s'est lancé dans une tournée promotionnelle gigantesque, à travers plus de trente villes, au cours de laquelle il a – selon ses dires – couché avec une femme différente à chaque étape. Il a utilisé l'argent des droits cinématographiques pour s'offrir un superbe trois-pièces dans un vieil immeuble en *brownstone* de Brooklyn Heights : la vue n'avait rien d'extraordinaire, mais l'endroit était haut de plafond et très spacieux. Il a transformé l'une des chambres en bureau. Depuis le petit balcon, on apercevait le grand port où tant de nos ancêtres avaient accosté en Amérique.

« J'appelle ça "mon point de vue Melville" », a-t-il expliqué à un reporter du *New York Times* au cours d'une interview donnée dans son nouveau logis.

Le mobilier, dans le plus pur style scandinave, avait été choisi par Samantha Goodings. Elle avait emménagé avec Peter et pris en main une grande partie de son existence, tout en ayant soin de leur bâtir à tous deux une image de jeune couple d'écrivains branchés : photogéniques, progressistes, intellectuels mais sexy. Du moins, c'est ainsi qu'ils étaient décrits dans le *New York Magazine* et *Interview*, ainsi que sur la demi-page qui leur a été consacrée dans la rubrique style du *New York Times*, où il était également révélé que l'éditeur de Peter, Little, Brown, lui avait proposé un contrat pour écrire son premier roman. Peter présentait celui-ci au monde entier comme « rien de moins qu'une vue d'ensemble fictionnelle de notre époque, ce que c'est d'être américain dans le monde d'après-guerre ». Little, Brown espérait une publication fin 1978.

« Ton frère a commis une grosse erreur, si tu veux mon avis, m'a déclaré Toby pendant que nous traînions au lit un soir.

— Comment ça ?

— Il ne faut jamais raconter à tout le monde qu'on écrit un roman majeur.

— Norman Mailer fait ça tout le temps.

— Oui, mais il s'agit de Norman Mailer. On attend de lui qu'il proclame son génie, qu'il se considère comme le plus grand conteur depuis Homère. C'est sa marque de fabrique. Peter est encore loin d'avoir sa stature. Il vient à peine de se lancer. Et même si son livre a eu beaucoup de succès, il ne s'est pas aussi bien vendu que l'espérait son éditeur. Maintenant, Little, Brown s'inquiète de le voir crier sur les toits qu'il a un chef-d'œuvre en préparation. Il a besoin de prendre un peu de distance par rapport à tout ça. D'ailleurs, il devrait arrêter de passer sa vie dans des soirées et s'isoler pour écrire.

— C'est ta vieille copine Samantha qui l'entraîne dans le beau monde.

— Arrête de l'appeler comme ça. Ce n'était qu'une passade, rien de plus.

— Comme nous ?

— On dirait que tu es jalouse.

— Pas du tout. Je sais que je ne suis pas la seule avec qui tu aies notre genre d'arrangement, et ça me va très bien. Mais ne fais pas comme si coucher avec Samantha Goodings était la chose la plus banale du monde. J'ai bien vu comment tu la regardais à la soirée de Peter. Tu as toujours un faible pour elle, et, franchement, ça se comprend.

— Parce qu'elle est magnifique, géniale, qu'elle a un succès démesuré alors qu'elle est encore si jeune… ? Arrête de te comparer aux autres, Alice ! »

Je me suis mordu la lèvre.

« Voilà pourquoi je ne supporterais pas de vivre à New York, ai-je rétorqué. Cette ville est peuplée de femmes comme Samantha. Les carriéristes de Manhattan. Et moi, je ne suis qu'une péquenaude…

— N'importe quoi. Tu es aussi belle et intelligente qu'elle. Tu pourrais accomplir de grandes choses ici, mais tu te sers de Dublin comme d'un bouclier, et tu t'empêches de dépasser toutes les horreurs que tu as vécues. C'était il y a deux ans, Alice. Je ne dis pas que tu pourrais tout laisser derrière toi comme une espèce de mue de serpent, mais, crois-moi, tant que tu resteras dans le Vermont à jouer les maîtresses d'école en te répétant que tu n'es pas assez bonne pour New York, tu n'avanceras pas. Tu as tout ce qu'il faut pour te tailler une place ici. La question, c'est : quand l'accepteras-tu ? »

Cette conversation me déplaisait fortement, et j'étais bien déterminée dorénavant à éviter le sujet. Toby, de son côté, voyait toujours Miss Vogue, même s'il commençait à en avoir assez de l'entendre réclamer une officialisation de leur relation par le biais du mariage. Elle menaçait de le quitter s'il ne lui donnait pas l'enfant dont elle rêvait. Le fait que nous puissions discuter de tout ça à cœur ouvert en disait long sur la nature inhabituelle de notre relation : une véritable complicité et un fort attachement s'étaient établis entre nous, accompagnés de la certitude que notre engagement resterait toujours cantonné aux limites que nous avions fixées. Je ne savais pas trop qu'en penser. D'un côté, j'avais indéniablement des sentiments pour Toby – si drôle, élégant, perspicace, et avec qui le sexe était un émerveillement sans cesse renouvelé. De l'autre, il frisait la quarantaine, il avait des obligations envers énormément de gens – notamment son ex-femme –, ses enfants étaient le noyau de son existence… et, surtout, la fidélité n'était pas son fort, même s'il était tout à fait capable de se montrer responsable et mature. Si je tombais amoureuse de lui, le fait qu'il se sente perpétuellement obligé d'aller voir ailleurs – et peu importait qu'il m'aime vraiment – pourrait devenir un problème de taille. Les choses étaient bien mieux ainsi, un *statu quo* dans lequel aucun de nous ne pouvait prononcer ces dangereuses paroles, souvent à l'origine de renégociations qui se terminent rarement bien : « Je voudrais davantage que ce que tu me donnes. »

Duncan sentait bien que je n'arrivais pas à me décider au sujet de l'homme qu'il avait surnommé le Cowboy solitaire. Le lendemain de cette conversation avec Toby, j'ai demandé à Duncan s'il pensait que je me sous-estimais en restant dans le Vermont. Lui-même revenait juste d'un séjour à Alger, où il avait interviewé dans son exil l'ancien professeur de Harvard devenu gourou toxicomane, Timothy Leary. Il s'était remis de sa malheureuse histoire avec Patricia, et sortait maintenant avec Andrea, une juriste spécialisée dans le droit du spectacle, qui faisait des allers-retours incessants entre New York et Los Angeles. Andrea se décrivait gaiement comme étant « bi-côtière ». Très intelligente, sérieuse, populaire et plutôt cultivée, elle demeurait cependant un peu trop enthousiaste à mon goût : elle laissait souvent entendre à Duncan qu'il devrait chercher un appartement plus grand, car celui qu'il occupait « faisait trop étudiant ». Je me demandais déjà combien de temps il supporterait cette pression. Cela dit, elle le soutenait vraiment dans ses projets d'écriture, et le rassurait quand il était en proie à l'un de ses fréquents accès de doute. Quand je passais la nuit dans son appartement, je les entendais faire l'amour longuement et bruyamment. De toute évidence, c'était au lit que leur harmonie s'exprimait le plus clairement. Mais j'étais frappée par la manière dont Duncan, comme mon frère aîné, se laissait entraîner dans le tourbillon de la société new-yorkaise. Il m'avait pourtant avoué lui-même que tout ce beau monde, tout ce vernis, n'était pas le genre de théâtre où il aimait évoluer.

Un soir que je rentrais dans son appartement après avoir passé l'après-midi chez Toby, je me suis retrouvée prise dans une étreinte fougueuse à peine la porte franchie.

« Je suis le fantôme du passé ! »

Sa tignasse de cheveux frisés, autrefois verte, était maintenant teinte en noir, il avait encore minci, et son teint était plus pâlichon que jamais – mais Howie D'Amato restait le même, aussi expansif que la dernière fois que je l'avais vu. Il paraissait vraiment heureux de me retrouver.

« Je ne savais pas que vous étiez restés en contact, ai-je lancé à Duncan qui débouchait une bouteille de vin rouge.

— Je travaille au service de presse de St Martin's Press, a expliqué Howie, et notre beau gosse national ici présent vient de signer un contrat chez nous pour un gros livre sur le déclin et la chute de l'idéalisme des années soixante. Quand son éditeur l'a fait entrer dans mon bureau, je n'en croyais pas mes yeux. Une des seules personnes à Bowdoin qui ne m'ait jamais appelé "Tree Fag" ! Et là, quand il m'a dit que tu passais régulièrement chez lui, je ne pouvais pas faire autrement que venir te rendre une petite visite surprise. Tu as une mine resplendissante.

— Et toi, tu n'as rien perdu de ton talent pour les hyperboles.

— J'adore ton style *seventies* écolo-chic. Il faut absolument qu'on ait une discussion un de ces quatre, que tu m'expliques comment manger des ignames peut améliorer mon karma.

— Décidément, tu n'as pas changé.

— Oh que si. Ça m'a fait un bien fou d'atterrir enfin à New York, claquer la porte au nez du reste du monde, et me concentrer exclusivement sur Manhattan et Fire Island.

— Tu devrais voir son appartement à Chelsea, a ajouté Duncan. C'est comme si Oscar Wilde avait viré Flower Power. »

En l'occurrence, j'aurais plutôt décrit l'endroit – que j'ai eu l'occasion de visiter quelques semaines plus tard – comme un hommage à la divine décadence. C'était un grand studio situé dans un vieux *brownstone*, et tous les meubles y étaient tendus de velours carmin assorti aux tentures. Des lampes Tiffany éclairaient les tableaux homoérotiques très explicites accrochés aux murs autour d'un grand lit à baldaquin couvert de poupées victoriennes. L'ensemble baignait dans la fumée au patchouli de multiples bâtonnets d'encens. Et, en guise de fond sonore, la chaîne stéréo diffusait en permanence des airs de comédies musicales (Howie avait déjà vu *Chorus Line* à trois reprises).

« Je me conforme à absolument tout ce qu'on attend d'une folle de New York, m'a-t-il confié, et je suis terriblement fier de ne plus avoir à me cacher. »

Il a insisté pour m'inviter à dîner au Magic Flute Café, au coin de Broadway et de la 64ᵉ Rue, après nous avoir obtenus à prix d'or des places en fauteuils d'orchestre pour un spectacle de Rudolf Noureev. Pendant le repas, il a parlé du Fils de Sam, un serial killer qui sévissait à New York, et prenait pour cible les couples en train de se peloter dans leurs voitures. À peine quelques jours auparavant, une étudiante de l'université Columbia avait été abattue sans raison d'une balle dans la tête, et le jeune assaillant était parvenu à s'enfuir à pied. La nouvelle de cet incident avait réveillé chez moi de vieux traumatismes, et quand Howie a abordé le sujet, je me suis aussitôt tendue. Ce qu'il n'a pas manqué de remarquer. Il a immédiatement posé sa main sur mon bras dans un geste d'apaisement.

« Moi et ma grande bouche... Je n'ai pas réfléchi.

— Ce n'est rien, ça va. C'est juste que...

— Duncan m'a raconté. Il m'a tout dit. Il n'y a rien à expliquer, ne t'en fais pas. »

D'une main légèrement tremblante, j'ai pris une cigarette dans mon sac et je l'ai allumée, accompagnant la première bouffée d'une gorgée de vin rouge.

« Parfois, je me demande si j'arriverai à m'en remettre un jour.

— Peut-être pas, a dit Howie. Peut-être que tu resteras marquée toute ta vie, et que ça t'empêchera de faire tout un tas de choses.

— Tu souffres toujours de ce qui est arrivé à Bowdoin, toi ?

— Bien sûr. De temps en temps, quand je n'ai rien d'autre à penser, je me demande si ce n'est pas justement pour ça que je suis devenu encore plus ouvertement gay, à étaler mon orientation à la face du monde – à cause de tout ce qui s'est passé là-bas. Ça m'a profondément meurtri. J'ai eu de la chance, mes parents m'ont toujours accepté tel que j'étais, mais ils ont été à peu près les seuls. »

Howie avait raison. Cette société, cette culture, considérait encore les homosexuels comme des êtres anormaux qu'il fallait cacher. En dépit de son assurance toute neuve, Howie ne dissimulait pas non plus ses tourments. Il regrettait de ne pouvoir bâtir une relation avec quelqu'un qui dure plus d'une nuit ou deux. Ce soir-là, lorsque je m'en retournerais chez Duncan, il irait au Mineshaft pour trouver quelqu'un avec qui « baiser dans les toilettes », et puis, vers trois heures, il rentrerait dormir un peu dans son appartement « flamboyant » – ce sont ses mots – avant d'avaler un cachet de Dexedrine pour tenir le coup demain à son boulot « flamboyant ». Il aurait des discussions « flamboyantes » avec tout le monde, prendrait un déjeuner « flamboyant » en compagnie d'un rédacteur en chef de magazine qu'il essaierait de convaincre d'écrire un article sur l'un de ses auteurs, puis il se préparerait pour une « flamboyante » soirée de lancement à dix-neuf heures, et tous les gens qu'il croiserait se diraient : « Cet Howie D'Amato est décidément flamboyant, et incroyablement bien dans sa peau. »

« En vrai, ce n'est pas si simple : je suis flamboyant, certes, mais aussi très seul… »

Fidèle à sa parole, il a disparu aux alentours de minuit pour se rendre dans un bar du Meatpacking District où il serait à peu près assuré de trouver une autre âme avec qui partager un bref moment d'intimité. À partir de ce soir-là, il est redevenu l'ami proche qu'il avait été pour moi à l'université – le genre d'ami capable de m'appeler à des heures indues pour me raconter sa vie *ad libitum*. Cela compromettait légèrement ma concentration le lendemain, mais ça en valait toujours la peine. À mesure que notre complicité s'accroissait, moi aussi je me confiais à lui. Il a très vite cerné, et compris, ce besoin d'abandon à l'origine de mon étrange arrangement avec Toby. Duncan aussi était un très bon ami, mais il n'approuverait pas du tout ma relation avec un homme de presque dix-huit ans de plus que moi ; quant à David, mon collègue de la Keene Academy, il avait la langue trop bien pendue pour que je lui confie quoi que ce soit – les ragots étaient sa manière de supporter la vie quasi monacale dans la résidence. Howie, malgré sa « flamboyance » extérieure, possédait un vrai sens de la discrétion et de ce qu'il appelait le « silence jésuite ». Cette référence au catholicisme n'avait rien d'ironique, Howie avait non seulement été élevé selon les préceptes de l'Église catholique, apostolique et romaine (comme l'exigeaient ses racines italiennes), mais, aujourd'hui encore, il allait à la messe tous les dimanches et croyait dur comme fer aux bénéfices purgatifs du confessionnal. Il avait même trouvé à St Malachy, la prétendue « église des acteurs » de la 49e Rue Ouest, un prêtre qui ne condamnait par ses nombreux péchés charnels.

« Il est toujours très circonspect, mais j'ai l'impression que le père Michael trouve finalement ma vie sexuelle assez palpitante. Il m'a même dit un jour que je ne devrais surtout pas aller me confesser aux autres prêtres, parce qu'ils ne seraient pas aussi indulgents que lui. Tu parles… C'est une église d'artistes et de Broadway Babies comme moi, tous les prêtres doivent en entendre des vertes et des pas mûres. À mon avis, le père Michael vit par procuration à travers moi. »

Sans même que j'aie à lui raconter quoi que ce soit, Howie connaissait beaucoup de détails de la vie de Toby. Le monde de l'édition, semble-t-il, est un de ces petits villages dont les murs sont quasiment transparents, et où garder un secret relève du miracle. Ainsi, Howie était au fait du divorce de Toby et de ses problèmes de couple avec Miss Vogue. Pourquoi lui avais-je révélé notre liaison ? Peut-être en gage d'amitié. En tout cas, il avait été honoré que je lui fasse suffisamment confiance pour lui dévoiler mon secret. De son côté, il m'avait raconté son arrestation par la police l'année précédente, lorsqu'il avait tenté de séduire un homme dans les toilettes de Penn Station.

« Un beau mec qui me fait des avances, et il fallait qu'il soit flic.

— La police t'a piégé, non ?

— Absolument, et c'est grâce à ça que l'avocat de l'ACLU qui m'a défendu a réussi à faire abandonner toutes les charges : parce que c'était un vilain traquenard. »

L'affaire avait pourtant été sérieuse. Ses supérieurs de St Martin's Press l'avaient appris. Howie avait raté le train pour Washington où il devait retrouver un auteur, mais même sans cela, la police avait jugé bon de les informer qu'il avait été arrêté pour attentat à la pudeur dans un lieu public – « D'ailleurs, je n'ai même pas pu en profiter, puisque le flic a dégainé son insigne à peu près au moment où je défaisais sa braguette… » Howie a eu de la chance, car sa chef, Sheree West (quel nom ! Parfait pour une chanteuse de cabaret), l'aimait bien. Outre qu'elle le trouvait très drôle, Howie était aussi un excellent professionnel – et dans la publicité, il n'y a que les résultats qui comptent. Elle avait arrondi les angles avec le grand patron, mais elle avait été obligée d'avertir Howie : à la prochaine incartade, elle ne pourrait plus rien pour lui. Elle lui

184

avait recommandé de se cantonner aux bars gays, plus sûrs, puisque la police n'y mettait plus les pieds depuis les émeutes de Stonewall.

Ainsi, nous partagions nos secrets les plus douloureux et cela ne faisait que renforcer notre lien.

Howie était le plus grand supporter de mon histoire avec Toby. Pour lui, Toby Michaelis était « vraiment canon », et c'était une « tête ». Mais ce qu'il appréciait le plus dans cette histoire, c'était que je ne veuille pas faire ma vie avec lui. Il y voyait là un signe d'intelligence. Il avait bien discerné ce qu'il appelait la « dichotomie de Toby » : ce hiatus entre son besoin viscéral d'avoir une relation stable, et son refus d'être enchaîné à quelqu'un. Howie étant lui-même peu porté sur la monogamie, il ne jugeait pas Toby et approuvait mon choix. Toby était exactement ce qu'il me fallait en ce moment : intéressant, sexy, hors de portée. En revanche, en ce qui concernait mes choix professionnels, Howie était nettement moins enthousiaste.

« Si tu veux continuer à faire de bons choix, je te conseille de quitter le Vermont », m'avait-il dit lors d'une de nos discussions.

Tous mes amis new-yorkais me répétaient la même chose : je faisais du surplace, perdue là-haut dans les bois. Mais ça ne m'a pas empêchée d'y rester deux années de plus. Je m'étais fixé comme limite l'année 1980 et mon vingt-cinquième anniversaire.

Au cours de cette période, j'ai réussi à aider une élève appelée Sally Richardson à résoudre son problème de dyslexie pour intégrer une très bonne université. Mon goût pour la course à pied s'est mué en obsession, au point que j'ai couru en 1978 le marathon de Boston en quatre heures et douze minutes – avant d'améliorer ma performance de deux minutes lors du marathon de New York l'année suivante. Duncan et Howie m'attendaient tous les deux sur la ligne d'arrivée. Le premier livre de Duncan (*À travers le miroir. Comment la contre-culture américaine a altéré la conscience nationale*) est paru fin 1978, applaudi par les critiques mais boudé par le public. Sa vision des années soixante – dont les expériences débridées tant sur le plan sexuel que social avaient ébréché l'armure de conformisme de l'après-guerre – était étayée par de solides arguments et rédigée dans un style élégant et vif. Certains critiques se sont offusqués de le voir annoncer une nouvelle révolution conservatrice – une révolution qui réduirait à néant tous les progrès accomplis depuis l'aube de l'ère JFK. Dans un éditorial passionnant publié dans le *New York Times*, Duncan a affirmé que la crise des otages d'Iran (durant laquelle cinquante-deux employés et civils américains ont été retenus dans l'ambassade américaine par des étudiants révolutionnaires partisans de l'ayatollah Khomeini) sonnait le glas de la présidence de Carter, et le clairon d'un nouveau mouvement conservateur en pleine prise de vitesse à travers le pays. Les amis libéraux de Duncan lui en voulaient d'augurer la montée au pouvoir de ces nouveaux penseurs de droite. Bien que lui-même soit plutôt centriste, il devenait de plus en plus adroit à cerner l'esprit de notre époque, le *Zeitgeist* comme on dit. Il a interviewé pour l'*Atlantic* Norman Podhoretz, Irving Kristol, Midge Decter et Milton Friedman – quatre hommes constituant le moteur intellectuel de ce qui deviendrait la révolution néoconservatrice. Pour

Duncan, le pays sous-estimait cette avant-garde à ses risques et périls, et il a convaincu *Esquire* de l'envoyer pendant un mois en Californie enquêter au sujet de cet acteur de troisième catégorie devenu gouverneur de l'État, et qui préparait déjà avec un grand sérieux sa campagne présidentielle, plus d'un an et demi avant les élections de 1980.

« Ne me dis pas que Reagan a sa chance face à Carter », a gémi Howie dans le restaurant chinois où Duncan et lui m'avaient emmenée déjeuner après mon marathon.

Duncan revenait tout juste de Californie. D'après lui, nous aurions tort de prendre sa candidature à la légère.

« En privé, il est assez distant et réservé, au point que j'ai l'impression que même ses proches ne le connaissent pas vraiment. Mais il suffit de le mettre devant une foule d'Américains pour qu'il trouve le moyen de les atteindre, d'invoquer une vision du pays à la Norman Rockwell, et de les persuader tous qu'il faut rejeter Carter et sa morne conception des choses.

— Mais l'Amérique qu'il prône est un fantasme de dessin animé, ai-je dit. Elle n'existe pas.

— Tous les conservateurs parlent du passé comme si le monde était parfait à l'époque. Regarde ce qui se passera quand les Anglais éliront Margaret Thatcher et son parti, dans quelques mois. Elle a déclaré publiquement qu'elle défendait les valeurs victoriennes.

— Tu veux dire, pendre les enfants qui volent pour survivre, enfermer les pauvres dans des ateliers, et jeter le contenu des pots de chambre directement dans la rue ? » a demandé Howie.

Malgré moi, j'ai esquissé un sourire.

« Quel tableau !

— Je prends ça pour un compliment. Mais tu me fais peur, Duncan, à dire qu'on aura un acteur de série B à la Maison Blanche en 1981. Peut-être qu'il nommera Bob Hope secrétaire d'État.

— Je pense plutôt que ce sera Roy Rogers, ai-je dit.

— Parfait, il pourra négocier avec les Soviets, assisté de son fidèle Trigger.

— En tout cas, Reagan est un vrai conservateur moderne, a déclaré Duncan. Ce n'est ni un autocrate ni un démagogue.

— On en élira un, un de ces jours, vous verrez », ai-je marmonné.

Duncan s'épanouissait dans ce statut d'observateur de la scène politique. Il avait la réputation d'être précis, impliqué, mais aussi très analytique. Son style, sans être aussi hyperbolique que celui de Tom Wolfe ou de Hunter S. Thompson, lui permettait d'aller droit au cœur du sujet tout en restant subtil et pénétrant. Beaucoup trouvaient impressionnant qu'il soit capable de raisonnements aussi intelligents et éclairés à seulement vingt-cinq ans. Il avait eu une mauvaise surprise quand Andrea l'avait quitté pour un collègue juriste, mais, comme il l'a admis plus tard, elle avait de toute façon un peu trop d'ambition pour lui. Néanmoins, à mon avis, son histoire avec ses parents le rendait particulièrement fragile sur ce sujet. Je trouvais ça à la fois triste et dommage : Duncan ne semblait s'enticher que de femmes susceptibles de le rejeter, et les ruptures lui faisaient beaucoup de mal, même s'il retombait rapidement amoureux ensuite. Il n'était d'ailleurs pas dupe.

« Je suis un idiot romantique, m'a-t-il dit un jour que nous discutions de sa séparation. J'ai toujours besoin d'être avec quelqu'un, même si ce n'est pas la personne qu'il me faut. Tu as de la chance d'avoir ton petit arrangement avec le Cow-boy solitaire... et de pouvoir garder tes distances.

— Et toi, tu as de la chance de chercher l'amour.

— C'est ce que tout le monde fait, non ?

— Quand on l'a trouvé, puis perdu... »

Je n'ai pas achevé ma phrase, et Duncan a eu la délicatesse de ne pas insister ni de sortir une foutaise bien-pensante du genre : « Le prochain homme de ta vie n'est peut-être pas loin. »

J'ai voulu exprimer le fond de ma pensée :

« Il serait temps d'arrêter de vouloir épouser ta mère, Duncan. »

Il a ri.

« Howie m'a dit exactement la même chose il y a quelques jours. »

Howie aussi gravissait les échelons du succès. Il avait été nommé directeur adjoint du service de presse à St Martin's Press. Ses horaires de travail étaient démentiels mais il maintenait tout de même son rythme de vie trépidant, allant de fête en fête et nous régalant, Duncan et moi, des détails toujours très « graphiques » de ses aventures.

« Tu devrais vraiment écrire sur tout ça, lui avait suggéré Duncan. Le monde doit connaître ta vie sexuelle à la Jérôme Bosch. »

À quoi Howie avait rétorqué que, contrairement à Duncan, il ne savait écrire que des communiqués de presse, rien de plus. Mais, outre ses succès professionnels, Howie avait aussi bénéficié d'une très agréable surprise : sa tante Marie, la sœur de son père, était morte en lui laissant un héritage assez important. D'après Howie, cette femme était une vraie plaie. Jamais mariée, elle travaillait comme secrétaire chez un comptable grincheux de Newark, et avait fumé deux paquets par jour pendant quarante ans, ce qui avait fini par lui donner un cancer du poumon... Quoi qu'il en soit, Howie et elle s'entendaient plutôt bien et « la vieille bique » lui avait laissé tout ce qu'elle possédait, ce qui, après les droits de succession, les frais de notaire, les obsèques et tout le tralala, s'élevait à quarante mille dollars. Et au lieu de tout claquer en partant faire un tour du monde du sexe, Howie avait épaté son monde en prenant la décision très mature d'acheter un appartement plus grand. Et il avait demandé à ma mère de l'aider à dégoter un grand trois-pièces à Chelsea.

Depuis trois ans qu'elle avait mis fin à son mariage, ma mère faisait des étincelles elle aussi – surtout maintenant qu'elle avait renoncé à sa coupe afro et à ses nippes dignes d'Ava Gardner. Elle s'était réinventée en femme d'affaires pleine de ressources, acharnée et terriblement efficace. Dès le départ, elle m'avait assuré qu'elle deviendrait très vite l'employée numéro un de son agence, et elle avait fait courir le bruit que c'était à elle qu'il fallait s'adresser pour mettre la main sur les meilleurs appartements de la ville.

Et de fait, elle avait fait gagner à son agence un million de dollars de bénéfices sur les ventes au cours de sa première année d'exercice, et avait doublé ce chiffre l'année suivante. Elle n'a pas tardé à s'acheter à son tour un joli trois-pièces avec vue sur l'Hudson vers

190

la 84ᵉ Rue et Riverside Side Drive, qu'elle a meublé et décoré dans un style un peu étouffant de maison de campagne anglaise. Il n'en reste pas moins que l'appartement a figuré dans un article du *New York Times*, intitulé : « On n'arrête plus Brenda Burns, la nouvelle reine de l'immobilier. » L'article est paru un dimanche neigeux de janvier, et ma mère m'a téléphoné dès le matin pour m'ordonner de filer à Middlebury afin d'acheter le journal.

« Ta maman joue dans la cour des grands, a-t-elle fièrement annoncé.

— C'est ton rêve qui se réalise. »

J'ai fait de mon mieux pour ne pas me montrer trop sèche.

« Tu pourrais être un peu plus enthousiaste, Alice.

— Je le suis.

— Tu ne comprends pas à quel point c'est important pour moi.

— Si, je comprends. Et je suis contente pour toi.

— Alors fonce acheter ce journal. »

Ce que j'ai fait, sans doute un peu plus lentement qu'elle ne l'aurait souhaité, à cause de la neige qui tombait à gros flocons. Il y avait un magasin ouvert à Middlebury le dimanche, et le gérant me mettait toujours le journal de côté. Ce jour-là, j'ai aussi acheté des œufs, du bacon et des muffins anglais. Quand je suis rentrée à la résidence et que je me suis installée avec mon article, David, qui s'était préparé un petit-déjeuner spécial gueule de bois (une montagne de pancakes dans un océan de sirop d'érable) est venu lire par-dessus mon épaule.

« C'est donc elle, ta maman adorée. »

La photo la montrait dans son nouvel appartement, assise dans un grand fauteuil Chesterfield (dont elle expliquait que le tissu en tartan avait été importé spécialement de chez Liberty's à Londres), l'air très professionnel avec son tailleur-pantalon beige – « Pas un très bon choix de couleur pour la saison, a fait remarquer David, mais elle voulait sûrement rehausser son teint » –, ses lunettes, un bloc-notes dans une main, un café dans l'autre, et un grand sourire dévoilant ses dents fraîchement refaites.

« Elle passe clairement pour la meilleure vendeuse de garçonnières de la ville, navré de te dire ça.

— Pourquoi navré ? Elle doit être extatique en ce moment, avec tout ce que raconte l'article sur son dynamisme et son ardeur à la tâche, tous ses clients célèbres, les soirées mondaines nombreuses auxquelles elle est invitée, et le fait qu'elle ait sa table réservée chez Longchamps… C'était le restaurant préféré de son père, et il y emmenait ses plus gros clients.

— Tel père, telle fille.

— Sauf que mon grand-père vendait des bijoux, pas des appartements. Mais il serait très fier d'elle.

— Parce qu'elle a réussi à se faire un nom dans le métier ?

— Parce qu'elle gagne des mille et des cents. »

En fait, elle gagnait beaucoup plus que mon père, et ne s'était pas privée de me le faire savoir. Quant à papa, il l'avait appris quand elle avait renoncé, un an après leur séparation, à la pension alimentaire qu'il lui versait. Elle avait également quitté son petit copain avocat au prénom ridicule (« Il était bien élevé, mais à mourir d'ennui ») pour Jerry Elder, un producteur de théâtre assez extravagant qui semblait voguer de flop en flop sur Broadway : pour avoir assisté à la première de sa « comédie musicale rock de l'espace », *Via Galactica*, je pouvais affirmer que c'était l'un des spectacles les plus accablants que j'aie jamais vus. Il me faisait l'impression d'être ce que David appelait une « girouette » en matière de préférences sexuelles, mais il semblait rendre ma mère heureuse tout en satisfaisant sa soif de contact avec les célébrités – dont il fréquentait un certain nombre.

« Je vois qu'elle a vendu des appartements à non pas un, mais trois présentateurs télé, a dit David en parcourant l'article des yeux. Tu dois être comblée. »

J'ai replié le journal.

« Parlons d'autre chose, d'accord ?

— Tu veux que je te dise, Alice ? On ne pourra jamais oublier toutes les saloperies que nos parents nous infligent. Ça fait des années que je l'ai compris. La seule manière de survivre à toute cette merde, c'est de prendre de la distance : la largeur de l'océan Atlantique, par exemple. C'est ce que tu as fait, et je t'admire pour ça. »

Ma mère m'avait répété je ne sais combien de fois que la deuxième chambre de son appartement tout droit sorti de l'Oxfordshire m'était destinée, et elle trouvait insultant mon obstination à dormir chez Duncan quand je passais en ville. Un soir, alors que je dînais avec Jerry et elle – après avoir vu la comédie musicale de Stephen Sondheim, *Pacific Overtures*, que j'avais trouvée géniale et que Jerry avait jugée « trop esthétique pour Broadway » –, elle s'est à nouveau lancée dans sa litanie de reproches à base de « Ma fille ne veut pas de moi ». À ma grande surprise, Jerry (avec ses cheveux teints en noir corbeau, son costume trois-pièces d'un noir brillant et sa cravate à nœud Windsor) a volé à mon secours.

« Brenda, tu sais bien que cette jeune demoiselle a besoin d'espace. Et, d'après ce que tu m'as dit, c'est aussi ce qui te manquait avec ta mère, jusqu'à ce qu'elle ait le bon goût de mourir et de te lâcher un peu la grappe. Alors si tu montrais à Alice la donzelle classe et ambitieuse que tu es devenue, en évitant de lui imposer le même bazar ? »

J'ai applaudi mentalement des deux mains – même si la féministe en moi a tiqué au mot « donzelle ». Enfin, Jerry avait alors soixante-quatre ans. Démocrate jusqu'au bout des ongles, il continuait à soutenir notre président producteur de cacahuètes et ses chevaux de bataille libéraux, alors même que toute l'administration Carter était sur le point d'imploser ; je pouvais bien supporter qu'il parle de temps en temps comme un personnage de Damon Runyon, crâneur et volubile. Et puis il réussissait à adoucir ma mère et cela me le rendait sympathique.

Mon père, en revanche, ne pouvait pas le voir en peinture.

« On dirait un croisement entre un connard de rabbin et le genre d'avocat pitoyable que tu appelles quand ton voisin du dessus a inondé ta chambre en laissant couler un robinet. »

Il m'a lancé cette tirade alors que nous étions en train de dîner dans un restaurant près de son bureau.

« Il est plutôt gentil avec moi.

194

— Parce qu'il t'a offert une place pour *Chorus Line* et invitée à manger chez Sardi's une fois ou deux ?

— Parce qu'il sait comment prendre maman.

— N'importe quoi. Elle est ingérable.

— Jerry a trouvé un moyen, en tout cas. »

Mon père m'a regardée comme si je venais de lui cracher au visage, puis a fait signe au serveur de lui apporter un nouveau whisky soda.

« Tu ne veux pas non plus me rappeler à quel point ta mère est riche, tant que tu y es ?

— Je ne sais pas si elle se décrirait comme ça.

— Oui, bon. Ce sont ses clients qui sont riches.

— Mon ami Howie vient d'acheter un trois-pièces à Chelsea grâce à elle, et il est loin d'être riche.

— La pédale ?

— Ne l'appelle pas comme ça, papa.

— Je t'apprends quelque chose, peut-être ? La dernière fois que je l'ai vu, il faisait tellement d'efforts pour me plaire que j'ai eu l'impression de me faire draguer par Tiny Tim.

— Mais enfin, papa, qu'est-ce qui te prend de dire des trucs pareils ?

— C'est la vérité, merde.

— *Ta* vérité. Ton ignorance. Ta méchanceté.

— N'essaie pas de me prendre de haut, jeune fille.

— Je ne suis plus une "jeune fille". Personne n'a le droit de m'appeler comme ça. Et je trouve détestable que...

— Quoi ? Que quoi ? Que je parle un peu sans réfléchir quand je bois ? Si tu veux traîner avec des homos – là, tu vois, j'ai utilisé le bon terme –, fais-toi plaisir.

— Toujours aussi atrabilaire, à ce que je vois.

195

— Alors c'est pour ça que je t'ai payé toutes ces années d'études, pour que tu me sortes des mots compliqués ?

— Tu as payé mon éducation pour que je puisse faire la différence entre décence et cuistrerie – tiens, celui-là aussi, tu pourras le chercher dans le dictionnaire. Et maintenant, si tu veux bien m'excuser, j'en ai assez entendu. »

Mais, au moment où je me levais, mon père m'a agrippé la main.

« S'il te plaît, ne pars pas… Ne me laisse pas… »

Sa voix était pleine de chagrin.

« Alors ne me force pas à partir.

— Je suis désolé. Tellement désolé… »

Et, baissant la tête, il a fait la chose la plus inattendue qui soit venant de lui : il s'est mis à pleurer. Ça lui était sans doute déjà arrivé, en privé, mais jamais devant moi. Sans hésiter, je me suis rassise en face de lui, ma main toujours dans la sienne.

« Je suis un gros con, a-t-il hoqueté. Un abruti qui a tout gâché. Je me suis fichu de ta mère trop longtemps, et maintenant elle se venge. »

J'ai poussé son verre dans sa direction, et il a pris une longue gorgée qui a semblé le ragaillardir légèrement.

« Je ne sais pas vraiment de quoi tu parles, ai-je tenté, mais ça doit être dur de rester fidèle à quelqu'un avec qui on s'engueule sans arrêt. Et maman se rendait bien compte que tu ne te conduisais pas comme un enfant de chœur pendant tes déplacements. »

Mon père m'a lancé un regard méfiant par-dessus son verre.

« Cette tolérance ne te ressemble pas.

— Je sais juste que, en amour, rien n'est jamais simple. Et il est extrêmement facile de tout perdre.

— Tu es bien placée pour le savoir.

— Je n'ai pas envie de parler de ça, papa.

— Désolé, ma chérie. Et pardon pour toutes les conneries de tout à l'heure.

— Ce n'est pas grave. Je sais que c'est difficile pour toi en ce moment. »

À ces mots, il a vidé son verre et m'a annoncé qu'il venait de perdre son travail.

« Je n'ai pas été viré, pas vraiment. C'est cet abruti de président-directeur général, Mortimer S. Gordon, ce gros tas de fumier, qui m'a convoqué dans son bureau la semaine dernière pour me dire que mon travail au Chili était terminé. La mine marche normalement, elle est complètement reprivatisée… et maintenant, paraît-il, ils ont besoin d'un type plus jeune que moi pour courir le monde. Alors il m'a proposé le poste de vice-président chargé des opérations internes – un très joli titre pour dire gestionnaire de bureau. Je lui ai demandé ce qu'il me donnerait si je décidais de partir. Des actions, des obligations, un parachute doré quelconque ? Mais non. Un an de salaire, c'est tout. Soixante mille dollars. Au bout de vingt ans dans l'entreprise, tout ce qu'ils voulaient me filer en partant, c'était trois pauvres sacs par année de boulot. Pour tout le profit que je leur ai rapporté. Évidemment, j'ai fait un scandale, j'ai pris ce vieux bloc de gelée par les revers de sa veste et je lui ai dit qu'il me devait bien plus que ça. Alors il a dit, cent mille dollars, un an de couverture médicale, et hop, il m'a foutu à la porte.

— Comment tu te sens ?

— Je ne sais pas. J'ai appelé ta mère hier pour lui raconter, et elle m'a annoncé qu'elle ne réclamerait pas sa part de la maison ni de ce qu'il y a dedans, ni de quoi que ce soit qui me concerne. En fait, elle ne veut plus avoir affaire à moi. Il semblerait que son loser de producteur l'emmène dans les Caraïbes pendant une semaine, ou je ne sais où. Ce type a six productions à son actif, et pas une seule n'a marché, tu y crois, toi ? S'il mène la belle vie, c'est juste parce que son père était une pointure de la mode qui lui a légué assez de fric pour ne rien foutre de sa vie.

— Arrête, papa.

— Arrêter quoi ? D'être amer ? Ta mère me rendait dingue. Si je suis resté avec elle, c'est uniquement pour vous, et ensuite, elle m'a lâché.

— N'essaie pas de me faire culpabiliser en racontant que tu es resté pour nous. Tu étais à l'étranger plus de la moitié de l'année. Et quand tu revenais, tu ne faisais que passer. On a déjà parlé de tout ça, pas besoin de recommencer, d'accord ? Je ne t'en veux plus pour toutes tes absences. Mais, par pitié, pourquoi ne peux-tu pas accepter de te sentir seul et d'aller mal ?

— Ne me dis pas ce que je dois ressentir, bordel ! a-t-il crié, suffisamment fort pour que toute la clientèle du restaurant se retourne vers nous.

— Tu es content, c'est bon ? »

Il a baissé la tête.

« Quand je te disais que je ne faisais que des conneries… »

À sa décharge, il a retrouvé une place de cadre quelques semaines plus tard, à la tête d'une division commerciale spécialisée dans les matières premières. Son salaire était le même, mais il toucherait des commissions sur les contrats qu'il rapporterait. C'était aussi pour lui l'occasion de revenir habiter en ville : il a donc loué un petit deux-pièces meublé dans une résidence des années 1920 appelée Tudor City, sur la 42ᵉ Rue Est. Et il a vendu la maison familiale. Il n'a gardé aucun des meubles, nous laissant juste, à Peter, Adam et moi-même, la possibilité de récupérer ce qu'on voulait dans ce qui avait autrefois été notre foyer. Peter et Adam ont choisi quelques objets pratiques (une guitare, des skis et des haltères pour Adam, des livres pour Peter), et moi j'ai seulement pris une photo de mon père en uniforme de l'armée, une autre de mon grand-père maternel pendant la Première Guerre mondiale, et encore une autre de ma mère à son travail à NBC, juste après l'université – debout près d'un poste de télévision antédiluvien, un bloc-notes à la main, l'image même de la jeune fille avenante et réservée des années cinquante. J'en ai également profité pour reprendre une boîte contenant des dissertations et des carnets rangée sous mon lit. Je ne voulais rien d'autre. Mon père a ensuite fait entièrement vider la maison par une œuvre de bienfaisance. Adam m'a rejointe là-bas ce samedi-là, dans la maison fourmillant de bénévoles, où mon père finissait d'empaqueter quelques vêtements et bibelots (son certificat de fin de service militaire, son diplôme d'université, une poignée de photos de nous enfants) pour la charger dans l'AMC Pacer qu'Adam avait achetée d'occasion l'année précédente et dont il n'était pas du tout satisfait (« Mais c'est tout ce que je

peux me permettre, avec mon salaire d'entraîneur »).
Mon père était atterré par ce choix de voiture.

« Non seulement elle ne sert à rien, mais, en plus,
elle est moche, m'a-t-il glissé quand Adam ne pouvait
pas l'entendre. Un peu comme cette Janet qu'il refuse
de laisser tomber. »

Seul Adam a montré un peu d'émotion lorsque les
bénévoles épuisés sont partis avec leur camion en
emportant nos derniers meubles, et que nous nous
sommes retrouvés seuls dans la coquille vide et pous-
siéreuse où nous avions vécu pendant tant d'années.

« Il suffit d'un instant pour tout perdre, hein ? a-t-il
dit, la larme à l'œil.

— Si tu avais fait la guerre, a répliqué mon père,
tu comprendrais à quel point ce que tu viens de dire
est une évidence.

— Mais tu serais aussi plus perturbé, ai-je ajouté.

— Tu insinues que je suis perturbé ? a demandé
mon père.

— À toi de me le dire. »

Nous sommes rentrés tous ensemble à New York
pour aider mon père à s'installer dans son nouvel appartement. Ce n'était pas un endroit très gai. Connaissant
mon paternel, il avait sans doute vu que c'était une
bonne affaire et décidé de passer outre à certains détails,
comme sa situation au troisième étage avec vue sur une
petite impasse, ce qui limitait la lumière naturelle, et
le fait que le mobilier n'ait pas été remplacé depuis
l'époque d'Eisenhower, à peu de chose près. En plus
de la cuisine archaïque et de la salle de bains où régnait
une odeur de moisi, les meubles nous ont semblé, à
Adam et moi, tristes à mourir. Pourquoi n'avait-il pas

gardé un canapé, un lit ou même un bureau pour les remplacer ? Avant qu'on puisse lui poser la question, il a haussé les épaules.

« Je sais, je sais, j'aurais pu rapporter tous nos vieux trucs ici. Mais ça m'aurait rappelé en permanence à quoi ma vie ressemblait là-bas.

— Et à quoi ressemblait ta vie, papa ? »

Il m'a adressé une grimace qui signifiait : « Tu crois vraiment que je vais te répondre ? »

Une fois installé, il a commencé son nouveau travail, et réussi à faire un très beau coup dès sa première semaine en vendant à découvert un stock de zinc – ce qui lui a valu cinq lignes sur la page finances du *Wall Street Journal*. Il en était aussi fier que ma mère l'était de son article. Maman, fidèle à elle-même, a évidemment fait remarquer qu'il n'avait fait l'objet que d'un entrefilet, alors qu'elle avait eu droit à une demi-page. Ils continueraient décidément à se chercher des noises « jusqu'à ce que la mort les sépare ».

Mon père n'a pas tardé à rencontrer quelqu'un : Shirley, une femme divorcée de trente-sept ans qui travaillait comme secrétaire dans son entreprise. Elle n'avait pas beaucoup d'instruction, et son accent était probablement le plus nasillard de tout le New Jersey. Elle était mère d'un fils de sept ans, Daniel, mis très tôt dans une institution spécialisée à cause de sa trisomie – et sur l'insistance de son ex-mari. Quand elle avait voulu le récupérer après son divorce, les services sociaux lui avaient assuré qu'il valait mieux le laisser dans son environnement protégé. La seule fois où j'ai abordé le sujet avec elle (je passais souvent les voir, elle et mon père, les week-ends quand je venais en ville), j'ai bien compris que la présence de Danny, ainsi qu'elle l'appelait, dans cette institution lui brisait secrètement le cœur, mais qu'elle ne se sentait pas capable d'assumer seule la charge d'un enfant handicapé. Cet aveu m'a surprise, et beaucoup impressionnée – d'ordinaire, les gens ne se confient pas avec une aussi grande franchise sur des sujets à ce point personnels et douloureux. Je n'aurais jamais pensé que mon père accepterait de fréquenter quelqu'un avec un aussi lourd passif. Bien qu'elle n'ait pas fait d'études, elle lisait beaucoup, principalement les best-sellers du moment, et m'a demandé de lui conseiller des livres. Ce qui me touchait le plus chez elle, c'était le soin qu'elle prenait de mon père, et sa capacité à évaluer son humeur et à canaliser ses débordements colériques. Malgré tout, ils avaient l'air étonnamment complices, même physiquement. Je ne me privais pas de dire à mon père à quel point j'appréciais Shirley, et il était d'accord avec moi – mais une petite partie de lui portait encore le deuil du départ de ma mère. Une jalousie bouillonnante lui gâchait l'existence : l'idée que ma mère puisse coucher avec un autre homme et gagner plus d'argent que lui le mettait dans tous ses états. Je ne comprenais pas ce qui lui manquait. Leur agressivité mutuelle ? Les engueulades ? Le profond manque d'affection ? L'absence de sexe (cette partie de leur mariage avait disparu depuis des lustres) ? L'impression d'être pris au piège ? Il n'avait aucune raison de s'accrocher autant à ce qui l'avait rendu malheureux pendant des années… à moins, bien sûr, qu'il ne se soit attaché au malheur au point de ne plus pouvoir s'en passer.

Je craignais que, à force, sa mélancolie – et son refus d'accorder le divorce à ma mère – ne finisse par lasser Shirley. Un après-midi où je leur rendais visite dans l'appartement toujours aussi déprimant de mon père et pendant lequel il s'était montré particulièrement nostalgique vis-à-vis de notre vie à Old Greenwich, à débiter des commentaires qui me faisaient lever les yeux au ciel, Shirley a profité qu'il allait aux toilettes pour me faire part de sa lassitude.

« J'aimerais bien que ton père se réveille un matin et se rende compte que je ne cherche qu'à le rendre heureux. »

Elle avait, à vrai dire, un peu de mal à supporter ses vues ouvertement patriotiques, surtout depuis que sa haine de Carter grandissait au même rythme que la crise des otages d'Iran.

« Cet abruti de planteur de cacahuètes..., a-t-il lancé un peu plus tard cet après-midi-là, alors que nous avions abordé le délicat sujet de la politique américaine. Cette lopette ne pige pas que le président des États-Unis doit montrer ses couilles s'il ne veut pas se faire marcher dessus... M. Connard d'idéaliste infoutu de réussir quoi que ce soit... »

Ses critiques rageuses semblaient sans fin. Il en était venu à considérer Reagan comme le sauveur du pays : un homme, un vrai.

« Lui, il voit bien tous ces parasites qui vivent de nos allocations et nous forcent à payer pour leurs gosses illégitimes. »

Shirley a pâli, avant de rappeler qu'elle-même était née d'une fille-mère sans époux, et que cette dernière avait eu besoin du soutien de l'État pour l'élever pendant les premières années de sa vie.

« Oui, mais ta mère a fini par trouver du travail comme réceptionniste chez ce dentiste juif de Trenton…

— Quelle importance que le Dr Lenkowitz soit juif ?

— Aucune importance. Je veux dire, j'en ai bien épousé une…

— Papa, l'ai-je rappelé à l'ordre, d'un ton visant à lui faire comprendre que je n'aimais pas du tout le tour que prenait cette conversation.

— C'est bon, c'est bon, a-t-il répondu.

— De toute façon, ai-je repris, Shirley a raison. Les gens qui vivent à la charge de l'État ne sont pas tous des poids morts. C'est l'une des grandes erreurs de Reagan. Je n'ai jamais compris pourquoi les conservateurs s'acharnent sur les gens dans le besoin.

— Nuance : ils s'acharnent sur les parasites. La mère de Shirley n'en fait pas partie.

— Mais elle a touché des allocations chômage pendant presque trois ans, et on a vécu dans un logement social jusqu'à mes dix ans. On ne s'en serait jamais sorties, sans tout ça.

— Ce que je veux dire, c'est que les aides de l'État ne devraient pas durer éternellement. Et tous ces gens ne devraient pas se permettre de faire cinq gosses. C'est pour ça que je serais pour la stérilisation obligatoire de ceux qui ont plus de deux enfants et qui vivent sur les deniers publics depuis plus de trois ou quatre ans. »

Un silence choqué a suivi sa déclaration. Je voyais Shirley réévaluer tout ce qu'elle pensait de cet homme. Cet homme qu'elle essayait si désespérément de rendre heureux, et qui refusait de voir tout le bien qu'elle lui apportait.

« Quoi ? Qu'est-ce que j'ai dit ? a demandé mon père.

— Réfléchis, ai-je répondu en me levant pour partir.

— Vous devriez toutes les deux savoir ça, depuis le temps : je dis tout un tas de bêtises que je ne pense pas.

— Les bêtises, ça ne me dérange pas, a fait Shirley, mais la méchanceté, c'est une autre histoire. »

Elle est tout de même restée avec lui. Une semaine plus tard, mon père m'a téléphoné un soir pour se répandre en excuses sur « toutes les horreurs » qu'il avait proférées, et me promettre que, à l'avenir, il garderait « ses idées à la con » pour lui. Shirley l'avait enfin convaincu d'accorder à ma mère le divorce qu'elle réclamait, et ils prévoyaient tous les deux de repeindre son appartement le week-end suivant : « Elle dit qu'elle en a marre de me voir vivre dans un endroit aussi glauque. »

L'appartement a donc viré au blanc cassé. Shirley lui a fait acheter des meubles de style colonial dans un magasin de banlieue près de chez elle, à Passaic, et s'est mise à passer trois nuits par semaine chez lui. Mon père, de son côté, se consacrait corps et âme à son travail. Il passait treize heures par jour au bureau. Chacune de nos discussions le voyait pérorer sans fin sur la fluidité du marché du cuivre, les complexités de l'argent, le fait que le zinc soit « incapable de trouver un semblant de stabilité »… Je ne le voyais jamais aussi heureux que lorsqu'il parlait de l'American Metal Market, surtout que Shirley, puisqu'elle était secrétaire dans la même entreprise que lui, n'avait aucun mal à le suivre. Elle flattait continuellement son ego en me décrivant ses récents triomphes financiers.

« Tout le monde considère ton père comme le spécialiste ultime du capital, l'un des seuls qui reste fidèle à sa parole. »

Mon père ne m'a jamais demandé pour quelle raison je venais à New York un week-end sur deux. Il se doutait que j'avais quelqu'un, mais ne voulait pas en savoir davantage, gêné sans doute par l'idée que je puisse coucher avec des hommes. Quand j'habitais avec Bob, il avait délibérément évité de visiter notre appartement de Brunswick. Peter m'avait également raconté que, à Dublin, notre père n'avait pas mis les pieds dans ma studette de Pearse Street, sans doute pour les mêmes raisons. Je n'ai donc jamais évoqué Toby devant lui, ce qui nous convenait parfaitement à tous les deux.

Toby… À certains moments, pendant l'amour, je sentais que je me donnais à lui tout entière, et un lien profond se tissait entre nous. Nous étions faits l'un pour l'autre. Toby lui-même semblait partager ce sentiment, surtout à partir du jour où Miss Vogue s'est lassée de l'entendre jouer les Hamlet au sujet de leur avenir commun – ou, en l'occurrence, de leur absence d'avenir. Un lundi matin, il est arrivé au bureau pour découvrir une lettre livrée par coursier, l'informant que leur relation était finie : Miss Vogue avait rencontré un homme au cours de son week-end dans les Hamptons (évidemment), il travaillait dans la finance, et tous deux étaient maintenant inséparables.

On était au milieu de l'été 1980, et l'impensable devenait de plus en plus plausible : Ronald Reagan semblait en passe d'être élu président des États-Unis. Après une convention nationale démocrate sans intérêt, alors que la récession, selon les prévisions économiques, ne faisait pas mine de reculer (la crise du pétrole avait fait grimper l'essence au prix astronomique de 31 cents le litre), et que nos concitoyens étaient toujours maintenus en otage à Téhéran, une réélection de Carter avait peu de chances de se produire.

« Tu veux connaître la vraie raison pour laquelle Emma m'a quitté ? m'a demandé Toby une semaine après cette rupture, dont il n'arrivait pas à se remettre.

— L'argent ?

— Bingo. Son nouveau type, Chuck Thurgood, est un big boss chez Drexel Burnham Lambert : de vrais cadors de Wall Street. Deux fois divorcé, cinquante-deux ans... et il se fait au bas mot six cent mille dollars par an.

— C'est Miss Vogue qui t'a dit tout ça ?

— J'ai fait quelques recherches. Crois-moi, Chuck Thurgood va pouvoir assurer à Emma le train de vie qu'elle pense mériter. Je te parie qu'elle est enceinte dans moins d'un an.

— Pense à ce à quoi tu as échappé.

— C'est une manière de voir les choses.

— Tu es triste parce que tu voulais vraiment vivre avec elle, ou tout simplement parce que tu n'aimes pas te faire plaquer ? À mon avis, tu as déjà bien assez de problèmes financiers comme ça. Un enfant avec Miss Vogue... Tu ne t'en serais jamais dépêtré. »

Il s'est contenté de hausser les épaules. C'était un moment décisif pour nous. En mon for intérieur, j'étais bien aise qu'il soit débarrassé de cette arriviste rapace. Peut-être espérais-je, quelque part, qu'au bout de trois ans de cet arrangement, notre relation puisse changer de nature… D'autant que je m'étais enfin décidée à quitter le Vermont. Grâce à Howie et son réseau de contacts, j'avais trouvé un poste d'assistante éditoriale dans une maison très littéraire, Fowles, Newman & Kaplan.

Un week-end de mai, Howie m'avait invitée à un brunch avec l'un de ses amis de Fire Island, Jack Cornell, éditeur dans cette même maison : quarante ans, très élégant, il avait fait ses études à Princeton, et était resté marié pendant des années avant de demander le divorce et de déclarer son homosexualité deux ans auparavant. Bien entendu, il ne m'a pas parlé de tout ça – c'est Howie qui m'a fourni toutes ces informations, tout comme il avait au préalable briefé Jack à mon sujet. Jack parlait allemand couramment et avait passé un an à l'American Institute de Berlin-Ouest après ses études, si bien qu'il avait des histoires fantastiques sur cet « îlot de liberté au milieu de l'oppression soviétique ». Nous avions parlé de politique, de livres, de mon séjour en Irlande (évitant soigneusement de mentionner l'attentat)… Jack avait lu avec grand intérêt le livre de Peter, et il souhaitait en savoir plus sur ma famille. De mon côté, j'étais intriguée par sa vision du monde. Malgré son homosexualité affirmée – il était, avec Howie, l'un des seuls hommes gays de l'époque à afficher leur identité sexuelle –, il restait très républicain dans ses opinions sur l'économie et la menace communiste, son année passée à Berlin ayant fait de lui un antisoviétique virulent. Il m'avait parlé plusieurs fois de ses excursions au-delà du Mur, et de la misère et de la grisaille qui régnaient à l'Est.

« Ici, aux États-Unis, on considère pour acquis le droit d'aller où on veut et de manifester contre le gouvernement... Mais si quelqu'un fait ça en Europe de l'Est, il risque de se retrouver emprisonné. Alors, oui, je voterai pour Reagan, parce qu'on est en plein chaos financier, et parce que Brejnev est un dur à cuire avec des ambitions impérialistes pour l'Union soviétique. Il nous faut un autre dur à cuire pour lui tenir tête. »

J'avais voulu me montrer honnête en lui disant que, pour moi, son patriotisme aveugle manquait de nuance.

« Et j'ai bien peur que Reagan ne veuille abolir ce qui nous reste de sécurité sociale...

— L'indécision de Carter dessert notre image partout dans le monde. Regarde Thatcher, au Royaume-Uni : elle s'est déjà imposée comme une dame de fer à ne surtout pas contrarier. Dans les syndicats, qui menaient la danse depuis des années, c'est la débandade. Et tant mieux. Pour ma part, je n'en peux plus de payer autant d'impôts pour des gens qui se complaisent dans la médiocrité.

— Mais je ne peux pas croire que, en tant qu'homosexuel, tu approuves le conservatisme social de Reagan.

— Ce gars est un pur produit de Hollywood. Il a travaillé avec des gays toute sa vie. Et puis le Parti républicain moderne est plus libéral qu'avant. Ce qui se passe dans notre intimité ne les intéresse pas. La révolution néoconservatrice, c'est justement ça : moins d'étatisme, plus de choix personnels.

— Mais Reagan ne gagnera pas à moins de séduire le Sud... et à Dixie, ils aiment le prêchi-prêcha.

— C'est une minorité. Ils n'auront jamais d'influence sur une politique nationale.

— Pour moi, il y a encore une tendance théocratique dans la politique, et ce, depuis les Puritains et la colonie de la baie du Massachusetts. Ce qui m'inquiète dans cette révolution néoconservatrice, c'est que, pour garder leur électorat du Sud, les républicains vont bien devoir se plier aux exigences des fondamentalistes. C'est exactement ce que Reagan est en train de faire. Et une fois que les fanatiques auront goûté au pouvoir, on ne sera pas sortis de l'auberge.

— Oh, que si, on sera sortis de l'auberge, a plaisanté Howie. À coups de pied aux fesses. »

Au moment de nous dire au revoir, Jack m'avait tendu sa carte de visite. Howie lui avait fait part de mon intérêt pour l'édition.

« Si tu es dans le coin la semaine prochaine, on pourrait déjeuner quelque part. »

Le second semestre était terminé, et je passais justement sept jours à New York avant de rentrer à la Keene Academy pour le début des cours d'été. J'ai donc appelé la secrétaire de Jack le lundi matin, et, à ma grande surprise, j'ai obtenu un rendez-vous pour le mercredi. En apprenant que le déjeuner aurait lieu au Four Seasons, je suis allée m'acheter une robe noire simple mais assez élégante, assortie d'une paire de jolies chaussures à talons. C'était une bonne idée : comme j'étais amenée à le découvrir, Jack tenait le style vestimentaire – et l'apparence physique en général – en haute estime. Il ne portait que de superbes costumes de créateur, passait une heure et demie chaque jour à la salle de sport à une époque où la plupart des gens se contentaient de faire du jogging, et s'appliquait en toutes circonstances à être impeccable. Ma tenue m'a fait marquer des points.

« Tu as eu raison de ne pas venir attifée comme si tu sortais d'un sit-in. J'attends de mes assistants un style irréprochable. Ça ne veut pas dire que tu devras t'habiller exclusivement en Halston, mais juste rester chic, dans le genre intellectuelle parisienne. Ta robe est parfaite pour ce genre de déjeuner ou les soirées où je vais régulièrement. J'espère que tu aimes les soirées. Elles font partie intégrante de notre travail. »

Je lui ai assuré que cela ne me posait aucun problème – mais il se doutait probablement que je disais ça pour lui faire plaisir. À mon grand soulagement, il a orienté la conversation sur les livres, et ce qui m'intéressait le plus dans la fiction. À la mention d'auteurs comme Graham Greene, V. S. Naipaul, Thomas Pynchon, Richard Yates et Donald Barthelme, il a acquiescé vigoureusement. Lui aussi avait des goûts assez éclectiques. Nous avons ensuite parlé de non-fiction, et principalement du livre de Tom Wolfe, *L'Étoffe des héros*, qui était pour nous le parfait exemple du nouveau journalisme narratif, même si nous étions persuadés que l'industrie éditoriale aurait tort de capitaliser sur ce succès isolé.

« C'est un peu comme Hollywood, ai-je dit. *Star Wars* a pris tout le monde par surprise, et à cause de ça, les studios sont en train de tourner des dizaines de films de science-fiction qui vont presque tous faire des flops. Je n'y connais pas grand-chose, alors je ne voudrais pas avoir l'air présomptueux, mais il me semble que, lorsqu'on publie des livres, il ne faudrait jamais partir du principe qu'on suit une mode. Les livres qui ont le plus de succès sont toujours atypiques.

— Sauf dans le cas d'un auteur connu qui a sa marque de fabrique.

— Même un vrai écrivain ne peut pas rester enfermé dans le sillon qu'il a creusé. C'est ça, le rôle de l'éditeur : il ne dicte pas sa conduite à l'auteur, mais il le pousse à donner le meilleur de lui-même et à se dépasser.

— Tu n'as jamais voulu écrire ?

— Non, pas du tout. Je préfère l'ombre à la lumière. »

À la fin du déjeuner – un martini chacun, une bouteille de chablis, un certain nombre de cigarettes, et un digestif pour Jack (je craignais de ne plus tenir debout si je buvais ne serait-ce qu'un dé à coudre d'alcool supplémentaire) –, je me suis vu offrir le poste d'assistante d'édition. J'ai accepté sans attendre, consciente que j'allais m'attirer les foudres du directeur de la Keene Academy si je démissionnais quelques mois à peine avant la rentrée. Mais c'est la nature même du changement : il y a toujours quelqu'un à qui ça déplaît.

Toby non plus n'a pas sauté de joie.

« Alors comme ça, non seulement tu rejoins notre petit club, mais tu t'installes ici à plein temps.

— Ne t'en fais pas, ça ne change rien à notre arrangement.

— Bien sûr.

— Tu n'as pas l'air content.

— Au contraire, je te répète depuis des années que tu devrais venir vivre ici.

— Mais maintenant que je vais être ici "à plein temps", comme tu dis… Qu'est-ce qu'il y a ? Tu as peur que je t'en demande davantage ?

— Ça va juste être… différent. C'est tout. »

Il a ensuite changé de sujet en me demandant si je voulais aller voir le nouveau film de François Truffaut, *Le Dernier Métro*, qui venait de sortir.

C'est toujours étrange de recevoir, même de manière détournée, le signal que la logique interne d'une relation vient de changer. Mais quand j'ai voulu, après le film, remettre la question sur la table, en lui demandant autour d'un verre au Chumley's s'il me préférait en maîtresse sagement enterrée dans le Vermont, hors d'atteinte, à l'exception des deux week-ends par mois, il a tout de suite été sur la défensive. D'après lui, je tirais beaucoup trop de conclusions hâtives du simple fait qu'il avait besoin d'un peu de temps pour digérer cette information et que cela ne changeait rien à notre relation.

Il n'aurait pas été raisonnable d'exprimer le fond de ma pensée à ce moment-là – pensée qui se résumait à ceci : « Alors même que je suis à quelques stations de métro de chez toi, tu voudras quand même qu'on se limite à nos cinq à sept deux fois par mois ? » Si je l'avais prononcé tout haut, je me serais rendue coupable de vouloir modifier les termes de notre arrangement. Et, pour être franche, c'était le cas. Plusieurs années s'étaient écoulées depuis Dublin, et je commençais à en avoir assez des limites que nous nous étions imposées. Toby l'avait-il pressenti ? Il redoutait sans doute que je fasse monter les enchères en réclamant quelque chose de sérieux. Il cherchait probablement déjà une porte de sortie, auquel cas je le ferais définitivement fuir si j'osais insister.

C'est pourquoi je me suis juste penchée vers lui pour l'embrasser. Les choses me convenaient très bien telles qu'elles étaient.

« Tu dois me prendre pour un connard, maintenant », a-t-il murmuré.

Non, je ne le prenais pas pour un connard. Seulement pour un homme qui ne sait pas ce qu'il veut. Toby était incapable de distinguer ce qui était bon pour lui de ce qui l'empoisonnait. C'est pour ça qu'il pleurait toujours le départ de Miss Vogue. Il savait pourtant que je ne serais jamais du genre à l'étouffer ou à jouer au chat et à la souris avec lui. Et qui mieux que moi pouvait le comprendre ?

Si je lui en parlais, je ne ferais que précipiter sa dérobade. Je me suis contentée de sourire.

« On n'a qu'à continuer comme avant. »

Le lendemain soir, ma mère a organisé un dîner avec mes deux frères et moi. Tout le monde avait de bonnes nouvelles à annoncer aux autres. J'ai été la première à parler et la mienne a été saluée par un toast, puis ma mère a immédiatement proposé de m'aider à trouver un appartement. Étant donné son nouveau statut de reine de l'immobilier new-yorkais, j'ai été ravie qu'elle me donne un coup de main. Peter a pris la suite : un très grand producteur de Hollywood l'avait engagé pour rédiger le script du film basé sur son livre – mais, même si c'était très bien payé, il en était maintenant à son troisième brouillon, ce qui le frustrait beaucoup. Le metteur en scène, Brian DePalma, n'arrêtait pas de changer la ligne directrice du film.

« Pour ne rien arranger, mes éditeurs veulent savoir où j'en suis de mon roman. Je leur ai dit que j'en étais à la moitié. C'est loin d'être le cas.

— Tu en es où, exactement ? ai-je demandé.

— Une cinquantaine de pages en premier jet.

— Peter…

— Je sais, je sais. Mais le script me prend un temps fou. Et Samantha a déjà réservé une villa à Southampton pour tout juillet et août, ce qui veut dire que, avec toutes les soirées et les sorties, je n'aurai pas une seconde pour travailler.

— Mais ça va vous coûter une fortune ! me suis-je exclamée. Entre cinq et six mille dollars par mois au moins.

— Ce serait vraiment une bonne affaire, est intervenue notre mère.

— Sept mille ?

— Sept mille cinq cents, a avoué Peter d'un air honteux.

— Sans rire ? a sifflé Adam. C'est plus que ce que je gagnais en six mois.

— "Gagnais ?" ai-je répété. Pourquoi au passé ?

— Parce que j'ai démissionné, moi aussi, comme toi.

— Tu t'es engagé dans la Légion étrangère française ? a plaisanté Peter.

— Non. Je vais me marier avec Janet. »

Un ange est passé, pendant lequel j'ai vu ma mère prendre sur elle pour faire bonne figure. Clairement, aucun de nous n'était très emballé par cette perspective – mais Peter, pour briser la tension, a pris Adam par l'épaule d'un geste affectueux.

« Je suis sûr qu'on est tous d'accord pour vous souhaiter d'être très heureux.

— Ne me dis pas qu'elle est enceinte », a lâché ma mère, incapable de se contenir plus longtemps.

Adam a rougi comme sous l'effet d'une gifle.

« Ce serait un problème ?

— Je suppose que tu as démissionné parce que, en tant que futur père, tu vas avoir besoin de plus d'argent. »

Elle n'était manifestement pas d'humeur diplomate, et nous savions tous les trois qu'elle ne ferait preuve d'aucune pitié. Adam, il faut lui reconnaître ça, ne s'est pas démonté.

« J'ai trouvé un travail dans la finance.

— Mme l'infirmière en gériatrie réclame la voiture familiale de ses rêves ?

— Ne dis pas des trucs pareils, maman, l'a tancée Peter.

— Je ne suis pas du genre à parler avec une langue fourchue, comme ils disent dans les westerns.

— J'ai toujours su que tu avais autant de pitié qu'un Apache, ai-je ajouté, sarcastique.

— Ne dénigre pas nos frères et sœurs amérindiens, a rétorqué Peter.

— C'était une métaphore, monsieur le grand romancier.

— Non, un stéréotype.

— Oh, lâche-nous un peu avec tes leçons de morale.

— S'il vous plaît…, a commencé Adam.

— Dommage que votre père ne soit pas là, l'a coupé notre mère. On aurait embrayé sur le thème des

"Peaux-Rouges", vous auriez eu une vraie raison de vous indigner.

— Ça suffit ! a grondé Adam. Le bébé arrive dans six mois. Dans quatre semaines, je vais enfin mettre à profit mon MBA et aller travailler à Wall Street. Et vous voulez savoir pourquoi je fais ça ? Parce que Reagan va gagner, et que ça va tout changer.

— Le règne de l'argent va commencer, tu veux dire ? ai-je demandé.

— Le règne de l'argent dure depuis des millénaires, a ricané ma mère. Surtout dans ce pays de fous, où tout le monde s'en sert pour régler ses comptes.

— Je me moque de régler des comptes, a affirmé Adam. Je veux juste être riche. »

Peter a levé son verre.

« Aux nobles ambitions.

— Remballe ton ironie, a répliqué Adam en heurtant sans douceur le verre avec sa chope de bière. Au nouveau monde. »

7

Il fallait au moins reconnaître à Adam qu'il avait eu du flair. La victoire écrasante de Reagan en novembre de cette année-là a provoqué dans le paysage politique et fiscal du pays l'équivalent d'un séisme. J'ai passé la soirée électorale chez Howie en compagnie de Duncan et de quelques amis, à boire du vin bon marché pendant que le boulet de démolition républicain réduisait en poussière l'héritage de Carter.

« Quitte à élire un acteur, a soupiré Howie pendant le discours de Reagan, on n'aurait pas pu choisir Redford ? Ou Newman ?

— Ils sont trop instruits et trop libéraux, a répondu Duncan. Mais je vous avais prévenus tous les deux, il y a des mois, que ça allait arriver.

— Tu veux qu'on embrasse l'ourlet de ta *shmata*, ô grand oracle de Delphes ?

— Embrasse plutôt tes souvenirs des années soixante. Tu n'es pas près de les voir refleurir. »

Toby était du même avis quand il a débarqué chez moi quelques heures plus tard, déprimé et saoul. Je venais à peine de rentrer, assez éméchée moi-même, et désorientée par la situation politique. Toby ne surgissait jamais à l'improviste, c'est pourquoi je ne m'attendais pas à le découvrir sur le pas de ma porte, avec une haleine trahissant ses excès de la soirée.

« J'avais besoin de me saouler, a-t-il déclaré. J'ai réussi. Je te réveille ?

— Comme tu peux le voir, je suis encore tout habillée…

— Le pays vient de se tirer une énorme balle dans le pied. Tu veux bien me laisser entrer ? »

J'ai fait signe que oui, et il m'a suivie au fil des trois volées de marches qui menaient à mon studio. Dès le deuxième étage, il était essoufflé.

« Je ne devrais pas faire ce genre d'exercice dans mon état. Tu vas devoir déménager avant d'être trop vieille.

— Si j'habite encore ici à soixante-dix ans, et que, par miracle, tu sois encore en vie, tu auras l'autorisation de m'abattre. »

Nous avions à peine passé la porte qu'il fonçait vers le placard de la cuisine où je rangeais sa bouteille de Wild Turkey, qu'il laissait chez moi spécialement pour ses visites occasionnelles. Muni de la bouteille et de l'un des pots de confiture vides qui me servaient de verres, il est allé ouvrir le compartiment à glace de mon vieux réfrigérateur pour prendre le bac à glaçons.

« Il ne te reste que deux cubes. Je t'avais dit de t'acheter un deuxième bac.

— Tu m'en offriras un pour la Saint-Valentin.

— Très drôle. Tu en veux une goutte ?

— J'ai assez bu, ai-je répondu en allumant ce qui devait être ma dix-huitième cigarette de la soirée.

— Si tu continues à fumer autant, tu ressembleras à l'intérieur d'une cheminée avant tes quarante ans.

— Merci pour la comparaison. Mais, avec tout ce qui vient de se passer, ce n'est peut-être pas le moment de me rappeler que j'ai besoin d'au moins deux clopes par heure pour tenir le coup.

— C'est tellement impeccable, chez toi. Dommage qu'il y ait cet éternel nuage de fumée.

— La prochaine fois, pense à mettre un masque à gaz. Tu as d'autres critiques à formuler ? La manière dont j'étale les magazines sur la table basse, peut-être ? Tu peux parler. L'office national de la santé ferait condamner ton appartement si tu n'avais pas une femme de ménage assez héroïque pour s'y aventurer une fois par semaine.

— Tu ne vas pas recommencer.

— Bon, après tout, je n'y passe jamais plus de deux heures. Quand tu étais avec Miss Vogue, tu faisais tout de même quelques efforts : la Divine Emma t'intimidait assez pour ça. Mais maintenant qu'elle est partie…

— Pourquoi est-ce que tu remets ça sur le tapis ?

— Parce que tu me cherches des noises pour rien.

— Qu'est-ce que j'y peux si je suis avec une fumeuse compulsive ?

— Arrête de parler comme si on était mariés, tu veux ? »

Toby a bu son whisky d'une traite, reposé brutalement le verre sur le comptoir, et s'apprêtait à répliquer lorsqu'il a changé d'avis, se contentant de fermer les yeux.

« Je suis insupportable.

— On ne peut pas dire le contraire.

— J'accuserais bien le triomphe du reaganisme, mais ce n'est pas vraiment une excuse. Tu te rappelles la fois où on était au lit, à regarder les infos sur Jonestown ? Je crois que c'était en novembre soixante-dix-huit...

— Oh oui, c'était sacrément romantique.

— Pour moi, le suicide collectif de cette communauté, cette nuit-là, c'est ce qui a marqué la mort des années soixante. Ça a sonné le glas du Flower Power.

— Même si Jonestown en était l'antithèse totalitaire.

— À l'époque, tu avais compris ce que je voulais dire, si je me souviens bien. Bref, ce soir, on assiste au début de la fin de tout ce qu'a fait Franklin Roosevelt pendant le New Deal pour faire avancer la cause de la social-démocratie dans ce pays. Crois-moi, quand Reagan et ses sous-fifres quitteront enfin le pouvoir, l'argent sera devenu la religion officielle des États-Unis.

— Il l'a toujours été », ai-je fait remarquer.

Toby a ponctué ma phrase d'un léger rot avant de s'endormir sur le couvre-lit Shaker cousu à la main offert par mes collègues de la Keene Academy le jour de mon départ, et que Samantha, la petite amie de Peter, trouvait « tellement mignon, comme chez une petite vieille ».

Contrairement à ma mère, qui écumait les magazines britanniques *Country Life* pour trouver comment meubler son appartement, et à Samantha, qui avait transformé le logis de Peter en cabinet de psy de Park Avenue avec tout son mobilier suédois aux lignes épurées, je n'accordais aucune importance au design ni à ce que mon appartement révélait de moi. Ma mère m'avait déniché un studio en forme de L, lumineux et aéré, sur la 88ᵉ Rue entre West End et Riverside Drive : il avait une bonne hauteur sous plafond, du parquet, une cheminée qui fonctionnait, et une cuisine et une salle de bains un peu datées, mais qui me convenaient très bien. J'y avais installé des meubles de récupération achetés dans un hangar près de la 82ᵉ Rue Ouest et Broadway, que j'avais ensuite moi-même poncés et repeints en blanc.

« Ça fait un peu "Nantucket fauché" », avait déclaré Samantha lorsque Peter et elle étaient venus me rendre visite.

Elle avait exploré les lieux d'un pas altier, une bouteille de champagne à la main.

« Ah bon ? Ce n'était pourtant pas le but.

— En tout cas, on voit que tu es quelqu'un d'ordonné, et ça, ça me plaît beaucoup. Ta bibliothèque est impressionnante. »

Elle avait montré du doigt les étagères laissées par le locataire précédent, qui recouvraient un mur entier du sol au plafond, et que j'avais déjà complètement remplies.

« Cet endroit te ressemble beaucoup, avait commenté Peter.

— Comment ça ?

— C'est classe, et en même temps on voit bien que tu t'en balances complètement.

— Je ne sais pas comment je dois le prendre.

— Je vais déboucher le champagne », avait opportunément annoncé Samantha.

Quoi qu'il en soit, j'adorais mon appartement. En plus des livres, je possédais une petite montagne de disques et une stéréo qui, sans être de première qualité, me satisfaisait largement. Ma radio était toujours réglée sur WNYC et WNCN (musique classique vingt-quatre heures sur vingt-quatre), et j'avais une petite télévision que je n'allumais qu'en cas d'événement mondial majeur. L'immeuble était calme. Comme chez mon père, les grandes fenêtres donnaient sur une ruelle, mais peu m'importait. J'étais enfin là, à Manhattan. Et je me rendais compte que j'étais plutôt douée pour le travail que j'avais dégoté dans l'édition.

La première semaine, Jack m'avait fourni quelques règles professionnelles de base :

« Ne te figure jamais que tu peux écrire à la place d'un auteur. Garde toujours à l'esprit qu'un écrivain, quels que soient sa réussite et/ou son talent, est un amas ambulant d'insécurités et de névroses. Ton travail, c'est de gérer tout leur passif, y compris leurs doutes par rapport à eux-mêmes, leur crainte de l'échec, et l'inquiétude de ne jamais parvenir à reproduire leurs succès passés, s'extraire de la masse ou boucler le prochain chapitre. Il faut aussi que tu comprennes que l'écriture, c'est du bluff, un abus de confiance qu'on s'accorde à soi-même, et que les auteurs sont obligés de réitérer chaque jour. Ce qui fait que la majorité d'entre eux sont en même temps dénués d'assurance et terriblement narcissiques. Ne couche jamais, *jamais*, avec un de tes auteurs. Ou, si tu commets cette erreur, fais en sorte que cela n'arrive qu'une fois. Il faut savoir quand faire preuve d'indulgence et quand être ferme, et évaluer la tolérance de chaque auteur pour les critiques constructives. Ceux qui voient comme un sacrilège le fait de modifier le moindre mot de leur manuscrit sont particulièrement difficiles à gérer ; mais il y a aussi ceux qui se pointent toutes les deux semaines avec l'air de ne pas avoir fermé l'œil depuis des jours et des jours, une vingtaine de pages froissées entre les mains, pour te demander ton opinion. Le problème de ceux-là, c'est qu'ils ont sans cesse besoin qu'on les encourage, qu'on les materne, parce qu'ils vivent en état de crise artistique permanente. Tu ferais bien de t'habituer aux longs déjeuners alcoolisés, et aussi à ce qu'on te raconte dans le moindre détail les querelles conjugales, l'énième divorce, les liaisons secrètes... et, surtout, que tel ou tel ancien ami et confrère vient de gagner un Pulitzer, de se faire adapter au cinéma, ou juste de vendre beaucoup plus de bouquins que la boule d'angoisse assise en face de toi. Tu ne dois pas avoir peur de faire remanier complètement un manuscrit, mais sache que l'auteur ne s'y pliera qu'à condition de voir que tu as ses intérêts à cœur, et si tu es capable de lui faire saisir l'intelligence et la clarté de ta vision éditoriale. La clé, c'est d'être maligne, mais jamais arrogante. »

Jack était un excellent mentor. Non seulement je me suis pliée à ses exigences vestimentaires (j'ai très vite maîtrisé le look « bohème parisienne à New York »), mais il m'a fait savoir dès le premier jour que la ponctualité représentait pour lui une qualité essentielle. Je devais arriver chez Fowler, Newman & Kaplan à dix heures pile chaque matin, et même le déjeuner le plus arrosé du siècle ne me dispensait pas de rentrer au bureau à temps. Comme Howie, Jack savait accomplir énormément de choses tout en dormant très peu, et il était rare qu'il passe une soirée seul dans son très bel appartement du West Village, où j'étais régulièrement convoquée le week-end quand il avait besoin de discuter d'un projet ou d'un manuscrit.

C'était un autre inconvénient du poste d'« apprentie de Jack » – comme on me surnommait dans l'entreprise : il attendait de moi une disponibilité de tous les instants, et exigeait de connaître à l'avance mes déplacements chaque week-end. Pour un homme qui affichait une telle confiance en lui, je le trouvais, en dehors de la scène publique, rongé d'angoisses personnelles. Pendant toutes les années où nous nous sommes côtoyés, il n'a que rarement abordé avec moi le sujet de son enfance. Je savais juste qu'il avait grandi dans une famille extrêmement chrétienne d'Omaha, et avait consacré toute son énergie à décrocher une bourse d'études à Dartmouth où, malgré son profond dégoût pour l'esprit prétentieux de cette université, il avait eu plusieurs professeurs de lettres qui l'avaient formé puis aidé à se lancer dans le monde de l'édition après l'obtention de son diplôme en 1964.

« Je suis venu sur la côte Est. J'ai fini par faire mon coming out. Je ne suis jamais retourné là-bas… et aucun de mes parents n'a eu l'air de regretter ma disparition. »

Il a mentionné une fois son bref mariage, sans me donner d'autres détails, et Howie – avec une discrétion peu coutumière dans notre milieu – ne m'a jamais parlé de la femme qui avait partagé la vie de Jack. Je n'ai pas insisté. Les fois où Jack laissait entendre que sa joie de vivre cosmopolite lui servait à masquer sa crainte d'être resté un « rustaud du Nebraska », je me contentais de l'écouter sans faire de commentaire. J'ai rapidement perçu son besoin de voir ses décisions éditoriales validées par une tierce personne, besoin qui le poussait à me téléphoner tard le soir en semaine, ou en plein dimanche, pour me demander s'il pouvait m'envoyer tel ou tel extrait de manuscrit par coursier pour avoir mon avis avant le lendemain. Je ne disais jamais non – il était clair depuis le début que j'avais été engagée à l'essai, et que ma première année ferait office de « camp de survie en milieu éditorial », selon la formule de Jack. Il voulait voir toute l'étendue de mon ambition et de mon engagement.

Ça explique pourquoi j'ai fait tant d'heures supplémentaires. Ce qui n'a pas échappé à mes collègues, notamment à Gus Graham, éditeur de la vieille école qui aborderait bientôt les rives de la soixantaine : ancien de la maison, il s'était constitué un cheptel d'auteurs, et ne faisait plus beaucoup d'efforts pour en dénicher de nouveaux, pas plus qu'il ne se privait de ses trois heures de pause déjeuner quasi quotidiennes. Son assistante était une femme d'une trentaine d'années appelée Jean Jacobson, décrite par Jack comme le prototype de l'intellectuelle new-yorkaise ultra-stressée. Elle ne semblait rencontrer que des hommes peu recommandables, passait tout son temps à des concerts, des pièces de théâtre, ou des projections de films étrangers. J'avais du mal à m'entendre avec elle parce qu'elle se montrait insupportablement protectrice envers son patron et, par conséquent, vouait à Jack un mépris farouche.

Quelques mois après mon arrivée, alors que toute l'équipe assistait à la réunion de service mensuelle, un sujet hautement polémique a été abordé. Il s'agissait de Cornelius Parker, l'un des protégés de Gus, observateur génial et impitoyable des rituels d'autoenfermement de la vie américaine, en particulier les mariages destructeurs. Lui-même en avait connu quatre. Alcoolique, professeur à l'université de Syracuse, et plein d'amertume de devoir encore enseigner à cinquante-cinq ans pour payer ses factures et ses diverses pensions alimentaires, il écrivait un livre tous les trois ou quatre ans et ne comprenait pas pourquoi il n'avait jamais réussi à atteindre la même notoriété que John Updike, sa Némésis personnelle. En effet, bien qu'il reçoive généralement de bonnes critiques, certains trouvaient de plus en plus indigestes ses romans caustiques qui décrivaient des hommes, des femmes et le chaos qu'ils engendraient quand ils se trouvaient ensemble, et ses ventes continuaient de chuter vertigineusement. Son dernier roman, *Pourquoi elle m'a quitté*, ne s'était vendu qu'à quatre mille trois cents exemplaires. Selon Jack, c'était dû au fait que Cornelius Parker se répétait énormément dans ses thématiques et ses jugements, ce qui avait fini par lasser son public. Gus, qui souffrait clairement d'une gueule de bois carabinée, a simplement fait remarquer que « si la littérature américaine ne prenait en compte que les chiffres, Scribners aurait laissé tomber Scott Fitzgerald après les pauvres deux mille ventes de *Gatsby le magnifique* ».

« Je ne parle pas de laisser tomber Cornelius, a expliqué Jack, mais de le pousser à se renouveler un peu. Tous les écrivains ont leurs thèmes, leurs obsessions : regardez Bellow ou Cheever, le paysage a beau changer, ce sont toujours les mêmes préoccupations sur la condition humaine. Ce que je veux dire, c'est que le nouveau roman de Cornelius décrit encore le désespoir domestique de la classe moyenne. Il a des choses à dire, mais reste toujours bloqué sur ça, comme un disque rayé. S'il faisait plus de ventes, ce ne serait pas un problème. Mais… »

Jean Jacobson est intervenue, tremblante de rage :

« On est éditeurs, pas comptables. C'est ça, le nouveau visage de l'édition : le succès, les ventes, les feux de la rampe ! »

Dans le silence gêné qui a suivi, Jack s'est contenté de soutenir calmement son regard. Puis Charles Chester Fowles a changé de sujet sans autre forme de procès.

CC, comme il aimait à être appelé, était le fils de l'un des fondateurs de la maison. À quarante-cinq ans, il avait accompli le parcours universitaire typique d'un homme de sa condition sociale – Harvard, un an à Édimbourg – et était connu pour son humour, son goût sûr, sa tendance à laisser la bride sur le cou à ses éditeurs (ce qui, d'après Jack, ne lui rendrait pas service face au corporatisme émergent de ce domaine jusqu'alors réservé aux seuls initiés). CC avait vécu dans l'ombre de son père autocrate, Franklin Keynes Fowles, despote aux intérêts littéraires irréprochables, mais pingre notoire quand il s'agissait de payer ses auteurs. Néanmoins, il rachetait presque ce défaut par une loyauté inconditionnelle. Les écrivains inscrits sur sa liste avaient peu de risques de la quitter un jour, et leurs faiblesses et écarts de comportement étaient généralement tolérés. S'ils commençaient à rapporter de l'argent, Fowles refusait d'augmenter leurs avances au prétexte qu'ils toucheraient ainsi leurs royalties plus vite, et qu'ils n'avaient pas à se plaindre. Après tout, une fois admis chez Fowles, Newman & Kaplan, ils faisaient partie d'une famille qui ne les abandonnerait jamais dans la froideur du vaste monde.

CC avait repris les rênes de la maison à la mort de son père en 1976, et restait globalement fidèle au modèle paternel. Il tenait Jack en très haute estime et prêtait une oreille attentive à ses conseils, surtout depuis que celui-ci avait déniché trois auteurs extrêmement populaires spécialisés dans un genre littéraire en pleine expansion : le développement personnel. Jack avait aussi mis la main sur un écrivain d'horreur, Maxwell Monhegan (même son nom avait des accents gothiques), dont les livres figuraient chaque fois dans le peloton de tête de la liste des best-sellers du *New York Times*. Gus, Jean et d'autres collègues présents dans la maison depuis l'époque d'Eisenhower avaient haussé un sourcil lorsque Jack avait fait signer un contrat au Dr Whitney Wang, auteur de l'un des premiers ouvrages dont le propos était « l'écoute de notre enfant intérieur ». Ce psychologue volubile d'origine sino-américaine avait tout pour plaire : il était photogénique, avec de belles dents, une superbe épouse jeune et blonde, les deux enfants adorables réglementaires, et la capacité de vendre son boniment à un diplômé de grande école comme à une femme au foyer des classes populaires. Jack ne se leurrait pas sur la nature manipulatrice de sa recrue, mais, comme il le soulignait si bien, quel genre d'argument fait le poids face à trois cent mille exemplaires vendus (et ce, à une époque où les livres n'étaient jamais soldés) ? Un jour que quelqu'un remettait une fois de plus le sujet sur la table au cours d'une réunion, je l'avais vu brillamment défendre son choix d'un auteur aussi racoleur et commercial pour une maison d'édition traditionnellement littéraire.

« Ce genre de livres découle d'une longue tradition des lettres américaines. Rappelez-vous *La Puissance de la pensée positive* de Norman Vincent Peale, ou *Comment se faire des amis* de Dale Carnegie. Même Horatio Alger…

— Horatio Alger écrivait de la bouillie, même selon les critères du XIXe siècle, l'a coupé Dean Morganstern, l'un des plus anciens éditeurs de Fowles, Newman & Kaplan. Il faisait son beurre de la même manière que Reagan : en laissant croire que tout est possible en Amérique, tant qu'on joue le jeu dans les règles.

— Le Dr Wang est un peu plus sophistiqué. Et puis, si son succès nous permet de continuer à soutenir des auteurs comme Cornelius Parker… »

Jean a réagi au quart de tour :

« Voilà, tu recommences à menacer l'un des meilleurs romanciers américains de lui fermer la porte au nez à la première occasion. »

Jack a levé les yeux au ciel avant de s'adresser à Gus :

« On laisse les assistants diriger les réunions, maintenant ?

— Tout le monde ne peut pas être un gentil chienchien comme ta chère Alice Burns, a rétorqué Jean.

— Je ne suis le chien de personne », ai-je répliqué en prenant bien soin de ne pas élever la voix.

C'est alors que CC est intervenu :

« Jean, personne ne vous a demandé d'être aussi odieuse. »

Jean a piqué un fard comme si le directeur d'école l'avait rappelée à l'ordre devant toute la classe – c'était d'ailleurs plus ou moins ce qui venait de se passer. CC procédait rarement autrement.

« Il ne la virera jamais, m'a expliqué Jack un peu plus tard, parce qu'elle est compétente, rigoureuse, et qu'elle surveille bien les arrières de Gus. Mais elle ne montera jamais en grade. Elle a déjà montré plusieurs fois son incapacité à se tenir. CC s'habille peut-être comme un dandy – il a même été un peu hippie sur les bords dans les années soixante, jusqu'à ce que son papa lui remette les idées en place en le menaçant de trouver un autre héritier –, mais, au fond, c'est un pur épiscopalien de l'Upper East Side, et, en tant que tel, il est persuadé que tout lui est dû. D'ailleurs, il trompe allégrement sa femme trop raisonnable et collet monté, et je sais que tu lui as tapé dans l'œil. Ne sois pas surprise s'il t'invite à déjeuner, avant de te proposer de finir l'après-midi dans la chambre que l'hôtel Pierre tient à sa disposition en toutes circonstances. Si tu veux un conseil, sors-lui le grand jeu, et fais-le boire. Le brave garçon ne tient pas très bien l'alcool. Ensuite, fourre-le dans un taxi. Et, la prochaine fois que tu le croiseras dans un couloir, n'oublie pas de lui dire que tu as passé un merveilleux moment. »

Jack connaissait son patron sur le bout des doigts. Je n'ai pas tardé à recevoir un coup de fil de la secrétaire de CC, pour m'informer que M. Fowles espérait avoir le plaisir de ma compagnie au restaurant La Côte basque à midi trente le lendemain. Suivant les conseils de Jack, je me suis parée de mes plus beaux atours. Le jour suivant, après m'avoir saluée, CC m'a laissée seule sur sa banquette préférée pour aller dire bonjour à Truman Capote, assis quelques tables plus loin en compagnie de dames bien apprêtées qu'il surnommait « ses cygnes ». Comprenant qu'il n'était pas près de revenir, j'ai sorti de mon sac le manuscrit que j'avais apporté et le stylo-plume offert par Peter, Adam et ma mère la veille de mon premier jour de travail, et je me suis plongée dans ma lecture. Il s'agissait du récit, un peu long mais potentiellement captivant, de l'enfance d'une jeune fille au sein d'une famille de charmeurs de serpents charismatiques, dans le recoin le plus ignorant et déshérité de la Caroline du Nord. L'auteure, une certaine Jesse-Sue Cartwright, avait connu sa première expérience sexuelle avec son père, qui non seulement parlait en langues et prétendait jouir d'un lien direct avec le Tout-Puissant, mais enroulait chaque dimanche deux serpents venimeux autour de ses bras avant de prier à haute voix pour les empêcher de le mordre.

Ce manuscrit avait été envoyé à Jack par un agent littéraire au flair certain en matière d'ésotérisme commercial. À son tour, Jack me l'avait confié en demandant un rapport détaillé dans les soixante-douze heures. Fascinée par le primitivisme du style narratif, ainsi que par la découverte d'un monde qui m'était si étranger, et qui était, en même temps, si profondément américain, j'avais été d'avis que, si l'auteure acceptait de faire des coupes et d'apporter de lourdes modifications à son texte, il y avait là matière à publier un classique. Jack avait lu les deux premiers chapitres avant de faire une offre de six mille dollars à l'agent – à la condition expresse que Mlle Cartwright soit prête à reprendre son manuscrit autant de fois que nécessaire. En moins de vingt-quatre heures, l'agent répondait par l'affirmative, et j'avais pris mon téléphone pour appeler

Jesse-Sue la semaine suivante. Elle avait une voix très douce, au point de sembler parfois réticente à s'exprimer. Comme elle le racontait dans le livre, elle avait réussi à échapper à son père monstrueux et à sa mère dépressive en se faisant admettre à la prestigieuse université de Caroline du Nord à Chapel Hill, puis en trouvant un poste d'enseignante à Charlotte, dans le même État. Sous sa grande timidité, j'ai très vite discerné une grande intelligence. Les livres avaient été son refuge pendant son enfance et son adolescence, et sa compréhension des noirceurs de l'existence était distinctement teintée par l'esprit du Sud. Après deux ou trois conversations téléphoniques, sa réserve (et, sans doute, sa sidération à l'idée de parler à une éditrice new-yorkaise intéressée par son livre) avait complètement disparu, et j'avais découvert son sens de l'humour très percutant, ainsi que cette manière d'appréhender la vie dont seuls sont capables les survivants. Elle comprenait aussi très vite ce que j'attendais d'elle en matière de retouches, et le sens de mes réflexions. Je lui avais promis de lui renvoyer son manuscrit, annoté par mes soins, avant novembre.

Le jour du déjeuner avec CC, le mois d'octobre 1980 venait de commencer et il me restait facilement deux cents pages à revoir, ainsi qu'une longue lettre de conseils et de remarques qui me prendrait sans doute plusieurs jours à rédiger. Je profitais donc du moindre répit dans mon travail, comme celui que venait de m'offrir CC en partant conter fleurette à Truman Capote et sa horde d'admiratrices, pour reprendre la lecture du manuscrit. À un moment, alors que je levais les yeux, je me suis aperçue qu'ils regardaient dans ma direction. Après un signe de tête, je suis retournée à mon paragraphe. C'est alors que la voix aiguë de Capote s'est élevée :

« Cette jeune demoiselle veut vraiment devenir le prochain Maxwell Perkins ! »

Je l'ai dévisagé avec un sourire.

« Il se pourrait bien que je vous édite un jour, monsieur.

— S'il parvient jamais à finir son chef-d'œuvre ! » a lancé l'un de ses « cygnes ».

Quelques minutes plus tard, CC était de retour face à moi.

« Alors comme ça, on répond aux piques lancées par les écrivains célèbres ?

— Je vous prie de m'excuser, j'espère que je ne vous ai pas mis dans l'embarras.

— Au contraire, M. Capote était sous le charme. Mais il n'écrira jamais une nouvelle œuvre majeure. Truman est un animal social, maintenant. Il partage son temps entre les déjeuners et les réceptions. L'écriture ne fait plus partie de ses priorités, et il le sait, ainsi que tout le monde dans son cercle de connaissances. La célébrité a tué sa discipline, comme ça arrive si souvent dans notre microcosme culturel de fous. »

Pendant le repas, je me suis arrangée pour que le verre de CC ne reste jamais vide longtemps – comme me l'avait recommandé Jack, qui m'avait aussi prévenue que le sujet de prédilection de CC était sa propre personne. Je l'ai donc écouté me raconter sa vie avec lyrisme et enthousiasme, depuis la fois où il avait rencontré Hemingway à un dîner organisé en l'honneur de son père lorsqu'il avait vingt-deux ans, jusqu'à sa brève liaison avec Françoise Sagan. « On apprend beaucoup de choses au contact d'une personne plus mature », a-t-il fait remarquer avec un regard appuyé. J'ai esquissé un sourire, avant de lui proposer de reprendre un martini (sa boisson préférée, toujours selon Jack). Il n'a pas dit non, et a continué à parler tout au long de ce deuxième verre, me racontant que la famille de sa femme avait pour ancêtre John Winthrop, premier gouverneur du Massachusetts.

« Si tu veux avoir une chance d'être heureuse, ne te marie pas avec le descendant d'un puritain de Nouvelle-Angleterre... Cela dit, je ne saurais même pas reconnaître le bonheur si je tombais dessus en pleine rue. »

Il a terminé son troisième martini sans remarquer une seule fois que j'avais arrêté de boire après le premier cocktail : je versais discrètement le contenu de mon verre dans mon verre à eau dès qu'il me quittait des yeux pour observer la salle – ce qu'il faisait sans cesse, désireux de savoir s'il se trouvait des gens importants autour de lui, et qui. Quand on nous a apporté le plat principal, il a insisté pour prendre un verre de bordeaux en accompagnement de son canard. Et ainsi de suite, jusqu'à ce qu'il ait terminé le cognac commandé en même temps que son café, et que ses chances de se retrouver avec moi dans une chambre d'hôtel soient à peu près égales à celles d'être contacté par la NASA pour devenir astronaute. Le maître d'hôtel, qui avait l'habitude de le voir dans cet état, m'a informée avec le sourire qu'il s'occuperait de tout.

« Votre taxi vient d'arriver, monsieur Fowler, a-t-il annoncé d'un ton obséquieux.

— Déjà ? » a balbutié CC d'un air égaré.

Je lui ai adressé un sourire radieux.

« J'ai passé un moment merveilleux. Merci.

— C'est vrai que je suis un as de la conversation. »

Le maître d'hôtel et l'un des serveurs l'ont aidé à enfiler son manteau et à atteindre la porte, puis j'ai poussé la politesse jusqu'à le mener à son taxi tout en me confondant en remerciements. Plus tard, quand j'ai fait à Jack le compte rendu du déjeuner, il m'a félicitée pour cette touche finale.

« CC se réveillera demain matin, persuadé de t'avoir séduite – et que tu es quelqu'un de délicieux. Crois-moi, tu viens de gagner un tas de bons points. Et maintenant, il ne t'invitera plus jamais. C'est comme ça qu'il fonctionne. »

Effectivement, j'ai croisé CC dans un couloir quelques jours plus tard, et il a fait preuve d'une élégance irréprochable :

« J'ai été ravi d'apprendre à mieux te connaître. Je ris encore de ta repartie à Truman Capote ! Jack me dit que tu fais un travail incroyable avec le livre de cette campagnarde, là… Ça pourrait être le best-seller de l'année prochaine. Continue comme ça, c'est excellent. »

Et, en dehors d'un signe de tête occasionnel au détour d'une réunion ou d'un couloir, il a dorénavant gardé ses distances – ce qui ne serait certainement pas arrivé si j'avais commis l'erreur de coucher avec lui (et je n'aurais pas été la première).

Adam, pour sa part, avait rejoint un petit groupe boursier de Wall Street nommé Capital Futures et dirigé par un quadragénaire branché, Tad Strickland. Tad était devenu le gourou professionnel de mon frère, qui le décrivait en termes ronflants du type « génie financier » et « visionnaire dynamique ». Pour lui, Tad était non seulement le grand frère que Peter n'avait jamais su être, mais aussi il avait su voir ce qu'Adam avait « à apporter au monde ».

Mon détecteur de baratin a failli exploser la première fois qu'Adam m'a raconté ce que lui avait dit ce Tad. Mais ce que mon frère désirait le plus au monde, c'était exactement ça : être accepté – et traité en être à part. Tad avait axé toute son opération séduction là-dessus, présentant Capital Futures comme une entreprise où il pourrait – selon ses propres mots – tracer son chemin professionnel, faire un « carnage », et rencontrer des gens qui deviendraient sa famille pour le restant de ses jours.

Tad avait désigné Adam comme un « meneur naturel », pour la simple raison que son fils Connor était le meilleur joueur de hockey de son école à l'époque où Adam était entraîneur. Adam avait permis à l'équipe de remporter le championnat pour la première fois depuis presque vingt ans. Tad était présent lors du dernier match de finale qui leur avait valu la coupe, et au cours duquel (dans la plus pure tradition hollywoodienne) son fils avait marqué le but décisif. En tant que « gourou du succès » – comment décrire mon soulagement lorsque Jack a décidé de ne pas acheter son manuscrit, *Le Millionnaire en vous* ? –, il avait été impressionné par le match, la fierté parentale qu'il en avait retirée, et la façon dont Adam, en deux saisons à peine, avait réussi à changer un groupe de joueurs médiocres en une « véritable équipe de gagnants ». Il l'avait donc invité à déjeuner au restaurant Lutèce, à Manhattan. Adam était arrivé vêtu de son éternel blazer, pantalon de flanelle et cravate rayée. Tad n'avait pas perdu de temps en préliminaires : il avait expliqué à Adam qu'il pouvait rester entraîneur pendant encore une bonne trentaine d'années, acheter une petite maison à Port Chester, Mianus ou n'importe quelle autre banlieue de tocards, emmener ses trois futurs enfants à l'école dans un break Ford, et peut-être même passer deux semaines chaque été dans un petit cottage au bord d'un lac de l'État de New York – à condition de donner en parallèle des cours de hockey dans des centres de vacances pour mettre quelques sous de côté. Ou bien il rejoignait Capital Futures et son équipe de fonceurs, et il découvrait ce que voulait dire vivre dans la stratosphère financière.

Adam avait saisi cette offre et avait intégré Capital Futures en septembre 1980, juste après son mariage avec Janet. Le mariage en question n'avait pas été une partie de plaisir, d'autant que la famille de Janet était une brochette de rabat-joie originaires de la petite ville de Geneseo. Pour citer ma mère, ils avaient tous « un sacré balai là où je pense ». Peter avait sagement décidé de laisser Samantha à Brooklyn Heights, conscient qu'elle jugerait Janet et son entourage terriblement frustes. Non contents de nous considérer avec méfiance parce que nous vivions à New York, ceux-ci étaient presbytériens et ne semblaient pas ravis de voir Janet épouser le fils d'un catholique et d'une juive. Personnellement, j'étais moins dure avec Janet que mes parents ou Peter : à mes yeux, c'était juste une jeune provinciale, dénuée de sophistication et d'expérience, certes, mais qui avait reconnu en Adam le même type de solitude dont elle souffrait elle-même. Quant à Adam, il avait toujours été incapable de résister à quiconque se montrait un tant soit peu maternel envers lui.

Mon père n'était pas aussi indulgent. À l'annonce du mariage d'Adam et de son changement de carrière, il avait emmené celui-ci à déjeuner – pour lui dire de se tirer de là au plus vite.

« Ce n'est pas le genre de femme qu'il te faut, surtout maintenant que tu es parti pour faire des étincelles à Wall Street. »

Mais ce cher Adam était, avant toute chose, d'une loyauté indéfectible. Et puis, ce n'était pas pour rien qu'il était devenu entraîneur sportif dans une école : il avait toujours rêvé d'être père. Comment aurait-il pu abandonner une femme enceinte ? Mon père avait répondu à cette question par toutes sortes d'hypothèses chiffrées : étant donné que son salaire de départ serait de toute façon très confortable, sans compter les primes substantielles qu'il ne manquerait pas de toucher, il pouvait aisément se permettre de verser tous les mois à Janet une pension alimentaire qui lui permettrait de louer un bungalow à White Plains et d'élever son enfant…

« C'est le prix de la liberté, fiston. Et le plus important, c'est que tu seras toujours père. Vu comme Tad va te faire bosser, je te garantis que tu n'auras pas une seconde à consacrer à ton gamin pendant la semaine. Mais, en faisant comme je t'ai dit, tu pourras quand même le, ou la, voir un week-end sur deux, tout en te payant un bel appartement en ville et en te dégotant le genre de jolie fille digne d'un cador de la finance. »

Adam avait refusé tout net.

« Je me suis engagé à épouser Janet, et je n'ai qu'une parole.

— Dans deux ou trois ans, quand tu te feras vraiment du fric, sortir de là te coûtera beaucoup plus cher… et ce sera nettement plus dur.

— Je ne suis pas du genre à abandonner. »

« Peut-être qu'il aurait dû », me dirait mon père quelque temps plus tard.

Le mariage avait lieu dans une chapelle presbytérienne assez sinistre. Les demoiselles d'honneur étaient habillées en rose vif, et les garçons d'honneur en costume beige avec chemise à jabot et nœud papillon de velours marron. Détail révélateur, Adam avait choisi comme témoin son entraîneur adjoint de l'école.

« Je suis bien content qu'il ne m'ait pas demandé d'être son témoin », a lancé Peter en apercevant ces affreux uniformes.

Mon père est arrivé juste avant le début de la messe et est venu s'asseoir à côté de nous.

« J'étais coincé derrière un putain de péquenaud dans son pick-up de plouc », a-t-il chuchoté en guise d'excuse.

Puis, avisant Adam et ses garçons d'honneur, il a eu un mouvement de recul :

« Je ne savais pas qu'il fallait se déguiser en rital à fanfreluches. C'est le père de Janet qui a eu l'idée ?

— Tu devrais parler encore plus fort, a sifflé ma mère.

— Je ne fais qu'exprimer tout haut ce que tu penses tout bas.

— Dans deux heures, on sera loin d'ici, a marmonné Peter.

— Mais pas Adam, a dit ma mère.

— C'est sa décision.

— On peut toujours le kidnapper avant qu'il ait signé quoi que ce soit », ai-je proposé.

Mon père a secoué la tête.

« Tous ces bouseux ne nous laisseraient pas sortir d'ici vivants. »

Ma mère s'est retenue à grand-peine d'éclater de rire.

« "Bouseux" ? Tu viens de Brooklyn, je te le rappelle !

— Tu peux parler, princesse de Flatbush. »

Elle a ri une deuxième fois, plus fort, ce qui lui a valu un regard courroucé de la part de la mère de Janet, une femme au nez crochu assise de l'autre côté de l'allée centrale.

« La méchante sorcière de l'Ouest veut me jeter un sort », a pouffé ma mère.

Ç'a été au tour de mon père de rire, nous attirant un nouveau regard furieux de la belle-mère en robe de velours violet ridicule.

« On dirait Bette Davis dans *Qu'est-il arrivé à Baby Jane*, ai-je dit.

— Bon, les New-Yorkais, il va falloir mettre vos sarcasmes en sourdine, a annoncé Peter tandis qu'Adam traversait la chapelle pour se positionner devant l'autel, passablement nerveux, et incapable de soutenir notre regard.

— Mon Dieu, a murmuré ma mère, il n'a pas envie de faire ça.

— Je peux tout arrêter », a grondé mon père.

J'ai secoué tristement la tête.

« C'est sa vie.

— On ne peut pas décider à sa place, a ajouté Peter.

— Quel foutu moralisateur, celui-là », a raillé mon père, mais d'une manière telle que nous avons de nouveau dû étouffer un fou rire.

Puis l'organiste a entamé une marche nuptiale approximative, et nous nous sommes tous levés pour regarder le père rougeaud de Janet conduire sa fille – toute de satin blanc vêtue, et dont la grossesse ne passait pas inaperçue – le long de la travée centrale. Une fois toute l'assistance de nouveau assise, le prêtre s'est avancé vers le couple, et Adam a pris la main de Janet. C'est à cet instant-là que ma mère s'est mise à pleurer. À ma grande surprise, mon père l'a attirée contre lui, et elle a posé sa tête sur son épaule. Elle est restée dans cette position tout le reste de la cérémonie. À un moment, pendant l'échange des vœux, Peter m'a poussée du coude en haussant les sourcils, et j'ai suivi son regard : aucun de nos parents ne suivait le déroulement de la messe. Ils avaient les yeux fixés au sol et affichaient des mines terriblement tristes.

Leur divorce a été prononcé plusieurs mois plus tard. Je l'ai appris par ma mère. Elle m'a téléphoné au bureau (chose que je lui avais répétée maintes fois de ne pas faire) d'une voix si étouffée que j'ai d'abord cru à un décès dans la famille.

« Qu'est-ce qui se passe, maman ?

— Je ne suis plus Mme Burns.

— Mais c'est ce que tu voulais.

— Ne me dis pas ce que je veux ou non, a-t-elle gémi.

243

— Si tu ne le voulais pas, pourquoi avoir tout fait pour ?

— Parce que ton père avait lancé les démarches.

— C'est tout de même toi qui as insisté pour divorcer, au départ.

— Et alors ? Il n'était pas obligé de céder… Mais c'est cette harpie qui l'a poussé à le faire. Elle veut prendre le contrôle de sa vie.

— Au contraire, je trouve que Shirley lui fait beaucoup de bien.

— Merci pour ta loyauté.

— Maman, qu'est-ce qui t'arrive ? Tu n'es plus avec… ?

— Non, il a mis les voiles.

— Quand ça ?

— La veille de cet horrible mariage. Est-ce que tu as déjà mangé un repas plus immonde dans un endroit aussi déprimant ? Je veux dire, qui organise sa réception de mariage dans un motel de merde comme celui-là ?

— Les provinciaux, il faut croire.

— Ce n'est pas une excuse, j'ai des amis qui vivent à Rhinebeck et à Woodstock, ça ne les empêche pas d'avoir du goût.

— Ce n'est pas tout à fait la même "province" et tu le sais très bien. Enfin, Janet et Adam avaient l'air heureux.

— Tu parles. Mon pauvre garçon, marié contre son gré…

— Tu divagues, maman. Personne ne lui a braqué un pistolet sur la tempe.

— C'est tout comme.

244

— Tu sais que je suis au travail, là ? On n'a qu'à reprendre cette discussion ce soir, quand je serai rentrée.

— J'ai couché avec ton père le soir du mariage. »

C'était venu comme un cri du cœur, une de ces déclarations façon Joan Crawford dont elle avait le secret.

« Ça ne m'étonne pas, ai-je dit.

— Quoi ?

— Tu pensais qu'on ne vous avait pas vus, Peter et moi, danser joue contre joue pendant toute la réception ?

— Alors toi et Peter vous avez parlé de nous dans notre dos ?

— Les enfants parlent souvent de leurs parents, tu sais.

— Merci bien, Dr Freud.

— Je n'essaie pas de faire de psychanalyse de comptoir. Bref. Tu as couché avec papa. C'était comment ? »

Elle a refusé de céder à ma provocation.

« Arrête ça tout de suite !

— Pourquoi est-ce que ton petit ami t'a plaquée ?

— Il disait que j'étais trop collante.

— Je vois.

— Et que j'avais toujours des sentiments pour ton père.

— C'est vrai ? »

Elle a mis un moment à répondre.

« Oui et non.

— Tu en as parlé avec papa ?

— Ce salopard… »

245

J'ai laissé échapper un petit rire.

« Tu veux vraiment te remettre avec lui, à ce que je vois. Tu sais ce que Robert Frost a écrit sur l'amour et la haine ? *Je crois connaître assez la haine / Pour dire que dans ce domaine / La glace serait tout aussi souveraine...* »

Silence.

« Impressionnant, a lâché ma mère.

— Maintenant, il faut vraiment que je me remette à ce manuscrit.

— Qu'est-ce que je dois faire, alors ?

— Mais qu'est-ce que j'en sais, moi ? Tu devrais surtout te demander pourquoi tu es allée jusqu'au bout d'une chose que tu ne voulais absolument pas.

— J'ai l'impression que c'est l'histoire de nos vies, non ? »

Le lendemain soir, je terminais la relecture du troisième jet de Jesse-Sue. Avant de quitter le bureau, j'ai informé Jack que j'étais très satisfaite du travail accompli jusque-là. Il manquait, à mon avis, une dernière prise en main pour finir de resserrer les passages les plus digressifs – ayant principalement pour sujet la foi et l'environnement rural ingrat dans lequel l'auteure avait grandi. Mais nous avions déjà réussi à couper deux cents pages, ce qui permettait à son lyrisme sudiste un peu clinquant de ne pas s'essouffler au fil de la narration. La lisibilité est la qualité clé d'un livre – à condition de ne pas sacrifier la profondeur de la réflexion à laquelle le livre invite. Je l'avais dit à Jesse-Sue : le plus important, c'est de s'investir afin que le lecteur dévore page après page, même si le thème abordé est complexe ou le style littéraire exigeant. Elle avait très bien compris ce que je voulais dire, et m'avait rendu deux manuscrits entièrement retravaillés en un peu moins de quatre mois.

« On peut publier à l'automne prochain, alors ? a demandé Jack.

— Je pense vraiment qu'il faut le reprendre encore une fois. »

Nous avions ajouté pas mal de détails sur l'attitude indifférente de sa mère et la brutalité émotionnelle et sexuelle de son père, la difficulté de fuir sa domination, et la peur qu'il avait fait naître en elle. Comme ça, même si le cadre très rural, la domination cléricale et paternelle, et, bien sûr, la manipulation des serpents venimeux pouvaient sembler exotiques et dépaysants au lecteur, nous avions réussi à rendre le propos assez universel pour tout ce qui touche à la dureté de la vie familiale. Sans parler du suspense final. Allait-elle réussir à échapper à son père, et, lui, finirait-il par être rattrapé par la loi après tout ce qu'il lui avait fait subir ? Donc oui, je pensais qu'il suffirait d'un dernier petit effort pour le placer pile là où il devait être, sur la corde raide entre littéraire et commercial.

Jack a haussé les sourcils d'un air amusé.

« Très réjouissant, tout ça. Et il y a un vrai potentiel commercial, du moins si cette Jesse-Sue est présentable et relativement capable de s'exprimer en public.

— Je ne lui ai jamais parlé face à face. Je ne sais même pas à quoi elle ressemble.

— Alors pour ce qu'on en sait, elle pourrait être maladivement timide ou totalement asociale ?

— Je ne garantis rien de ce côté-là. Mais je lui ai parlé au téléphone deux fois par semaine depuis l'achat du manuscrit, et même si elle m'a semblé réservée au premier abord, c'est une femme très intelligente et drôle, elle connaît les faiblesses humaines sur le bout des doigts et elle n'a pas peur d'évoquer la tragédie dont elle a été victime.

— Très bien. Dans ce cas, si son prochain jet me plaît, je t'enverrai sans doute rencontrer cette chère Jesse-Sue pour connaître ton avis. Il faudra qu'elle t'emmène dans son village d'enfance voir la scène de crime. On pourra peut-être faire une grosse opération marketing, si elle est partante. Mais assure-toi d'abord que sa prochaine version du manuscrit soit exemplaire. C'est ton premier boulot en tant qu'éditrice, et j'attends de toi un résultat exceptionnel. »

Ce soir-là, j'ai retrouvé Peter pour un long dîner arrosé. Samantha était partie donner une conférence à Stanford sur « Le féminisme dans la fiction américaine moderne », et il avait proposé de m'offrir un gigantesque steak dans le célèbre palace carnivore de Brooklyn Heights, Peter Luger Steak House. L'air fatigué et un peu stressé, il a secoué la tête avec un petit sourire en m'écoutant lui raconter les propos de Jack.

« Il te met la pression, non ?

— Pas la moindre ! Mais je dois t'avouer une chose : Jack a beau être absolument tyrannique, plus ça va, plus j'adore travailler dans l'édition.

— Tu as de la chance.

— Qu'est-ce qui te déprime à ce point ? »

Il a haussé les épaules avant de lever bien haut sa vodka martini.

« À la santé de nos grands malades de parents, qui continuent de coucher ensemble même après leur divorce. »

J'ai manqué m'étouffer avec mon cocktail. J'étais persuadée que ce qui s'était passé le soir du mariage n'était qu'un moment d'égarement. Jamais je n'aurais pensé que ça continuait depuis.

« Ils ont une liaison depuis le mariage ?

— Ils ont été mariés pendant plus de vingt-cinq ans. Je ne pense pas qu'on puisse légitimement parler de "liaison".

— Mais papa est avec Shirley…

— Comme tu le sais, la monogamie n'est pas dans ses gènes. Ni dans les miens, d'ailleurs, même si j'ai été remarquablement sage depuis que je suis avec Samantha.

— Tu veux une médaille du mérite ?

— Venant d'une personne qui voit quelqu'un en secret depuis bientôt cinq ans et refuse de divulguer le moindre détail…

— Je ne disais pas ça pour te juger, Peter. »

Sans se dérider, mon frère a ramassé mon paquet de cigarettes sur la table.

« Ça t'ennuie si… ? »

Je lui ai fait signe que non et il a pris une cigarette, l'a allumée et a tiré une longue bouffée, le regard fixe.

« Samantha a lu mes cent premières pages il y a trois jours, a-t-il finalement avoué. Et elle n'a pas pris de gants pour me dire ce qu'elle en pensait.

— C'est-à-dire ?

— Que mes personnages sont unidimensionnels, que l'histoire manque de vie, et qu'on se fout complètement du dilemme d'un étudiant en théologie perdu dans le chaos universitaire de 1968.

— Ça a le mérite d'être franc... même si je peux comprendre que ce soit dur à avaler, venant de la personne qui partage ta vie. Si tu veux que je les lise...

— Surtout pas. J'ai trop peur que tu les trouves nulles, et que ça crée un malaise entre nous.

— Elles sont si mauvaises que ça ? »

Il a bu une gorgée de martini.

« Honnêtement, je n'en sais rien.

— Pourquoi tu ne les montres pas à ton éditeur ?

— Parce que je lui ai promis le bouquin entier pour le 1er avril – un très mauvais choix de date, si tu veux mon avis –, que ça fait un an que je travaille dessus, et que ces cent pauvres pages sont tout ce que j'ai. C'est mal parti.

— Demande un délai supplémentaire. Un an de plus, pour un roman, ce n'est pas grand-chose.

— Mais j'ai peur que Samantha n'ait raison. Si je me suis autant investi dans le script du film, c'est parce que ça me donnait une excuse pour lâcher le roman pendant ce temps-là.

— Parfois, c'est nécessaire.

— Arrête d'essayer de me donner bonne conscience.

— Ce n'est pas du tout mon intention. Je suis parfaitement objective. Je veux juste t'aider.

— Je n'ai pas besoin d'aide. J'ai juste besoin...

— ... de ne pas prendre ce que dit ta copine pour parole d'évangile et de continuer à écrire. Tes cent pages sont sans doute meilleures que tu ne le crois.

— Pour mon premier livre, j'ai eu un coup de chance. Il a fait beaucoup de bruit, et j'ai été accueilli

en fanfare comme une prétendue "voix de ma génération". Mais personne de ma génération n'a acheté
le livre. Qui voudrait lire les aventures d'un radical
dilettante paumé en Amérique du Sud ?

— C'est un livre génial, Peter. Il en dit long sur ce
que c'est d'être américain et d'avoir une conscience ;
se rendre compte que, dans cette culture, il ne suffit
pas de vouloir faire le bien et vivre en accord avec ses
convictions. Parce que l'argent et le pouvoir faussent
toujours tout.

— J'ai déjà dépensé toute mon énorme avance sur le
livre, toute mon énorme avance sur les droits d'adap-
tation, les délais de production pour le film viennent
d'être rallongés, et...

— Tu t'apitoies sur toi-même », ai-je fait remarquer,
un peu durement.

Il a baissé la tête.

« Tu as raison. Je me plains de choses que le commun
des mortels considérerait comme un don des dieux.

— Les écrivains ont tous le même démon... celui
du doute.

— Mais moi, je me laisse malmener par ce démon.
Pas toi.

— Je ne suis pas écrivain, Peter.

— Mais tu es une survivante.

— Non. S'il te plaît, pas ça ! »

J'avais presque crié.

« Alice...

— Ne m'appelle plus jamais comme ça, plus jamais. »

Dire que j'étais une survivante, que j'étais courageuse et déterminée... c'était dégradant. Il essayait de
me donner le rôle de l'héroïne, sauf que je ne savais pas

comment le jouer. Je faisais semblant d'être rationnelle, raisonnable, de maîtriser mes émotions, de faire mon travail. J'étais suffisamment stable pour coucher deux fois par semaine avec un homme que j'aimais mais qui ne s'engagerait jamais envers moi, et je comprenais bien que c'était mieux ainsi, parce que je ne serais pas capable de survivre une deuxième fois à la perte d'un être cher. C'est comme si une partie de moi était brisée pour toujours, mais j'arrivais tout de même à vivre à peu près normalement tant que cette partie restait bien cachée, dissimulée aux regards des autres… Sauf que Peter n'était pas n'importe qui. Dans cette famille de fous, il était le seul dont je me sentais un tant soit peu proche, grâce à tout ce qu'on avait traversé tous les deux. Lui, plus que quiconque, devait comprendre pourquoi je refusais qu'on me qualifie de « survivante »…

J'ai enfoui mon visage dans mes mains et j'ai éclaté en sanglots, prise de court par l'immense détresse échappée d'un recoin de mon esprit que j'avais cru scellé depuis si longtemps. Peter m'a prise dans ses bras, et est resté assis près de moi à m'étreindre sans un mot. J'ai perdu toute notion du temps, de l'espace… Quand mes larmes se sont enfin taries, j'ai murmuré dans le creux de son épaule :

« Je pense à Ciaran à chaque heure qui passe. Je n'arrive pas à l'oublier.

— Je comprends. »

Je me suis éclipsée aux toilettes pour me passer le visage à l'eau froide et rattraper le peu de maquillage que je portais, tout en évitant soigneusement de me regarder dans le miroir. En revenant m'asseoir face à

Peter, qui fumait une nouvelle cigarette d'un air fatigué, j'ai vu que mon martini n'était plus là.

« Le maître d'hôtel a insisté pour t'en faire servir un nouveau. D'après lui, le martini est meilleur glacé. »

En effet, celui-ci est apparu quelques instants plus tard avec un shaker et un verre à cocktail.

« C'est la maison qui offre, madame.

— Je suis désolée pour... »

Avant que je puisse terminer ma phrase, il m'a stoppée d'une légère pression sur l'épaule.

« Ne vous excusez jamais d'être triste. Jamais.

— Merci. Merci infiniment. »

Alors que je trempais mes lèvres dans la vodka teintée de vermouth, Peter a écrasé sa cigarette.

« Je t'ai menti, tout à l'heure.

— À quel sujet ?

— Samantha n'est pas en Californie. Elle est ici, en ville. Dans le lit de Toby Michaelis. »

J'ai serré les paupières très fort.

« Ça, c'est nouveau, ai-je murmuré.

— Tu le connais ? Il travaille dans l'édition aussi. Il est même plutôt renommé, paraît-il.

— Je ne l'ai croisé qu'une ou deux fois.

— Un vrai séducteur, à ce qu'on dit. Aucune femme ne lui résiste.

— Au moins, Samantha est son problème, maintenant, ai-je dit tout en essayant de faire taire les rugissements qui résonnaient dans ma tête.

— J'ai toujours su que, le jour où elle verrait ma chance retomber, elle passerait à autre chose. Elle m'a dit que Michaelis lui avait promis un enfant. Mais moi, je l'aime. Comme un fou.

— Alors elle n'en vaut pas la peine.

— Ce n'est jamais agréable de se faire plaquer. »

J'avais envie de hurler. Mais ce n'était pas le moment de piquer une deuxième crise. Je me suis contentée de la plus simple des réponses.

« Non, c'est certain. »

8

Cet hiver-là, je suis devenue tante. Rory Samuel Burns est né à l'hôpital de White Plains à quinze heures quarante-huit, le 24 février 1981. Son père n'a pas pu être présent – Capital Futures avait un « truc d'obligations à rendement élevé », et Tad voulait que « tout le monde soit sur le pont ». Pour des raisons techniques qui dépassent de loin mes connaissances fiscales, cet événement a fait sensation à Wall Street, et Adam a touché une prime de cinq cent mille dollars – ce qui, d'après lui, compensait largement le fait de ne pas avoir vu naître son fils. Sa belle-mère, elle, était là, et ma mère s'est précipitée sur les lieux après avoir bouclé la vente d'une maison de ville de cinq étages à Park Slope pour une somme record. Elle était extatique à l'idée de la naissance de son premier petit-fils ; il n'empêche que cette vente a figuré dans la section immobilière du *New York Times*, pour la simple raison que la circulation des métros la nuit était encore aléatoire et que Park Slope était considéré à l'époque comme un quartier peu sûr.

« Regardons les choses en face, m'a-t-elle expliqué. Pour la plupart des New-Yorkais, Brooklyn est toujours le bout du monde, et c'est une fille de Flatbush qui te le dit. »

L'acheteur était un enfant prodige de Wall Street, avec une femme avocate et des jumelles en bas âge : ils formaient à eux quatre une famille très photogénique. Dans l'interview qui accompagnait l'article, ma mère expliquait qu'ils étaient des « précurseurs, annonciateurs de la transformation de ce coin historique et enchanteur de Brooklyn », qui possédait selon elle les plus belles maisons de la ville et serait bientôt « le quartier de New York le plus recherché par les familles actives de bon goût ». Le seul usage conjoint des termes « bon goût » et « famille active » a fait sensation. Bientôt, la presse ne parlait plus que de cette unité sociale éduquée, fortunée et ultramoderne : la famille active, dont les deux parents possèdent chacun un emploi très bien payé et chronophage, mais parviennent tout de même à élever leurs enfants tout en s'aventurant hors de l'Upper East Side et de l'Upper West Side. Ma mère, avec sa perspicacité habituelle, s'était également mise à courtiser les jeunes détenteurs de MBA de Harvard, Wharton et Columbia, ainsi que les femmes cadres dans des entreprises de droit ou de finance – surtout celles qui songeaient à fonder une famille.

Quoi qu'il en soit, le jour de la naissance de Rory, son père était en train de gagner un demi-million et sa grand-mère venait, selon sa propre formule empreinte de modestie, d'« entrer dans l'histoire de l'immobilier new-yorkais ». Mon père est sorti du travail à dix-neuf heures, a sauté dans un train à Grand Central Station, et est arrivé à vingt heures à l'hôpital, d'où il m'a téléphoné d'une voix tremblante d'émotion.

« Notre nom de famille est officiellement perpétué. Et le petit a exactement la même tête que moi à son âge.

— Tes souvenirs remontent aussi loin ?

— Ne te moque pas de moi, Alice, pas un jour comme celui-ci. Mon premier petit-enfant ! Et c'est un garçon ! »

La continuation de la lignée mâle, évidemment. Je n'ai pas fait de commentaire.

« Comment va la maman ?

— Oh, tu connais Janet. Elle ne parle pas souvent, et quand elle le fait, ce n'est jamais intéressant. Ce n'est pas moi qui le dis, c'est ta mère, il y a dix minutes. »

Derrière lui, j'ai entendu ma mère siffler :

« Pas si fort, bon Dieu, la mère de Janet est juste à l'autre bout du couloir.

— Tu veux parler à ta mère, ma grande ?

— Passe-la-moi. »

Après les quelques gazouillis de rigueur à propos du nouveau-né, ma mère a enchaîné sur la vente magistrale qu'elle venait de conclure, et le fait que le *New York Times* – qu'elle considérait comme l'arbitre ultime de la vie telle qu'elle vaut d'être vécue et de la culture dans la ville la plus importante du monde – allait lui consacrer un deuxième article dans l'édition du lendemain.

« Tu imagines ? Toute sa vie, notre petit Rory se rappellera qu'il est né le jour des fiançailles du prince de Galles avec Diana, le jour où sa grand-mère est entrée dans l'histoire… ah, et aussi le jour où Jean Harris a été déclarée coupable du meurtre de ce charlatan de la diététique. »

En effet, l'affaire faisait grand bruit. Jean Harris, divorcée, directrice d'un lycée d'élite pour filles en Virginie, avait eu une liaison à distance, aussi longue que torride, avec le Dr Herman Tarnower, cardiologue new-yorkais et auteur d'un livre sur la nutrition très populaire à la fin des années soixante-dix. Tarnower était un véritable don Juan, et Jean Harris se doutait bien qu'il voyait d'autres femmes – mais sa jalousie n'avait plus connu de limites quand elle avait appris que son amant, alors âgé de soixante-neuf ans, couchait avec sa nouvelle secrétaire trentenaire. La nuit du 10 mars 1980, Mme Harris avait parcouru en voiture les quelque quatre cents kilomètres qui la séparaient de la ville de Scarsdale, armée d'un revolver, pour découvrir les sous-vêtements de la secrétaire dans la chambre de Tarnower. Ce dernier l'avait traitée de folle. Elle avait brandi son arme, une lutte s'était ensuivie... *Bang*. Le coup était parti, tuant le médecin. Le procès avait passionné la nation tout entière.

« Un meurtre, c'est un meurtre, a lancé mon père en arrière-plan.

— Ce salopard l'avait cherché.

— Pourquoi je me doutais que tu dirais ça ?

— J'en connais un rayon sur les hommes qui maltraitent les femmes.

— Et c'est passible d'une balle dans le buffet, pour toi ?

— Si vous voulez, ai-je dit à ma mère, je raccroche et je vous laisse débattre de tout ça tranquillement.

— Tu es féministe, Alice. Tu ne penses tout de même pas qu'ils ont eu raison de la condamner pour meurtre ?

— Ses avocats voulaient qu'elle plaide coupable d'homicide involontaire, ce qui ne lui aurait valu que cinq à sept ans de prison. Elle ne les a pas écoutés, et maintenant, elle va rester enfermée un bon moment.

— Elle a eu raison de refuser, a insisté ma mère. Parce qu'elle a toujours maintenu qu'elle n'avait pas voulu tuer ce connard.

— Tu veux bien laisser tomber ce sujet ? a demandé mon père d'une voix forte. Comme ça, on pourra se tirer de ce trou paumé et rentrer manger en ville. »

Sacré papa, toujours aussi subtil. Je me suis surprise à sourire.

« Tu as entendu la Voix de son maître, a soupiré ma mère. On part dîner. Tu ne nous en voudras pas si on ne t'invite pas ?

— J'ai un manuscrit à finir, maman. »

Je me suis retenue à grand-peine d'ajouter : « De toute façon, ce n'est pas comme si j'avais envie de tenir la chandelle. »

« Ton père dit qu'Adam est sur un gros coup au travail, a poursuivi ma mère. En tout cas, je ne suis pas étonnée de constater qu'il est de la vieille école pour ce qui est de rater la naissance de ses enfants.

— Merci pour ce rappel, Brenda », a lancé mon père.

Il avait parlé d'une voix si forte que ma mère a éprouvé le besoin de se justifier.

« Tu nous connais. On ne peut pas s'empêcher de se bouffer le nez.

— Alors je vous laisse finir, ai-je dit. Je viendrai demain avec Peter rencontrer notre neveu.

— Il est adorable, si tu veux savoir… Il ne tient pas du tout de sa mère.

— Je veillerai à ne pas le faire remarquer à Janet. »

J'avais à peine raccroché que Jack frappait à la porte de mon bureau.

« Tu penses qu'on devrait sortir un livre sur l'affaire Harris dans les deux mois qui viennent ?

— Diana Trilling a suivi tout le procès, ai-je répondu, faisant référence à un membre éminent de l'intelligentsia new-yorkaise d'après-guerre qui n'avait pour ainsi dire pas quitté la salle d'audience.

— Je vois que tu te tiens au courant.

— Oui, donc je sais aussi que Harcourt Brace a déjà prévu de sortir son livre à l'automne.

— Ce qui veut dire qu'à moins de trouver quelqu'un pour nous pondre un truc en moins de six semaines…

— Je ne vois pas l'intérêt de nous discréditer.

— C'est CC qui se posait la question à l'instant. Et s'il caresse l'idée d'un coup éditorial, c'est uniquement parce que Scott Deutsche vient d'être nommé au comité de direction. Un banquier d'affaires aux prétentions littéraires, qui tourne autour de CC depuis des années pour obtenir ce poste. J'ai déjeuné avec lui, une fois. Il a un diplôme de lettres de Colgate, et adore Henry James et Edith Wharton. »

Jack avait averti CC que Deutsche était un virtuose du rachat, dans la même veine que les magnats du business qui commençaient tout juste à s'intéresser aux maisons d'édition. CC, bien sûr, lui avait ri au nez en le traitant de théoricien du complot, ajoutant que la « sagacité commerciale » de Deutsche ferait des merveilles au comité de direction.

« Du coup, voilà que Deutsche se persuade qu'il a de l'influence éditoriale. D'où le mémo qu'on vient de recevoir sur l'affaire Harris. Mais je suis d'accord avec toi : ce n'est pas notre style, n'en déplaise à M. le banquier. Et même si le pays tout entier ne parle que de ce procès, ça passera en moins de dix jours. L'intérêt du public pour les faits d'actualité est de plus en plus fugace, hélas… »

Le lendemain soir, dans le train qui nous emmenait à White Plains, Peter, lui aussi, m'a parlé du procès de Jean Harris. Il regrettait de ne pas l'avoir suivi pour le compte d'un magazine, ce qui lui aurait permis d'en faire un gros livre.

« Tu as déjà un gros contrat pour un roman, ai-je rappelé.

— Ne m'en parle pas.

— C'est justement pour ça que tu n'avais pas le temps de faire le pied de grue dans un tribunal de Westchester.

— Je devrais peut-être dégoter un crime vraiment horrible et écrire le prochain *De sang-froid*.

— Arrête de paniquer. Finis d'abord ton roman.

— Facile à dire, pour toi. J'ai ouvert le *New York Times* dimanche, et je suis tombé sur la page de Bill Cunningham, il y avait une photo de Samantha avec cet enfoiré de Michaelis à je ne sais quelle soirée mondaine de la semaine dernière.

— Elle te manque toujours ?

— Elle a emménagé chez lui. Je n'ai pas le numéro. Il est sur liste rouge.

— Moi, je l'ai.

— Ah bon ? Mais pourquoi ?

— Parce que j'ai été sa maîtresse pendant environ cinq ans. »

Peter a ouvert de grands yeux, avant de me décocher un sourire ironique.

« Tu te fous de moi.

— C'est l'entière vérité. »

Et, d'une voix calme, je lui ai raconté l'origine de notre histoire – le fils perturbé de Toby, que j'avais pris sous mon aile à la Keene Academy – puis la relation que j'avais cachée au reste du monde. Le teint de Peter a peu à peu viré au gris pendant mon récit de… comment l'appeler ? Notre liaison ? Pas vraiment, puisque aucun de nous n'était marié. Notre arrangement ? C'était bien plus que ça. Dans les meilleurs moments, enlacés dans le lit après des ébats passionnés, tandis que nous buvions du vin en discutant avec aisance et complicité, nous savions tous les deux que ce qui nous liait ne se bornait pas au sexe. C'était spécial. Mais nous refusions d'imaginer un avenir ensemble – puis Toby avait décidé de tout gâcher en se faisant la belle avec la compagne de mon frère. Et, comme si ce n'était pas assez insultant en soi, il n'avait même pas eu le courage de me l'avouer en face (ni même par courrier), parfaitement conscient que Peter se ferait le messager involontaire de ce coup bas.

Je n'avais pas pipé mot le soir où Peter m'avait avoué que Samantha l'avait quitté pour Toby. J'avais écouté patiemment ses longs monologues nocturnes au téléphone, j'avais passé plusieurs soirées avec lui afin de lui changer les idées, et je l'avais même

262

laissé pleurer sur mon épaule pendant un concert de Dexter Gordon au Village Vanguard, quand le saxophoniste s'était lancé dans une interprétation de *How Long Has This Been Going On?*, le grand classique des cœurs brisés. Pendant le trajet du retour, sur la Septième Avenue, Peter s'était excusé d'avoir lâché la bride à son émotion, mais il était terrifié à l'idée de n'être qu'un petit écrivain raté ayant connu un bref succès une fois dans sa vie, avant de laisser échapper la femme parfaite.

« Elle n'est parfaite que sur le papier, avais-je répliqué. Oui, elle est très belle, très érudite, et elle connaît tout le monde. C'était sûrement le genre de fille avec laquelle tout le monde voulait sortir dans son lycée, et qui s'était très vite rendu compte qu'elle pouvait exercer un certain pouvoir sur les hommes. »

Surtout, Samantha venait de Cleveland, et elle souffrait clairement d'un complexe de provinciale débarquée en ville. C'est pour ça qu'elle voulait conquérir Manhattan à tout prix, quitte à prendre tous ceux qui pouvaient l'aider à s'élever pour les jeter ensuite. Elle s'était satisfaite de Peter tant qu'il était resté au faîte de la vie new-yorkaise, c'est-à-dire pas très longtemps. Il était très triste en ce moment, et plein de doutes, mais, au final, il serait bien mieux sans elle. Parce que, pour elle, seules les apparences comptaient. Certes, elle avait écrit un roman brillant, et tous les hommes la lorgnaient avec envie. Mais, avec le temps, elle n'aurait fait que le tirer vers le bas.

« Je ne sais pas pourquoi elle me manque autant.

— C'est ce dont tu te persuades, Peter. »

Cet après-midi-là, dans le train pour White Plains, Peter a écouté jusqu'au bout le récit de mes années de relation clandestine avec Toby.

« Quel salaud je fais, a-t-il dit en secouant la tête.

— Pourquoi ça ?

— Ça fait des semaines que je m'apitoie sur mon sort, sans me rendre compte que tu souffres autant que moi.

— Tu ne pouvais pas le deviner. Je ne t'en ai jamais parlé. Personne n'était au courant. »

C'était un mensonge, mais je ne voulais pas le vexer en avouant que je m'étais déjà confiée à Howie. En fait, je l'avais appelé le soir même, en rentrant du restaurant après que Peter m'avait annoncé la nouvelle, et il avait bondi dans un taxi pour me rejoindre chez moi, une bouteille de vodka – son poison favori – sous le bras. Il n'y avait que lui pour faire ce genre de chose. Après m'avoir serrée dans ses bras, il s'était laissé tomber sur mon canapé en remarquant tout haut que, à mesure que je gagnerais des galons dans l'édition, je devrais avoir les moyens d'acheter de meilleurs meubles. Il avait réussi à me faire rire, ce qui est tout à son crédit, et à atténuer quelque peu la colère qui, en moi, le disputait à la peine. Il m'avait ensuite pris la main et écoutée raconter toute l'histoire, sans jamais cesser de remplir mon verre et en levant régulièrement les yeux au ciel.

« Ma belle, tu savais très bien qu'il était comme ça quand tu t'es mise avec lui. Pour sa défense, il t'avait prévenue dès le départ. Le souci, c'est que tu es vraiment tombée amoureuse de lui… Et c'était peut-être réciproque, sauf qu'il se savait incapable d'honorer sa part du contrat. Toi aussi, tu en étais consciente. Quant

à son idylle avec la petite amie de ton frère, eh bien…
le bon goût n'est pas une qualité universellement par-
tagée, semble-t-il. Mais il va falloir que tu en parles à
Peter. Tu le lui dois, et tu te le dois, à toi aussi. Ça va
le choquer, et il se sentira encore plus mal pour toi
– parce que, d'après ce que tu m'as dit de lui, c'est
un type bien. »

Sans doute est-ce pour suivre son conseil que j'ai
tout révélé à Peter ce jour-là. En véritable grand frère,
il m'a passé un bras autour des épaules.

« Je comprends très bien que tu aies été obligée de
garder le silence. D'ailleurs, je suis impressionné que
tu aies pu tenir aussi longtemps.

— On est doués pour les secrets, dans la famille. »

À notre arrivée à la maternité, nous avons été sou-
lagés de découvrir Janet endormie. Mais Adam était
là aussi, bien réveillé – et nous avons tous deux eu un
moment d'hésitation en l'apercevant dans le couloir.
Nous ne nous étions pas vus depuis plus de cinq mois
(depuis son mariage, en fait), et il avait subi une véritable métamorphose. Fini, le survêtement d'entraîneur
sportif – ainsi que la silhouette athlétique qui allait
avec. Il portait maintenant un costume noir taillé sur
mesure, une chemise avec des boutons de manchettes
en argent, une cravate Hermès à motif floral, et des
chaussures noires impeccablement cirées. Il avait pris
pas loin de dix kilos (« Pas facile de faire du sport
quand on travaille douze heures par jour »), mais la
coupe de sa chemise camouflait efficacement son début
d'embonpoint. Le plus troublant était l'aura d'assurance
et d'importance qui émanait de lui, et que nous ne lui

avions jamais vue auparavant. Quand je l'ai félicité pour sa réussite, il s'est répandu en fausse modestie.

« C'est un bon début, mais, pour moi, ce n'est justement que le début. Les choses sont en train de changer aux États-Unis. D'après Tad, depuis la crise de vingt-neuf, on considère les hommes du capital comme des égoïstes malsains, et l'accumulation d'argent est regardée d'un mauvais œil.

— C'est parce que la crise de 29 avait pour causes l'avarice et la non-régulation du marché, a dit Peter.

— Même Teddy Roosevelt, ai-je ajouté, qui était pourtant républicain, a fait éclater les monopoles au début du siècle, en prenant pour cible les ploutocrates du Gilded Age. Lui-même en faisait partie, et il se rendait bien compte que l'avidité des riches ne fait qu'augmenter si on leur laisse le champ libre.

— Quand le capital augmente, tout le monde en profite, a rétorqué Adam.

— Pitié, pas la théorie du ruissellement, a gémi Peter. Avec Reagan, toi et tes petits copains allez pouvoir diffuser ces âneries jusque dans la vie quotidienne de tout un chacun… Et ça sera un désastre.

— Si on allait voir notre neveu ? » ai-je proposé, consciente que cette dispute n'aurait jamais de fin, et que les heures de visite se terminaient dans vingt minutes.

Rory Samuel Burns était un superbe bébé, et dormait à poings fermés quand nous sommes allés le contempler au service de néonatalogie de l'hôpital. La vue de mon neveu n'a pas éveillé en moi ce fameux besoin impérieux de devenir mère à mon tour, mais ses traits purs et angéliques m'ont fascinée. Âgé d'un jour à peine, il semblait tout neuf, encore intouché par tout ce que la vie jetterait en travers de son chemin. Peut-être notre amour pour les bébés vient-il du fait que nous ne nous rappelons rien de cet âge où nous étions nous-mêmes nouveaux venus dans le monde ; nos premières années d'existence laissent peu de traces dans notre mémoire. J'ai touché sa main et il a serré mon auriculaire entre ses petits doigts. J'avais envie de lui chuchoter : « Fais tout ce que tu pourras pour échapper au malheur. Et sache que ta tante sera toujours là pour toi. » Mais je savais qu'il n'aurait de contrôle sur presque rien avant de devenir un adulte profondément abîmé… comme nous tous.

« Quelle chance tu as, ai-je soufflé à Adam. C'est une petite merveille.

— Merci beaucoup. Vu l'adoration avec laquelle tu le regardes…

— Non, ne t'inquiète pas, mon instinct maternel sommeille toujours tranquillement.

— Excuse-moi, je ne voulais pas sous-entendre que toutes les femmes rêvent d'avoir un bébé. C'est un peu daté.

— Tu es un peu daté, a plaisanté Peter.

— Il n'y a pas de mal à avoir des valeurs traditionnelles. Mais bon, personnellement, je pense que tout le monde a le droit de faire ce qu'il veut, de vivre comme il en a envie, et de gagner tout l'argent qui lui plaît, sans que l'État vienne se mêler de ses affaires. En somme, je suis plutôt libertarien.

— Je suppose que c'est Tad qui t'a fourré un bouquin d'Ayn Rand entre les mains le jour de ton arrivée dans la boîte, a dit Peter.

— Ayn Rand a tapé dans le mille avec ses théories sur le destin individuel.

— Aussi appelées "culte de l'égoïsme".

— Et Rory vient d'ouvrir les yeux, ai-je dit. Il se demande pourquoi tous ces adultes bizarres se disputent à propos de quelque chose sur quoi ils n'ont aucune prise, alors qu'ils savent très bien que, peu importe à quel point ils élèveront la voix, aucun d'entre eux ne bougera d'un pouce. Ça ne sert à rien de discuter, dans ces conditions, n'est-ce pas, Rory ? »

Mon neveu tout neuf a gardé les yeux fixés sur les néons fluorescents et les dalles perforées du plafond – tout ce qu'il pouvait vaguement discerner de son univers.

« Ça vous dit d'aller dîner quelque part pour fêter ça ? a proposé Adam.

— Seulement si on va dans un endroit sympa et pas trop cher.

— Ne t'inquiète pas pour le prix…

— Parce que tu viens de te faire un demi-million ? » a supposé Peter.

L'ancien Adam aurait été embarrassé par ce commentaire. Mais notre frère en costard hors de prix a juste haussé les épaules et décoché à Peter un sourire en coin.

« Comme vous voulez, sympa et pas cher. On n'a qu'à honorer la tradition familiale et aller à la Pete's Tavern. Et toi, cher frère, tu pourras nous inviter. »

Au bout de deux bouteilles de vin, nous avons commencé à parler de la liaison étrange et perturbante entre nos parents. J'ai émis l'hypothèse qu'ils avaient peut-être retrouvé leur relation telle qu'elle était avant que notre naissance à tous les trois vienne les prendre au piège.

« C'est trop facile comme excuse ! À mon avis, il n'y a pas besoin de faire des enfants pour avoir l'impression d'être pris au piège, a contré Adam.

— Complètement d'accord, a commenté Peter. Mais ils sont nés à la fin des années vingt, est-ce qu'ils avaient vraiment une autre solution que de faire ce que la société attendait d'eux ?

— Ils sont devenus la première génération à pouvoir divorcer sans crainte, ai-je dit. Maman m'a dit un jour que, quand elle était enfant, aucune de ses amies n'avait de parents divorcés.

— Et tous les couples n'étaient certainement pas heureux. »

Un peu éméché après avoir bu quelques verres de vin, Peter a asséné une claque sur l'épaule d'Adam en poursuivant :

« Mais toi, tu es heureux en ménage, pas vrai ?

— Je n'ai pas à me plaindre. Au moins, j'ai trouvé une femme qui reste avec moi. »

Peter ne s'attendait pas à une riposte aussi acerbe. Ça ne ressemblait pas à Adam – du moins, à Adam tel qu'il était avant.

« Je ne l'ai pas volée, celle-là », a admis Peter.

Adam a eu un sourire espiègle.

« Ça t'apprendra à me taquiner au sujet de Janet. »

Peter a hoché la tête en silence. C'était un moment curieux, un peu triste : l'équilibre du pouvoir entre mes deux frères venait de s'inverser. Adam, maladroit, peu sûr de lui, rongé de doutes, franchement mal à l'aise en société au point de se traîner à contrecœur à la soirée

269

de lancement du livre de Peter, semblait maintenant en voie de devenir un véritable prince de New York. Peter s'en rendait compte, et c'était une preuve supplémentaire de son déclin. Il avait perdu son ascendant. Adam lui a lancé un regard plein de compassion.

« Dès que ton roman aura le succès auquel tout le monde s'attend, je suis sûr que Samantha reviendra te supplier à genoux de lui pardonner. Mais tu seras déjà passé à autre chose, pas vrai ? »

C'était un nouveau coup, administré alors que Peter était déjà presque à terre. Était-ce là le résultat d'années – de décennies – de frustration accumulée ? Adam s'était longtemps considéré comme le raté de la fratrie – à l'exception peut-être de sa courte carrière de joueur de hockey. Je le savais, parce qu'il me l'avait confié. Je n'aurais pas été étonnée que Tad lui ait enseigné comment canaliser son agressivité. Ou peut-être était-ce juste un moyen pour lui – renforcé par la prime à six chiffres qu'il venait de décrocher – de rappeler à Peter qui détenait à présent le plus grand pouvoir.

L'addition est arrivée. Adam a voulu s'en saisir, mais Peter a rappelé qu'il s'était engagé à nous inviter, même si je me doutais que ces cent et quelques dollars représentaient maintenant pour lui, dont les finances n'étaient pas au beau fixe, une somme non négligeable.

« Je plaisantais, a dit Adam.

— J'insiste. »

Une note acerbe s'était glissée dans sa voix empâtée par le vin. Bon sang, lui aussi avait hérité de l'obstination de notre père : le refus de céder même au pied du mur, d'admettre sa faiblesse à un autre homme. Fût-ce son frère.

« Je ne terminerai jamais ce roman, a-t-il reconnu en brandissant sa carte American Express. Mais je peux quand même payer à dîner à mon frère et à ma sœur pour fêter l'arrivée d'une nouvelle génération dans notre famille. D'ailleurs, dis-moi, Daddy Warbucks, en quoi consistent exactement ces obligations à rendement élevé que tout le monde trafique à Wall Street ? »

Adam a ignoré la référence à *Little Orphan Annie* ; il a vidé ce qui restait de la troisième bouteille de chianti dans nos verres, et a levé le sien en direction de Peter.

« Je te souhaite de bientôt améliorer ta situation. Car il n'y a que toi qui puisses le faire, grand frère. C'est ton attitude qui détermine ton altitude.

— Ce sont des paroles de chanson ? a raillé Peter. Ou encore une citation de l'illustre Tad Strickland ?

— Quelle importance ? C'est un bon conseil. Moi, ça m'a bien aidé à changer ma manière de me voir et de considérer le monde. »

Sentant que Peter allait répliquer, j'ai recentré la conversation :

« Les obligations à rendement élevé, Adam. Je veux tout savoir. »

Adam a descendu son vin avant de poser son verre sur la table d'un geste décisif. Puis, au cours des quinze minutes suivantes, il nous a expliqué en détail tout ce qu'il fallait connaître des obligations à rendement élevé. Elles étaient divisées en trois catégories : les obligations de qualité inférieure, les obligations de catégorie spéculative, et les obligations de pacotille. Les obligations de moindre qualité comportaient un plus haut risque de faille ou d'« incident de crédit », mais avaient généralement un meilleur rendement que celles de meilleure qualité… ce qui les rendait intéressantes aux yeux des investisseurs qui ne craignaient pas de perdre quelques plumes. Les obligations de pacotille, quant à elles, faisaient carrément office de reconnaissances de dette pour une entreprise, et rapportaient davantage parce que leur notation de crédit était loin d'être idéale.

Peter, qui avait écouté l'exposé avec une fascination non dissimulée, a levé la main.

« Il n'y a que les sociétés et les gros bonnets qui investissent dans les obligations de pacotille ? »

Adam, tout sourires, a indiqué que, si l'un d'entre nous le souhaitait, il pouvait nous obtenir un taux de rendement annuel sur investissement de onze à douze pour cent.

« Aucun produit de placement ne vous garantira un rendement pareil : doublement de votre investissement avec un rendement annuel composé, en six ou sept ans. C'est pour ça que les obligations de pacotille sont strictement réservées à ceux qui ont de l'argent. Pour beaucoup d'investisseurs individuels, les fonds d'obligation à rendement élevé sont un don du ciel. Non seulement ils leur permettent de profiter des professionnels qui passent leurs journées à étudier les obligations de pacotille, mais, en plus, ils diminuent leurs risques en diversifiant leurs investissements sur différents types d'actifs.

— Tu connais bien ton texte, a dit Peter.

— C'est vrai, tu maîtrises ton sujet, ai-je corrigé dans l'espoir d'atténuer un peu le mordant de sa remarque.

— En tout cas, maintenant, vous comprenez un peu mieux le fonctionnement des obligations à rendement élevé. La vente que j'ai suivie ces dernières semaines nous a rapporté un sacré magot. C'est pour ça que… »

Adam a plongé la main dans son attaché-case pour en retirer deux enveloppes et en tendre une à chacun de nous. J'ai ouvert la mienne et pâli. Elle contenait une liasse de billets de cent dollars.

« Vous devriez rentrer en taxi, ce soir, tous les deux. Cette ville n'est pas vraiment sûre. »

Peter avait les yeux rivés sur son amas de billets, comme s'il fixait le fond d'un précipice.

« Il y a combien là-dedans ?

— Cinq mille chacun, a dit Adam. Et vous n'avez pas le droit de refuser. »

Peter a fermé les yeux.

« Merci. Je n'avais pas de quoi rembourser mon prêt immobilier ce mois-ci. »

Adam a paru surpris par la soudaine docilité de Peter. Et je dois avouer que moi aussi.

« Tout est bien qui finit bien, a répondu Adam.

— Merci. Je ne sais pas quoi dire.

— Tu es mon frère. Je suis heureux de t'aider. »

Quelques minutes plus tard, nous regardions Peter monter dans un taxi pour Brooklyn. Tout ce vin avait accru sa vulnérabilité et son abattement. Il m'a fait une bise, puis a enserré Adam dans une étreinte d'ours un peu saoul, avant de lui murmurer quelque chose à l'oreille. Pendant que son taxi s'éloignait, Adam m'a proposé que nous remontions ensemble vers le nord de Manhattan.

« Qu'est-ce qu'il t'a dit ? ai-je demandé.

— Il voulait que je lui pardonne. Je lui ai répondu que c'était déjà fait.

— Ton cadeau est beaucoup trop généreux.

— Fais-en quelque chose d'intéressant. Comme des travaux dans ton appartement.

— Mon appartement me va très bien tel qu'il est. Je vais peut-être le mettre de côté pour un voyage quelque part... si Jack m'autorise un jour à quitter le bureau pendant plus de deux semaines par an.

— Tad ne me laisse même pas ça. Mais, de toute façon, je n'ai pas envie de vacances. On verra quand j'aurai dix millions d'actifs.

— C'est ça, le but ?

— Pourquoi pas ? Devine quoi : je viens de verser un acompte pour une maison à Old Greenwich. Pas loin du country club, dans le style manoir français, avec piscine et court de tennis. Et j'ai aussi acheté un appartement en ville. Juste deux chambres au coin de la 71e Rue Est et Lexington. C'est un vieil immeuble avec portier, et il n'y a pas grand-chose à entretenir. Enfin, je me fiche un peu de la décoration. Je veux juste pouvoir dormir à New York pendant la semaine. Quand on fait des journées de quatorze heures...

— Janet est d'accord avec tout ça ?

— J'espère bien, elle est sur le point d'emménager dans un manoir avec personnel.

— Du personnel ?

— Une nourrice à plein temps, une bonne...

— Ah, tant mieux pour vous.

— Tu n'as pas l'air convaincue.

— C'est ta vie, Adam. Mais est-ce que tu ne vas pas un peu trop vite ? Je veux dire, c'est beaucoup d'argent, tu sais que tu es censé payer des impôts sur ce demi-million.

— Tad connaît un spécialiste des abris fiscaux. Et puis, je te l'ai dit : ces cinq cent mille, ce n'est que le début. L'an prochain, je pourrai peut-être même t'acheter un appartement. Cash.

— Ne t'avance pas trop. Et puis je suis très contente là où je suis.

— Et tu t'en sors bien. Tu grimpes les échelons, hein ?

— Quoi que ça veuille dire. J'aime ce que je fais. Mon chef est un peu comme le tien, hyper-exigeant, mais il a l'air content de mon travail jusqu'ici. Et puis il y a ce livre que je suis en train de défendre toute seule, et qui devrait faire pas mal de bruit l'an prochain.

— Et les hommes ?

— Tu ne veux pas que je te parle plutôt du livre ?

— Je ne suis pas un grand lecteur, tu sais bien. Ce qui m'intéresse, c'est toi, ta vie. Tu vois quelqu'un en ce moment ?

— Je préfère parler d'autre chose.

— Je n'ai pas envie que tu te sentes seule.

— Je ne suis pas seule.

— Tu es sûre ?

— Adam, s'il te plaît…

— D'accord, d'accord. Ce serait bien que tu arrêtes de fumer, a-t-il dit en me regardant allumer une Viceroy.

— Oui, ce serait bien.

— Tu en es à combien par jour ?

— Un paquet, un paquet et demi.

— Bon sang, Alice…

— Je continue à aller courir cinq fois par semaine.

— Parce que tu as vingt-six ans et que l'emphysème n'a pas encore eu le temps de te rattraper. Mais ça arrivera si tu ne trouves pas le moyen d'arrêter.

— Tu sais quoi ? Si tu te mets à lire un livre par semaine, j'arrête de fumer.

— Un livre par semaine ? Moi ?

— Tu ne veux pas me sauver la vie ? ai-je demandé avec un sourire.

— C'est ton boulot, pas le mien. Tu penses que notre grand frère va s'en sortir ?

— Ça finira bien. Du moins, je l'espère. »

Mais les blocages de Peter n'ont fait qu'empirer. Il n'arrivait pas à avancer sur son roman ni à rendre vivants ses personnages. Fin avril, il s'est décidé à montrer à Ken Franklin, son éditeur chez Little, Brown, les cent quatre-vingts pages de son premier jet. Une semaine plus tard, Franklin lui demandait de passer le voir dans son bureau et exprimait poliment sa consternation.

Peter m'avait appelée tout de suite après pour tout me raconter. D'après Franklin, il se trompait complètement de direction et même s'il y avait de très bonnes formules narratives, l'ensemble était trop décousu, trop bavard. Quant à ses longues considérations sur l'*Homo americanus*, elles donnaient tout simplement envie de lâcher le bouquin séance tenante. Autant son livre sur le Chili créait de l'empathie pour le personnage principal, autant celui-ci… Franklin trouvait le héros colérique, obsédé par le sexe, immature, et ses idées trop arrêtées. Peter avait été anéanti. Vu que ces cent quatre-vingts pages étaient tout ce qu'il avait pu produire en un an et demi, et vu surtout le travail qui restait à faire pour les rendre au moins correctes, Franklin s'était demandé tout haut s'il ne valait pas mieux abandonner l'idée de ce roman. Il est parfois plus sage d'admettre qu'on ne va nulle part, et de passer à autre chose. Restait à discuter des différentes options qui s'offraient à eux.

Alors que Peter me racontait tout ça, j'ai cherché désespérément quelque chose de rassurant à lui dire.

« D'accord, c'est une mauvaise nouvelle. Mais tu pourrais t'isoler quelque part pendant un mois ou deux. Partir à l'aventure, et tout écrire quand tu reviendras. Un voyage narratif avant-gardiste, dans un lieu important. Tu es vraiment doué pour ça. Et puis…

— J'ai déjà tout dépensé.

— En quoi ?

— Tout… Tu sais très bien que mon train de vie est beaucoup trop élevé. Le cadeau d'Adam m'a permis de couvrir quelques dettes, et aussi mon emprunt. Je peux peut-être tenir encore deux mois avec ce qui me reste. Après…

— Alors tu n'as plus qu'une seule solution : trouve une nouvelle idée de livre qui fera oublier cet échec à Franklin. Et, en même temps, cherche un travail pour payer tes factures pendant que tu écriras.

— Je ne sais pas si je supporterai la pression d'un nouveau livre, avec tous les délais, les reprises…

— Occupe-toi d'avoir une idée vendable, déjà. »

Peter aurait pu prendre exemple sur ma protégée sudiste, Jesse-Sue. Son troisième jet était magistral, en parfait accord avec toutes les suggestions que je lui avais faites. J'ai passé le week-end chez moi à lire son manuscrit, satisfaite de presque toutes les modifications qu'elle y avait apportées. À part quelques légers ajustements, le rythme, l'impact et l'ensemble de ce que j'avais entre les mains différaient radicalement du texte confus, mal construit et néanmoins fascinant que Jack avait déposé sur mon bureau presque six mois auparavant. Le lundi matin, dès mon arrivée, je suis allée frapper à la porte du bureau de Jack. Quand je suis entrée, il tenait à la main un flacon de cachets, les yeux soulignés de larges cernes comme s'il n'avait pas dormi depuis plusieurs jours.

« Tu as passé un bon week-end ? ai-je lancé.

— Pas la peine de faire la maligne.

— C'était une question parfaitement neutre, Jack.

— Si tu veux savoir, j'ai une gueule de bois tout sauf neutre et il me faudrait au moins douze heures de sommeil. Heureusement qu'il y a la dextroamphétamine. C'est Howie qui m'a donné ce tuyau. D'après ce que j'ai compris, c'est uniquement grâce à elle qu'il tient debout.

— Dans ce cas, quand tu auras réussi à dormir quelques heures, tu devrais lire ça, ai-je dit en posant le manuscrit de Jesse-Sue sur son bureau. Elle a fait du très bon boulot.

— Donc c'est un chef-d'œuvre, si je comprends bien ?

— Avec une bonne campagne publicitaire, je pense qu'il y a moyen de toucher un public énorme. Ah, et j'ai raccourci le titre d'origine, *Daddy Snake Bite* : maintenant, c'est juste *Daddy Snake*.

— Ça peut marcher avec un sous-titre d'ambiance, qui précise un peu, dans le genre "Grandir en territoire hostile". Je vais jeter un coup d'œil, et je te dirai ce que j'en pense. »

Douze jours plus tard, il a profité d'une réunion éditoriale pour pitcher l'idée à CC. Selon lui, *Daddy Snake* avait tout ce qu'il fallait pour devenir un classique.

« C'est un mélange entre gothique sudiste et récit initiatique, mais avec une fin rédemptrice. »

En apprenant que nous n'avions payé que six mille dollars pour les droits, et après s'être assuré – grâce à une photo récente, envoyée par Jesse-Sue à ma demande – que le physique de l'auteur lui convenait, CC a accepté que j'aille la rencontrer, accompagnée par Sarah Richardson, la responsable marketing, afin de jeter un coup d'œil sur les lieux du récit : histoire de déterminer ce qu'on pourrait en tirer comme publicité.

Ce voyage a été une révélation. Jesse-Sue était encore plus intéressante en vrai. Grande et mince, avec de très longs cheveux et un regard profond et meurtri, elle portait de préférence des jeans serrés et de grandes chemises à carreaux, assortis de vieilles bottes de cow-boy. Elle habitait un vieil atelier des années vingt dans un quartier calme de Charlotte. Cette ville qui, dix ans plus tôt, n'était encore qu'une simple bourgade de province, s'attelait maintenant à étendre ses infrastructures économiques, à l'image de sa voisine en perpétuelle expansion, Atlanta.

Jesse-Sue avait une connaissance du sud des États-Unis assez encyclopédique et ses théories étaient pour le moins originales. Selon elle, ce n'étaient ni la guerre de Sécession ni la Reconstruction qui avaient changé le Sud, pas plus que le Civil Rights Act de 1964 ou la déségrégation imposée – un peu mollement, soit dit en passant – par le gouvernement. Non, ce qui avait transformé le Sud, c'était une chose toute simple : la climatisation.

Avant, toute la région était un marécage invivable pendant les deux tiers de l'année. En permettant aux gens de travailler dans un environnement frais et contrôlé, l'air conditionné avait opéré comme un facteur de civilisation sans précédent. C'était grâce à celui-ci qu'Atlanta avait pu devenir une ville-champignon, le Los Angeles du pays confédéré. Et, pour la même raison, Charlotte était en train de se transformer en pôle financier, parfait pour tous les opportunistes du Nord qui recherchaient un lieu bon marché où implanter le centre de leurs opérations. À l'en croire, dans quinze, vingt ans, cette petite ville du Sud serait pleine de gratte-ciel et de Yankees en costard à la tête de grosses boîtes d'assurances ou de comptabilité, les mêmes qui étaient déjà ici à repérer les lieux. Il y aurait des vols directs pour Londres, des autoroutes à quatre voies, et beaucoup trop de country clubs flambant neufs.

Pas de doute, elle savait s'exprimer, surtout après un ou deux verres d'Ezra Brooks, son bourbon préféré servi dans le rade où elle nous avait emmenées, The Last Outpost. Elle y venait souvent avec son compagnon, Jim, un charpentier un peu hippie sur les bords qui avait fait des études de lettres à Ole Miss, l'université du Mississippi, et possédait dans son bureau une bibliothèque impressionnante. C'était lui qui avait retapé toute la maison de Jesse-Sue. Plutôt séduisant avec sa moustache, ses manières bourrues et son air plus mûr qu'il ne l'était en réalité, il avait échappé à la conscription en déménageant au Canada pour ne repasser la frontière qu'après l'amnistie accordée par Ford en soixante-quinze, avait traîné un peu partout en accomplissant de petits boulots ici et là, avant de décider de s'installer quelque temps à Charlotte. C'est là qu'il avait rencontré Jesse-Sue, un jour qu'il posait une nouvelle palissade dans l'école où elle enseignait.

« J'avais *Le Bruit et la Fureur* sous le bras et il m'a tout de suite parlé de Faulkner. Je me suis dit : "C'est donc lui, le gars que j'attendais." »

Le lendemain matin, nous avons toutes les trois mis le cap sur son village natal. Banner Elk était conforme à la description donnée dans le livre : un patelin minable de neuf cent soixante-dix habitants, aux relents de dépression et de misère sociale, perdu au milieu de nulle part près de la frontière avec la Virginie. J'avais parfois été en contact avec la campagne profonde pendant mes années à Bowdoin, mais ce n'était rien comparé à cette autre Amérique d'une pauvreté crasse, privée d'instruction, isolée géographiquement et noyée dans la religion. Les parents de Jesse-Sue avaient quitté les lieux depuis bien longtemps.

« Quand je me suis enfuie, ils ont disparu avec mes quatre petits frères et mes deux sœurs. De peur sans doute que je ne porte plainte. Aux dernières nouvelles, ils vivaient au Texas, près d'Amarillo : mon père a trouvé un travail dans les gisements pétroliers. Au fur et à mesure, mes frères et sœurs ont grandi et ont fichu le camp à leur tour. »

Jesse-Sue ne voulait pas vivre le cauchemar d'un procès qui l'obligerait à témoigner contre son père. Quant à sa mère, elle était au courant de tout ce qu'il faisait et elle n'avait jamais ne serait-ce que tenté de l'en empêcher. Il n'était pas question qu'elle la revoie. C'est ce qu'elle avait dit aux fédéraux quand ils étaient venus l'interroger. Ils avaient promis de faire en sorte que ses parents ne puissent plus jamais l'approcher, ni l'un ni l'autre.

« Au fond, je crois qu'ils approuvaient ma décision : après tout, on était au début des années soixante-dix et, que ce soit au Texas ou en Caroline du Nord, personne n'avait envie de se mêler de ce genre d'affaire.

— Vous seriez d'accord pour qu'on vous filme en train de parler de tout ça ? a demandé Sarah.

— Bien sûr. »

En descendant de la voiture à Banner Elk, je m'attendais à essuyer une vague d'hostilité de la part de toute la communauté quand elle aurait vu débarquer Jesse-Sue. À ma grande surprise, il n'en a rien été : les gens se sont montrés chaleureux envers elle, comme s'ils étaient touchés qu'elle soit venue leur rendre visite. Jesse-Sue nous a emmenées voir celle qu'elle appelait toujours « Mlle Claudine », une femme minuscule et osseuse de presque soixante ans, jamais mariée, qui n'avait pas la langue dans sa poche et occupait le poste de seule et unique enseignante à l'école locale. Elle a insisté pour nous préparer du thé, visiblement très intimidée à l'idée de se retrouver en présence d'« une grande éditrice ». Mlle Claudine n'avait jamais rencontré personne de New York.

« Je ne suis pas du tout surprise que Jesse-Sue soit devenue une écrivaine, a-t-elle affirmé. Je voulais qu'elle entre à l'université de Caroline du Nord, à Chapel Hill, pour qu'elle puisse échapper à cette ville. Elle a dépassé toutes mes attentes. »

Sarah a demandé, une fois de plus, si elle accepterait d'être filmée.

« Jesse-Sue était ma meilleure élève. Je ne vois aucun inconvénient à ce qu'un peu de sa gloire rejaillisse sur moi », a répondu la vieille demoiselle avec malice.

C'était un dimanche, et tous les habitants du village sans exception se rendaient à la messe, qu'ils soient baptistes, presbytériens (comme la famille de Mlle Claudine, qui communiait chaque semaine dans la même église depuis quatre générations), fondamentalistes de l'Église de Jésus-Christ des saints des derniers jours, ou encore apostoliques. L'église apostolique dans laquelle Jesse-Sue avait passé tous ses dimanches jusqu'à sa fuite, à dix-sept ans, était une simple chapelle de bois grossier contenant cinq bancs, un autel sommaire, et rien d'autre. Quand nous sommes entrées, juste avant le début du service, l'endroit était bondé et tous les yeux se sont tournés vers nous. L'homme de Dieu – la cinquantaine, vêtu d'une chemisette violette à manches courtes et à col raide sous laquelle saillaient ses muscles, avec un tatouage du Christ en croix sur le biceps gauche – s'est approché de nous, l'air grave. Nous venions de rencontrer le pasteur Jimmy.

« Mademoiselle Jesse-Sue, soyez la bienvenue chez vous – ainsi que vos amies dans notre maison de culte. »

Puis il est retourné se placer derrière l'autel et a fait lever tout le monde avant de se lancer dans une prière vibrante au Tout-Puissant : il fallait avoir pitié de ceux qui ne méritent aucune pitié, l'Apocalypse était proche et les Quatre Cavaliers seraient bientôt sur nous, alors Son peuple s'élèverait droit vers le paradis, et ceux qui ne seraient pas sauvés…

En prononçant ces derniers mots, il a fixé sur Sarah et moi un regard brûlant. Mais juste à cet instant, presque comme si on avait actionné une sorte d'interrupteur, il s'est mis à débiter des mots confus, hachés, dans un langage dément dont les accents ne ressemblaient à rien de connu. Ce phénomène, nous a plus tard expliqué Jesse-Sue, porte le nom de glossolalie : un langage personnel de prière qui semblait jaillir du pasteur Jimmy et de tous ses paroissiens, dans un vacarme hallucinant qui se répercutait sur les murs de la petite chapelle. Là, le pasteur s'est penché sur un panier en osier fermé à côté de l'autel, et quelques secondes plus tard un serpent à sonnette se lovait autour de ses bras tandis qu'il continuait à parler en langues – il avait juste réduit le volume de sa voix à un murmure, de manière à ne pas provoquer le reptile. J'ai lancé un regard en coin à Sarah, si typiquement bostonienne. Elle avait les yeux écarquillés d'horreur. Autour de nous trois, l'église tout entière continuait à résonner de la glossolalie des fidèles, et je luttais pour ne pas céder à la panique – j'étais terrorisée par le serpent qui se trouvait à moins de deux mètres de moi. À ma droite, Jesse-Sue était rigide, le visage fermé, le regard fixé droit devant elle. Elle payait le prix de ce retour sur la scène de crime, et pourtant rien en elle ne trahissait la souffrance qu'elle devait ressentir, de retour dans l'église où Daddy Snake officiait, manipulait ses pythons, et la violait dans le secret du bureau exigu juste derrière l'autel… La froideur de son expression était impressionnante, cela en disait long sur sa sensibilité et surtout sur les horreurs dont elle avait été victime. Je comprenais à présent pourquoi son manuscrit original m'avait tant saisie : c'était le témoignage d'une rescapée.

Après la cérémonie, Sarah a demandé au pasteur Jimmy, par l'intermédiaire de Jesse-Sue, s'il accepterait qu'une équipe de télévision vienne le filmer – en particulier quand il manipulait le serpent.

« Si Jesse-Sue le désire, a-t-il répondu, c'est le moins qu'on puisse faire pour elle. »

La simplicité de cette réponse avait quelque chose de grandiose.

C'est ainsi que la communauté de Banner Elk a reçu la visite, au cours des mois suivants, de plusieurs journalistes, ainsi que de l'équipe de 60 Minutes.

« Si nous soutenons tous Jesse-Sue et l'incroyable acte de courage que représente son livre, a déclaré Mlle Claudine, interviewée pour l'émission, c'est parce que le village souhaite lui offrir réparation pour les choses affreuses qui lui sont arrivées, à elle, une fille de notre communauté. Des actes connus de presque tous, auxquels personne n'a tenté de mettre fin. C'est une souillure que rien ne pourra jamais effacer de notre histoire collective. »

L'émission, diffusée huit mois plus tard aux heures de grande écoute un dimanche soir, a fait sensation. J'avais invité Howie et Duncan à la regarder chez moi, autour d'un repas commandé chez mon traiteur chinois préféré et de plusieurs bouteilles de prosecco achetées spécialement pour l'occasion. Avant même la fin du générique, mon téléphone a sonné. C'était Jack.

« J'ai trente-neuf cinq de fièvre à cause de cette foutue grippe chopée je ne sais où, et j'arrive à peine à me traîner entre mon lit et mes toilettes, mais j'ai quand même regardé l'émission sur Jesse-Sue, et tu sais quoi ? Je demande une réimpression dès demain. Ce livre va te lancer, Alice. Toutes mes félicitations. »

J'ai accepté de bonne grâce ces compliments aussi rares qu'exagérés, et je lui ai proposé de venir jouer les infirmières à son chevet.

« Tu n'es pas avec Howie ? a-t-il répondu.

— Ma parole, tu as vraiment des yeux partout.

— Je l'ai croisé hier soir, et il m'a dit que tu l'avais invité chez toi. Reste donc avec lui. Avec un peu de chance, j'arriverai à ramper jusqu'au bureau demain pour voir CC s'accorder tout le mérite de ton travail… Tu le laisseras faire, évidemment.

— Évidemment.

— Encore bravo. »

Lorsque j'ai dit à Duncan et Howie que Jack était cloué au lit par une mauvaise grippe, Howie a fait remarquer que c'était « dans l'air », avant de tirer de son sac une bouteille de champagne encore fraîche pour célébrer mon triomphe. J'ai essayé de protester (c'était un peu extravagant, après tout nous n'avions pas reçu le prix Nobel de littérature), mais il m'a fait taire.

« Nous sommes en l'an de grâce 1982. Ronald Reagan est à la Maison Blanche, Maggie Thatcher au 10, Downing Street. Les affaires sont en plein essor pour tous ceux qui arrivent à se procurer une part du gâteau, et l'argent est la *lingua franca* de notre ère. Alors oui, ta réussite impressionnante mérite bien de trinquer au Bollinger.

— Ça fait très macho, et très Hemingway, a dit Duncan. Est-ce que tu te serais découvert une passion pour la pêche au marlin ?

— Seulement s'ils ont un joli derrière.

— Corruption de la vie marine ? ai-je plaisanté. Ça va chercher loin, mon gaillard.

— C'est l'Amérique, ici. Il suffit d'une poignée de dollars pour se faire pardonner n'importe quoi, y compris une liaison zoophile avec un dauphin, a rétorqué Howie en débouchant le champagne.

— On est censés fêter le gros coup d'Alice, pas débiter des saletés.

— Minute, minute. »

Howie a rempli nos verres à ras bord de pétillance hors de prix.

« Au succès foudroyant de Mlle Burns.

— C'est le succès de Jesse-Sue. Je ne suis que son éditrice.

— C'est toi qui en as fait un best-seller. »

En effet, *Daddy Snake* avait récolté une montagne de critiques élogieuses. Il resterait sur la liste des best-sellers pendant douze semaines, atteignant même la quatrième position.

« J'appelle un ami à l'*Atlantic* demain, a annoncé Duncan, pour lui proposer d'écrire un article sur *Daddy Snake*. À lire le livre, et à voir cette église de fous, juste à l'instant, ça m'a donné une idée. Reagan a gagné grâce à tout son baratin à l'ancienne : Dieu, la campagne, les petites villes… Mais s'il a mis une telle raclée à Carter dans le Sud, c'est parce que, contrairement à lui, baptiste géorgien réfléchi, avec une approche nuancée et sérieuse du message chrétien et de ses applications pratiques, Reagan, alors qu'il est totalement non-croyant, a réussi à rallier à sa cause tous les fanatiques grâce à un seul argument : son conservatisme économique.

— N'importe quoi, a dit Howie. La dernière fois que les évangéliques ont fait parler d'eux, c'est quand ils ont traîné Scopes en justice pour avoir enseigné la théorie de l'évolution. Et ils sont devenus la risée de tout le pays, à part peut-être leurs petits copains bouseux.

— Sauf que, après avoir été ridiculisés par l'élite libérale pendant des années, ils vont pouvoir prendre leur revanche sur nous. »

La soirée de lancement de *Daddy Snake* a eu lieu la semaine suivante, au National Arts Club. Jesse-Sue ne connaissait que moi à New York, mais Jack et Sarah se sont démenés pour que l'endroit grouille de monde, et Howie et Duncan ont ajouté leur pierre à l'édifice en amenant avec eux une véritable coterie médiatique et littéraire. Ma famille entière a tenu à venir. Mon père avait laissé Shirley dans le New Jersey. Son travail se passait à merveille, mais, au troisième verre de scotch, il m'a avoué que les voyages d'affaires qui avaient rythmé tant d'années de sa vie lui manquaient.

« Mon boulot est intéressant, j'ai des défis à relever... mais je suis devenu un type assis derrière un bureau. Le temps passe trop vite. Je voudrais être encore jeune et parcourir le monde. Si je te dis ça, c'est parce que je suis fier de toi, fier de ce que tu as accompli. Mais crois-en ton vieux père : ne te laisse pas enfermer dans un bureau. »

Avant de pouvoir lui répondre (quelque chose comme : « J'adore mon métier, même si ça veut dire rester derrière un bureau »), Howie m'a attirée à l'écart pour me prévenir que Jack allait bientôt faire son discours de bienvenue. Ma mère, pendant ce temps, gonflait son carnet d'adresses. Elle semblait connaître tout le monde dans la salle, et charmait les nouveaux venus avec ses façons chaleureuses et détendues. Nos relations s'étaient un peu apaisées ces derniers temps, maintenant que son besoin de reconnaissance et d'indépendance était assouvi par sa nouvelle carrière. L'ennui est à l'origine de bien des maux : il corrompt l'image que nous avons de nous-même et nous rend hargneux envers les autres, que nous tenons pour responsables de la morosité qui nous hante jour après jour. Ma mère s'en était libérée. Et sa liaison avec mon père (car ils continuaient de se voir) lui permettait de ne pas avoir à supporter au quotidien les lubies et les exigences d'un homme, sans pour autant se sentir trop seule.

Peter est venu à la soirée de lancement. Seul. Il avait rencontré quelques femmes ces derniers mois, mais je sentais que la blessure laissée par la trahison de Samantha était encore vive – d'autant qu'elle lui avait téléphoné la semaine précédente pour lui dire qu'elle était enceinte. Il m'avait transmis l'information à regret, conscient qu'elle me blesserait tout autant que lui ; mais j'avais déjà appris que Toby allait être père une nouvelle fois grâce à Howie, qui savait tout ce qu'il y avait à savoir sur tout le monde. J'avais accueilli cette nouvelle d'un haussement d'épaules. Huit mois après son départ – sans un mot d'explication ni le moindre au revoir –, ma plaie s'était refermée.

Peter avait réussi, depuis quelques mois, à se faire attribuer une colonne dans *Village Voice*. Intitulée « Pensées du champ gauche », elle lui permettait, selon ses mots, de « se lâcher sur tout ce qu'il voulait d'un point de vue politique radical ». Il avait également convaincu Little, Brown de le laisser abandonner son roman, qu'il avait troqué pour un projet de mémoire sur la vie d'un fauteur de troubles étudiant dans les années soixante. Il avait dû, néanmoins, se plier à une condition : l'avance qu'il avait reçue pour le roman serait son seul et unique paiement, à moins que son *nouveau* livre se vende suffisamment bien pour lui valoir des droits d'auteur.

Il n'avait pas eu le choix et avait donc accepté ce marché. C'était la seule solution pour éviter le suicide professionnel. Il fallait qu'il la saisisse, écrive un bouquin génial, et fasse oublier ses erreurs. Le journalisme améliorerait grandement son image auprès du public. Je lui avais toutefois conseillé de ne pas être trop radical dans son radicalisme, histoire de séduire un plus grand public que les grincheux du Village et les quelques trotskistes qui subsistaient à Washington Heights.

J'ai présenté Peter à Jesse-Sue. Elle était superbe, radieuse, et cachait extrêmement bien l'anxiété qui la taraudait depuis sa descente de l'avion, quelques jours plus tôt. Une si brusque accession à la célébrité n'était pas sans risques, l'avais-je avertie ; plus d'une carrière littéraire s'était brisée de n'avoir pas pu être maîtrisée. Je lui avais également conseillé d'engager un comptable digne de confiance pour gérer la somme à six chiffres payée par Hollywood pour les droits du livre. Mais, à part la maison qu'elle comptait acheter sur la côte de la Caroline du Nord, elle n'avait pas d'autre projet que de « retourner dans l'ombre », avec Jake, dès que l'engouement suscité par son livre retomberait.

« Tu ne seras plus jamais dans l'ombre, avais-je dit, mais tu peux choisir de protéger ta vie privée. Et si tu veux me rendre le plus grand des services, écris ton prochain livre aussi vite que possible. »

J'ai vu tout de suite qu'elle avait tapé dans l'œil de Peter, et que le sentiment était réciproque – d'autant que Jake avait préféré rester dans le Sud (« Les grandes villes, ça n'a jamais été son truc », avait expliqué Jesse-Sue). Alors que je m'apprêtais à dire quelque chose pour rompre le charme entre mon frère et mon auteur, Adam est arrivé et m'a entraînée à sa suite.

« Notre grand frère a bien besoin d'un peu d'attention. De toute façon, ta belle du Sud est une grande fille, et je ne pense pas qu'elle soit du genre à se laisser mener en bateau. »

Les costumes d'Adam étaient de plus en plus variés, et nécessitaient de plus en plus d'ingéniosité de la part du tailleur pour dissimuler une bedaine de plus en plus conséquente – reflet fidèle de son compte en banque de plus en plus rempli. Tad et lui étaient maintenant surnommés les rois de l'obligation à rendement élevé : un article du *Wall Street Journal* indiquait que mon frère avait gagné plus de deux millions de dollars de salaires et de primes pendant l'année écoulée. Janet n'était mentionnée nulle part, bien qu'il passa religieusement tous ses week-ends avec elle et le petit Rory Samuel dans leur manoir absurdement ostentatoire d'Old Greenwich, que Louis XIV aurait sans doute apprécié s'il était venu en vacances dans la banlieue du Connecticut. Janet s'était découvert un véritable talent pour dépenser l'argent de son mari de la manière le plus « nouveau riche » possible : la seule fois où je leur avais rendu visite, j'avais été effarée par toute cette vanité : robinets en or massif dans la salle de bains, mobilier surchargé aux grands airs de Versailles, sols en marbre, lustres de cristal taillé à la main... Rory disposait d'une nourrice jour et nuit, et Janet avait même convaincu Adam d'acheter à son bon à rien de frère une caravane grand luxe façon rock star ainsi qu'un pick-up Chevrolet flambant neuf auquel l'accrocher. Quand j'ai fait part à Adam de mon inquiétude concernant toutes ces extravagances, il a balayé mes arguments d'un revers de main. Il s'apprêtait à acheter un appartement à notre père, venait juste de donner vingt mille dollars à Peter pour qu'il « arrête de vivre comme un moine en pénitence », et avait offert à nos parents une croisière de rêve sur la Méditerranée pour leurs prochaines vacances d'été.

« Je vais demander à maman de te trouver un joli deux-pièces dans le quartier que tu veux, avait-il ajouté. Ce sera ton cadeau de Noël. »

Je n'avais aucune intention d'accepter ses largesses, en partie parce que j'avais horreur d'être redevable à quiconque. Et le fait qu'il ait trouvé le temps de venir au lancement du livre me faisait bien plus plaisir que n'importe quel appartement.

« Comme si je pouvais être absent le jour où ma sœurette rentre enfin dans la cour des grands ! »

J'ai gardé pour moi toutes les répliques vitriolées qui me venaient à l'esprit. Du coin de l'œil, j'ai vu Howie s'approcher, l'air très soucieux, et me faire signe qu'il avait besoin de me parler de toute urgence. Légèrement inquiète (Howie n'avait jamais l'air soucieux), je me suis rapidement excusée auprès d'Adam pour rejoindre

Howie dans un petit salon attenant au hall principal du bâtiment : là, effondré dans un énorme fauteuil, se trouvait Jack. Il avait ôté sa veste, desserré sa cravate et remonté les manches de sa chemise bleu marine trempée de sueur pour révéler ses avant-bras, recouverts de vives rougeurs.

« Bon sang, il faut t'emmener à l'hosto tout de suite.

— Ça va aller, a-t-il répondu d'une voix sans timbre. C'est juste une espèce de virus.

— La moitié de mes amis sont malades, eux aussi », a sombrement ajouté Howie, comme si l'état de Jack était plus grave qu'on ne voulait me le faire croire.

Je me suis tournée vers lui.

« Et toi ? Tu es malade aussi ? »

Il s'est détourné pour contempler par la fenêtre la splendeur lumineuse de Manhattan.

« Pas encore. »

9

On appelait ça le « GRID » : *Gay-related immune deficiency*, soit immunodéficience liée à l'homosexualité. Cet acronyme, inventé par le centre pour le contrôle et la prévention des maladies, serait changé un peu plus tard, au mois d'août 1982, en sida : syndrome d'immunodéficience acquise. Cette modification répondait à la demande du groupe Gay Men's Health Crisis (Crise sanitaire des hommes homosexuels), fondé en janvier de la même année par l'écrivain et activiste Larry Kramer – qui, même s'il s'est fait beaucoup d'ennemis, a changé la face du monde en attirant l'attention fédérale, puis internationale, sur l'épidémie galopante. Il maintenait qu'il ne fallait surtout pas l'étiqueter comme une « maladie d'homosexuels », car elle menaçait tout autant les hétérosexuels.

Quand Jack est tombé malade (à peu près en même temps qu'une bonne dizaine d'amis et de collègues de Howie), on ne savait pas encore grand-chose du sida. Les lésions sur ses avant-bras étaient apparues presque du jour au lendemain, et il se réveillait souvent au beau milieu de la nuit avec l'impression de se noyer dans sa transpiration. Au travail, il faisait tout son possible pour dissimuler sa maladie aux autres, et avec l'arrivée de l'été il devait régler la climatisation de son bureau sur des températures glaciales pour tenter de contre-carrer sa sudation. Il me répétait avec une régularité effrayante que je ne devais en aucun cas mentionner son état de santé à qui que ce soit, « sous peine de renvoi ». C'était un autre aspect de sa maladie : une crainte grandissante, frisant la paranoïa, que le reste du monde découvre qu'il souffrait du « cancer gay ». Son humeur s'est dégradée peu à peu, et il s'est retrouvé en proie à de brusques accès de colère pendant lesquels il me reprochait mon incompétence et m'accusait de négligence, prétendant que j'avais dépassé une date limite pour un manuscrit ou que j'avais ignoré ses appels téléphoniques. Une fois, j'ai eu le malheur de lui prouver que les deux dates limites dont il parlait étaient situées assez loin dans le futur, et que je n'avais sur mon répondeur aucun message de sa part prouvant qu'il m'avait téléphoné ; il m'a traitée de menteuse. Puis il a pris une expression horrifiée, comme s'il venait de commettre l'impardonnable, et s'est répandu en excuses.

« Ne parle à personne de mon comportement indigne. »

Mais il devait se douter que j'en discutais avec Howie, qui venait le voir chez lui presque tous les jours et lui avait donné les coordonnées de son médecin sur Christopher Street, un homme bienveillant du nom de Morgenstern. Son cabinet de Greenwich Village existait depuis le second mandat de Truman. Comme il avait vu énormément de ses patients atteints de ce mystérieux syndrome d'immunodéficience, il s'était mis en quête de toutes les informations possibles à ce sujet afin de trouver un moyen de le traiter.

« Au début, m'a expliqué Howie, je n'avais pas vraiment confiance en ce père de famille bedonnant, six fois grand-père. Mais, en fait, la moitié de ses patients sont homosexuels, parce que, quand on vient le voir avec une MST ou une infection rectale, il l'examine comme si c'était un rhume. Il ne m'a jamais jugé ni reproché mon style de vie. Tout ce qu'il m'a donné comme conseil, depuis le début de l'épidémie, c'est d'utiliser des préservatifs – juste au cas où, puisqu'on ne sait pas encore comment ça se transmet. Mais le Dr Morgenstern est à peu près sûr que c'est par les fluides corporels. On ne sait même pas encore si c'est vraiment un virus, et il n'existe toujours aucun test pour déterminer si on est porteur. Alors je pourrais très bien l'avoir aussi.

— Mais tu n'as aucun symptôme.

— Je sais. Le truc, c'est que je suis terriblement hypocondriaque. Il suffit que j'aie le nez qui coule pour me croire à l'article de la mort.

— Jack n'est pas à l'article de la mort, si ?

— Morgenstern n'a pas discuté de son cas avec moi, évidemment – la confidentialité médicale, tout ça –, mais quand je suis allé le voir la semaine dernière avec un mal de gorge, persuadé que c'était le début de la fin – ce n'était rien du tout –, il m'a expliqué qu'il avait eu des nouvelles par ses collègues du St Vincent's Hospital. »

Et la suite n'était guère encourageante. C'est là qu'étaient envoyés presque tous les hommes atteints, maintenant. Et ce qu'ils lui avaient dit au sujet de Jack était terrifiant : aucun des traitements qu'ils avaient essayé n'avait pu inverser le processus. Une fois qu'on l'avait, ce n'était pas comme une grippe ni comme n'importe quelle bactérie qui se soignait aux antibiotiques. Toutes ces lésions sur les bras de Jack... la plupart des amis de Howie en souffraient, eux aussi. Et elles apparaissaient n'importe où. Howie connaissait un gars qui en avait sur les gencives, et un type un peu rondouillard qui avait perdu plus de trente kilos en quelques mois – « On dirait un de ces Biafrais faméliques qu'on voit à la télé. » Pas seulement maigre, squelettique. C'était une putain de peste, pour reprendre les mots de Howie.

« Et si le Dr Morgenstern a raison, a-t-il poursuivi, si elle se transmet par le sang et le sperme... je suis foutu. J'ai couché avec tellement d'hommes, ne serait-ce que ces dernières semaines.

— Utilise des capotes à partir de maintenant.

— Je pensais carrément faire vœu de chasteté.

— Bien sûr.

— Bon d'accord, c'est un peu grandiloquent, mais oui, en ce qui me concerne, ce sera capote obligatoire. Qui est au courant pour Jack, à ton boulot ?

— Pour l'instant, personne n'a osé poser la question directement. Mais tout le monde voit bien qu'il n'a pas l'air en forme, qu'il a perdu du poids et que ses sautes d'humeur empirent de mois en mois.

— Il ne pourra plus faire illusion très longtemps. Surtout si des lésions apparaissent sur son visage. »

C'est ce qui est arrivé à la fin du mois d'août. J'avais convaincu Jack d'aller passer dix jours sur Fire Island en compagnie de Howie et d'un groupe d'amis – des vacances d'une durée inconcevable pour un accro au travail tel que lui, mais il avait fini par céder. D'ailleurs, il commençait à m'écouter de plus en plus, à se reposer sur moi pour certaines décisions ; il m'avait laissée prendre en charge l'édition d'un ouvrage important sur l'histoire des années cinquante et m'avait également délégué les coups de fil quasi quotidiens de Cornelius Parker. Gus, l'éditeur de longue date de Cornelius, était décédé d'une crise cardiaque trois mois auparavant, et CC s'était fait un plaisir de décevoir l'acariâtre Jean (qui avait espéré récupérer la charge de Cornelius) en le confiant plutôt à Jack. Cornelius était sur le point de terminer son nouveau roman tant attendu, et souffrait d'une version extrême d'anxiété : il redoutait que personne n'aime son manuscrit et que la maison d'édition ne le renvoie en partant du principe qu'il était un auteur fini. C'est pourquoi il téléphonait presque chaque jour pour nous informer de l'avancée de son travail.

« Pourquoi mon nouvel éditeur refuse-t-il de me parler ? m'a-t-il demandé un jour, alors que Jack était déjà parti pour Fire Island.

— Il est en vacances. Il en avait bien besoin.

— Mais ça fait plus d'un mois qu'il vous laisse répondre au téléphone à sa place.

— Il a été très occupé ces derniers temps.

— Trop occupé pour me parler, à moi ? Moi qui écris chez Fowles, Newman & Kaplan depuis plus de vingt-cinq ans ?

— Ça n'a rien à voir avec du dédain, Cornelius. Je peux vous assurer, sans mentir, que la maison tout entière attend votre nouveau livre avec impatience.

— Je ne vois vraiment pas pourquoi. Le temps où je vendais trente mille exemplaires est révolu depuis longtemps… Mes deux derniers romans ont laissé des tonnes d'invendus. Je suis en train de sombrer. Et si ce nouveau livre ne vous convient pas…

— Vous en êtes à combien de la fin ?

— Quinze mille mots, peut-être.

— D'après Gus, vous écrivez cinq cents mots par jour. À ce rythme, vous devriez avoir fini dans cinq à six semaines, non ?

— Je ne sais pas si j'y arriverai.

— Je suis certaine que oui.

— Non, je ne pense pas.

— Pourquoi ?

— Parce que je suis sur le point de céder à la panique la plus totale.

— Et si je lisais ce que vous avez déjà écrit ?

— Vous n'êtes pas mon éditrice.

— Jack m'a demandé de m'occuper de ses auteurs pendant son absence. Alors, si vous avez besoin d'un avis…

— Je ne montre jamais mon manuscrit tant qu'il n'est pas terminé.

— Alors finissez-le et envoyez-le-nous. Prenez tout le temps qu'il vous faut. L'important, c'est qu'il soit réussi.

— Parce que, s'il ne l'est pas… »

Il a laissé sa phrase en suspens plusieurs secondes.

« Mon fils Mark est chez moi en ce moment, a-t-il fini par reprendre. Il rentre en ville demain. S'il déposait le manuscrit à votre bureau, vous pensez que vous pourriez le lire ce week-end et me téléphoner lundi pour me donner votre opinion ?

— Il fait combien de pages ?

— Quatre cent quarante et une. Double interligne, bien entendu.

— Votre fils pourrait le déposer ici avant dix-huit heures ?

— Vous l'aurez avant dix-sept heures, ne vous inquiétez pas. Une dernière chose : si vous le trouvez vraiment mauvais, vous pouvez me promettre de ne rien dire à Jack ?

— Vous savez très bien que je ne peux pas faire ça. Mais je m'engage à vous donner mon opinion avant de lui en parler. C'est le mieux que je puisse faire. »

En revanche, je n'avais pas promis de cacher cet arrangement à Jack. Si je ne lui avais rien dit, et qu'il avait découvert par lui-même que j'avais lu le manuscrit de Cornelius, ma carrière serait pour ainsi dire terminée à peine après avoir commencé. Et même s'il était en vacances, je devais l'appeler chaque jour à dix-huit heures pour lui faire un récapitulatif de tout ce qui s'était passé dans la journée. Tout, jusqu'au moindre détail.

« Tu as rappelé au bureau des fournitures que je réclame cent crayons Blackwing depuis plusieurs semaines ?

— Oui, je m'en suis occupée.

— Cette connasse de Sylvia Luxembourg… Je lui ai dit que je ne travaillais qu'avec des Blackwing numéro 2. Et qu'est-ce qu'elle m'a répondu ? Que le fournisseur officiel de la maison est Paper Mate.

Comme par hasard, son frère est représentant là-bas. Il a fallu que je fasse tout remonter jusqu'à CC.

— Je m'en souviens. Et CC a ordonné à Sylvia de te commander les crayons que tu voulais.

— C'était quand ?

— La semaine dernière. Tu m'as montré le mémo que CC lui a envoyé. Sa secrétaire t'en avait imprimé une copie.

— Tu es sûre ? Et s'il avait fait ça juste pour que je me calme ?

— Jack…

— Ne me parle pas sur ce ton condescendant, gamine.

— Les crayons seront sur ton bureau quand tu rentreras. C'est comment, d'être à la mer ?

— Assez fabuleux, en fait. Je crois que je tiens le bon bout. Ces trucs, là, sur ma peau – ils ont pratiquement disparu. Je fais de longues promenades sur la plage tous les jours, et j'ai même réussi à me remettre un peu à boire. Un gin tonic et un verre de blanc presque chaque soir. Alors que je ne supportais plus du tout l'alcool, et ce n'est pas faute d'en avoir eu besoin ces derniers temps…

— Que de bonnes nouvelles. C'est vraiment génial.

— Le pire est derrière moi, maintenant. »

Je voulais vraiment croire que Jack ferait exception, qu'il guérirait alors que tous les autres voyaient leur état empirer.

« Tant mieux, ai-je dit.

— Peut-être même que je pourrai redevenir sympa avec toi. Je suis une vraie plaie, depuis des mois.

— Je ne l'ai pas pris personnellement.

302

— À ta place, je l'aurais fait.

— Il faut que je te parle de quelque chose.

— Ça ne sent pas bon, ça.

— Rien de grave, je t'assure. Je voulais juste être sûre d'avoir ton accord. »

Je lui ai alors répété la longue conversation que je venais d'avoir avec Cornelius.

« Tu t'en es tirée comme il faut, a-t-il déclaré à la fin. C'était un bon réflexe de m'en parler tout de suite.

— Je n'ai pas l'habitude de te cacher quoi que ce soit.

— Je sais bien. Je sais que je peux te faire confiance. Alors je t'en prie, lis le manuscrit de ce névrosé de Cornelius Parker. Il se rongera un peu moins les sangs. Mais, comme je ne rentre pas avant mercredi, j'attends un rapport téléphonique complet de ta part dimanche soir.

— Quelle heure t'arrange le mieux ?

— Appelle ici à dix-sept heures pile. »

J'ai donc passé le week-end à lire. Je savais que je ne devais pas me montrer trop enthousiaste, Jack se méfiait instinctivement des réactions à chaud. Il m'avait expliqué un jour que notre premier ressenti venait très souvent des tripes, et les tripes, ça s'ulcère très facilement. Même si on trouvait ce qu'on venait de lire absolument merveilleux, il fallait toujours prendre un peu de recul et repenser son enthousiasme d'un point de vue plus rationnel.

C'est ce que j'ai fait avec le nouveau roman de Cornelius Parker, *La Prochaine Faute*. Je n'étais pas très sûre du titre. Les lecteurs seraient-ils attirés par un livre qui parlait de manière très directe de cette tendance si commune que nous avons à nous tromper encore et encore, et à prendre systématiquement les mauvaises décisions ? Mais le roman en lui-même était en tout point génial : l'histoire de deux personnes qui se rencontrent à un âge relativement avancé, ayant connu chacune un divorce difficile après avoir élevé des enfants. Alors, ce qui débute comme une histoire d'amour passionnée et sensible – une seconde chance véritable – devient bientôt le récit de deux amants incapables de trouver le bonheur à cause de leurs névroses respectives. Le roman n'était pas très long – environ quatre-vingt mille mots, et il ne restait que deux chapitres à écrire –, mais il plongeait brillamment au cœur du problème : notre manie de détruire ce qu'on désire pourtant désespérément. L'histoire en disait long sur l'impuissance de l'amour, et notre besoin viscéral de saboter nos chances. Les personnages étaient magistralement écrits, et, à mon grand soulagement, Cornelius avait troqué son habituel décor universitaire pour New York City. À l'aube de la cinquantaine, Nora et Matthew, tous deux parents de jeunes adultes, quittent leurs existences respectives en banlieue et se rencontrent à Manhattan. Cornelius décrivait avec exactitude les détails de la vie urbaine moderne : le livre soulignait très subtilement une mutation urbaine en marche. Manhattan subissait une véritable invasion de jeunes hommes et jeunes femmes aisés, si bien que Nora et Matthew – nés à New York dans les années trente et résidents de Westchester depuis plus de vingt ans – retrouvaient une ville beaucoup plus sûre qu'à leur époque et transformée en pôle financier hanté par l'ambition. Même s'il manquait les deux derniers chapitres, j'étais en larmes à la fin du manuscrit, alors que tout s'effondrait pour les deux amants, conscients qu'ils étaient faits l'un pour l'autre mais incapables de vivre sereinement ce sentiment.

« Bon, ai-je annoncé à Jack quand je lui ai téléphoné à dix-sept heures tapantes, je vais essayer de ne pas être trop enthousiaste, mais ce roman, avec le bon traitement, pourrait être un très gros coup. »

Une heure plus tard, j'appelais Cornelius.

« Je viens de me servir un double whisky, a-t-il déclaré, au cas où les nouvelles seraient aussi mauvaises que prévu.

— Nul besoin de whisky. Vous avez écrit une œuvre majeure, et potentiellement l'un de ces rares livres aptes à devenir un best-seller. »

Il n'en croyait pas ses oreilles. Pendant l'heure et demie suivante, je lui ai fait part de mes remarques, tout en répétant encore et encore que son livre était génial – ce que, étrangement, il s'obstinait à ne pas entendre. Certains passages avaient besoin d'être retravaillés, mais pour l'heure il fallait qu'il termine les deux chapitres manquants. Je lui ai presque ordonné de filer à son bureau et de n'en ressortir que lorsque ce serait chose faite.

« Je ne sais pas quoi dire, a-t-il reconnu à la fin de notre conversation. En fait... puisque Jack est terriblement occupé... pensez-vous qu'il se sentirait insulté si je vous demandais d'être mon éditrice pour ce roman ?

— Je vais lui poser la question. »

Jack était plus que ravi de me laisser Cornelius sur les bras. Quand il est revenu au bureau, j'ai immédiatement vu que tout ce qu'il m'avait raconté sur l'amélioration de sa santé et sa guérison prochaine n'était, au mieux, qu'un rêve désespéré. Au pire, c'était un déni complet de la gravité de sa situation. Il avait encore perdu du poids ; non qu'il ait jamais été autre chose que mince, mais son corps était à présent osseux, il avait le teint grisâtre, et une nouvelle lésion (qui venait de recevoir le nom médical de sarcome de Kaposi) était apparue sur son nez. Malgré tout, il a refusé de mentionner sa maladie, s'est mis à aboyer des ordres et a passé trois heures à lire le manuscrit de Cornelius après son déjeuner. En fin d'après-midi, il m'a fait venir dans son bureau pour m'annoncer qu'il se rangeait à ma première impression. Puis, après m'avoir officiellement chargée du travail d'édition pour ce roman, il a téléphoné à Cornelius afin de lui confirmer qu'il venait d'écrire « sa résurrection commerciale et littéraire ».

Celui-ci n'a mis que quatre semaines pour rédiger les deux derniers chapitres, et ils se sont révélés aussi virtuoses et touchants que je l'avais espéré. Jack partageait mon point de vue, et commençait déjà à communiquer son enthousiasme au reste de la maison en affirmant à tout le monde que nous avions entre les mains un best-seller potentiel.

Deux semaines après la remise finale des deux derniers chapitres, j'ai mis le cap sur Syracuse. J'avais réservé une chambre dans un hôtel recommandé par Cornelius et proche de l'université, dont le campus avait conservé un certain charme typique de l'ère Hoover. Cornelius lui-même était un mélange intrigant d'arrogance et de profonde insécurité, ainsi que me l'avaient fait pressentir nos conversations. Ses nombreuses défaites et déceptions se lisaient sur son visage usé par les ans, mais il était encore assez en forme – pour un homme qui commençait à boire chaque jour aux environs de midi. Il vivait seul, dans un petit bungalow meublé avec austérité, sans grande attention portée à la décoration ni au confort, mais rigoureusement propre. Comme mon père, Cornelius avait servi dans la marine : quand j'ai mentionné le fait que mon père s'était battu à Okinawa, il est immédiatement devenu plus chaleureux, car lui aussi avait survécu à une bataille cauchemardesque dans le Pacifique, à Guadalcanal. Sa quatrième femme – une de ses anciennes étudiantes – l'avait quitté voilà six mois.

« Quatre mariages, c'est vraiment le triomphe de l'optimisme sur l'expérience, a-t-il déclaré non sans une pointe d'amertume. Une jeune femme comme toi doit déjà le savoir, surtout avec ton métier, mais, plus que tout, n'épouse jamais un écrivain.

— Oui, j'en suis déjà arrivée à cette conclusion. »

Quand il a tendu la main vers une bouteille de Jim Beam au milieu de notre déjeuner, mon regard désapprobateur ne lui a pas échappé.

« Ne t'attends pas à ce que ça se fasse en un jour, a-t-il dit en repoussant la bouteille. Mais je sais bien que je vais devoir me limiter.

— Écoute-moi, Cornelius. Si tout se passe bien avec le manuscrit, Jack et moi pousserons CC à t'accorder le maximum de soutien pour la publication : ça veut dire beaucoup d'attention médiatique, des interviews, sans doute quelques passages à la télévision, et une grande tournée dans tout le pays. Si le public réagit comme on l'attend, que les critiques de la presse sont bonnes et les ventes à la hauteur de nos espérances, ce sera sans doute ton plus gros succès à ce jour. Mais tout repose sur toi. Pardonne ma franchise, mais si tu continues à boire autant et que tu donnes une image de vieux débris qui a pondu un best-seller sans le faire exprès et n'a aucune idée de la marche à suivre, alors ce roman ne sera sans doute pas la résurrection que tu attendais. »

J'ai été la première surprise par cette tirade directe et autoritaire. Était-ce là l'aboutissement de tout ce qui m'était arrivé depuis cinq ans ? Cette nouvelle capacité à dire les choses comme elles sont pour parvenir à mes fins était peut-être le signe que j'avais enfin réussi à évoluer. À la lumière de mon chaos familial, après ce sentiment d'altérité qui m'avait hantée pendant toute ma scolarité, après la tragédie de Dublin, et ce besoin que j'avais ressenti de me terrer pendant des années, d'imposer des restrictions à ma vie amoureuse… étais-je enfin en train de prendre les rênes de mon existence ?

La veille de mon départ pour Syracuse, Jack m'avait demandé de le rejoindre dans son bureau. Tout en se versant du Bombay Sapphire, il avait déclaré :

« Chaque fois que je bois un gin tonic, ça me rappelle cette plage à même pas cent kilomètres de Manhattan. Si proche, et, en même temps, semblable à l'image que je me fais du bord de mer à Bali ou en Australie. Je regrette de ne pas être allé en Australie, et maintenant c'est impossible, pour tout un tas de raisons. Je dois t'avouer une chose, Alice : mon temps sur cette terre touche bientôt à sa fin. »

Je m'apprêtais, pas pur réflexe, à lui servir les protestations de rigueur – mais je me suis ravisée. Jack l'a sans doute remarqué, car il m'a gratifiée d'un sourire en coin.

« Tu apprends vite, Burns. Tu te débrouilles vraiment comme il faut. »

Il refusait toujours de parler de sa maladie au reste de la maison. Pourtant, son état était évident pour tout le monde.

Le jour où Cornelius est venu déjeuner avec CC et les responsables de sa future campagne marketing, il m'a attirée à l'écart pendant l'après-midi.

« Pourquoi personne ne m'a dit que Jack était aussi malade ?

— Je ne pouvais pas, Cornelius. »

CC, lui, savait depuis un moment ce qui se passait. À l'automne, le jour de la parution du livre de Duncan sur les années soixante – le *New York Times* venait de publier un extrait de dix mille mots dans son magazine dominical, sous le titre *Nos plus belles années radicales* –, mon patron a débarqué dans mon bureau deux heures avant le début de la grande fête organisée par St Martin's Press.

« Je sais que tu étais à l'université avec M. Kendall, et aussi que tu vas à la soirée, tout comme moi. Alors que dirais-tu d'un verre au Century Club d'abord, histoire de réfléchir à plusieurs petites choses ? » m'a-t-il proposé.

Comme toujours, il régnait au Century Club une atmosphère digne d'un roman de Henry James : *old school* et privilégiée. Tout le personnel a accueilli CC comme s'il était le prince Philip. Une vérité universelle concernant les établissements de ce standing est qu'ils servent des gins martinis à tomber, et il m'a fallu un violent effort de volonté pour me cantonner à un seul verre pendant l'heure et demie qu'a duré notre discussion. CC, lui, en a descendu trois, tout en se montrant d'une franchise inhabituelle.

« Comme tu le sais, Alice, je suis quelqu'un d'assez raffiné quand il s'agit des vicissitudes de l'existence, et j'ai été élevé dans l'idée qu'on ne doit jamais parler trop publiquement des tribulations qui nous accablent. C'est pourquoi, même si je sais depuis longtemps que Jack a de sérieux soucis, j'ai pris la décision de ne pas interférer. Mais je suis maintenant à peu près certain qu'il est en proie à cette nouvelle maladie dont tout le monde parle. Tu vois laquelle ? »

J'ai hoché la tête, peu désireuse de prononcer ce nouvel acronyme : le sida.

« D'après mes lectures, a poursuivi CC, la médecine ne peut pas grand-chose contre son avancée. Je n'ai jamais demandé directement à Jack s'il en souffrait, mais il est clair que sa santé se dégrade à vue d'œil, et je m'inquiète de savoir combien de temps il tiendra. Cette rougeur sur son visage, je suppose que c'est une manifestation de ce mal ?

— Je ne sais pas du tout.

— Ta loyauté t'honore, Alice. Je doute que Jack puisse continuer à gérer son portefeuille d'auteurs très longtemps. Si le pauvre homme est encore en état de venir au bureau à Noël, ce sera un miracle... Je vais être très clair sur un point : je me fiche éperdument de savoir s'il est en train de mourir de ce que la presse à scandale nomme le "fléau gay". Je me fiche éperdument de ce qu'en pensent certains éditeurs plus anciens, qui se plaignent déjà que l'état de Jack jette l'opprobre sur notre maison. Jack est un collaborateur précieux et talentueux, et son jugement commercial nous a tirés de plus d'un mauvais pas pendant les années Carter, quand tout le monde devait se serrer la ceinture. Nous entrons maintenant dans une époque de bonne humeur et de dépenses à tout-va. Il est capital pour nous d'en profiter. Et toi, Alice Burns, tu vas m'y aider. »

Il m'a fallu quelques secondes pour comprendre ce qu'il sous-entendait.

« Tu veux dire que je vais travailler directement avec toi ?

— Je veux dire – je précise que j'ai l'accord de Jack pour tout cela, d'ailleurs c'était son idée – que, lorsqu'il ne sera plus en état de travailler, tu hériteras de sa liste.

— Je ne…

— Tu penses pouvoir te montrer à sa hauteur ?

— Personne ne sera jamais à la hauteur de Jack. Mais si tu me demandes si je serai capable de gérer ce pool d'auteurs, de continuer à le rendre viable commercialement tout en maintenant le niveau littéraire de notre maison… C'est oui. »

CC a levé son verre.

« Buvons à cette perspective rassurante.

— J'espère ne jamais avoir à remplacer Jack », ai-je dit en trinquant avec lui.

CC a pioché une cigarette dans mon paquet, avant de l'allumer à l'aide de mon Zippo.

« Tu sais bien que ce sera le cas. Peut-être même plus tôt que prévu. »

Le livre de Duncan a été bien accueilli. Excellentes critiques, ventes plus qu'honorables, un nouveau contrat immédiat avec St Martin's Press pour deux autres livres.

Son contrat avec *Esquire* a également été renouvelé, et il s'est décidé à partir bientôt pour Casablanca, dans l'idée de traverser l'Afrique du Nord jusqu'en Israël. Il a évoqué ce projet durant sa soirée de lancement, au cours d'un discours plein d'esprit. Il savait que sa destination était « un morceau de continent témoin des plus grands moments de nos civilisations, et de leurs pires excès aussi ». Il voulait s'y perdre pendant une longue période car il était persuadé que c'était là, au cœur du monde arabe, que se jouait une grande partie de l'avenir géopolitique de la planète. Surtout, comme tout écrivain, il partait en quête d'histoires.

« Que l'on me pardonne de prononcer un tel truisme, voire un tel cliché, a-t-il déclaré, mais nous voyageons pour découvrir que nous sommes tous bien plus proches les uns des autres qu'on ne s'autorise à le penser. »

Un tonnerre d'applaudissements a salué cette conclusion. Duncan n'attirait pas exactement le même genre de public, composé de curieux aux dents longues, que la plupart des autres écrivains (comme mon frère). J'avais été soulagée de noter l'absence de Toby et Samantha – qui venait de donner naissance à un petit garçon, Theo –, d'autant plus que Peter avait fait l'effort de se déplacer. Il avait sous-loué le cottage d'un ami au bord d'un lac du Maine, et venait tout juste de revenir, un manuscrit achevé sous le bras, encore plus mince qu'à l'ordinaire (il avait pris l'habitude de courir cinq kilomètres par jour). Par le biais de Jack et Howie, j'avais appris que son éditeur, Little, Brown, considérait ce manifeste gauchiste comme un ouvrage intéressant. Mais, en pleine ère Reagan, l'espoir de faire de belles ventes était plus ou moins nul, d'autant que de plus en plus de démocrates s'éloignaient des idéaux entretenus pendant les années soixante. Néanmoins, il avait honoré son contrat et écrit un second livre – même s'il refusait de me laisser le lire. Par crainte, sans doute, de ma réaction. En dehors d'un rapide coup de fil à son retour, il avait d'ailleurs décliné toutes mes propositions de sortir dîner ou d'aller voir un concert. Je ne l'avais pas vu depuis des mois ; ses cheveux en bataille et sa barbe broussailleuse lui donnaient l'apparence d'un homme des bois brusquement débarqué à Manhattan. Il m'a gratifiée d'une rapide étreinte, l'air distant et préoccupé.

« C'est bien, pour Duncan, de recevoir un peu d'attention. Il la mérite. Son style est incroyable, et il a une discipline de travail que je respecte énormément.

— Dans moins d'un an, ce sera ton tour de faire un discours à une soirée comme celle-ci.

— Ça m'étonnerait que Little, Brown déploie autant de moyens.

— Pourtant, il paraît qu'ils ont aimé ton livre.

— Les nouvelles vont vite.

— C'est un petit monde, l'édition. Tu devrais être content que ton éditeur aime ton travail.

— Oui, il le trouve bien ficelé... et en retard de dix ans.

— Tu vas recommencer à écrire dans *Village Voice* ?

— Ils me l'ont proposé, oui. Ça me permettra de payer mes factures. Et M. Wall Street m'a donné de l'argent de poche, l'autre jour, sans que j'aie besoin de lui demander.

— Tu as le temps de voir Adam, et pas moi ?

— J'avais besoin d'un prêt, assez vite. Le type qui sous-loue mon appartement a demandé s'il pouvait le garder encore un an. Honnêtement, ça m'arrange. Avec ma colonne dans *Village Voice*, je pourrai survivre… Et l'argent du frangin va me permettre de louer un studio sur la 11ᵉ Rue et l'Avenue A. Tout ce qui me reste à trouver, c'est un sujet pour un très gros livre, quelque chose qui fasse vraiment écho à notre époque.

— Je suis sûre que tu trouveras, Peter. Peut-être même que tu trouveras le temps de dîner avec moi un soir.

— C'est toi qui n'auras bientôt plus le temps, avec ta promotion.

— Qui t'a parlé de ça ?

— Maman. Elle l'a appris de la bouche d'un mec de chez Harcourt Brace, à qui elle faisait visiter un appartement. Je suis surpris qu'elle ne t'ait pas appelée.

— Pas moi. »

C'était typique de ma mère de bouder parce que je ne l'avais pas prévenue. Je n'en avais parlé à personne, ma promotion n'étant encore qu'officieuse : Jack continuait à venir au travail, il insistait pour faire comme si tout allait bien, alors même que les sarcomes apparus partout dans sa bouche l'empêchaient de se nourrir autrement qu'avec une paille.

« De toute façon, je suis toujours assistante, ai-je repris.

— Tu es vraiment comme papa. Faire les choses dans les règles, avant tout. Au fait, tu savais que Shirley l'a quitté ?

— Décidément, personne ne me dit jamais rien.

— Je l'ai appris il y a deux jours. Il m'a proposé de boire un verre avec lui chez PJ Clarke's. Je m'inquiète un peu pour lui. Il m'a dit que tout se passait bien à son travail, mais qu'il s'ennuie comme un rat mort. Et puis Shirley en a finalement eu marre qu'il fréquente son ex-femme en cachette, et elle est partie. Le problème, c'est que papa le vit mal. Parce que maman refuse toujours de le laisser emménager avec elle, ou de le voir plus souvent que deux fois par semaine. Il la soupçonne de voir quelqu'un d'autre en parallèle, ce qui, franchement, me paraît probable. Bref, l'autre soir, il m'a resservi son laïus irlandais sur la vie qui ne lui réussit jamais comme il faut. Il continue à fumer autant que toi, d'ailleurs, ce qui n'arrange rien. »

Après la fête, Howie et moi avons rejoint Duncan au Nom Wah Tea Parlor de Chinatown, où il dînait en compagnie de son éditeur et de quelques autres amis. Voilà qui lui ressemblait bien : célébrer la sortie de son premier livre dans un petit boui-boui sans prétention sur Doyers Street. Il n'avait pas de fille à son bras ce soir-là : Howie m'avait informée qu'il s'était fait plaquer il y a peu par la directrice d'une compagnie de danse moderne de Wooster Street, et que cet énième échec amoureux lui avait pas mal sapé le moral – ce qu'il ne laissait en aucun cas paraître en public, alors qu'il rapportait à toute la table une conversation entre le très expansif et hyper-névrotique Gustav Mahler et le taciturne maniaco-dépressif Jean Sibelius sur la nature de l'écriture symphonique. Cet homme était un puits sans fond de connaissances, aussi drôle, éloquent et séduisant qu'à Bowdoin. Mais parfois terriblement triste aussi… J'ai repensé à ce que Howie m'avait dit un jour à propos de Duncan. Il était intelligent, plus que nous tous réunis, mais sa vie était une fuite en avant. Sa frénésie de culture et de sorties, tous ces films, ces concerts, ces voyages, c'était seulement pour garder une longueur d'avance sur cette tristesse qui le suivait à la trace.

J'ai lancé un regard en direction de Duncan, qui discutait avec une femme très vive prénommée Paula, de la *Paris Review*, pupille de son rédacteur en chef George Plimpton, et visiblement captivée par l'homme de la soirée. Un brusque désir m'a soudain envahie. Quand bien même j'essayais de me convaincre du contraire, j'avais un besoin profond, irrésolu, de complicité, d'un compagnon qui m'ancrerait dans le tumulte de la vie, de quelqu'un pour me montrer que je n'étais pas seule dans le noir. Ciaran me manquait terriblement. Duncan recherchait la même chose que moi, je le savais, et il passait son temps à choisir les mauvaises personnes comme s'il s'interdisait d'accéder au bonheur. Sans doute était-ce un résidu corrosif de nos déboires familiaux : cette soif d'un contact suprême avec une autre âme solitaire – et, simultanément, cette défiance, quand bien même inconsciente, envers tout ce qui pouvait y ressembler.

Paula avait les cheveux très bruns, portait un rouge à lèvres d'un rouge intense, et des lunettes rondes assorties à sa robe moulante noire. L'archétype de l'intello branchée. Je savais que Duncan la ramènerait chez lui ce soir, juste avant de partir pour une tournée de promotion, puis de sauter dans un avion pour le Maroc – et de disparaître dans le néant géographique pour plusieurs mois. Paula s'enhardissait à lui caresser la main, à lui murmurer quelque chose à l'oreille qui l'a fait sourire. Puis elle s'est levée et s'est dirigée vers les vieilles toilettes lugubres situées juste à côté de la cuisine. Je suis allée prendre sa place auprès de Duncan.

« Tu as une nouvelle admiratrice, on dirait. »

Il a haussé les épaules.

« Mon père m'a appelé ce matin. Je lui avais fait parvenir un exemplaire du livre. Tu sais ce qu'il m'a dit ? "Ce qu'il y a de bien avec Reagan, c'est qu'il montre aux imbéciles dans ton genre à quel point les années soixante étaient transitoires et ridicules. C'est pour ça que personne ne lira ton torchon prétentieux."

— Un conseil : la prochaine fois que ce petit homme aigri te téléphone, raccroche tout de suite. Il te hait parce que tu as réussi à t'extirper du monde impersonnel qui l'étouffe.

— Et s'il avait raison ? Tout ce que représentaient les *sixties* est dépassé, maintenant.

— Ne te laisse pas atteindre par sa jalousie.

— Facile à dire. Je ne ferai jamais rien de bien à ses yeux.

— C'est si important ?

— Pour lui, je resterai toujours un gamin bizarre, incapable de marcher droit, jamais à la hauteur de ses idéaux virils.

— À mon avis, tous les enfants d'anciens Marines devraient se faire suivre par un psy aux frais du gouvernement. Que ce soit mon père ou le tien, ils sont tous ressortis de cette expérience abîmés au-delà du possible, avec toutes ces idées de devoir, d'honneur, de *Semper Fidelis*, totalement inadaptées au monde réel. Et quand leurs enfants ont le malheur de ne pas se conformer à leurs standards régimentaires...

— J'aurais dû l'envoyer se faire voir. À la place, j'ai bredouillé que le *New York Times* en avait fait une très bonne critique.

— Laisse-moi deviner : il a répondu que personne de sensé ne lit ce journal de sales rouges.

— Un truc dans le genre, en effet.

— Va faire ta tournée, évapore-toi en Afrique du Nord, et rappelle-toi que tu mènes l'existence dont tu as toujours rêvé. En revanche, si tu te fais tuer quelque part entre Casablanca et Tel-Aviv, tu me briseras le cœur. Je ne pense pas que je survivrai à une deuxième perte comme celle-là. »

Duncan m'a dévisagée. Il n'avait pas l'air choqué par ce que je venais de dire – juste intrigué. Je n'avais pas du tout prévu de lui faire une telle déclaration. Mais, quand on parle sans réfléchir, n'est-ce pas pour exprimer des sentiments véritables, restés jusque-là enfouis ? Avant qu'aucun de nous deux ne puisse rebondir sur le sujet, Paula était de retour et nous considérait d'un œil méfiant.

« Vous avez l'air bien pensifs.

— On parlait de nos années à Bowdoin, a menti Duncan.

— Je vois, le bon vieux temps, tout ça. »

Une fois de plus, elle s'est penchée pour lui murmurer quelque chose à l'oreille, avant de déposer délibérément un léger baiser sur ses lèvres.

« Je ne vais pas tarder à y aller, a annoncé Duncan à la cantonade. J'ai un train pour Boston demain midi.

— Il a une lecture au Harvard Book Store le soir, a renchéri Paula. Quand j'étais rédactrice associée du *Harvard Advocate* de Radcliffe, c'est moi qui ai fait le discours d'introduction le soir où William Styron est venu. »

Étudiante à Radcliffe, et au comité de rédaction du magazine littéraire de Harvard – Paula venait, en toute subtilité, de nous réciter son *curriculum vitæ*. Pas étonnant que George Plimpton l'ait engagée : elle avait sans doute tout un tas de contacts dans l'Ivy League, sans compter qu'elle était très séduisante dans sa robe noire. Si Duncan voulait coucher avec elle, grand bien lui fasse, pourvu qu'il ne confie pas une fois de plus son cœur à quelqu'un qui ne ferait que le piétiner. Aux yeux de Paula, il n'était qu'une gare de campagne sur le trajet de la métropole – tout comme Peter quand il s'était jeté à corps perdu dans son idylle avec Samantha. Comment des hommes si intelligents pouvaient-ils se laisser prendre à ce piège ?

« Tu accompagnes Duncan à sa lecture ? ai-je demandé à Paula.

— Non, j'ai une interview demain avec William Burroughs. »

Il semblerait pourtant qu'elle se soit débarrassée de ces obligations mondaines et intellectuelles, puisqu'elle s'est envolée avec lui pour toute une partie de sa tournée, entre Los Angeles et Seattle. Quatre semaines plus tard, de retour à New York, Duncan nous a demandé, à Howie et moi, si nous voulions l'accompagner à l'aéroport avant sa traversée de l'Atlantique.

« Paula ne veut pas te dire au revoir en privé ? l'ai-je taquiné.

— Elle l'a fait la semaine dernière. Définitivement.

— Désolée.

— J'ai l'habitude. »

À l'époque, on pouvait accompagner les passagers jusqu'à l'embarquement, moyennant un rapide passage à travers un portique détecteur de métaux. Le terminal international de Kennedy Airport – un joyau architectural des années soixante tout en béton blanc, en forme d'aile d'avion reposant sur d'immenses baies vitrées – abritait, entre autres, un bar à cocktails dans lequel Howie a proposé d'aller s'installer. Duncan avait finalement décidé de passer quelques jours à Paris, et, sur ma recommandation, avait réservé une chambre dans le fameux hôtel Louisiane. Ensuite, il prendrait un nouvel avion, direction le Maroc et une longue pérégrination vers l'est.

« J'ai trois mille dollars, mon passeport, un petit sac à dos, une sacoche avec cinq cahiers vierges, un stylo plume, une bonne vingtaine de cartouches d'encre, et pas le moindre contact… exactement ce qu'il faut pour écrire le livre que je veux.

— Il ne manque plus qu'une histoire torride avec une beauté exotique de la casbah d'Alger… », a commenté Howie d'une voix rendue un peu sonore par ses deux martinis.

Duncan a secoué la tête, un sourire aux lèvres.

« Tu es tellement naïf, Howie. Tu crois vraiment que je vais débarquer là-bas comme dans un vieux film des années quarante avec Claude Rains et Hedy Lamarr ?

— Je ne vois pas pourquoi la vie ne pourrait pas être pareille aux vieux films des années quarante.

— Très bonne question ! Personnellement je préfère ne pas me fier au cinéma, sinon je risque d'être terriblement déçu en arrivant à Alger... C'est grosso modo comme La Havane, mais en musulman, et sur la Méditerranée : c'est-à-dire socialiste et, en conséquence, privé de tout.

— Quel sens de la formule, a déclaré Howie.

— Je t'en prie... »

Sur quoi Howie s'est lancé dans une interprétation tonitruante du premier couplet de *What Becomes Of The Broken Hearted*, de Smokey Robinson.

« Vous avez le temps pour un dernier martini ? a demandé Duncan.

— On dirait que tu vas à l'échafaud, ai-je fait remarquer.

— Non, juste vers l'inconnu... et c'est aussi merveilleux que terrifiant. »

Howie a ouvert la bouche pour dire quelque chose, puis s'est détourné, les yeux débordants de larmes. Duncan a passé un bras consolateur autour de ses épaules.

« Rentre en vie, a murmuré Howie. Je ne supporterais pas de perdre un ami de plus.

— J'en ai bien l'intention, ne t'en fais pas.

— Alors fais pas le con.

— Au fait, comment va Jack ? »

Howie a baissé la tête. Les larmes coulaient maintenant librement sur ses joues.

« On revient juste de l'hôpital, ai-je dit. Ça ne va vraiment pas fort. »

Depuis plusieurs semaines, en effet, l'état de Jack avait empiré. Howie passait ses nuits sur son canapé afin de veiller sur lui. Au matin, je venais prendre sa relève : tandis qu'il rentrait chez lui pour se doucher et se changer avant de partir au travail, j'aidais Jack à s'habiller et à descendre dans la rue jusqu'à la voiture qui nous attendait. Il marchait en s'appuyant sur deux cannes, et les sarcomes de Karposi sur son nez et dans sa bouche étaient infectés. L'un des plus vieux éditeurs de la maison s'était plaint à CC que l'état de santé de Jack, qui se dégradait rapidement, était mauvais pour le moral des employés. Pour toute réponse, CC avait assuré à Jack qu'il était le bienvenu tant qu'il voudrait continuer à travailler, et avait mis à sa disposition une voiture avec chauffeur pour le conduire partout, ce qui lui épargnait la honte d'être refusé par des taxis méfiants. Il avait également précisé, durant la dernière réunion éditoriale, que quiconque ferait objection à la présence de Jack en subirait les lourdes conséquences (et CC n'avait pourtant pas le licenciement facile), avant de proposer de lui payer une infirmière à domicile. Mais Howie préférait veiller Jack lui-même. J'avais suggéré de le remplacer deux nuits par semaine, mais il avait refusé. Il voulait être au chevet de Jack jusqu'à ce qu'il ne puisse plus rester chez lui, c'est-à-dire jusqu'à la fin.

Le moment approchait dangereusement. Cinq jours plus tôt, Jack était arrivé au travail encore plus affaibli que d'habitude et s'était effondré en atteignant son bureau. On avait appelé une ambulance. Les secours, en voyant son état, l'avaient immédiatement emmené au St Vincent's Hospital, à quelques pâtés de maisons de son appartement : cet hôpital était devenu le centre névralgique de la lutte contre le sida à Manhattan.

Avant de monter dans l'ambulance, j'avais demandé à mon assistante de téléphoner à Howie pour le mettre au courant de la situation. Nous avions attendu un long moment aux urgences, pendant lequel Jack perdait connaissance à intervalles réguliers, puis deux infirmiers étaient apparus pour le hisser sur un brancard à roulettes et le faire monter par un grand ascenseur industriel jusqu'à l'étage où étaient traitées toutes les victimes de ce mal vorace et encore incurable. J'avais insisté pour l'accompagner et je m'étais retrouvée face à un chaos indescriptible. Les chambres étaient si surpeuplées qu'il n'y avait pas de place pour Jack : il avait fallu le laisser dans le couloir principal. Autour de moi gisaient des hommes – et quelques femmes – aux portes de la mort, entourés d'amis, de membres de leurs familles, de partenaires, qui tentaient simultanément de les réconforter et de leur obtenir un peu d'attention médicale de la part des médecins et des infirmières qui couraient de lit en lit, surmenés, tentant de maintenir un semblant d'ordre et d'efficacité. Les gémissements et les cris des patients comme de leur entourage formaient une cacophonie atroce et lancinante, contre laquelle on ne pouvait rien faire.

« Excusez-moi, mon ami va très mal », ai-je lancé à au moins trois hommes en blouse blanche et deux infirmières en vêtements de travail bleus.

Tous m'ont répondu qu'ils reviendraient aussitôt qu'ils auraient prodigué des soins plus urgents à d'autres patients. Au bout du cinquième refus, le désespoir m'a envahie.

« Comment peut-on faire attendre quelqu'un qui souffre à ce point ? » ai-je lancé à la cantonade.

Une main ferme s'est posée sur mon épaule. Howie.

« Je m'en occupe, a-t-il dit en arrêtant une infirmière qui passait. Le Dr Barry est là ?

— Oui, mais il est très occupé.

— Dites-lui que Howard D'Amato est ici avec un ami très proche. »

L'infirmière a hoché la tête, l'air grave, avant de s'éloigner.

« En zone de guerre, il vaut mieux connaître des gens à l'état-major », a déclaré Howie.

Jack râlait sur son brancard, je lui ai pris la main et l'ai serrée. Son pantalon de costume était trempé au niveau de l'entrejambe. Il n'avait pas pu se retenir. Howie a suivi mon regard, et est immédiatement reparti en quête d'une infirmière, à laquelle il a dit que Jack risquait de développer des escarres s'il n'était pas traité immédiatement.

« Vous allez devoir attendre », a-t-elle répliqué d'une voix dure.

Howie a explosé :

« Mais pour qui vous vous prenez, à laisser souffrir les gens comme ça ? Une espèce de déesse à la mords-moi-le-nœud ? Je vais vous dire, moi...

— Ça suffit, Howard. »

Le Dr Barry s'était interposé entre lui et l'infirmière. La quarantaine bien avancée, un début de calvitie, et d'immenses cernes sous les yeux, il semblait cependant attentif à tout ce qui se passait autour de lui.

« Avant toute chose, a-t-il exigé, je veux que vous présentiez vos excuses à ma collègue, l'infirmière Clancy.

— Je suis un connard fini, a dit Howie.

— Ce n'est pas une excuse.

— Je n'aurais jamais dû m'énerver ni vous parler comme ça, mais j'ai vu tellement de mes amis... »

L'infirmière a hoché la tête d'un air compréhensif.

« C'est pardonné. Docteur Barry, je peux emmener le patient dans la salle secondaire ?

— C'est le seul endroit où il y ait de la place, a acquiescé le médecin avant de m'expliquer qu'il s'agissait d'une salle près de la morgue aménagée pour accueillir des patients.

— Au moins, ai-je dit, il ne sera plus dans le couloir.

— Et ça ne lui fera pas loin à aller, après, a ajouté Howie.

— Je suis désolé de vous revoir ici encore une fois, Howard », a dit le Dr Barry.

Howie a secoué la tête, les yeux au sol.

« Trop de mes amis...

— Je sais, croyez-moi. C'est comme une épidémie de peste noire... et nous n'avons toujours aucun moyen de l'enrayer.

— Combien de temps il lui reste, à votre avis ? » ai-je demandé.

Soudain, la voix étranglée de Jack s'est élevée de son brancard.

« Jusqu'à mes cent ans, au moins ! »

Il est parvenu à lever ses deux mains, que nous avions saisies.

« J'en suis sûre, ai-je affirmé.

— Merci, Mary Poppins, a répondu Jack.

— Ça fait plaisir de voir que tu as encore la force de te moquer des gens, a déclaré Howie.

— J'ai été à bonne école, je tiens ça de mon père. S'il était là, il ne serait sans doute pas tellement étonné de voir ce que deviennent les tapettes, comme il disait.

— On s'en fout de ton père. Tu es un putain de héros. »

J'ai ravalé un sanglot.

« Du nerf, Burns, a maugréé Jack. Ça fait déjà trop d'émotions pour une journée. »

Le Dr Barry a esquissé un sourire.

« Allons, il est temps d'emmener Humphrey Bogart en salle de soins. »

Jack a réussi à lui sourire en retour.

« J'ai toujours voulu être Bogart… mais en gay. »

Howie et moi sommes restés à son chevet jusqu'à la fin des heures de visite, et même un peu après – grâce à l'infirmière Clancy, qui nous avait pris en affection. Elle nous a même donné son numéro de *pager* pour que nous puissions débarquer en dehors des horaires réglementaires.

Alors que nous terminions notre troisième martini à l'aéroport en compagnie de Duncan, Howie a de nouveau eu les larmes aux yeux.

« Merde, la vie est tellement fragile. C'est un tel gâchis, quand deux personnes vont si bien ensemble…

— De quoi tu parles, Howie ? a demandé Duncan.

— Vous devriez vous marier, vous deux. »

Je me suis sentie virer instantanément au cramoisi – et un regard vers Duncan m'a montré qu'il était à peu près de la même teinte.

« Enfin, regardez-vous, a continué Howie. On dirait des lapins pris dans les phares d'une voiture. J'ai raison, non ? Bon, il faut que j'aille aux toilettes. Trop de morts, de gin et d'espoirs idiots. »

Il avait à peine disparu qu'une annonce grésillait dans les haut-parleurs : les passagers du vol pour Paris étaient appelés à embarquer. Et là, soudain, Duncan m'a embrassée. Un baiser profond, tendre, que je lui ai rendu sans même y réfléchir. Puis nous sommes restés là, à nous regarder dans les yeux, sous le choc – un choc nimbé de la plus incroyable clarté.

« On ne pouvait pas faire pire, niveau timing, ai-je chuchoté en lui prenant les mains.

— Je peux toujours rater mon avion.

— Non, tu dois partir.

— Rien ne m'y oblige.

— Tu as un livre à écrire. Et pour l'écrire, il faut que tu fasses ce voyage. Mais promets-moi de me revenir.

— Je te le promets. »

Quand Howie a réapparu et nous a vus enlacés, il a eu la délicatesse de garder ses distances. Nous aurions voulu ne jamais nous lâcher. Malheureusement, le dernier appel pour le vol de Duncan a fini par retentir…

Dans le taxi qui nous ramenait à Manhattan, je n'ai pas prononcé un mot. La tête me tournait, et mes larmes coulaient sans discontinuer. Howie m'a pressé la main.

« Tu as une chance incroyable.

— Il voulait rester. Je lui ai dit de partir.

— Ça ne change rien. Je connais Duncan : c'est un génie dérangé, et il te veut, toi, plus que tout au monde. Tu n'imagines pas la chance que tu as. Un amour partagé. C'est tellement rare. »

Nous avions promis à Jack de repasser le voir dans la soirée. Juste avant l'hôpital, Howie a demandé au taxi de nous déposer devant un magasin d'alcools. Le vendeur, un Indien enturbanné à l'air maladivement timide, avait tout ce qu'il nous fallait : un shaker, une bouteille de Bombay Sapphire, une mignonnette de vermouth, trois verres à cocktail, et même un bocal d'olives.

Dix minutes plus tard, notre kit à martini improvisé dissimulé dans mon sac à dos (j'avais des doutes concernant l'accueil que nous réserverait l'infirmière Clancy si nous débarquions avec nos bouteilles à la main, comme dans un roman de Fitzgerald), nous nous sommes présentés à la réception de l'hôpital.

L'infirmière est descendue nous chercher presque un quart d'heure plus tard. Et quand, enfin, elle a poussé les portes battantes du service, nous nous sommes levés d'un bond.

« Merci infiniment de nous autoriser à le voir », a lancé Howie, un peu trop fort peut-être pour une visite en dehors des horaires réglementaires.

L'infirmière Clancy a attendu de se tenir juste devant nous pour répondre.

« C'est trop tard.

— Quoi ? s'est indigné Howie. Mais vous aviez dit que…

— Ce n'est pas la question.

— Comment ça ? ai-je demandé.

— Votre ami vient de nous quitter. »

328

Elle a baissé les yeux sur son bloc-notes.

« Heure du décès : vingt et une heures quarante-trois. »

J'ai regardé l'horloge accrochée au-dessus de la réception. Jack était parti il y avait tout juste douze minutes.

10

Le jour de l'an 1984, Adam a gagné son cinquième million de dollars. En étroite collaboration avec Tad l'Omnipotent (comme j'avais pris l'habitude de le surnommer), il avait aidé à refinancer Horizon, une entreprise majeure de télécommunications, qui avait ce qu'Adam appelait des « dettes de qualité inférieure ». Grâce à la suprême manipulation des obligations à rendement élevé, Adam avait permis à Horizon de se restructurer et de se remettre à flot.

« J'ai fait ça pour l'argent, évidemment. C'est du capitalisme aux enjeux considérables, et tous les joueurs assis à notre table ont de quoi miser », expliquait-il à qui voulait l'entendre.

On était à la mi-février. Le livre de Peter était sorti trois semaines plus tôt, et bien qu'ayant reçu des critiques positives – en particulier dans des revues de gauche comme *The Nation* et *Mother Jones*, ainsi qu'un bref entrefilet dans la *New York Times Review* – il s'était terriblement mal vendu. Little, Brown avait fait savoir à Peter qu'il ne devrait plus compter sur eux pour être publié, à moins, bien sûr, de leur proposer quelque chose de sensationnel. *Village Voice* continuait cependant à le faire travailler, et il avait réussi à se voir confier un cours sur l'écriture de non-fiction à Hunter College, ce qui lui procurait un revenu suffisant pour survivre. Juste après Noël, Peter avait disparu à Carthagène des Indes, en Colombie, pendant trois semaines, déterminé à se lancer dans l'écriture d'un « roman noir à la Graham Greene, situé au Chili pendant le coup d'État – une sorte de réponse à *Un Américain bien tranquille* ». Il était rentré bronzé mais visiblement peu reposé, et n'avait réussi à taper que deux mille mots à peine sur son Olivetti portable avant d'abandonner son projet.

« C'était juste la ribambelle de clichés habituels, m'avait-il confié au téléphone, un jeune homme naïf et idéaliste qui plonge sans réfléchir dans le chaos politique sud-américain… Mais bon, je garde le moral et j'ai décidé de passer tout l'été à Paris, au Louisiane. »

Sauf qu'il avait besoin d'une idée, il le savait – un projet qui lui permette de se réinventer, de montrer au monde de l'édition new-yorkaise qu'il était toujours dans la course.

« À mon avis, le plus important serait de trouver un sujet qui soit en même temps sérieux et susceptible de toucher un nouveau public, plus large, avais-je fait observer. *Les Années radicales* ne se sont peut-être pas bien vendues, mais tout le monde s'accorde à dire que c'est une œuvre littéraire très accomplie. Tout ce qu'il te faut, c'est une idée. Je suis sûre que, ensuite, ton agent saura la vendre au bon éditeur. »

Adam nous avait donné rendez-vous au Lutèce. Il est arrivé avec dix bonnes minutes de retard, et le personnel l'a accueilli comme s'il était un prince de Médicis. Mais leurs courbettes, leur déférence, et même la bouteille de champagne Cristal que le patron nous a priés d'accepter n'étaient rien – pour amusantes qu'elles soient – au regard du traitement réservé au géant présent de l'autre côté de la salle. On aurait dit que le pape Jean-Paul II nous faisait l'honneur d'une visite. À presque quarante ans, l'homme arborait un double menton et une touffe de cheveux blonds qui ressemblait à s'y méprendre à un postiche. Avisant Adam, il lui a fait signe de le rejoindre à la table où il siégeait, entouré de deux jeunes top models d'Europe de l'Est, ainsi que d'une petite cour d'admirateurs.

« Venez, allons dire bonjour à Donald », a lancé Adam.

Tout le monde à New York connaissait Donald Trump. Il représentait à la perfection l'avidité dévorante de notre époque. Promoteur immobilier né dans le Queens, il avait attiré l'attention des médias, en particulier dans la presse à scandale, grâce à sa politique commerciale implacable, son ostentation, son amour inconditionnel pour le pouvoir, ses combines immobilières parfois louches, et surtout sa manie de se promener partout avec une bimbo à chaque bras, tout en pérorant de sa voix de stentor content de lui.

« Adam Burns, le baron des obligations ! a-t-il proclamé sans se donner la peine de se lever, avant de présenter rapidement quelques-uns de ses adeptes. Ces deux beautés polonaises, Grazyna et Agnieska, vont devenir de grandes, oui, de grandes stars… Et toi, qu'est-ce que tu fais ici avec ces deux-là ?

— Mon frère, Peter, vient de publier son deuxième livre, et ma sœur Alice travaille comme éditrice chez Fowles, Newman & Kaplan.

— Moi aussi, je suis écrivain », a dit Trump.

Il m'a détaillée du regard, et de toute évidence je n'étais pas vraiment à son goût (à ma grande satisfaction).

« D'ailleurs, je suis en train d'écrire un livre qui va rapporter une tonne d'argent. Parce que tout le monde voudra savoir comment j'ai gagné une tonne d'argent. Vous devriez me proposer un contrat sur-le-champ.

— Si votre agent souhaite m'appeler…

— Donald Trump, besoin d'un agent ?

— C'est comme ça que ça marche, dans l'édition.

— "Comme ça que ça marche"… Dis à ta petite sœur, Adam, que ce n'est pas comme ça que Donald Trump fonctionne. Je réécris les règles tous les jours. C'est pour ça que je finirai président. »

Et il nous a tourné le dos pour se consacrer à ses mannequins polonais.

« C'était sympa de te voir, Donald », a lancé Adam dans l'espoir de finir la conversation sur une note plus positive.

Trump l'a ignoré. Pendant une fraction de seconde, j'ai cru revoir l'ancien Adam – heurté par le rejet des autres, et rongé par le doute. Mais, en un clin d'œil, sa nouvelle personnalité de cador de Wall Street a repris le dessus.

« Si tu t'intéresses à la restructuration qu'on est en train de faire chez Chrysler en ce moment, tu n'as qu'à dire à Lee Kander qu'on sera ravis de l'accueillir. »

Cette fois, Trump a gratifié Adam d'un hochement de tête princier, pouce levé. En retournant à notre table, j'ai vu qu'Adam semblait ragaillardi par ce geste d'approbation.

« Lee Kander est son expert financier, a-t-il précisé tandis que le maître d'hôtel remplissait nos flûtes de champagne Cristal aux frais de la maison.

— En tout cas, ça se voit qu'il te tient en haute estime », ai-je dit.

Adam a souri.

« Je sais qu'il a une réputation de grande gueule. Mais dans une ville aussi bruyante, il n'y a que ceux qui gueulent qui réussissent à se faire entendre.

— Laisse-moi deviner, l'a raillé Peter, c'est une phrase de Tad. Il doit la sortir souvent dans ses conférences.

— La dernière en date, à Houston, a affiché complet, il y a quelques jours. Dix mille personnes, à vingt dollars la place. Tad a un public, lui. »

Peter a accusé le coup. Ce n'était pas la première fois qu'Adam volait au secours de Tad. Il ne souffrait aucune critique à l'encontre de son gourou. Tout en sirotant son champagne, il a orienté la conversation sur le séjour de Peter en Colombie. Comment avançait son projet ?

« Mon prochain livre va vraiment me lancer, a répondu Peter sans mordre à l'hameçon. Merci encore pour l'argent. J'en ferai bon usage.

— Bon usage ou non, ça ne me regarde pas. »

Adam a levé sa flûte.

« Au prochain triomphe littéraire de mon grand frère, et à la promotion d'Alice. Et bravo pour le bouquin de Cornelius Machin-chose, j'ai vu qu'il faisait un tabac.

— Tu te tiens vraiment au courant, ai-je dit, surprise.

— Ben c'est normal, c'est ça la famille. »

J'ai retenu un petit rire de dérision, tandis que Peter levait les yeux au ciel.

« J'ai dit quelque chose de drôle ? a demandé Adam.

— Pas du tout. »

Je me suis penchée pour attraper dans mon sac un exemplaire du nouveau roman de Cornelius Parker, *La Prochaine Faute*, encensé par les critiques et effectivement devenu un best-seller. Il en était déjà à sa troisième réimpression, et se trouvait en tête de liste pour le National Book Award de l'année à venir.

« Le voilà, ai-je dit en le tendant à Adam. Je pense que tu devrais aimer.

— Je ne lis pas beaucoup, tu sais bien. Je n'ai tout simplement pas le temps. Mais je le donnerai à Janet. Ça l'occupera… surtout qu'elle va devoir passer beaucoup de temps au calme, maintenant qu'elle attend notre deuxième enfant. »

Peter et moi avons exprimé les félicitations de rigueur.

« Je suis vraiment contente pour vous deux.

— C'était quand, la dernière fois que vous avez vu Janet ? Bon sang, c'était le jour de Noël quatre-vingt-deux… Ça fait plus d'un an.

— C'est vrai, mais comme on a passé les fêtes avec papa et maman, cette année…

— On vous avait invités à prendre un verre le 25. On n'est qu'à quarante-cinq minutes en train de New York. Vous auriez pu faire un effort.

336

— Tu as raison, a admis Peter. On aurait pu. On aurait dû.

— Vous n'aimez pas Janet, je sais.

— La vraie question, c'est de savoir si, toi, tu l'aimes. »

Adam a reposé sa flûte de champagne sur la table, si violemment qu'elle est tombée à la renverse. Aussitôt, un serveur s'est précipité pour éponger la nappe tout en se confondant en excuses, et en faisant signe à son collègue d'apporter une nouvelle flûte pleine à Adam. Ce dernier a remercié le serveur et vidé sa flûte d'un trait, sans quitter Peter de son regard furibond.

« Vraiment merci, grand frère.

— C'était juste une question, Adam. Je veux dire, presque tout le monde est au courant pour toi et ce top model turc. »

Heureusement, il avait baissé la voix pour prononcer la dernière phrase. Adam s'est empourpré.

« Qu'est-ce que tu racontes, merde ? a-t-il sifflé.

— Tu es le baron des obligations, petit frère. Et tu aimes bien faire un peu étalage de ton argent. Un de mes collègues de *Village Voice* s'est fait une spécialité de suivre tous les nouveaux riches de la ville, et il t'a vu trois ou quatre fois dans des endroits comme le Studio 54 ou l'Odeon, avec une certaine Ceren Safek – c'est bien ça ? Une vraie beauté, paraît-il, et l'un des mannequins les plus cotés de la saison. »

Adam avait le visage de quelqu'un qu'on vient de pousser dans une cage d'ascenseur.

« Qui d'autre est au courant ?

— Tous les journalistes de la presse à scandale.

— Tu n'en parleras pas à Janet. »

Sa phrase n'avait rien d'une question.

« Bien sûr que non, a répondu Peter. Je ne l'ai pas vue depuis plus d'un an, tu te souviens ?

— Tu le savais, toi ? » m'a demandé Adam.

J'ai hoché la tête.

« Putain, mais pourquoi tu ne m'as rien dit ?

— Qu'est-ce que j'étais censée te dire, Adam ? Ce ne sont pas mes affaires ni celles de Peter. Mais le problème, c'est que, si les journalistes sont au courant, tu risques fort de voir éclater votre liaison au grand jour… et ça ne plaira pas à Janet. Si tu veux vraiment continuer à voir cette femme, tu devrais te faire plus discret. »

Ça n'a pas manqué : une semaine plus tard, Adam apparaissait à la fameuse page six du *New York Post*, un bras autour de la taille de « la pétillante beauté du Bosphore, Ceren Safek ». C'est Howie qui m'a prévenue. Il m'a téléphoné au bureau pour que j'envoie mon assistante acheter un exemplaire de ce torchon… et il m'a recommandé de prévenir mon frère qu'il jouait avec le feu. En tant qu'attaché de presse, Howie savait exactement de quoi il parlait.

Peu de temps après, Adam m'a contactée pour me proposer d'aller boire un verre au Martini Bar de St Regis, où Ceren Safek se joindrait à nous. J'avais beau être prévenue, quelle surprise de voir arriver mon frère en compagnie de cette jeune femme incroyablement mince, à la chevelure noir corbeau, indéniablement belle et beaucoup plus intelligente que je ne l'aurais cru. Elle m'a fait son petit numéro de charme – Adam lui avait prêté le roman de Cornelius Parker, qu'elle avait lu et aimé, « surtout cette idée que nous orchestrons nos propres désastres amoureux ». Dans la même veine, elle n'avait que des remarques positives à faire sur le premier livre de Peter.

« Décidément, Adam est entouré de gens cultivés et talentueux », a-t-elle déclaré, avant de m'apprendre qu'elle avait étudié la littérature anglophone à l'université du Bosphore à Istanbul.

Tous les cours étaient en anglais, et c'était là, sur le campus, qu'un photographe parisien appelé Henri l'avait repérée dans un café.

« J'avais dix-neuf ans, et Henri quarante et un. Il m'a emmenée à Paris et lancée dans une carrière que je n'aurais jamais pu imaginer. »

Henri n'avait pas joui très longtemps de ses faveurs. Une fois à Paris, elle s'était mise en couple avec un réalisateur du nom d'Olivier Paul, avant de partir pour les États-Unis en compagnie d'un agent, Chuck Chandler, avec qui elle avait vécu à L.A. pendant plusieurs années. Tous ces détails intimes me donnaient l'impression de l'écouter réciter son CV sexuel. Je n'avais aucune idée de ce qu'en pensait Adam – c'était une chose d'apprendre l'histoire amoureuse de sa partenaire, mais une autre de l'entendre racontée à sa sœur. J'ai cependant remarqué que Ceren maintenait en permanence un contact physique avec lui pendant qu'elle parlait.

« J'ai vite compris que je ne ferais pas carrière dans le cinéma, mais, heureusement, Chuck me dégotait plein de jobs de mannequinat. Le problème avec L.A., c'est que le ciel est trop bleu, trop souvent. Ça me fait beaucoup penser au New Jersey, en mieux habillé peut-être.

— Pas mal comme comparaison, ai-je dit, je la ressortirai.

— Tu peux me la piquer, a-t-elle répondu en allumant une Virginia Slim. Elle n'est pas vraiment de moi. »

J'aimais assez son effronterie intellectuelle ; d'un autre côté, je pressentais chez elle un profond narcissisme. Elle était d'ailleurs suffisamment maligne pour l'assumer complètement. Alors qu'Adam échangeait un signe de tête avec un homme d'aspect sévère assis quelques tables plus loin (« L'adjoint en chef de George Soros », nous a-t-il glissé), Ceren a souri.

« Va soigner tes relations. »

Et c'est exactement ce qu'Adam a fait. Dès qu'il a quitté la table, Ceren s'est retournée vers moi avec un sourire.

« Je te trouve un peu froide, Alice. Tu gardes tes distances avec tout le monde, on dirait. C'est comme si tu voyais en moi un danger potentiel.

— Mon frère est clairement sous ton charme, et tout ce que je sais de toi je l'ai lu dans des magazines. Alors, oui, je préférerais savoir à quoi m'en tenir.

— Je crois deviner ce que tu penses : je suis plus dégourdie que la bimbo que tu t'attendais à rencontrer, mais je me préoccupe un peu trop de ma petite personne, et tu as peur que seul l'argent de ton frère m'intéresse.

— Tu es plutôt douée pour lire dans les pensées.

— Adam est un homme vraiment gentil qui travaille dans un monde peuplé de salopards. C'est une espèce de contradiction à lui tout seul, il a un instinct unique quand il s'agit de conclure une affaire, mais il a aussi

340

un besoin constant d'être rassuré… D'après ce que j'ai compris, on lui a toujours préféré ses deux intellos de frère et sœur.

— Je suis tellement contente que tu m'expliques le fonctionnement de ma famille.

— J'aime beaucoup Adam. Ce n'est pas une blague.

— Est-ce que tu l'aimerais autant s'il était prof assistant de philo à Columbia, à dix-sept mille dollars par an ?

— On aurait sans doute des conversations plus prenantes, mais je ne serais pas ici, au St Regis, en ce moment.

— Je vais être claire : si tu lui fais du mal, je ferai de ta vie un enfer. Je m'arrangerai pour que tu ne t'en relèves pas. »

Elle m'a dévisagée, prise de court. Puis sa stupeur s'est muée en amusement un peu hautain.

« Moi qui te prenais pour une petite éditrice docile, qui ne vit que pour les livres…

— J'aime les livres, mais je ne suis pas docile, surtout pas face à ceux et celles qui courent après des hommes riches. Mais j'ai une question pour toi : tu as de l'esprit, et tu sais comment marche le monde, as-tu déjà pensé à écrire un bouquin sur le pouvoir de la séduction ?

— Pas la peine de me prendre de haut. »

J'ai tiré de ma veste la petite pochette de cuir où je rangeais mes cartes de visite.

« C'est une vraie proposition. On pourrait faire de ton histoire un mélange de féminisme et de darwinisme social : comment tirer avantage des golden boys.

Ce serait le parfait manifeste de cette nouvelle époque de mercantilisme assumé. »

Ceren a saisi la carte que je lui tendais.

« Tu es sérieuse ?

— Très.

— Et si je ne sais pas écrire ?

— Je suis sûre que tu peux le faire. Écris-moi un chapitre sur ce photographe qui t'a ramassée dans un café d'Istanbul et ramenée à Paris alors que tu n'avais pas vingt ans. Il était marié, pas vrai ?

— Étonnant, non ?

— Et il a quitté sa femme et ses enfants pour toi.

— Que veux-tu, c'était l'amour fou.

— Qui a duré, quoi ? Dix, douze mois ?

— Dix-huit.

— Parfait. Rédige tout ça, sois franche, licencieuse, et intéressante. Si le résultat me plaît, on verra ce qu'on peut faire. »

Cinq minutes plus tard, elle se comportait avec moi comme si nous étions les meilleures amies du monde. Personnellement, je voyais simplement en elle l'auteur potentiel d'un livre sur la nature transactionnelle du sexe à l'ère Reagan – ce qui, je le sentais, intéresserait beaucoup de gens.

« Tu n'as personne en ce moment ? » m'a-t-elle demandé en finissant son deuxième martini.

La conversation prenait maintenant un tour plus intime.

« Si… mais il est à l'étranger pour quelques mois.

— Et tu l'attends ?

— Peut-être.

« — C'est de la folie d'attendre. Enfin, je te dis ça, mais je suis tombée amoureuse au moins vingt fois. Il faut croire que j'aime l'amour. Contrairement à toi. Tu en as déjà fait l'expérience, pas vrai ?

— C'est Adam qui te l'a dit ?

— Pas du tout. Je devine.

— Oui, j'ai connu l'amour.

— Et comment ça s'est terminé ?

— Il a été décapité par l'explosion d'une bombe. »

Ceren n'a pas battu des paupières une seule fois, ni haussé les sourcils, ni laissé échapper de phrase toute faite comme : « Tu te fous de moi » – ce qui était tout à son honneur. Elle a simplement soutenu mon regard sans rien dire. C'est le moment qu'a choisi Adam pour réapparaître. Le silence qui régnait à notre table ne lui a pas échappé.

« Vous vous êtes disputées, les filles ?

— Sûrement pas, a répondu Ceren. Au contraire, je trouve ta sœur assez formidable.

— Elle est plus coriace que moi, a plaisanté Adam en m'assenant une bourrade toute fraternelle.

— Ça, c'est sûr. »

Ceren m'a bel et bien recontactée deux semaines plus tard pour annoncer qu'elle avait un chapitre à me soumettre. Je lui ai proposé qu'elle le dépose à mon bureau. Je la tiendrais au courant de la suite.

« Tu vas le lire toi-même, ou le refiler à un de tes sous-fifres ?

— Je n'ai pas de "sous-fifre". Juste une assistante et une secrétaire. Si ton travail me plaît, je t'inviterai à déjeuner.

— Sinon…

— Je ne t'inviterai nulle part – mais je te dirai ce qui n'a pas marché à mes yeux.

— Tu es directe, toi.

— C'est mon style. »

CC m'en faisait d'ailleurs souvent la remarque. D'après lui, je n'y allais pas « avec le dos de la cuiller ». Mais ses reproches n'allaient jamais plus loin car il savait que je n'étais jamais cruelle. Tout au plus me recommandait-il de bien veiller à ne pas laisser ma vie personnelle influer sur mes jugements.

À quoi, j'avais bien eu envie de lui rétorquer que tout ce que nous faisons, sans exception, est influencé par notre vie personnelle, mais CC avait horreur d'être contredit. Quoi qu'il en soit, je ne m'embarrassais pas de diplomatie dans mes manières professionnelles. C'était bien assez de devoir en permanence jouer les psys auprès de mes auteurs, et de me casser la tête sans arrêt pour déterminer comment les emmener là où je le souhaitais – la méthode la plus efficace étant de leur faire croire que l'idée venait d'eux. C'était un tour de main à prendre, amélioré à chaque nouveau livre que j'éditais, et que j'avais découvert en observant Jack à l'œuvre : il n'avait pas son pareil quand il s'agissait de manipuler subtilement ses auteurs.

Après sa mort et ma promotion, j'avais fait part à CC de mes scrupules à l'idée de récupérer son bureau.

« C'est la vie, avait-il répondu. *Sic transit gloria mundi*. Quitte à reprendre sa tâche, autant reprendre son bureau aussi. »

Une photo de Jack et moi était accrochée au mur. Elle nous représentait tous deux assis à une table, penchés sur un manuscrit dont Jack désignait du bout de son crayon un paragraphe lourdement annoté, dans une attitude indéniablement professorale, tandis que je l'écoutais avec attention et sérieux. Le photographe qui avait fait ce cliché avait été engagé par CC pour tirer le portrait de tous les membres de l'entreprise à l'occasion du soixante-quinzième anniversaire de Fowles, Newman & Kaplan. Cette photo était l'une des premières choses que j'ai montrées à Cheryl Abeloff, ma nouvelle assistante, lors de son premier jour. Native de Manhattan, elle avait obtenu son diplôme à Sarah Lawrence – et en était sortie étonnamment indemne. Toutes les étudiantes de cette université ultra-compétitive semblaient finir en psychothérapie. C'était une fille sérieuse au physique anguleux ; son petit ami était professeur et ses parents, résidents de Park Avenue, ne comprenaient pas son choix de vivre à Bushwick, un quartier de Brooklyn aussi accueillant à l'époque que la Sibérie. Cheryl avait la même ambition et la même soif d'apprendre que moi.

« Jack était de la vieille école, lui ai-je expliqué tout en lui désignant la photo, et savait que l'édition est un métier qui se transmet. C'est pour ça que je t'ai engagée. Mais il faut que tu saches que je n'aurais jamais cru me retrouver à ce poste aussi jeune. Il me reste énormément de choses à découvrir, et j'improvise au fur et à mesure – ce que personne d'autre que nous n'est censé savoir.

— Tout ce qui se dit dans ce bureau reste entre nous, m'a-t-elle assuré.

— C'est de cette manière qu'on fonctionnait avec Jack, et c'est l'une des nombreuses raisons pour lesquelles notre relation de travail était idéale. »

Que ce soit au lycée, pendant mes études, ou quand je me terrais dans le Vermont, je ne m'étais jamais vraiment imaginée accéder à une position dirigeante. L'autorité et le management étaient des qualités que j'étais persuadée ne pas posséder, et je n'avais pas pour ambition d'encadrer une équipe, même dans un milieu littéraire. Et pourtant, voilà que, à tout juste vingt-neuf ans, j'avais sous ma responsabilité une écurie d'auteurs, un budget, des subalternes – et je devais répondre de tout cela aux services commercial et comptabilité, dont les éditeurs aiment se moquer gentiment en les traitant de maniaques des chiffres, mais sans qui notre travail serait immensément plus ardu. J'enchaînais les soirées et les déjeuners avec des journalistes littéraires et des confrères d'autres maisons. Quand je rentrais chez moi le soir, il n'était pas rare que je me remette au travail sur un manuscrit jusqu'à une heure du matin. Six heures de sommeil me suffisaient amplement, ce qui me permettait de me lever à sept heures, d'aller courir trente minutes à Riverside Park, et de me rendre au bureau avant que neuf heures sonnent. Chaque semaine ou presque, je recevais une lettre estampillée d'un cachet postal exotique (Casablanca, Ouarzazate, Alger) dans laquelle Duncan me racontait ses péripéties de son écriture en pattes de mouche quasi indéchiffrable. Je suivais ses déboires administratifs (il avait attendu cinq heures à la frontière algérienne, parce que le garde en faction ne voulait pas laisser passer aussi facilement le premier Américain qui se présentait devant lui depuis près d'un an), ses trajets pleins de rebondissements dans des trains poussiéreux aux toilettes condamnées, ses

346

rencontres fascinantes – notamment un prêtre français dont la petite paroisse venait d'être attaquée par des malfrats. Il me décrivait les merveilles des souks marocains, le désert du Sahara où il voulait m'emmener un jour, car *cet endroit renforce la nature solitaire de l'existence humaine, et nous rappelle que notre besoin de forger des liens avec d'autres est la seule chose qui nous empêche de sombrer.*

Et toujours, il me disait combien je lui manquais. Je me plongeais dans ses récits tortueux et habiles, je lisais encore et encore les phrases où il parlait de ses sentiments pour moi (tout en regrettant amèrement qu'il n'ait pas emporté une machine à écrire, car sa calligraphie laissait vraiment à désirer). C'était toujours un véritable bonheur de découvrir ses missives dans ma boîte aux lettres. Une torture aussi. Je n'avais pas anticipé cette révélation à l'aéroport, trop vite suivie de notre séparation ; mais, à présent, je savais. J'aurais dû le persuader de rester quelques jours de plus, le temps de consommer notre passion. Je me maudissais régulièrement d'avoir laissé filer cette occasion. Pourtant, quand il m'a proposé de le rejoindre quelques semaines en Égypte au début du mois d'août, je n'ai pas pu me libérer – et ce n'était pas faute d'en avoir envie. Mais, à quelques semaines des sorties d'automne, et pour ma première année en tant qu'éditrice, j'avais tant de choses à faire, comme préparer les communiqués de presse et les campagnes publicitaires de mes livres ; je craignais une catastrophe si je m'absentais ne serait-ce qu'une semaine. J'ai donc écrit à Duncan à l'American Express de Tunis (sa destination suivante) pour lui dire que c'était impossible, mais que nous pourrions peut-être partir quelque part ensemble après Noël, quand il serait rentré.

« Tu es en train de devenir accro à ton job », m'a reproché Howie, un soir de juin.

Cornelius Parker n'avait pas remporté le Pulitzer, mais il avait tout de même décroché le National Book Award, et venait de signer chez nous pour deux livres supplémentaires. En revanche, l'un des derniers livres publiés par Jack – une biographie d'Eleanor Roosevelt, qui se penchait sur son lesbianisme et les nombreuses liaisons extraconjugales de son illustre mari – avait reçu des critiques mitigées, et était loin d'atteindre les chiffres de vente attendus.

« Ma poule, a dit Howie, personne ne veut croire que la Première dame de la justice sociale préférait les minous. Pas étonnant que ce bouquin fasse un flop.

— Tu devrais parler plus fort, je crois que les gens à la table tout là-bas ne t'ont pas entendu.

— Pratiquement personne ne parle anglais, dans ce bouge. D'ailleurs, je te conseille les blinis et le hareng fumé, avec un shot de vodka. »

Nous étions au Lithuanian Social Club de la Deuxième Avenue et 6e Rue, que Howie avait découvert grâce à son dernier petit ami en date, un bodybuilder professionnel originaire de Vilnius et déterminé à devenir le prochain Mr America.

« Nojus a pris pour exemple ce type, là, Schwarzenegger, qui vient de devenir acteur après des années et des années de culturisme, et qui traîne avec Warhol et tous ses copains de la Factory. Drôle d'association si tu veux mon avis… Pauvre Andy…

— Nojus s'intéresse à Warhol, lui aussi ?

— Pas vraiment. C'est un artiste, pas de doute, mais dans un domaine beaucoup plus… privé.

— Merci pour cette précaution oratoire.

— Oh, ne fais pas ta prude.

— Je ne suis pas prude.

— Juste une éditrice tellement occupée qu'elle ne peut même pas prendre une petite semaine pour s'envoyer en l'air… Dis-moi, qu'est-ce que tu fais pendant que ton bien-aimé repousse les avances de belles Orientales ?

— Duncan peut bien faire ce qu'il veut. On ne s'est pas encore juré quoi que ce soit.

— C'est très admirable et moderne de ta part. Mais tu n'as pas répondu à ma question : sur qui passes-tu les sautes d'humeur provoquées par tes hormones ?

— Mes manuscrits.

— Tu es à mourir d'ennui, Burns.

— Contrairement à toi, monsieur l'hédoniste. J'espère que tu fais attention avec Nojus.

— Je fais attention avec tout le monde. Six autres de mes amis viennent d'être diagnostiqués, et je connais une dizaine de personnes aux portes de la mort. Ça ne s'arrêtera jamais.

— Et toi ? Toujours aucun signe ?

— Pour l'instant, rien. D'après mon médecin, on ne sait toujours pas combien de temps dure la période d'incubation ni s'il y a un élément déclencheur. Je pense sans arrêt aux derniers jours de Jack.

— J'essaie de ne pas le faire, ai-je dit. C'est trop dur. Je préfère me souvenir de lui tel qu'il était avant de tomber malade. Parfois, j'ai l'impression qu'il regarde par-dessus mon épaule pour vérifier que je travaille comme il faut. Enfin, je ne crois pas pour autant à toutes ces bêtises sur la vie après la mort.

— Eh bien, moi, si, figure-toi – et ce n'est pas juste le petit garçon catholique qui sommeille au fond de moi. J'ai vu trop de morts ces derniers temps pour accepter l'idée que toute cette souffrance ne débouche que sur le néant. Je veux imaginer que Jack est au paradis. Après tout ce qu'il a traversé sur la fin, il ne mérite pas moins.

— Tu te rappelles son père, à l'enterrement ? Avec son visage tout ridé et sa respiration rendue sifflante par des décennies de clopes...

— C'est toi qui dis ça ?

— J'ai prévu d'arrêter au Nouvel An.

— Pourquoi ne pas attendre le deuxième sacre de Reagan ?

— Tu parles comme si sa réélection était acquise.

— J'avoue que j'ai du mal avec Mondale.

— Tu plaisantes, Howie ?

— L'économie se porte comme un charme. Toute l'énergie négative des années Carter a enfin disparu. Mondale ne ferait que la raviver... Il respire la grisaille.

— Tu ne penses pas sérieusement voter pour un type qui fait le jeu de la droite religieuse ? Son directeur de la communication, ce salopard de Pat Buchanan, a quand même déclaré que le sida était une revanche de la nature sur les homosexuels...

— Mes actions en Bourse n'ont jamais eu autant de valeur. L'argent est partout. C'est plus drôle comme ça.

— Et un fléau est en train de massacrer tes amis par dizaines. Il nous a déjà pris Jack, et n'est pas près de s'arrêter. Qu'a fait Reagan contre ça ? *Nada*... Rien.

— Quel rapport ? Si je le soutiens, c'est parce qu'il a redressé le pays et l'économie. De toute façon, il va gagner haut la main.

— Et le prochain ami que tu perdras…

— Tais-toi, Alice, s'il te plaît. Ça me met sur les nerfs quand tu joues les voix de la conscience de la sorte. Surtout que j'ai des rougeurs au niveau des orteils. Mon médecin dit que c'est le pied d'athlète, et que j'ai ramassé ça dans les vestiaires du Y sur la 14e Rue Ouest.

— S'il en est certain…

— Ce qui ne m'empêche pas de me faire un sang d'encre. Ça va finir par me tomber dessus.

— Pas si tu te protèges.

— La semaine dernière, la capote a craqué. Avec un type rencontré au Y, justement.

— Oh, merde.

— Au moins, j'étais au-dessus – le risque est moindre. Mais… »

Je lui ai saisi la main.

« Ça va aller.

— Tu ne peux vraiment pas t'empêcher d'être niaise.

— Je préfère rester positive. Surtout en ce qui te concerne.

— Changeons de sujet, tu veux bien ? Écoute mon conseil : saute dans un avion pour Le Caire début août, retrouve ton homme, fais l'amour comme une folle avec lui pendant une semaine, puis rentre à New York finir ton travail. Tu as besoin de le voir… et il a tellement envie que tu viennes.

— Je n'ai vraiment pas le temps, Howie. Il y a tellement de choses à faire.

— Si tu le perds…

— Alors c'est que ce n'était pas le bon.

— Je ne supporte pas cette façon de penser. Ça revient à nier complètement le fait que tu as ton mot à dire dans ce qui t'arrive ou non. Je comprends que tu aies peur.

— N'importe quoi…

— J'ai raison, et tu le sais.

— Je ne peux pas risquer de souffrir comme ça une deuxième fois.

— Arrête. Tu te ronges d'amour pour Duncan. Et lui aussi. Mais vas-y, continue à te convaincre que tu es mieux toute seule.

— C'est toi qui joues les voix de la conscience, cette fois.

— Parce que c'est ce que tu as besoin d'entendre. Tu as ta chance avec un homme bien, intéressant, compliqué comme il faut, pas plus, pas moins, et vraiment beau gosse. Si tu préfères te trouver un nouveau Toby… Tu répétais sans arrêt que c'était juste pour le sexe, et pour l'absence d'engagement, mais il t'a quand même brisé le cœur, il me semble. Tu cherches désespérément à t'engager, comme nous tous.

— Alors pourquoi tu n'y arrives pas, toi non plus ?

— Alice, je suis aussi terrifié que toi. »

Deux semaines plus tard, j'ai reçu une nouvelle lettre, dans laquelle Duncan me racontait avoir traversé la frontière tout au sud de l'Algérie pour gagner le Mali et cet avant-poste mythique dans le désert, Tombouctou.

Il n'y a pas grand-chose de bon à dire sur Tombouctou, à part que c'est encore plus paumé qu'on l'imagine. Je suis descendu dans un hôtel sordide où les punaises de lit m'ont dévoré vivant. Mes jambes ressemblaient à une culture de pénicilline. Mais l'hôtel m'a envoyé chez un médecin malien assez sympathique, qui m'a prescrit une crème antiseptique pour calmer les démangeaisons, et j'ai même eu droit à une nuit gratuite après qu'ils ont fumigé le matelas... quoique j'aie eu l'impression de dormir dans un nuage de DDT. J'ai pris une cuite mémorable avec un ingénieur français des environs de Marseille, qui nous a payé une bouteille de cognac et m'a raconté que sa femme l'avait mis dehors en apprenant qu'il l'avait trompée avec la nounou de leur fille de cinq ans. Lui en a cinquante-cinq, et s'échine actuellement à améliorer le système de télécommunication antédiluvien de ce coin perdu du Sahara. À mon avis, il est surtout là pour changer d'air après toutes ces histoires chez lui. Mais échappe-t-on jamais vraiment à nos histoires, à toute la tristesse qui nous poursuit où qu'on aille ? À ce propos, j'ai récupéré ta lettre chez Amex à Tunis, après trente heures de car pour remonter au nord suivies d'un train de nuit jusqu'en Tunisie. Je comprends que tu n'aies pas le temps de venir me rejoindre une semaine. Je suis un peu déçu, bien sûr, mais je serai patient – mon vol retour au départ de Tel-Aviv est le 1ᵉʳ décembre, soit dans cinq très longs mois. Tu me manques immensément.

Il me manquait aussi. Mais CC me convoquait chaque matin dans son bureau pour faire le point sur mon travail, et des rumeurs insistantes prétendaient que notre maison d'édition intéressait un peu trop un certain magnat des médias australien du nom de Murdoch (qui s'était déjà fait une réputation en Grande-Bretagne, mais demeurait relativement anonyme dans notre pays). CC, inquiet, insistait pour que tout le monde œuvre au maximum de ses capacités en ce moment crucial.

« Je ne vais pas te mentir et prétendre qu'il m'a fait une offre alléchante, a-t-il dit au cours d'un déjeuner au Century Club. Crois-moi, je ne souhaite rien d'autre que rester indépendant. À mon avis, il est plus à la recherche d'une grosse maison comme HarperCollins. Il n'empêche que les beaux jours de l'édition artisanale et familiale touchent à leur fin. Mon grand-père aurait fait écarteler ses éditeurs s'ils avaient ne serait-ce que suggéré de publier *Séduire pour réussir*, le livre de ta nouvelle prodige turque. Mais, d'après le service marketing, avec la date de sortie fixée au week-end de Thanksgiving et le bombardement médiatique qu'on a mis en place, le succès devrait être au rendez-vous.

— Ce livre va faire un tabac. Il correspond parfaitement aux nouvelles carriéristes qui cherchent à se faire une place dans notre monde hyper-capitaliste et hyper-machiste. Et puis, rien que le fait de publier Cornelius Parker et Ceren Safek côte à côte... voilà qui en dit long sur l'étendue et la flexibilité de notre gamme littéraire.

— Ça n'empêchera pas mon grand-père de revenir d'entre les morts pour me maudire. Tu savais qu'il avait refusé *La Puissance de la pensée positive*, de Norman Vincent Peale ?

— C'était une autre époque.

— Où il n'y avait pas que l'argent qui comptait. En revanche, promets-moi que la presse n'apprendra jamais que Ceren est la maîtresse de ton frère.

— Au contraire, ils sauteront tous sur l'occasion. Laissons-les faire. On fera jouer ça à notre avantage. Les femmes vont adorer le livre, les hommes vont adorer Ceren et son esprit... C'est tout ce que veulent les médias : elle assume complètement de se servir du sexe pour obtenir ce qu'elle veut dans la vie, elle s'exprime incroyablement bien, et elle est magnifique. C'est parti pour être le grand livre "coquin" de Noël. Tout le monde va se l'arracher.

— Et pendant ce temps, ton frère continue de s'enrichir. J'ai lu qu'il avait aidé au refinancement d'US Steel il y a quelques jours.

— Oui, tout ce qu'il touche se change en or.

— Pareil pour ta mère, d'ailleurs. Elle vient de conclure une grosse affaire avec une starlette...

— Elle a fait main basse sur le marché des bimbos riches, des ploutocrates, et de toutes les femmes ambitieuses qui vont acheter le livre de Ceren.

— Espérons que la réussite soit un gène familial. »

Était-ce un avertissement, une menace voilée ? Quoi qu'il en soit, j'ai redoublé d'efforts pour mes sorties d'automne, et continué à peaufiner toujours plus le futur best-seller de Ceren.

Histoire de le tester sur un public plus âgé, j'ai fait lire les épreuves à ma mère. Elle m'a téléphoné le lendemain soir vers minuit, rongée d'inquiétude.

« Pourquoi Adam reste-t-il avec une manipulatrice pareille ?

— Il ne craint pas grand-chose. D'accord, il la couvre de cadeaux, mais il n'a aucun lien légal avec elle. Pour l'instant.

— Mais c'est ce qu'elle essaie d'obtenir. Tu le sais, je le sais, et ton frère se laisse mener par le bout du nez. Quand Janet et sa famille de tocards apprendront qu'il prend du bon temps avec cette femme beaucoup plus accomplie et dangereusement sublime, ils vont faire tout ce qu'ils pourront pour le dépouiller jusqu'au dernier centime… Surtout avec le deuxième bébé dans quelques semaines. Mais Adam refuse de m'écouter. Et ton père nous refait son numéro de catholique irlandais opposé au divorce.

— Tu refuses toujours d'emménager avec lui ?

— Plutôt mourir. On a fait cette erreur pendant presque trente ans, et c'était un cauchemar. Pourquoi recommencer ? Je suis très bien toute seule. C'est ton père qui ne s'en sort pas. Il s'ennuie et il ne supporte pas la solitude. Deux après-midi ou deux soirs par semaine avec lui, ça me va. Mais pas plus… au-delà, toute notre haine passée risquerait de se réveiller. Et c'est hors de question. Mon psy me le répète tout le temps : "On ne peut pas changer les autres, juste essayer de changer soi-même." Je ne peux pas non plus toujours accuser mes parents ni crier sur les toits que c'est ton père qui m'a forcée à jouer les mères au foyer de banlieue. J'étais complice. Et je vous ai fait du mal, à toi et aux garçons, pour cette raison. Je m'en rends compte maintenant, et je le regrette.

— Merci de me dire tout ça.

— Bien sûr, Adam n'y comprend rien. Il m'a emmenée dans un de ces restaurants hors de prix l'autre jour, un petit dîner entre mère et fils. Quand j'ai essayé d'aborder le sujet, il a esquivé en disant que c'était il y a longtemps, *et cetera, et cetera*. Il évite les émotions comme la peste. Mais c'est pour Peter que je me fais le plus de souci.

— Moi aussi. »

Peter était de plus en plus reclus et dépressif. Il continuait d'écrire pour *Village Voice* et de donner des cours, mais une récente débâcle amoureuse avec une collègue l'avait profondément ébranlé, et il ruminait toujours les nombreux échecs dont il se croyait responsable.

Je n'en ai rien dit à ma mère, mais la veille, au bureau, Howie m'avait téléphoné en milieu d'après-midi. Sa voix sonnait plus tendue qu'à l'ordinaire.

« On peut prendre un verre tout à l'heure ?

— Je sens toujours quand quelque chose ne va pas. Qu'est-ce qu'il y a ?

— Je ne suis toujours pas malade ni mourant, si c'est le sens de ta question.

— Tant mieux. Mais quelque chose te chiffonne.

— Je préfère en parler autour d'un verre.

— Howie, que se passe-t-il ? »

Howie avait un ami à *Esquire*, avec lequel il venait de déjeuner. Assez porté sur l'alcool, et après quelques Gimlet, Matt Nathan devenait souvent un peu trop bavard.

« Et là, il m'a demandé si je connaissais Peter Burns. Je lui ai dit que oui, j'avais lu ses livres, mais je n'ai pas parlé de toi. Il se trouve que, le mois prochain, ils publient un de ses articles, et que ça va faire sensation. D'après Nathan, ça commence comme un énième exposé sur les obligations à rendement élevé et tous ces trucs de haute finance, mais, au bout de quelques paragraphes, il passe à la vitesse supérieure, et il se met à parler de son frère Adam… avec son boss, Tad Strickland, qui sont devenus les rois de l'obligation de pacotille. Et après, on assiste à un déboulonnage en règle de son frère et de tout l'univers dans lequel il évolue. »

J'avais fermé les yeux, incrédule, puis je m'étais allumé une cigarette.

« Bonne idée, avait commenté Howie en entendant le claquement de mon Zippo. Parce que l'affaire ne s'arrête pas là. D'après Matt, les révélations que fait ton frère dans cet article pourraient bien envoyer Adam tout droit en prison. »

11

Howie n'avait pas son pareil pour obtenir des informations confidentielles, forcer la main aux gens, ou rappeler une faveur qu'on lui devait. Pourtant, malgré tous ses efforts, il n'a pas pu se procurer l'article de Peter pour *Esquire*.

« Il est sous embargo total, à la demande de l'auteur. Mais, visiblement, les avocats du magazine y ont eu accès, et ils parlent de le transmettre à la Securities and Exchange Commission avant même de le publier.

— Merde. »

La SEC, qui faisait office de police financière dans le pays, ne voulait certainement aucun bien à Adam. Au contraire.

« Je suis vraiment désolé, a dit Howie. D'après Matt, l'agent de ton frère compte sur cet article pour faire remonter la cote littéraire de Peter et lui décrocher un gros contrat dans une maison d'édition. D'après ce que j'ai compris, en plus de dénoncer toutes les combines financières d'Adam, son article parle aussi des secrets de famille, et de la rivalité entre frères.

— Peter et Adam n'ont jamais été en compétition. Ils évoluaient dans deux univers complètement différents.

— Peut-être, mais Peter a l'air de raconter que, malgré leurs différences, ils ont toujours eu une profonde antipathie l'un pour l'autre, en grande partie à cause de votre père.

— Merde, merde, merde.

— Tu te répètes. La bonne nouvelle, c'est que tu figures à peine dans l'article – et pourtant, il fait dix mille mots, ce qui n'est pas rien. Matt est très enthousiaste. Selon lui, l'article va avoir de grandes répercussions : non seulement Peter poignarde son frère dans le dos, mais il a écrit tout un laïus sur le dilemme moral et éthique de dénoncer un membre de sa famille.

— Qu'est-ce qu'il dénonce, exactement ?

— Ils refusent de le révéler, c'est un secret absolu, mais, à mon avis, si l'article a été transmis avant publication à la SEC, c'est pour que les fédéraux arrêtent ton frère juste avant la sortie du magazine : ça fera une publicité monstre à *Esquire*, et l'agent de Peter pourra tourner toute l'affaire à son avantage. Imagine la couverture médiatique, le débat autour de Peter qui passera soit pour un homme de principes, soit pour un affreux opportuniste. »

J'ai écrasé ma cigarette pour en allumer une deuxième dans la foulée.

« Il faut que je lui parle.

— Je ne sais pas si c'est une bonne idée. Mais si tu y vas, ne lui dis surtout pas que c'est moi qui t'ai prévenue.

— Je ne ferais jamais une chose pareille. Tu penses que je devrais en parler à Adam, ou à mes parents ?

— Surtout pas. Tu risques de gros problèmes avec la justice si tu préviens Adam de ce qui va lui tomber dessus. Parce qu'il serait obligé de tout dire à son patron, qui m'a l'air d'un bel arnaqueur. Imagine que Tad l'Omnipotent quitte le pays : tu serais impliquée. Idem si ton frère se met à détruire des documents compromettants. Tu pourrais te retrouver complice de leurs agissements. Et si les gens apprenaient qui t'a informée de l'affaire, j'aurais sans doute tout un tas d'ennuis…

— J'ai conscience de ce que tu risques. Promis, je ne dirai à personne de qui venait l'info. Je ne sais même pas comment te remercier.

— Je n'aurais jamais plus été capable de me regarder dans un miroir si je ne t'avais pas avertie. Sauf que, maintenant, tu dois marcher sur des œufs. Tu peux aller dire à Peter que tu es au courant, mais je doute que ça change grand-chose, à moins que tu réussisses à lui donner des remords. La SEC va certainement l'interroger, et, dans ce cas, il pourra peut-être essayer de négocier un arrangement pour son frère. Enfin, je rêve un peu… Franchement, je n'ai aucune idée de ce que je ferais à ta place.

— Si je préviens mes parents…

— Ce sera le chaos total, pour toi et pour tout le monde. Essaie de convaincre Peter de te confier une copie de l'article, puis rapporte-la-moi. On verra ce qu'on peut faire. »

Cet appel a failli me mettre en retard pour une réunion éditoriale, pendant laquelle j'ai ensuite dû faire de gros efforts de concentration pour ne pas me laisser distraire par la panique. La réunion s'est prolongée jusqu'à dix-huit heures. J'avais rendez-vous au Oak Bar du Plaza avec un agent tout de suite après – celui-ci voulait me persuader de redonner une chance à un romancier, J. F. Cooper, que Jack avait rayé de sa liste deux ans plus tôt, pas tant à cause de ses ventes en baisse que de son style de plus en plus obscur, inspiré du nouveau roman. Je suis restée polie, mais ferme : son livre plairait très certainement aux intellectuels français, mais l'époque où notre maison d'édition publiait des œuvres aussi avant-gardistes était depuis longtemps révolue.

« Je ne lui demande pas de devenir grand public : après tout, *L'Arc-en-ciel de la gravité* de Pynchon n'est pas particulièrement facile à lire, mais il a au moins le mérite d'intéresser le lecteur tout en le mettant à l'épreuve. Dites à J. F. que je le publierai le jour où il écrira un livre qui ne se lit pas comme un théâtre d'idées, sans recherche narrative pour le lecteur. »

L'agent m'a remerciée chaleureusement pour mon « retour positif » et m'a gratifiée de toutes les formules de rigueur. Il était déçu, bien sûr, mais la déception faisait partie intégrante de son travail, tout comme le fait d'être régulièrement le messager porteur de mauvaises nouvelles. Tout l'art des agents littéraires réside dans leur capacité à limiter les dégâts émotionnels et psychologiques occasionnés par les rejets opposés à leurs poulains.

Quant à moi, je devais maintenant limiter de sérieux dégâts familiaux à venir. À la fin de notre entrevue, j'ai demandé au réceptionniste du Oak Bar à passer un coup de fil. Il a tiré de sous le comptoir un télé-phone noir en Bakélite hors d'âge, et j'ai composé le numéro de Peter sur le cadran rotatif. Il a répondu à la huitième sonnerie.

« Salut, ai-je lancé de ma voix la plus enjouée. Tu as quelque chose de prévu ce soir ?

— Je croule un peu sous le boulot.

— Ça t'ennuie si je t'emprunte pour une heure ou deux ? Je n'ai vraiment pas envie de rester chez moi.

— Quelque chose ne va pas ?

— Je me sens seule, c'est tout.

— À qui le dis-tu. Mais je n'ai pas le temps d'aller jusqu'à Manhattan.

— Alors Manhattan viendra à toi ! J'arrive dans moins d'une heure. »

Un orage d'été se déchaînait sur la ville. L'atmosphère était aussi étouffante et humide que l'intérieur d'un bain turc, et l'air épais donnait l'impression d'évoluer dans une cuve de pâte à pain. Une pluie tropicale venait de s'abattre, et la Cinquième Avenue s'était transfor-mée en torrent. Il était à présent impossible de trouver un taxi. Sans parapluie, j'ai attendu dix bonnes minutes sous l'auvent du Plaza avant de me résoudre à courir jusqu'à une bouche de métro au coin de la 60e Rue, mon attaché-case serré contre la poitrine, projetant une gerbe d'eau autour de moi à chaque enjambée. Le temps d'atteindre la station de métro et de me lais-ser tomber sur un siège libre dans un train en partance vers le sud, j'étais trempée de la tête aux pieds. Je me sentais comme une éponge saturée d'eau, et un regard à mon reflet dans la vitre du compartiment a confirmé cette impression : on aurait dit que je venais de sauter tout habillée dans l'Hudson. Après quarante minutes de trajet et deux changements, je suis ressortie dans la nuit à présent claire, rafraîchie par la pluie.

L'appartement de Peter était au dernier étage d'un vieux *brownstone*. Alors que je grimpais les trois étages menant à son antre, je me suis fait la réflexion que je n'y avais pas mis les pieds depuis plus d'un an. J'ai sonné et il m'a ouvert la porte, consterné par mon allure.

« Tu sors de la douche ?

— Très drôle. Tu n'as pas remarqué le déluge qui vient de tomber ?

— Je travaillais, et la stéréo est à fond. »

J'ai regardé derrière lui. Quand Samantha vivait avec lui, l'appartement semblait tout droit sorti des pages d'un magazine de design. À présent, il aurait eu bien besoin d'un coup de balai. Des cartons de documents encombraient la pièce principale, ainsi que des piles de feuilles couvertes de notes.

« Effectivement, tu as du travail, ai-je observé.

— Je ne te le fais pas dire.

— C'est sur quoi ?

— Ça ne te concerne pas.

— Je peux entrer quand même ?

— Oui, oui, pardon », a-t-il soupiré en s'écartant.

Quel bonheur que d'ôter des chaussures imbibées d'eau – j'ai demandé à mon frère si je pouvais lui emprunter un peignoir, et un cintre pour faire sécher mes vêtements.

Un quart d'heure plus tard, après une douche rapide, j'étais assise sur le canapé de Peter, enveloppée dans un peignoir laissé par Samantha, et je sirotais un verre de sauvignon blanc néo-zélandais. Je suis revenue à la charge.

« Alors, c'est quoi ? Un nouveau livre ?

— Peut-être.

— Tu veux me dire de quoi ça parle ?

— Ça va faire du bruit, je t'assure. Le sujet, c'est notre mode de vie actuel, et la manière dont on laisse les gros bonnets prendre toutes les décisions pour nous.

— Pas mal, comme thème. Tu peux être plus précis ?

— Toujours aussi exigeante.

— Déformation professionnelle.

— Je suis en train de dresser un grand portrait de Wall Street et de sa cupidité toute neuve. Je veux montrer à quel point ce milieu est corrompu, et que, si on le laisse faire, il peut nous ruiner jusqu'au dernier, moralement parlant.

— Tu parles de Wall Street en général, ou d'un domaine en particulier ?

— Il faut bien commencer quelque part.

— Par les obligations à rendement élevé, par exemple ?

— Peut-être.

— Peut-être ou sûrement ? »

Peter a vidé son verre et l'a posé bruyamment sur la table basse.

« Tu dois être vraiment nulle au poker, Alice.

— Je n'y ai jamais joué.

— En tout cas, tu as ce qu'on appelle un "tic". Tu trahis ton jeu sans t'en rendre compte.

— Et c'est quoi, mon jeu ?

— Tu es au courant.

— De quoi ?

— Ne me prends pas pour un con.

— Très bien. Je sais que tu vas publier un article dans *Esquire*. »

Même s'il s'y attendait, il n'a pas pu s'empêcher de tressaillir.

« Qui te l'a dit ?

— Je protège mes sources.

— C'est Howie, n'est-ce pas ?

— Et toi, qui t'a donné toutes les infos compromettantes sur Adam ?

— Je ne peux pas te le dire.

— Alors je ne te dirai rien non plus. Mais ton article et le livre qui va suivre, je suppose, ne parlent pas vraiment de Wall Street, pas vrai ? Le véritable sujet, c'est Adam.

— Je n'ai aucune envie d'en discuter avec toi.

— Pourquoi ?

— Parce que c'est en cours, a-t-il répondu.

— Alors dis-moi juste ce qu'a fait Adam.

— Tu veux bien me passer une cigarette ? »

Je lui ai tendu mon paquet de Viceroy.

« On est d'accord que rien de ce que je vais te dire ne sortira de cette pièce ? a-t-il insisté en allumant sa cigarette.

— Si c'est ce que tu veux. »

Il a tiré deux longues bouffées. Pas pour se donner du courage, non, pour faire monter le suspense.

« À force de fouiner dans tous les recoins, j'ai découvert que ce que fait Adam avec les obligations à rendement élevé n'est pas juste moralement douteux, c'est carrément illégal. Quand je t'aurai dit ce que j'ai déterré sur Capital Futures et leur salopard de patron, Tad Strickland… »

Il s'est lancé dans un exposé détaillé afin de me convaincre que les combines de Capital Futures, une fois révélées au grand jour, provoqueraient le plus gros scandale financier de la décennie. Tout en l'écoutant débiter ses arguments à toute vitesse – et avec beaucoup trop de véhémence à mon goût – j'ai commencé à comprendre que Howie avait dit vrai : mon frère Adam était sur le point de voir son petit univers voler en éclats.

« Tu sais ce qu'est un délit d'initié ? m'a demandé Peter.

— Aucune idée. Je suis à peine capable de déclarer mes impôts, alors la haute finance…

— Michael Milken, ça te dit quelque chose ? C'est le prodige de la finance qui a inventé l'expression "obligations de pacotille" pour décrire les obligations à rendement élevé qui lui ont permis de décupler son capital et de garantir à ses investisseurs un retour de cent pour cent sur leur mise de fonds. Il y a quelques années, il a déménagé de New York à Beverly Hills. Tout le monde dit que c'est un génie, mais, pour moi, il y a anguille sous roche…

— Alors pourquoi ne pas concentrer tes efforts sur lui ?

— Parce qu'il couvre trop bien ses arrières. Alors que Tad l'arnaqueur et son sous-fifre, Adam…

— Ne l'appelle pas comme ça.

— Et pourquoi pas ? Il se prend pour un roi de Wall Street, mais Tad lui dicte ses moindres faits et gestes. Tous les deux, ils ont racheté des entreprises au bord de la faillite, mis des milliers d'employés à la rue, et financé des restructurations avec leurs magouilles tout en s'en mettant plein les poches au passage. Tu sais combien Tad l'arnaqueur a gagné l'an dernier ? Deux cent dix millions. Et Adam, dix-huit millions brut.

— Et alors ? Je suis entrée dans l'édition parce que le salaire que j'ai maintenant me semblait un bon objectif à atteindre, et parce que je savais que je n'avais pas besoin de plus. Si Adam préfère les grosses primes et les salaires mirobolants, en quoi ça nous regarde ? On en a même bien profité, tous les deux !

— On a profité de sa cupidité et de sa malhonnêteté. Mais mon article va redresser ce tort.

— Le tort d'avoir gagné beaucoup d'argent ?

— Celui d'avoir fait le coup de la restructuration sur une gigantesque boîte d'électronique près de San Diego, avec des usines sous-traitantes dans tout un tas de petites villes sinistrées : Akron dans l'Ohio, Harrisburg en Pennsylvanie, Lewiston dans le Maine… Avec la bénédiction de son cher Tad, Adam a réussi à amasser six cent quatre-vingts millions de dollars en émission obligataire sur cette entreprise privée, qu'il a introduite en Bourse en mai dernier, avec tambours et trompettes. Comment s'y est-il pris ? Deux gros financiers de Wall Street lui ont filé des informations capitales pour manipuler le prix initial des actions. Tad et lui en ont acheté pour trois millions au moment de l'introduction en Bourse, sachant que le prix allait tripler au bout d'une dizaine de jours ; et là, ils ont tout revendu avant que les actions ne retrouvent un cours normal. Ils ont triplé leur mise, sans compter les soixante et un millions de bénéfices touchés par

Capital Futures sur l'émission obligataire. De vrais génies, pas vrai ? Sauf que profiter de renseignements d'initiés pour manipuler le cours des actions est totalement illégal, tout comme utiliser des alias pour acheter des actions anonymement – ce qu'ils ont fait. Mais ce qui me pose le plus problème, moralement parlant, c'est qu'Adam a agi en étant parfaitement conscient de ce que ça signifiait pour l'entreprise : ils ont dû délocaliser toutes leurs usines vers le paradis capitaliste à un dollar de l'heure, sans syndicats, sans droit du travail, j'ai nommé le Mexique. Non seulement il a triché sur toute la ligne, mais il a coûté environ six mille emplois à trois petites villes industrielles déjà dans la tourmente. »

J'ai mis un moment à répondre, déstabilisée par ces révélations. Mais comment Peter avait-il appris tout ça ?

« C'est impressionnant, sur quoi on peut tomber quand on fourre son nez dans les affaires des autres, a-t-il répondu quand je lui ai posé la question. Ça fait trois mois que je creuse un peu partout.

— Alors la dernière fois qu'on a vu Adam, tu rassemblais déjà des informations pour réduire sa carrière à néant.

— Je ne réduis rien à néant. Quand mon article sera publié dans *Esquire*, tu verras que c'est simplement l'histoire d'un homme qui découvre que son frère est un escroc de première classe.

— Tu l'as fictionnalisé, en quelque sorte.

— Ne te fais pas plus bête que tu ne l'es, Alice. Tu es éditrice, tu sais parfaitement que c'est une œuvre de non-fiction. Mon papier est moitié un rapport d'enquête, moitié un mémoire, sur la famille et tout ce qui s'y déroule à l'abri des regards.

— Si je résume, non seulement tu vas attirer à Adam des ennuis avec la justice, mais tu vas étaler nos affaires de famille à la face du monde ?

— J'ai déjà parlé de papa dans mon premier livre. Dans le deuxième, c'était leur réaction, à maman et lui, face à mes opinions politiques radicales…

— Mais tu te rends compte que ce que tu as écrit risque d'envoyer Adam en prison ?

— S'il est arrêté, ce ne sera pas à cause de mon article. C'est un escroc, et il le sait.

— Dans ce cas, pourquoi la SEC ne l'a pas encore grillé ?

— Parce qu'ils ne se sont pas donné autant de mal que moi pour mener l'enquête.

— Tu ne veux vraiment pas me dire d'où tu tiens toutes ces infos ?

— Ça ne regarde que moi.

— Non, moi aussi ça me regarde, maintenant. Adam est mon frère, tu te souviens ? Je ne comprends pas pourquoi tu fais ça.

— Tu veux dire que tu serais prête à le laisser continuer ses activités criminelles sans lever le petit doigt ? »

Il avait pris son ton outragé. Je le trouvais particulièrement insupportable, tant il me donnait l'impression de me faire réprimander comme une gamine par quelqu'un qui pensait tout savoir mieux que tout le monde. J'ai choisi mes mots avec soin.

« Je ne connais pas tous les détails de ses crimes. Tu me laisserais lire ton article ?

370

— Personne ne peut le lire avant la fin du mois, quand il sera publié. Mais si tu veux, je te montrerai les épreuves quelques jours avant l'impression.

— Je suis ta sœur. Comment peux-tu m'interdire de lire l'article qui va envoyer notre frère en prison ?

— Franchement, au début j'avais pensé te le faire lire. Mais maintenant...

— Maintenant, quoi ?

— Tu n'as pas du tout la réaction que j'espérais.

— Qu'est-ce que tu imaginais ? Que je sauterais de joie à l'idée que tu mises sur l'arrestation et la ruine de notre frère pour faire remonter ta cote littéraire ?

— Tu es injuste.

— "Injuste ?" Tu oses me parler de justice ? Adam a tiré sur la corde, c'est vrai, mais il n'a tué personne. Il a poussé des entreprises à délocaliser leurs usines, ce qui ne lui vaudra sans doute pas un prix Nobel de la paix, mais, en fin de compte, c'est ça, les affaires.

— Tu défends les capitalistes, maintenant ?

— Ils doivent sauter de joie, chez *Esquire*. Ton papier va faire un sacré bruit.

— Tu vas prévenir Adam ?

— Si tu me laissais lire l'article...

— Je ne préfère pas.

— Alors je vais prévenir Adam.

— Très bien, fais-toi plaisir. »

Il ne semblait pas le moins du monde intimidé. J'ai tenté une autre approche.

« Si je te promettais de ne parler à personne de ton article...

— Si tu le lis, tu te sentiras obligée de le répéter à tout le monde. Dès la seconde où tu m'as téléphoné, tout à l'heure, en racontant que tu te sentais seule, j'ai compris que tu étais au courant et que tu voulais en savoir plus.

— Je sais pourquoi tu fais tout ça, en fait. Pour la médiatisation, l'attention publique, pour être de nouveau invité à toutes les belles fêtes, pour être contacté par Hollywood. Toutes les paillettes et la poudre aux yeux qui te manquent tant depuis que Samantha t'a plaqué et que ta carrière est en chute libre.

— Va te faire foutre, a-t-il sifflé.

— Je vais surtout faire comme si tu n'avais rien dit.

— Pourquoi ? Je le pense pourtant très fort. Tu ferais mieux de partir, Alice.

— Et moi, Peter, je pense que tu devrais réfléchir un peu aux implications de ce que tu es en train de faire. Tu te rends compte que ton frère risque de se retrouver en prison à cause de toi ? Et les retombées sur la réputation de maman, tu en fais quoi ?

— New York est la capitale du scandale et des salopards. Tous les ploutocrates la soutiendront quand ils apprendront ce qu'a fait son fils adoré…

— C'est ce que tu crois. Mais la honte salit tout ce qu'elle touche, en particulier la famille. Maman va tomber de haut. Papa encore plus. Et tu sembles oublier qu'Adam a un enfant, bientôt deux.

— Même s'il passe quelques années derrière les barreaux, il ne ressortira pas sans un sou en poche. Il est millionnaire. »

Je n'arrivais pas à le croire.

« C'est la politique de la terre brûlée, Peter. Tu es en train de tout détruire autour de toi.

— Ce n'est pas ce que dit mon éditeur. Pour lui, la grande majorité des gens applaudiront ma décision de dénoncer un frère qui a gâché des milliers de vies par appât du gain. Parce qu'ils n'en peuvent plus de toute la cupidité qui nous entoure, et qui ne se limite plus à marginaliser les pauvres, mais ronge la base même de notre pays et de notre culture.

— Tu te sens supérieur quand on te dit ça, pas vrai ? Et ça compte plus pour toi que n'importe quelle valeur morale.

— J'ai de la chance, je peux bénéficier des deux. »

Il s'est levé. Avec un calme olympien, il m'a désigné la porte de la chambre.

« Il y a un sèche-cheveux dans la salle de bains. Il était à Samantha, comme le peignoir que tu as sur le dos. Tu n'as qu'à l'utiliser pour sécher un peu tes vêtements. Et ensuite, tu pourras partir.

— Tu ne peux pas me mettre dehors comme ça.

— Tu débarques chez moi pour me jeter des accusations à la figure, et tu voudrais que je réagisse comment ? Je m'attendais à mieux de ta part.

— Tu t'attendais à quoi, exactement ?

— À du soutien. Oui, Adam s'est montré généreux envers nous. Il a dû me donner au moins vingt mille dollars depuis qu'il a été admis dans le monde des grands. D'ailleurs, si tu veux savoir, j'en parle dans mon article. Et quand tu le liras, sache que j'aurai remboursé Adam jusqu'au dernier centime.

— Et où est-ce que tu comptes trouver vingt mille dollars ? Tu as déjà un contrat pour ton livre, c'est ça ? Un gros contrat, secret lui aussi, dont tu vanteras les termes avantageux dès que ton article aura été

373

publié. Je suppose que tu en profiteras pour annoncer que tu rembourseras tout l'argent qu'il t'a offert par pure bonté d'âme… Parce que Adam est quelqu'un de bien, même s'il n'est pas aussi intelligent que toi. Et il nous aime à sa manière. Tu le sais. Ne détruis pas sa vie pour faciliter la tienne. »

En guise de réponse, Peter est retourné s'asseoir à son bureau, à l'autre bout de la pièce, et a coiffé le casque audio relié à son ampli avant de laisser tomber le bras de la platine sur un disque. Mon temps de parole était écoulé.

Je suis allée dans la chambre remettre mon tailleur et ma chemise encore humides. Je n'avais qu'une envie : me jeter sur Peter, lui arracher son casque et lui hurler dessus. La voix de la raison, heureusement sans doute, m'a convaincue de n'en rien faire. J'avais commis une grossière erreur en débarquant ainsi chez lui. Peter devenait inflexible quand on le mettait au pied du mur, surtout si sa rigueur morale était en jeu. Était-ce lors de ce dîner à la Pete's Tavern, quand Adam lui avait sournoisement rappelé ses échecs, qu'il avait décidé de prendre sa revanche – et, dans le même temps, de restaurer sa popularité perdue ? Je n'arrivais pas à croire que la jalousie l'ait rendu insensible au point d'anéantir tout ce qu'Adam avait accompli. Mais, alors même que cette pensée me venait à l'esprit, j'ai été saisie d'un doute : étais-je en train de prendre le parti de l'argent ? J'avais assisté de bout en bout à la métamorphose d'Adam en capitaliste prospère, mais j'étais persuadée que, sous son apparence toute neuve, il restait le même garçon solitaire et timide qui rêvait de trouver sa place dans la société – et qui ne serait jamais réellement heureux dans l'univers matérialiste qu'il avait choisi. Garder ses distances par rapport au monde n'est pas aussi terrible qu'on le croit ; s'il l'avait découvert plus tôt, cela lui aurait peut-être évité de chercher à tout prix à satisfaire notre père, ce *pater familias* qui ne lui avait jamais témoigné ni fierté ni amour inconditionnel. Mais il avait fallu qu'il se plie à tous ses caprices, tout en restant prisonnier de son propre code moral, celui-là même qui l'avait poussé à épouser cette pauvre Janet et à l'installer dans son château de Versailles en plein Connecticut, telle une Marie-Antoinette de banlieue. Craignait-il à ce point d'être libre et d'être incapable de monter plus haut ? Bien sûr, il avait atteint des sommets à Wall Street, et s'affichait maintenant sous le feu des projecteurs avec sa conquête turque – laquelle, si mon intuition commerciale était bonne, ne tarderait pas à figurer sur la liste des best-sellers –, mais tous ces excès, ces dépenses, ce beau monde avaient fini par lui tourner la tête. Il s'était avancé trop près du vide, et voilà que son propre frère s'apprêtait à lui porter le coup de grâce.

Le téléphone de Peter était en face de moi sur la table de nuit. Après réflexion, j'ai décidé qu'il serait trop risqué d'appeler Howie de cet appartement. J'ai pris une grande inspiration. *Ouvrir la porte. Récupérer ma sacoche sur le canapé. Si je croise le regard de Peter, je lui fais un signe de tête sans rien dire, et je m'en vais. S'il me demande de rester parler encore un peu, j'accepte. Sinon, je remets mes chaussures et je fiche le camp.*

Il ne m'a rien demandé. Il a brièvement détaché les yeux de son manuscrit à mon retour dans le salon, mais s'est bien gardé de croiser mon regard, et s'est immédiatement replongé dans ses papiers. J'aurais tant voulu reprendre notre conversation – le seul moyen à ma disposition pour étouffer dans l'œuf une crise familiale sans précédent.

Devant la porte d'entrée, tandis que j'enfilais mes chaussures, j'ai hésité une dernière fois. Si je refermais cette porte sur Peter, il me serait très difficile de la rouvrir. Qu'est-ce qui m'empêchait de retourner dans cette pièce, de lui faire entendre raison, de le convaincre… ?

Comment ? C'était bien là le cœur du problème, le nœud gordien de cette situation : je n'avais plus un seul argument à faire valoir.

En ressortant dans la rue, j'ai repéré une cabine téléphonique, en espérant que, comme c'était si souvent le cas à New York, elle n'avait pas été vandalisée. Une pensée m'est venue pendant que je me dirigeais vers elle : en se confiant à Howie, le type d'*Esquire* savait pertinemment que mon ami relaierait rapidement la nouvelle de cet article sensationnel à paraître prochainement. Il y avait une stratégie commerciale derrière cette prétendue indiscrétion. Cinq semaines avant la parution, le moment était parfait pour lancer une rumeur qui ne ferait que grossir en attendant le grand jour – et atteindrait son apogée lorsque Adam serait arrêté par la police fédérale.

La cabine téléphonique était en état de marche. J'ai composé le numéro de Howie et glissé une pièce dans la fente. Par miracle, il a décroché à la deuxième sonnerie.

« Je viens juste de mettre mon blouson, pour sortir m'encanailler jusqu'au bout de la nuit…

376

— Tu veux bien l'enlever et m'attendre ?

— Tu as parlé à Peter ?

— Je sors de chez lui à l'instant.

— Houlà. Dépêche-toi de me rejoindre. »

Une demi-heure plus tard, j'étais assise dans l'un de ses énormes fauteuils de velours violet, et je lui relatais en détail ma confrontation avec Peter. Il m'a écoutée jusqu'au bout, sans rien dire, en sirotant une vodka glacée. Puis il m'a conseillé d'aller fumer une cigarette sur son balcon. Quand je suis revenue, il avait rempli mon verre, et il est allé droit au but :

« Tu as besoin d'une assistance juridique. Ton analyse du mobile de Peter tient la route, mais je suis d'accord avec toi : tu n'aurais pas dû y aller ce soir. Maintenant, il sait que tu sais, et il va se retrancher derrière les murs de sa forteresse. Quand tu dis que Matt m'a prévenu pour que je fasse circuler l'info, tu as probablement raison – mais, soit dit en passant, je ne ferai rien circuler du tout tant qu'on n'aura pas établi une stratégie, toi et moi. Matt est une relation de boulot, on a déjeuné ensemble plusieurs fois, mais il ne sait pas que je suis ton ami.

— Tu penses que tout ça peut mettre ma carrière en danger ?

— Seulement si tu fais n'importe quoi. Il va falloir que tu en parles à CC très vite, c'est sûr. Seulement, avant, paie-toi une heure d'entretien avec Sal Grech. C'est l'un des meilleurs avocats de la ville.

— Avec un nom pareil, on dirait un parrain de la mafia.

— Sa mère est sicilienne, son père maltais – ceci explique cela. J'ai fait sa connaissance quand une de

377

nos auteurs a été accusée de plagiat par un amant éconduit. Le type prétendait qu'elle avait copié une idée griffonnée dans un de ses carnets.

— C'était qui, cet auteur ?

— Tu penses vraiment que je vais te le dire ? Bref, un ami d'ami m'a recommandé d'aller voir Sal. Et comme l'auteur était une bonne copine à moi…

— C'était Rachel Wilder, alors ?

— Tu es insupportable.

— Ce n'était pas difficile à deviner.

— Peu importe. Je sais que je peux te faire confiance. Et toi, tu sais que, malgré ma grande gueule, je suis une tombe étrusque quand on me confie un secret. C'est d'ailleurs pour ça que je veux t'envoyer chez Sal. Il n'a pas son pareil pour régler discrètement ce genre d'affaire. Mais s'il pense que c'est perdu d'avance, il n'hésitera pas à te le dire. Même chose s'il voit que Peter est en position de force.

— Qu'est-ce que tu en penses, toi ?

— Je ne te mentirai jamais, Alice. À mon avis, Adam ne s'en tirera pas. »

Sal Grech n'avait pas du tout l'allure à laquelle je m'attendais. À entendre son nom, ses origines et la manière dont Howie l'avait dépeint comme un parrain mafieux, je ne m'étais pas préparée à rencontrer ce petit homme mince, très bien habillé, à la diction impeccable, dans son cabinet d'un bel immeuble art déco de la 5e Avenue et 50e Rue, où il travaillait avec deux associés, trois secrétaires et un comptable – il m'a lui-même donné ces chiffres, visiblement fier de son environnement de travail restreint. Afin de pouvoir

« profiter autant que possible du temps qui vous sera alloué » – pour citer la secrétaire de Sal Grech avec qui j'avais pris rendez-vous par téléphone –, on m'avait demandé de préparer, en moins de deux pages, un résumé écrit de la situation. J'avais donc récapitulé les faits, auxquels j'avais ajouté une brève vue d'ensemble de la dynamique familiale en jeu et mes théories concernant les motivations de Peter.

Dans la salle d'attente, je peinais à ravaler mon angoisse. Howie m'avait téléphoné dans l'après-midi, pour me dire de ne pas trop tarder à mettre CC au courant car *Esquire* prévoyait d'annoncer les gros titres de leur prochain numéro à la fin de la semaine, en mettant fortement l'accent sur l'article de Peter.

Mais, avant même que je puisse réfléchir à la façon dont j'allais exposer ça...

« Mademoiselle Burns, désolé de vous avoir fait attendre. »

Salvatore Grech n'avait que cinq minutes de retard sur l'heure de notre rendez-vous, mais il s'était quand même déplacé en personne pour venir me saluer. D'à peine un mètre soixante, vêtu d'un costume trois-pièces gris perle avec manchettes monogrammées, et, aux pieds, de chaussure italiennes en cuir noir brillant, il respirait l'autorité et l'influence. Pendant un bref moment, il m'a détaillée du regard, sans s'arrêter sur la sobriété de ma tenue ni relever mon évidente nervosité.

« Je peux vous offrir quelque chose à boire ? Ma secrétaire prépare un très bon espresso.

— Avec plaisir. »

Il m'a fait entrer dans son cabinet, où se trouvait un immense bureau en acajou d'aspect présidentiel, une grande table de conférence et deux fauteuils de style très rococo autour d'une table basse. Le mur derrière son bureau était couvert de photos de lui en compagnie de personnages illustres. Tandis que je prenais place dans un des fauteuils, sa secrétaire – une femme trapue d'une soixantaine d'années, au regard extrêmement alerte – est arrivée avec les espressos, et lui a murmuré quelque chose à l'oreille. Grech lui a répondu sur le même ton, tout en tapotant le bout de ses doigts tel un prince sollicité pour une affaire d'État. Puis, d'un signe de tête, il a mis fin à l'échange. Sa secrétaire a quitté la pièce.

« Mildred travaille pour moi depuis trente-deux ans, a-t-il déclaré. Une loyauté pareille, chez une personne aussi digne de confiance… ça n'a pas de prix. Mais parlons de notre affaire. J'ai lu votre synthèse de la situation – très précise et bien écrite, soit dit en passant. Une chose est claire, la loyauté et la confiance sont des denrées rares dans votre famille, pardonnez-moi de le dire.

— Il n'y a rien à pardonner, monsieur. Vous avez entièrement raison, malheureusement.

— J'ai pris la liberté de me renseigner un peu plus sur l'article de votre frère, et les nouvelles ne sont pas bonnes. Il nous serait très ardu d'empêcher sa publication, ce qui, si j'ai bien lu votre dossier, me semble l'option que vous auriez préférée.

— Je n'ai pas pu obtenir de détails sur le contenu de l'article, mais je pressens qu'il causera de sérieux ennuis à mon frère Adam.

— Hélas, si vous étiez venue me voir ne serait-ce qu'il y a un mois, j'aurais sans doute pu trouver un moyen de le bloquer. Mais nous sommes maintenant à trois semaines à peine de sa publication, et les avocats d'*Esquire* ont eu le temps de se prémunir contre toute attaque. Ils ont demandé à M. Burns de réécrire certains passages afin d'éviter les procès potentiels, et il n'y a plus une seule faille à exploiter. *Esquire* protège cet article comme la prunelle de ses yeux. Il est pratiquement impossible d'y accéder, mais je pense pouvoir vous en procurer un exemplaire si vous souhaitez absolument le lire avant sa publication. Je dois juste vous prévenir que ce service vous coûtera probablement très cher.

— Qu'entendez-vous par "très cher" ?

— Environ dix mille dollars. »

Je me suis raidie.

« Mon contact m'a déjà fourni un assez bon aperçu du contenu, cela dit, a-t-il poursuivi. Enfin, c'est tout ce qu'il a pu obtenir d'*Esquire*, où seule une poignée de personnes ont eu accès à ce papier. D'après lui, l'article est très bien écrit, très bien documenté, et il exprime – je cite – "une inquiétude pour un frère qui a rejoint le monde de l'argent-roi sans se préoccuper des conséquences de sa convoitise". J'ai le regret de vous informer que votre père y est décrit comme la figure paternelle négative par excellence. M. Burns semble avancer l'argument qu'Adam s'est laissé attirer au-delà des limites légales de la finance par un désir immodéré de prouver sa valeur aux yeux de votre père. »

J'ai baissé les yeux sur la table basse, où était posée une superbe boîte incrustée de nacre.

« Est-ce que, par hasard, ce sont des cigarettes ? »

Grech a soulevé le couvercle. Les cigarettes bien alignées à l'intérieur étaient noires.

« Balkan Sobranie, a-t-il dit. Un mélange turc, qu'un ami buraliste importe pour moi de Londres. »

Il a tiré de sa poche de veste un fin briquet en argent pour allumer ma cigarette. J'ai pris une longue inspiration, et la puissance du mélange m'a donné un léger tournis.

« Il y a autre chose, a poursuivi Grech. Dans votre mémo, vous craignez qu'*Esquire* ne transmette l'article à la SEC. Je suis désolé, mais c'est déjà fait. Cinq de leurs agents épluchent le dossier en ce moment même. Adam sera arrêté, en même temps que son patron, le jour de la parution de l'article. À la place de son avocat, j'envisagerais déjà de plaider coupable rapidement avant de témoigner contre Tad Strickland, pour éviter une trop lourde peine de prison. D'ailleurs, le moment venu – puisqu'il n'y aura sans doute aucun moyen d'éviter un procès –, si vous voulez me mettre en contact avec lui, je ferai mon possible pour l'aider. Ce n'est pas la première fois que je tire un col blanc de ce genre de mauvais pas judiciaire. En attendant, bien sûr, vous ne devez pas lui en souffler le moindre mot, ni à lui ni à personne d'autre. Sauf M. D'Amato si vous le souhaitez. Je le connais bien, il comprend parfaitement le principe de confidentialité que je pratique.

— Et mes parents, qu'est-ce que je peux leur dire ?

— Rien, sinon vous risquez d'être poursuivie pour ingérence dans le cadre d'une enquête fédérale. Je me suis renseigné sur vous, comme je le fais pour chaque nouveau client. Je sais combien vous avez pris soin de votre chef atteint par cette terrible maladie, je connais les noms des auteurs de votre pool, votre flair pour les livres intelligents et en même temps commerciaux, le fait que vous avez accompli tout ça avant même vos trente ans, et aussi la tragédie que vous avez traversée. Mademoiselle Burns, vous ne pouvez pas mettre en danger une carrière si prometteuse en tentant vainement de protéger votre frère. Il ira en prison, c'est inévitable.

— Mais ma mère et mon père… ?

— Je me suis également renseigné sur eux. Votre mère a beaucoup de succès dans l'immobilier. La prévenir que son fils est sur le point d'être arrêté, ce serait lui infliger une douleur prématurée. D'autant plus insupportable qu'elle ne pourra rien faire pour lui. Même si vous pensez pouvoir lui faire confiance, au niveau légal, vous n'avez pas le droit de la prévenir. Quant à votre père… Ce qu'il a fait au Chili, vous ne serez sans doute pas d'accord là-dessus, mais, pour moi, cela fait de lui un patriote. Seulement, il a trop mauvais caractère, cela lui cause même des soucis dans sa nouvelle entreprise. Si je vous dis tout ça, ce n'est pas simplement pour vous montrer que je suis bien informé, mais surtout pour vous convaincre de ne lui parler de cette histoire sous aucun prétexte. »

Pendant sa tirade, j'avais fumé ma cigarette avec tant d'acharnement que j'en étais maintenant au filtre. Tout en l'écrasant dans le cendrier de cristal, j'ai nerveusement demandé si je pouvais en avoir une deuxième. Mais cette fois, même la nicotine n'aurait pas le pouvoir de calmer la panique qui me minait.

« Je comprends votre désarroi, mademoiselle Burns. La situation est, je dois dire, assez désespérée. Mon métier consiste à trouver des solutions aux problèmes juridiques même les plus ardus, mais tout est une question de temps. Et, malheureusement, comme je vous l'ai dit tout à l'heure, le temps joue contre nous. Voici mon conseil : dites-vous bien que vous ne pouvez rien faire pour modifier le cours des événements. Et n'en parlez à personne, à l'exception de notre ami Howard. Pour moi, la meilleure solution serait d'organiser un dîner de famille la veille de la parution d'*Esquire*, en vous assurant que vos parents et votre frère Adam seront présents. Ensuite, je vous rejoindrai et j'expliquerai moi-même la situation, y compris le sort qui attend Adam, et le fait que vous étiez impuissante à changer le cours des choses.

— Mais si Adam refuse de vous engager comme avocat ?

— Ne sous-estimez pas mes capacités de persuasion, mademoiselle. Surtout face à un homme qui risque dix ans de prison et la perte de toute sa fortune. Il ne faudra pas cinq minutes à votre frère pour comprendre qu'il a davantage besoin de moi que moi de lui.

— Je ne voulais pas… »

Il a secoué la tête avec un mince sourire.

« Je comprends bien. En tout cas, croyez-moi : nous ne pouvons rien faire de plus. Notre seule marge de manœuvre consiste à limiter les dégâts, ce qui est tout à fait dans mes cordes, à la condition expresse que tout le monde accepte de coopérer.

— Je ferai de mon mieux pour que ce soit le cas.

— Très bien.

— Une petite question un peu gênante : je n'ai pas beaucoup d'argent, et je sais que nous avons largement dépassé l'heure prévue. Il faut que je sache combien je vous dois. »

Grech a joint les mains, pensif.

« Si votre frère accepte de me charger de sa défense, vous ne me devrez rien. Et ce ne sera pas à vous de le convaincre de prendre cette décision. Laissez-moi simplement seul avec lui le soir dit, et je m'occuperai du reste. »

Quelques heures plus tard, alors que je dînais avec Howie dans un restaurant chinois en face du Village Vanguard, je lui ai demandé si Sal Grech procédait toujours ainsi pour trouver des clients.

« Tout d'abord, a-t-il répondu, Sal Grech n'a pas besoin de "trouver" des clients. Ce sont eux qui viennent le solliciter. Ensuite, si un homme de sa pointure te dit qu'il n'y a aucun moyen de régler cette situation autrement qu'en tenant ta langue et en suivant sa stratégie, il faut le croire. Il sait ce qu'il fait.

— Mais comment veux-tu que je regarde mes parents et Adam en face, d'ici là ?

— En serrant les dents, et en faisant comme si tout allait pour le mieux dans le meilleur des mondes. Tu n'as pas le choix, Alice, si tu ne veux pas que tout ça t'explose à la figure. »

Ma seule option était d'organiser le dîner comme prévu, et de laisser Grech parler à ma famille pour calmer tout le monde – car ils ne manqueraient pas de m'en vouloir, j'en étais sûre.

J'ai essayé de joindre Adam deux fois la semaine suivante, sans succès. J'avais lu dans la rubrique financière du *New York Times* qu'il était en train de négocier une nouvelle émission obligataire – mais que sa société restait encore très discrète sur le sujet. Quand il m'a enfin rappelée, le 20 septembre, il semblait remonté comme un ressort.

« J'ai vu que tu avais essayé de me joindre. Rien d'urgent, j'espère ?

— Non, je voulais juste prendre de tes nouvelles.

— En dehors du fait que j'aimerais bien dormir pendant une semaine entière, tout baigne. Mais ton coup de fil tombe à pic, je voulais te demander un truc : le livre de Ceren, vous allez lui faire la totale, côté marketing ? J'attends un service cinq étoiles de ta part.

— C'est une maison d'édition, pas un hôtel. Ceren ne t'a pas dit qu'on a alloué à son livre un budget publicité de cinquante mille dollars ? Dans le métier, ce n'est pas rien. Et on a déjà prévu une tournée promotionnelle dans vingt grandes villes. Comme la parution est prévue pour après Thanksgiving, on n'a pas encore les dates des émissions et des interviews prévues, mais il devrait y en avoir un paquet.

— C'est tout ce que je voulais entendre.

— Désolée de changer de sujet brutalement, mais Janet en est où de sa grossesse ?

— Heureusement que tu me le rappelles…

— Ce n'était pas un reproche.

— Bien sûr… C'est prévu pour le 10 octobre, finalement.

— Ah bon ? Ce n'était pas fin septembre ?

— On s'est trompés. Qu'est-ce que ça peut te faire ? »

Tu seras sans doute déjà sous les verrous, le 10 octobre.

« Juste pour savoir, ai-je dit. Ah, et j'avais envie d'organiser un petit dîner de famille, pas dimanche prochain mais le suivant.

— Ça m'étonnerait que Janet soit partante.

— Juste nous cinq, alors. Qu'est-ce que tu dirais de la Pete's Tavern ?

— Tu as quelque chose à nous annoncer ?

— Non, je ne suis pas enceinte, désolée. Ça fait longtemps qu'on ne s'est pas vus, c'est tout.

— Tu savais que maman est avec un banquier, maintenant ?

— Non, tu me l'apprends.

— Un Suisse, Dietrich Weiss, dans les soixante-cinq balais. Il a un sacré carnet d'adresses.

— C'est elle qui te l'a dit ?

— Les murs ont des oreilles, surtout dans la finance. Je connais tout le monde.

— Papa est au courant ?

— Elle n'est pas si bête. Ils continuent leur petit arrangement, sauf que maman l'a réduit à une fois par semaine.

— Comment tu sais tout ça ?

— Là, c'est papa qui me l'a dit. Il m'appelle tous les deux, trois jours pour se plaindre de tout et n'importe quoi. Enfin, si lui, maman et Peter sont partants, c'est bon pour moi aussi. C'est vrai que ça fait un bail qu'on ne s'est pas retrouvés tous ensemble. »

Maintenant qu'Adam était disponible, restait à prévenir mon père et ma mère. Mon père m'appelait régulièrement, moi aussi, tard le soir, et laissait des messages sur mon répondeur quand j'étais absente. Je ne manquais jamais de le rappeler, sachant à quel

387

point il se sentait seul. Il vivait très mal la réussite professionnelle et sociale de notre mère, le fait qu'elle ne veuille pas reprendre la vie commune avec lui... Mais, d'un autre côté, elle non plus ne pouvait pas le rayer complètement de sa vie, ce qui rendait la dynamique entre eux aussi étrange que touchante.

Ce même soir, le téléphone a sonné aux environs de vingt-trois heures. Comme je m'y attendais, c'était mon père, et il avait bu.

« Désolé de te déranger, ma grande...

— Ne t'excuse pas, tu ne me déranges jamais.

— Ne dis pas de conneries.

— Ce ne sont pas des conneries. Je t'ai répété plein de fois que ça me fait plaisir de te parler.

— Je ne voudrais pas que tu me prennes pour un vieux raté dépressif.

— Tu n'es pas vieux, papa.

— J'ai cinquante-sept ans, et la sale gueule qui va avec.

— N'importe quoi. »

Cela dit, j'étais plutôt d'accord avec lui. Il avait pris presque vingt kilos l'année précédente, et passait beaucoup trop de soirées comme celle-ci en tête à tête avec sa bouteille de J & B.

« Je ne ressemble plus à rien, et tu le sais très bien.

— Dans ce cas, ne reste pas les bras croisés. Fais un régime, inscris-toi à la salle de sport, arrête de boire...

— On croirait entendre une mère supérieure.

— C'est toi qui passes ton temps à pleurer dans ton whisky.

— Ne parle pas à ton père sur ce ton, jeune fille. »

J'ai ri, et il m'a imitée.

« Un dîner de famille le 30 septembre, qu'est-ce que tu en dis ?

— Ça me va. »

Ma mère était partante, elle aussi. Elle en a profité pour me demander pourquoi Peter était injoignable.

« Il ne me rappelle jamais, à croire qu'il n'écoute pas mes messages. Il te parle, à toi ?

— Il a un nouveau projet, il est très occupé.

— Trop occupé pour répondre à sa mère ?

— Tu sais comment il est quand il travaille.

— Oui. Il se croit seul dans l'univers.

— C'est énervant, je sais.

— Au moins, Adam finit toujours par me rappeler, lui, même si c'est trois jours plus tard. »

Les dix jours suivants, je me suis plongée à corps perdu dans mon travail. J'avais de quoi faire : nos grosses sorties d'automne paraissaient les unes après les autres, et certains titres sur lesquels je comptais n'ont eu qu'un succès modéré, tandis qu'un roman littéraire *a priori* difficile à lancer se vendait extrêmement bien. J'étais régulièrement en contact avec Sal Grech, qui m'a dit que le moment était venu de mettre CC au courant de la situation. J'ai donc profité de notre entretien hebdomadaire pour lui confier l'histoire de l'article de Peter et de ses conséquences pour mon autre frère, ainsi que ma collaboration avec l'avocat Salvatore Grech. CC m'a écoutée jusqu'au bout sans m'interrompre.

« Je ne connais pas Sal Grech personnellement, a-t-il déclaré, mais sa réputation le précède. Dans ce genre d'affaire, il fait partie des meilleurs. Je te félicite pour ton choix, et j'espère que ton frère aura le bon sens de l'engager comme avocat. En attendant, merci de m'avoir prévenu de la parution de cet article avant sa sortie. Je sais que tout ça devra rester entre nous jusque-là, mais, ensuite, tu penses que l'agent de ton frère accepterait de nous parler du livre en préparation ?

— Étant donné ma présence dans cette maison, cela sent le conflit d'intérêts à plein nez.

— Tu dois me trouver insensible et calculateur. Je comprends que tu ne sois pas à l'aise avec cette idée, mais il y a d'autres éditeurs qui pourraient se charger du livre.

— C'est vrai.

— Rien n'est encore fait, Alice. Peut-être que son article n'aura pas le succès escompté. Mais s'il est aussi intéressant qu'il en a l'air, avec son sous-texte à la Caïn et Abel, pourquoi ne pas essayer d'en tirer nous-mêmes profit ?

— Tant que je peux rester en dehors de ça…

— Bien sûr. Merci pour ta franchise. »

La délicatesse de CC s'arrêtait net là où commençait son esprit commercial. Avec la menace d'un rachat suspendue au-dessus de sa tête, je ne pouvais pas lui en vouloir de chercher à exploiter tous les filons possibles.

À quelques jours du dîner, mes insomnies sont revenues, et aucune méthode douce n'a pu m'aider à m'en débarrasser. Quand j'ai appris à Howie, le samedi, que je n'avais pas eu de véritable nuit de sommeil depuis presque une semaine – je dormais tout au plus trois heures, entrecoupées de crises d'angoisse –, il m'a sommée d'aller me faire prescrire de vrais somnifères par mon médecin. Mais je craignais de retomber dans la même dépendance médicamenteuse qu'après Ciaran.

390

Je ne cessais de me répéter qu'une fois toute l'histoire expliquée à mes parents, une fois l'intervention de Grech terminée, et une fois tout le monde rassuré autant que faire se peut, je pourrais à nouveau dormir.

« Tu vas te rendre malade, a insisté Howie. Je te parle de prendre un Valium, pas du crack. Tiens. »

Il a tiré de sa sacoche un flacon de médicaments et a compté quatre comprimés, qu'il m'a tendus.

« Il faut que tu dormes.

— Je vais très bien.

— Non, tu ne vas pas bien. Je sais ce que tu es en train de faire : tu t'interdis de te soigner pour expier les péchés de Peter et Adam. Tu as des nouvelles de l'autre traître, d'ailleurs ?

— Silence radio depuis la dernière fois. J'ai entendu dire que son agent prévoit d'annoncer son nouveau projet de livre dès lundi matin, quand *Esquire* paraîtra.

— C'est ce que j'ai entendu aussi. Et également que le service de presse d'*Esquire* a réussi à faire inviter Peter sur le plateau du *David Susskind Show* demain soir. »

Oh non ! Tout mais pas ça. Le *David Susskind Show* était un talk-show très populaire présenté par David Susskind, fumeur invétéré qui savait susciter la controverse et le battage médiatique. Sa rencontre avec Peter serait un véritable feu d'artifice de révélations compromettantes, sur les méfaits d'Adam, sur le rôle de mon père dans la CIA… Peter allait laver le linge sale de la famille devant des centaines de milliers de téléspectateurs, allécher la presse, et assurer ainsi la disgrâce publique de son frère.

Et le soir du dîner fatidique. Ça n'aurait pas pu plus mal tomber.

« Ils ont annoncé sa venue sur le plateau ?

— Non, les participants ne sont présentés qu'au début de l'émission. Il n'y a que les membres de l'équipe de production qui sont au courant.

— Elle commence à quelle heure ?

— À vingt heures, elle dure deux heures, il me semble.

— Pile à l'heure où je retrouve Adam et mes parents… Quelle poisse.

— Si vous êtes ensemble au restaurant au moment de l'émission, ils ne risquent pas de la voir. Tout va bien.

— Sal Grech m'a téléphoné ce matin pour planifier les détails, ai-je ajouté. Il arrivera vers vingt et une heures, s'installera au bar, et je commencerai à tout leur expliquer à ce moment-là, pour qu'il puisse intervenir quand mon père essaiera de m'étrangler.

— Promets-moi de faire attention à toi. Utilise Sal comme bouclier humain si nécessaire. Et prends deux Valium ce soir avant de te coucher, et deux autres demain soir. Tu auras besoin de repos, avant *et* après cette épreuve familiale. »

Mais, en rentrant chez moi ce soir-là, une lettre de Duncan m'attendait, avec un cachet de poste de Khartoum datant de plus de deux semaines. Cette fois, elle était tapée à la machine, et encore plus longue que d'habitude. L'hôtel où il logeait pour quelques jours datait de l'Empire britannique, et possédait une antique machine à écrire Imperial entretenue avec le plus grand soin par un vieil homme du nom de Tarek, qui s'assurait chaque jour que cette relique des années

1940 reste en parfait état de marche. À en juger par la netteté des caractères, il avait fait de l'excellent travail. Et Duncan, ravi d'avoir eu accès à une machine, s'en était donné à cœur joie. Il me racontait quantité d'anecdotes survenues pendant son voyage sur le Nil, à bord de la felouque de deux pêcheurs : il dormait à même le pont de cette petite embarcation, et utilisait des cachets pour stériliser l'eau du fleuve et la rendre potable – ce qui ne l'avait pas empêché d'attraper la dysenterie à Assouan. Là-bas, il avait pris le ferry jusqu'au célèbre barrage avant de passer la frontière du Soudan, où il avait voyagé cinq jours à l'arrière d'un pick-up jusqu'à Khartoum. À son arrivée, il ressemblait à un « épouvantail poussiéreux », au point d'effrayer les jeunes enfants et les animaux de ferme.

À la fin de la lettre, il changeait soudain de ton. La dernière page était une longue déclaration d'amour, dans laquelle il me disait que son absence prolongée accentuait le manque, mais l'aidait également à éclaircir des sentiments qu'il gardait enfouis depuis des années.

On ne se connaît pas encore intimement... et je regrette maintenant de n'être pas repassé à New York quand tu n'as pas pu te libérer pour me rejoindre. Mais sois certaine que j'ai terriblement hâte de rentrer, hâte de te voir, dans huit longues semaines qui vont me paraître des années... Et je vais terminer cette lettre et ne surtout pas la relire, parce que je veux que tu saches ce que je ressens mot pour mot, ce que j'ai au fond du cœur, car je sais que ce qui nous arrive à tous les deux n'arrive qu'une fois ou deux au cours d'une vie, et tu prendras sans doute tout ça pour les élucubrations d'un homme seul au fin fond d'un bled subsaharien, mais je suis certain que nos destins sont liés. Je t'avoue que j'ai peut-être un peu forcé sur le whisky – ils n'ont que du whisky indien ici, pas très réjouissant, mais plus qu'abordable, et le seul réconfort que j'aie à portée de main.

À la fin de sa lettre, il m'informait qu'il serait probablement de retour au Caire le temps que je reçoive sa lettre, et que je pourrais lui répondre *via* American Express. Puis, après m'avoir une fois de plus répété qu'il m'aimait, il avait ajouté un post-scriptum :

P.-S. : Veux-tu m'épouser la semaine après mon retour ? Et, non, le whisky n'a rien à voir là-dedans.

Je ne sais pas si c'était à cause de mon abyssal manque de sommeil, ou du drame familial qui éclaterait le lendemain, ou bien encore parce que je ne me voyais sûrement pas bâtir mon avenir en compagnie de quelqu'un avec qui je n'avais encore jamais couché. Toujours est-il que les déclarations spontanées, passionnées et alcoolisées de Duncan m'ont fait verser des larmes d'épuisement et de rage.

Comment osait-il me dire tout ça, lui, le vagabond perpétuel ? Il voulait que je l'attende, mais il ne serait jamais qu'une plume ballottée par les vents. Il finirait par me briser le cœur. Et je ne pouvais pas me permettre de subir ça une nouvelle fois.

J'ai regardé ma montre. Presque minuit. *Prends ton Valium*, me suis-je dit, *va te coucher*. Et cela aurait été en effet le plus raisonnable. Mais c'était justement le manque de sommeil qui m'empêchait d'être raisonnable, c'était à cause du manque de sommeil que j'avais décidé de m'offusquer des divagations romantiques de Duncan, et qu'il fallait en finir tout de suite, avant qu'il soit trop tard ; qu'il fallait arrêter de croire aux fins heureuses. Son retour à New York ne serait pas le début de l'existence paradisiaque dont je rêvais. Mon instinct ne se trompait pas : malgré ses beaux discours, il resterait toujours un aventurier, le regard fixé sur son prochain départ. Mieux valait mettre un terme à cette histoire avant de tomber encore plus profondément amoureuse, avant de me retrouver dans son lit et d'avoir encore plus de choses à regretter. Avant de me faire des idées sur un possible avenir ensemble.

Les quatre cachets de Valium m'attendaient, posés sur le comptoir de la cuisine. Il était minuit passé de douze minutes, mais le bureau de poste de la 34e Rue Ouest restait ouvert vingt-quatre heures sur vingt-quatre. J'ai pris ma veste, en me répétant une fois de plus : *Finis-en avant de changer d'avis.* J'ai réussi à arrêter un taxi près de Broadway, et rédigé mon message sur le trajet. Dès mon arrivée à la poste, je me suis dirigée droit vers le seul guichet ouvert, et j'ai rempli un formulaire tout en demandant à envoyer un télégramme à Duncan Kendall, c/o American Express au Caire. J'ai rendu le formulaire rempli au guichetier, qui me l'a relu à voix haute pour s'assurer que tout était correct :

Ça ne marchera jamais entre nous. Je ne peux pas te donner ce que tu veux, ce dont tu as besoin. Mieux vaut s'arrêter avant de se faire du mal tous les deux.

Je suis désolée. Ça me brise le cœur. Mais je sais que c'est mieux ainsi. Alice.

L'homme a haussé très légèrement les sourcils en me regardant, comme pour me demander : « Vous êtes sûre ? »

« Je vous dois combien ? ai-je dit.

— Vous voulez un envoi prioritaire ?

— Oui.

— Alors ça fera onze dollars et quatre-vingt-dix-huit cents, s'il vous plaît. La personne le recevra dans l'heure qui vient. »

Une demi-heure plus tard, après avoir avalé deux Valium, je me suis couchée en essayant de ne pas penser à ce que je venais de faire. Le sommeil est venu presque immédiatement.

À mon réveil, j'ai regardé la petite horloge de la table de nuit et constaté avec étonnement que j'avais dormi plus de dix heures d'affilée. J'avais la bouche pâteuse et les idées embrouillées à cause du Valium, mais une chose m'apparaissait très clairement au milieu de toute cette brume : en envoyant ce télégramme, j'avais commis la pire erreur de toute ma vie.

Je me suis levée. D'un pas titubant, je suis allée dans la salle de bains pour me passer de l'eau sur le visage. Ça n'a pas suffi à éclaircir mes pensées, alors j'ai rempli le lavabo d'eau glacée et plongé mon visage dedans. Puis je me suis séchée, j'ai enfilé mes vêtements de sport, et j'ai préparé du café. Trois tasses d'espresso italien bien serré et un yaourt m'ont permis de maintenir mon désespoir à distance, juste assez longtemps pour me rendre à la salle de sport et chasser les effets secondaires des médicaments en une heure et demie d'exercice forcené. Je suis rentrée chez moi, le *New York Times* calé sous le bras, en résistant à la tentation d'appeler Howie pour confesser mon acte d'auto-sabotage. Quelque part, je n'avais qu'une envie : me rendre au bureau de poste de la 31e Rue et 8e Avenue pour envoyer un second télégramme dans lequel je lui expliquerais que j'avais pris peur, que je l'aimais, que je ne voulais que lui… Mais une petite voix dans ma tête répétait : « C'est triste, mais c'est plus facile comme ça. Il a beau être merveilleux, il est également complexe et abîmé. Moi, j'ai besoin de simplicité, de… »

Mais n'étais-je pas tout aussi complexe et abîmée ? Et la « simplicité » n'était-elle pas précisément le genre de banalité que je ne laisserais jamais entrer dans ma vie ?

J'ai fait de mon mieux pour me concentrer sur le *Sunday New York Times*, puis, en désespoir de cause, je me suis rabattue sur un manuscrit proposé par Cheryl – un récit des débuts de l'épidémie de sida, écrit par un journaliste de San Francisco, lui-même en train de mourir de cette maladie. Tout en lisant, je ne cessais de penser à Jack. Je me suis prise à regretter de ne pas avoir la foi, la certitude qu'il existait une autre vie après celle-ci, et que tous ceux que j'avais perdus – mon grand-père, Jack, mon cher Ciaran – m'attendaient quelque part dans cet au-delà céleste. Tout me semblerait tellement plus facile, avec une telle perspective. Pourtant, je savais que jamais je ne pourrais me convaincre de l'existence d'un paradis. Plutôt accepter tous les mystères, les grandes questions sans réponse dont la vie parsème le chemin de chacun d'entre nous, et dont la plus grande est celle-ci : y a-t-il un sens à l'épreuve insurmontable et déchirante que nous devons tous affronter ? Notre vie doit-elle inévitablement en passer par l'ennui, la tristesse, la tragédie... pour connaître des moments de véritable éblouissement ? Au bout du compte, à quoi tout cela sert-il, et pourquoi est-ce si pénible ?

Je n'avais la réponse à aucune de ces questions. Mon angoisse montait à mesure qu'approchait le soir, et avec lui la prochaine crise d'une famille déjà ô combien génératrice d'angoisse.

J'ai compté les heures jusqu'au moment du rendez-vous, tout en continuant à lire le manuscrit. Il avait besoin d'être retravaillé en profondeur, mais Cheryl m'avait bien précisé que l'auteur avait rassemblé ses dernières forces pour le terminer, et n'était plus en état aujourd'hui d'en reprendre l'écriture. Même s'il nous fallait engager un rewriteur pour y apporter les modifications nécessaires, ce document était trop important pour que je le laisse passer, avec sa colère, sa sincérité, sa profondeur qui virait souvent à l'excès. C'était une dépêche lapidaire, envoyée depuis les tranchées de la maladie, sur un champ de bataille où l'ennemi rôdait sans vergogne et frappait à l'aveuglette, impitoyablement.

J'ai levé les yeux pour regarder par la fenêtre. C'était un parfait après-midi d'automne, le soleil déjà bas au-dessus des immeubles. Je me suis replongée dans le travail jusqu'à dix-huit heures trente, puis j'ai enfilé ma veste et décidé de me rendre à pied au restaurant, au croisement de la 18e Rue et Irving Place.

Il régnait une certaine fraîcheur dans l'air du soir. En longeant Broadway vers le sud, je suis passée devant la rue où Duncan était allé à l'école. Il n'était pas encore trop tard pour envoyer ce second télégramme et réparer mon erreur.

J'ai continué à marcher, en me répétant en boucle cette phrase française que Ciaran chantonnait d'un ton ironique : « *C'est le destin, le destin…* » Lui-même était persuadé que nous le maîtrisions. Et cela, que nous nous jetions tête la première dans ses griffes ou qu'il nous prenne par surprise, comme ce jour sur la route de la gare, à Dublin. Ce genre d'accident n'était-il rien de plus que la conséquence d'un concours de circonstances ?

J'ai dépassé l'endroit qu'on appelait autrefois Needle Park, un repaire de junkies à l'époque où New York n'était pas encore aussi cossu qu'aujourd'hui. Puis le Lincoln Center, et l'école Juilliard, où Duncan avait dû passer du temps quand il sortait avec cette jolie violoncelliste – avant de lui briser le cœur à cause de son incapacité à accepter son amour. Il me l'avait avoué lui-même, et le fait qu'il reconnaisse ce qui lui faisait défaut n'était-il pas le signe qu'il voulait ou pouvait évoluer ? Et faire en sorte que ce scénario ne se reproduise pas à l'identique ? Les déclarations d'amour qu'il m'avait envoyées montraient clairement sa volonté de changer. Il y avait très probablement un bureau Western Union encore ouvert du côté de Times Square, mais je me suis retenue de le chercher. J'avais trop de choses à penser, trop de poids sur les épaules, pour jouer à la roulette russe émotionnelle dans un moment comme celui-ci – même si Duncan en valait largement le risque. La perspective des tourments de ce soir se suffisait à elle-même.

J'ai pris la 59e Rue et longé Central Park vers l'est, en passant devant la Hampshire House, à présent un immeuble de très haut standing, qui avait été un hôtel autrefois – et qui, le 10 mai 1950, avait abrité le mariage de mes parents. Trois enfants en moins de cinq ans, puis une vie commune chaotique et douloureuse, qui n'avait trouvé un semblant d'équilibre qu'après notre départ de la maison et l'oxygène apporté par le divorce. Le jour de leurs noces, auraient-ils pu imaginer qu'ils en arriveraient là aujourd'hui – séparés, mais toujours ensemble, l'équilibre des pouvoirs au sein de leur couple radicalement renversé ?

En descendant la 5e Avenue, j'ai été assaillie de souvenirs de mon enfance : les visites au Père Noël au cinquième étage du grand magasin Best and Co. – maintenant disparu –, les longs moments d'incertitude sur la patinoire du Rockefeller Center (je n'avais jamais été bonne sur des patins à glace)… Là se trouvait le bureau de Sal Grech, qui m'avait laissé un message dans l'après-midi pour m'assurer qu'il serait à l'heure. Plus bas, sur la 46e Rue, mon grand-père avait tenu sa joaillerie. Cette ville m'avait paru si impériale, si imprenable, pendant les longues années où je l'avais contemplée de loin… Moi qui n'avais jamais voulu la conquérir, voilà que je m'élevais dans sa hiérarchie interne. J'étais la première surprise par mon ascension. Même si, la plupart du temps, je m'accommodais de mon relatif succès comme d'une chose presque naturelle, j'étais régulièrement envahie par le doute, et je me demandais quand on finirait par démasquer mon imposture.

Un soir de neige, dans le Connecticut, après une journée de lycée particulièrement cauchemardesque, j'avais fait part à mon père de cette crainte. Il avait souri, cigarette aux lèvres, en faisant tinter les glaçons dans son verre de whisky.

« Ma chérie, c'est la plus grande terreur au monde – en dehors de la mort. On a tous peur d'être démasqués. »

Au croisement de la 30e Rue, j'ai regardé la façade de la Marble Collegiate Church, et je me suis rappelé l'un de nos après-midi de promenade après un déjeuner de spaghettis aux boulettes de viande à la Pete's Tavern.

« Le révérend de cette église, m'avait-il raconté, Norman Vincent Peale, a fait fortune en écrivant un livre appelé *La Puissance de la pensée positive* et dans lequel on trouve des salades du genre : il faut voir le bien dans tout ce qui nous arrive, c'est le seul moyen de vivre heureux. Pour dire des conneries pareilles, il n'a pas été élevé chez les catholiques irlandais, moi, je te le dis. »

J'ai obliqué vers Gramercy Park, souriant malgré moi. Mon père n'y allait pas par quatre chemins, et je l'aimais pour cette raison, et aussi pour beaucoup d'autres. Malgré tous les moments difficiles, malgré nos disputes fréquentes, j'avais beaucoup de chance d'être sa fille. À mon entrée dans la Pete's Tavern, quand je l'ai vu installé à l'une des tables du fond, le regard plongé dans son verre de whisky, une cigarette à la main, à l'aube de la soixantaine, morose, solitaire, j'ai été prise d'un brusque élan d'amour pour lui. Si seulement je pouvais l'aider, le rendre plus heureux… Mais je ne pouvais pas faire grand-chose pour lui. Et ce qui était sur le point d'arriver n'arrangerait rien, bien au contraire.

« Comment va mon éditrice de génie ? » a-t-il lancé en m'apercevant.

Je me suis abandonnée à son étreinte bourrue.

« Surchargée de travail, comme j'aime.

— Toutes les secrétaires à mon bureau me demandent sans arrêt de tes nouvelles. Parce que je me vante tous les jours de ma fille éditrice qui travaille dans une grande maison, avec une liste d'auteurs longue comme le bras et…

— On va me confondre avec le rouge de la banquette, si tu continues.

— Laisse-le frimer, a dit une voix derrière moi. Ça lui fait plaisir. »

Adam avait revêtu ce que, désormais, il pensait être une tenue décontractée (veste de cuir marron, chemise Ralph Lauren bleu ciel, pantalon beige et mocassins en daim). À le voir si détendu, si content d'être là, j'ai ressenti une violente culpabilité. Ma mère l'accompagnait, en tailleur-pantalon noir, avec une de ces vestes à épaulettes devenues l'accessoire indispensable à toute femme d'affaires désireuse de prouver sa valeur dans ce monde d'hommes. Elle a jeté un regard dédaigneux à mon jean noir, ma chemise noire, et ma veste de cuir assortie.

« J'espère que tu ne t'habilles pas comme une junkie quand tu invites des agents à déjeuner au Four Seasons.

— C'est sympa de te voir, maman, ai-je répondu en lui faisant la bise.

— Où est ton grand frère ?

— Un empêchement de dernière minute.

— Mais c'était censé être un vrai dîner en famille.

— Surtout qu'on a une nouvelle à annoncer, a ajouté mon père.

— Pas tout de suite, a dit ma mère d'un ton sans réplique. D'abord, on prend un verre.

— C'est une nouvelle qui exige d'avoir bu avant ? l'a taquinée Adam.

— Très drôle. »

Adam a levé une main et claqué des doigts, faisant apparaître un serveur à notre table comme par magie.

« Une bouteille de champagne, a-t-il ordonné sans s'embarrasser de politesses. Le meilleur que vous ayez.

— Flambeur, va », a dit ma mère.

Mon père a ri.

« Il a bien le droit, avec son gros coup à six cents millions de dollars.

— Un sacré coup », ai-je renchéri pour participer à la conversation, tout en faisant de mon mieux pour ravaler mon angoisse.

Le champagne est arrivé. Une fois nos quatre flûtes remplies, mon père a voulu porter un toast.

« À nous quatre, et à l'aîné absent. Les meilleurs qui soient. »

J'ai cligné des yeux pour chasser mes larmes. Je m'étais installée face à la porte d'entrée pour surveiller les nouveaux arrivants, et ma mère m'a surprise à regarder ma montre.

« Tu attends quelqu'un ?

— Je ne désespère pas que Peter ait réussi à se libérer.

— On va devoir boire sans lui, a dit mon père.

— Alors, cette nouvelle ? » a lancé Adam.

Nos parents ont échangé un regard. J'ai tout de suite deviné de quoi il s'agissait, et mon père a confirmé mes soupçons en prenant la main de son ex-femme.

« Votre mère a bien voulu que j'emménage avec elle.

— J'ai fini par céder, a-t-elle ajouté, souriante.

— Tu veux dire que tu es retombée sous mon charme.

— C'est génial, a commenté Adam avec bonhomie. Mes parents se remettent ensemble, mon deuxième enfant va naître dans moins de deux semaines, ma sœurette fait des étincelles dans l'édition…

— C'est juste un travail, ai-je dit. On mange ? »

Une fois les plats commandés, ma mère nous a parlé de sa rencontre avec un producteur de Hollywood qui était venu la semaine précédente pour visiter un appartement de trois cents mètres carrés à SoHo, censé lui servir de pied-à-terre. Il s'absentait toutes les vingt minutes pour prendre une ligne de cocaïne.

« À Wall Street aussi, ils carburent à la poudre, a fait remarquer Adam.

— Pas toi, j'espère.

— Aucun risque, papa. Comme dit Tad : "La coke est une manière de s'avouer qu'on n'aura jamais assez d'argent." Moi, ma seule drogue, c'est le capitalisme pur. »

Les plats sont arrivés, en même temps qu'un homme en imperméable Burberry, fedora noir et costume trois-pièces de la même couleur, qui s'est installé au bar en nous tournant le dos. Mon père l'a désigné d'un mouvement de tête.

« Si ce n'est pas un type de la mafia, ça…

— C'est Salvatore Grech, a soufflé ma mère.

— Tu le connais ?

— Non, mais c'est un des meilleurs avocats de New York. Un vrai *consigliere*. Entièrement légitime, cela dit.

— Tu lui as vendu un appartement ?

— À lui, non. Deux de ses clients m'ont été adressés. Je ne l'ai jamais rencontré en personne, mais je devrais quand même le remercier.

— Laisse-le boire tranquillement, a dit mon père.

— J'en ai pour une minute.

— Bon sang, Brenda, tu veux bien lâcher ton carnet d'adresses cinq minutes ? Surtout quand on est avec les enfants.

— Elle peut bien aller lui dire bonjour, est intervenu Adam.

— C'est sûr que les carnets d'adresses, ça te connaît, toi aussi, ai-je dit.

— Là où je bosse, plus on connaît de gens, plus on encaisse. »

Ma mère était déjà debout. Mais alors qu'elle longeait le bar en direction de Grech, elle s'est arrêtée net. J'ai suivi son regard : une petite télévision portable était posée derrière le bar, à l'attention exclusive du barman. Et sur l'écran, en gros plan, apparaissait Peter.

« Mon Dieu », a dit ma mère.

Adam a levé la tête.

« Quoi ?

— Regarde. »

Mon père s'est levé à son tour.

« Peter ? a-t-il lâché, abasourdi.

405

— C'est l'émission de Susskind, a dit ma mère en se tournant vers moi d'un air accusateur. Tu étais au courant ? »

J'aurais voulu que la terre s'ouvre sous mes pieds.

« Je vais t'expliquer…

— Expliquer quoi ? a demandé mon père.

— Rasseyez-vous, je vais… »

Mais Adam se dirigeait déjà droit sur le bar, tirant de sa poche une liasse de billets maintenus ensemble par une pince en argent. Je l'ai vu prendre un billet de vingt dollars, le jeter sur le comptoir et ordonner au barman de poser la télévision devant lui. Mes parents l'ont rejoint en face du petit Trinitron. Adam a monté le volume. J'hésitais à partir en courant sans demander mon reste, à éclater en sanglots – mais je n'ai fait ni l'un ni l'autre. Je me suis rapprochée, au moment précis où Susskind demandait à Peter :

« Quand avez-vous compris que votre frère se rendait coupable d'une grave fraude financière ? »

La caméra est revenue sur Peter, qui affichait une froideur terrible.

« Quand j'ai vu que toutes ces "obligations de pacotille" lui étaient montées à la tête. Un jour, il m'a carrément dit que les "infos d'initié" étaient le meilleur moyen de se faire un nom à Wall Street, en ce nouvel âge d'or que nous vivons. »

« Oh, merde, merde… »

Ma mère a poussé un cri étranglé, puis m'a regardée.

« Tu le savais, n'est-ce pas ?

— Laisse-moi t'expliquer…

— "Expliquer ?" a crié mon père tandis que tous les clients du restaurant se retournaient vers nous.

Expliquer quoi, au juste ? Que tu étais au courant que ton petit con de frère voulait balancer Adam ? »

Adam avait déjà pris la direction de la sortie, hagard, la démarche mal assurée. Grech s'est levé pour lui barrer le passage.

« Monsieur Burns, je m'appelle Salvatore Grech. Votre sœur, qui n'est pour rien dans cette histoire, m'a demandé de venir ici pour… »

Mais mon père ne l'a pas laissé finir.

« Elle vous a demandé de venir ? De quoi vous parlez, espèce de sale escroc…

— Papa, s'il te plaît ! »

Je me suis interposée, mais mon père m'a repoussée sans ménagement. Grech, d'un geste remarquablement vif, a saisi le bras qui s'apprêtait à le prendre au collet.

« Vous dépassez les bornes, monsieur. Je comprends votre colère, mais la situation est grave et inextricable, et Alice n'y est pour rien. Elle a seulement eu le bon sens de venir me consulter pour trouver une issue aux problèmes considérables d'Adam.

— Lâchez-moi, bordel…

— Laisse-le parler, papa. »

Adam s'était exprimé d'une voix blanche, la main posée sur l'épaule de mon père. À son tour, ma mère lui a doucement saisi l'autre bras.

« Arrête, mon chéri… »

Il y a eu un terrible silence. Mon père a baissé la tête, écarlate, tremblant de rage. Derrière nous, la voix de Peter s'est élevée du poste de télévision.

« La corruption toute-puissante représentée par mon frère et son gourou criminel, Tad Strickland…

— Éteignez ça tout de suite », a aboyé Grech.

Le barman s'est exécuté. Grech a toisé mon père.

« Si je vous lâche, vous accepterez de revenir vous asseoir et me laisser expliquer à votre famille les tenants et les aboutissants de cette affaire ?

— Il est à la télé, en train de ruiner mon garçon, de détruire notre famille.

— La situation est grave, en effet. Mais que ça ne nous empêche pas de discuter comme des gens civilisés.

— L'émission de Susskind est tournée du côté de la 55ᵉ Rue Ouest, non ? » a demandé mon père.

Grech ne lui a pas répondu.

« Shirley avait eu des billets pour y aller, une fois…, a marmonné mon père comme s'il se parlait à lui-même.

— Écoutons monsieur Grech, chéri, l'a prié ma mère. Allons nous rasseoir.

— 55ᵉ Rue, 10ᵉ Avenue…

— Monsieur, a dit Grech plus fort, je vous pose la question une dernière fois. Si je vous lâche le bras… »

Mon père avait les yeux rivés au sol, le visage strié de larmes.

« Comment tu as pu le laisser faire ça, Alice ?

— Elle n'a rien laissé faire. Répondez à ma question.

— J'ai travaillé toute ma vie, je leur ai tout donné, et voilà comment ils me remercient… »

Grech a lancé un regard au gérant du restaurant, qui se tenait juste derrière mon père en compagnie de deux armoires à glace, sans doute les plongeurs.

« Jerry, je crains de devoir te confier M. Burns.

— Non, non, a dit mon père, soudain radouci. Je me calme. »

Grech, après un hochement de tête prudent à Jerry, l'a regardé droit dans les yeux.

« Je vais vous lâcher, monsieur Burns, et nous allons tous retourner à votre table. Sans faire d'histoires. C'est compris ?

— C'est compris. »

Grech s'est écarté d'un pas. Mon père est resté là, voûté, impuissant, et ma mère l'a pris dans ses bras en murmurant.

« Tout va s'arranger. »

Il a secoué la tête avant de se laisser guider à petits pas vers la table. Grech a posé une main rassurante sur le bras d'Adam et nous a fait signe, à lui et à moi, d'imiter nos parents.

« Il faut que je boive », a dit mon père.

Grech a levé un doigt osseux, et Jerry s'est précipité auprès de nous.

« Un double J & B », a commandé mon père.

Nous avons attendu en silence qu'il soit servi. Il a descendu le verre d'un trait.

« Merci, a-t-il lancé à Grech. Je... Je m'excuse.

— Il n'y a pas de mal. Si vous êtes prêt, je vais commencer par le commencement...

— Je peux aller pisser, d'abord ?

— Chéri, a dit ma mère, laisse M. Grech...

— J'ai besoin de pisser. J'ai besoin de m'isoler quelques minutes. Ensuite, je reviendrai et j'écouterai tout ce que ce monsieur a à nous dire. »

Grech a réfléchi un moment avant de hocher la tête.

« J'en ai pour une minute », lui a assuré mon père en se levant.

En le voyant s'appuyer sur le dossier de la banquette pour tenir debout, je me suis levée à mon tour.

« Tu veux de l'aide ?

— Fous-moi la paix, Alice. »

Je suis retombée sur mon siège, comme sous l'effet d'une gifle.

« Ce n'était pas nécessaire, monsieur Burns, lui a reproché Grech.

— Rien de tout ça ne l'est. »

Il nous a tourné le dos pour se diriger vers l'arrière du restaurant, d'un pas lent et hésitant. Jerry, le gérant, ne le quittait pas des yeux, tout en gardant ses distances. De là où j'étais assise, je voyais mon père poser un pied devant l'autre avec précaution, conservant difficilement son équilibre. Mais soudain, au moment de pousser la porte des toilettes pour hommes, il a bondi sur le côté et disparu de mon champ de vision. Un claquement a retenti, signe qu'il venait d'ouvrir une sortie de secours, et Jerry s'est lancé à sa poursuite, suivi de près par ma mère. Alors que je les imitais, j'ai vu du coin de l'œil Grech retenir Adam par le bras.

« Vous, vous restez là et vous m'écoutez. »

Jerry et ma mère étaient déjà dehors, à crier après un taxi qui démarrait le long de la 18e Rue. Jerry a arrêté un second taxi et s'est penché à la fenêtre pendant que je m'engouffrais à l'arrière avec ma mère.

« Le taxi, juste devant, ne le perdez pas de vue », a-t-il ordonné au chauffeur avant de claquer la portière derrière nous. Le chauffeur a écrasé l'accélérateur, et ma mère et moi avons été projetées contre le vinyle de la banquette arrière. Le taxi devant nous avait une cinquantaine de mètres d'avance, mais notre chauffeur (un certain Luis Badillo, d'après la photocopie de son permis agrafée dans la voiture) était un rapide. Au moment d'obliquer vers le nord sur la 3e Avenue, nous l'avions presque rattrapé.

« Si vous nous amenez à bon port, vous ne le regretterez pas, a promis ma mère.

— Vous savez où il va comme ça ?

— 55e Rue, 10e Avenue, ai-je répondu en fouillant dans mon sac à la recherche de mes cigarettes.

— Ne t'avise pas de fumer ici, a explosé ma mère. Ce n'est pas le moment de te calmer les nerfs…

— Alors laisse-moi t'expliquer.

— Non. Je ne veux pas de tes explications.

— Ce n'est pas juste.

— Tu es mal placée pour me parler de justice.

— Maman…

— Tais-toi, Alice. Vraiment, tais-toi ! »

Elle a fermé les yeux. Un grand frisson l'a parcourue tandis qu'elle se mettait à sangloter. Mais, quand j'ai voulu passer un bras autour de ses épaules, elle a hurlé :

« Ne me touche pas. »

Silence. Le chauffeur nous a jeté un regard inquiet.

« De quoi je me mêle ? a craché ma mère. Occupez-vous de l'autre taxi. »

Je me suis décalée vers la portière, le plus loin possible d'elle. *Il me suffirait de presser la poignée, de me jeter dehors… Avec un peu de chance, je ne me réveillerais jamais du choc contre la chaussée.*

Non. Ciaran ne m'aurait jamais pardonné de renoncer à ce qui lui avait été ôté de force. J'ai secoué la tête et lâché la poignée, entrelacé mes doigts, gardé les yeux fixés sur le taxi devant nous. Notre chauffeur ne le laissait pas nous distancer, le long de la 3e Avenue, puis à gauche sur la 57e Rue presque déserte en ce dimanche soir, tout droit jusqu'à la 10e Avenue, encore à gauche sur deux pâtés de maisons... Ma montre indiquait vingt-deux heures sept.

« Là ! »

Une petite foule patientait devant la porte du studio. Dans un crissement de freins, le premier taxi s'est arrêté pour laisser sortir mon père.

« Stop ! » ai-je crié.

Ma mère a jeté deux billets à travers la vitre de communication, et nous avons ouvert nos portières à la volée pour nous lancer à la poursuite de mon père. Un peu plus loin, Peter franchissait la porte, entouré de journalistes, et signait des autographes tout en répondant à leurs questions. Mon père fendait la foule, droit dans sa direction.

« Salaud, espèce de traître ! Tu as tout foutu en l'air. »

Peter a pâli en comprenant ce qui se passait. Mais, au lieu de tourner les talons pour s'enfuir, il s'est tourné vers lui.

« Papa...

— Judas ! » a hurlé mon père.

Ils se sont fait face une fraction de seconde. Je n'avais jamais vu Peter ressembler autant à un petit garçon terrifié alors que mon père se jetait sur lui, bras tendus vers sa gorge.

Mais soudain, mon père s'est arrêté net, comme s'il venait de prendre un coup. Il s'est figé à moins d'un mètre de Peter. Puis il s'est effondré, face contre le bitume.

En tombant à genoux près de son corps inerte, j'ai entendu ma mère crier.

Le médecin légiste serait formel.

« Son cœur a explosé. »

12

Les catholiques irlandais préfèrent enterrer leurs morts sans attendre. Une vie s'achève. On administre l'extrême-onction, on lave le corps, on l'habille, on le prépare pour son dernier voyage, on planifie son « enlèvement » (quelle étrange formule) des locaux des pompes funèbres jusqu'à la chapelle, où une messe de requiem sera célébrée. Puis, le lendemain midi, lorsque le prêtre a prononcé toutes les prières et toutes les paroles de mémoire, le cercueil est emporté au cimetière et descendu dans sa dernière demeure. C'est la fin d'une existence temporelle, et il convient de partir pour l'au-delà aussitôt que possible. Quand j'ai demandé au prêtre, le père Meehan – choisi par Howie pour « se charger des formalités spirituelles » –, la raison de toute cette hâte, il m'a répondu d'une voix rassurante :

« Votre père est déjà aux côtés de Dieu. Le rendre à la terre offerte par Notre Créateur afin de nourrir la vie… C'est la transition nécessaire entre ce monde-ci et l'éternité. Mieux vaut pour tous ceux qui restent qu'elle soit accomplie rapidement. Ainsi, vous, votre mère et votre frère pourrez à nouveau vous consacrer à la vie. Comme votre père communiait chaque jour, son séjour au purgatoire ne sera pas long. Je ne serais pas surpris qu'il soit déjà au paradis. »

Votre père communiait chaque jour…

Je n'en avais jamais rien su. Le père Meehan était le nouveau prêtre de St Malachy (le confesseur précédent de Howie était tombé malade et avait dû être envoyé ailleurs – « Je suis presque sûr qu'il a attrapé le fléau, lui aussi »). Quelques heures après la mort de mon père, j'avais téléphoné à Howie, qui m'avait rejointe en toute hâte au Columbus Hospital où avait été transporté le corps et l'avait veillé avec moi toute la nuit. À l'aube, il avait téléphoné à St Malachy et réveillé le père Meehan, qui avait immédiatement fait le déplacement afin de prier auprès du corps, de tenter de me réconforter (mais j'étais si profondément choquée que je ne réagissais à rien) et de consoler Shirley. C'était moi qui avais demandé à Howie de l'appeler pour lui apprendre la nouvelle, et elle avait accouru du New Jersey, pétrie de culpabilité et de larmes. Par elle, nous avions appris que mon père se rendait effectivement à la messe presque tous les matins à huit heures, à la Holy Family Church de la 47ᵉ Rue Est. Elle avait ensuite éclaté en sanglots.

« Ses sentiments pour Brenda n'ont jamais changé. Ça me brisait le cœur, mais je n'arrivais pas à me faire aimer de lui autant qu'il l'aimait, elle… Je ne devrais pas dire tout ça devant vous, mon père. »

Le père Meehan, petit homme mince de quarante ans aux yeux vifs, et presque aussi accro à la cigarette que moi (nous aurions plusieurs occasions de fumer ensemble, les jours suivants), a très rapidement pris les choses en main. Ma mère avait fait une grave dépression nerveuse à la suite des événements de dimanche soir. Les ambulanciers étaient arrivés sur place, ils m'avaient trouvée agenouillée près de mon père mort, serrant ma mère dans mes bras pour l'empêcher de céder à l'hystérie. Une fois au Columbus Hospital, elle avait été admise au service psychiatrique et mise sous sédatifs.

Avant mon départ de l'hôpital en compagnie de Howie et du père Meehan, je suis passée voir le psychiatre de service. Il m'a dit qu'elle n'était toujours pas réveillée, et qu'ils avaient décidé de la garder encore vingt-quatre heures en observation. Puis il m'a exhortée à rentrer chez moi, et m'a prescrit assez de Valium pour une semaine, « histoire de vous faciliter un peu les choses ».

« Rien ne facilitera cette situation affreuse.

— Je comprends. Mais vous devez vous reposer.

— J'ai trop de choses à faire.

— Mademoiselle Burns, sans sommeil…

— Oui, oui, je sais, ai-je répondu sèchement. Ce n'est pas la première fois que je perds un être cher, merde. »

Je me suis immédiatement excusée, confuse. J'ai accepté son ordonnance. Et j'ai laissé Howie m'aider à préparer les obsèques. Nous nous étions déjà mis d'accord pour les organiser à St Malachy – non seulement c'était la paroisse du père Meehan, mais, selon Howie, l'endroit était beaucoup plus ancien et grandiose que la Holy Family Church.

« Je suis allé à la messe là-bas, une fois. On dirait une salle des fêtes de village de campagne. St Malachy est un chef-d'œuvre gothique. Je ne voudrais faire mes adieux nulle part ailleurs. »

Nous nous sommes rendus ensemble dans une entreprise de pompes funèbres de Hell's Kitchen, Flanagan & Sons, que nous avait recommandée le père Meehan. L'homme qui nous a accueillis, un certain Colum Flanagan Jr, était récemment arrivé de Dublin. Le propriétaire de cet établissement « vieux de cent douze ans » se trouvait être son oncle.

« Je connais Dublin », ai-je indiqué, mais d'un ton à lui faire comprendre que je ne souhaitais pas m'étendre sur le sujet.

Il n'a pas insisté, et n'a pas non plus regimbé quand je lui ai dit que mon père avait horreur des fanfreluches.

« Il serait furieux contre moi si je ne choisissais pas le cercueil le plus simple possible. Ce n'est pas négociable », ai-je ajouté, consciente que les employés de pompes funèbres tentaient souvent de vendre à leurs clients endeuillés les modèles les plus chers et les plus surchargés.

Nous venions juste de trouver un caveau libre dans un cimetière de Brooklyn, non loin de Riis Park, où mon père avait travaillé comme surveillant de baignade à la fin des années trente, juste avant que la guerre ne l'emporte entre ses griffes implacables. Il avait toujours aimé l'eau. L'idée même du déménagement à Old Greenwich lui venait d'un rêve qu'il avait toujours eu, celui de vivre près de la mer… et qu'il n'a jamais vraiment réalisé. Ses promenades sur la plage relevaient de l'exception. Mais il avait besoin de s'emporter contre New York à ce moment-là, contre son mariage, contre tant d'autres choses.

L'employé m'a montré un cercueil très simple en pin verni, avec l'intérieur garni de satin blanc. Une image m'est revenue à l'esprit, celle de mon père en train de fendre la foule vers son fils dévoyé, son fils qui l'avait trahi – le visage couleur brique, sa furie incontrôlable portant le coup de grâce à son système cardiovasculaire surchargé, sa vie soufflée comme la flamme d'une bougie dans un instant d'immense impuissance, alors qu'il se trouvait incapable de sauver son enfant d'une vengeance fraternelle accomplie par le bras de la loi.

En sortant des pompes funèbres, Howie devait retourner au bureau, qu'il avait déserté bien trop longtemps. Mais il semblait inquiet. S'il me hélait un taxi pour rentrer chez moi, ferais-je quelque chose d'insensé à la place, comme me rendre droit chez Peter pour l'affronter une nouvelle fois ?

« Tu penses vraiment qu'il sera chez lui ? ai-je demandé d'une voix amère.

— Je ne sais pas, et, honnêtement, je m'en moque. Tu ne m'as pas répondu. Si je te mets dans un taxi…

— Oui, oui, je rentrerai chez moi.

— Pas la peine de retourner à l'hôpital ce soir, j'irai voir ta mère pour toi, si tu veux. Ils devraient la laisser sortir demain. Pour l'instant, tu as besoin de dormir, et pas qu'un peu.

— Il faut que quelqu'un prévienne Adam.

— C'est déjà fait. J'ai téléphoné à Sal Grech avant de te rejoindre cette nuit, pour lui raconter. Il a horreur d'être le dernier au courant quand il se passe quelque chose d'aussi grave. Il s'est chargé de dire à Adam que votre père est mort, mais Adam ne peut pas venir à l'hôpital tout de suite, malheureusement, parce qu'il sera arrêté dans l'après-midi. L'article est paru ce matin, tu te souviens ? C'est ce qui était prévu depuis le début… Tu as bien fait d'écouter les conseils de Sal. Adam vient de l'engager comme avocat, et il va négocier le meilleur deal possible pour lui. Je suis sûr qu'il lui obtiendra l'autorisation de venir à l'enterrement. »

Votre père est mort… L'enterrement… La tête me tournait. Howie n'usait d'aucun euphémisme, n'adoucissait pas les faits. Il me mettait face à l'horreur des événements, me les montrait tels qu'ils étaient. Parce qu'il savait que, si je me voilais la face, ça ne ferait qu'empirer avec le temps.

J'avais menti. Dès que le taxi a démarré, j'ai informé le chauffeur qu'il y avait un changement de destination. Rongée de stupeur et de chagrin, je ne supportais pas l'idée de me retrouver seule chez moi. Mon unique option était de me rendre au bureau pour noyer ma peine dans le travail. Moins d'un quart d'heure plus tard, la réceptionniste me regardait passer avec de grands yeux.

« Je suis vraiment désolée, mademoiselle Burns. »

J'ai hoché la tête et continué de marcher droit devant moi, le long du couloir qui menait à mon bureau. Cheryl m'a vue arriver de loin et s'est levée d'un bond pour me suivre, l'air paniqué, tandis que j'allais m'effondrer dans le grand fauteuil de cuir que j'avais hérité de Jack, avant de lui demander s'il y avait des messages pour moi.

« Excuse-moi de poser la question, a-t-elle dit, mais bon Dieu, Alice, qu'est-ce que tu fais ici ?

— Je devrais être là depuis ce matin.

— Mais… ton père… toutes mes condoléances…

— Comment sais-tu ça ?

— Ils ne parlent que de ça à la radio et à la télévision.

— Je l'ignorais. J'ai passé la nuit à l'hôpital, et la matinée aux pompes funèbres. Pourquoi personne ne m'a dit que ça passait aux informations ? »

Je décelais un accent de détresse dans ma propre voix.

« Ils devaient penser que tu n'avais pas besoin de ça, en plus de tout le reste, a hasardé Cheryl.

— C'est à la télé que tu as vu ce qui s'est passé ? »

Elle a hoché la tête.

« Alors tout le monde est au courant ? »

Avant qu'elle puisse me répondre, la porte du bureau s'est ouverte sur CC, en manches de chemise, la cravate desserrée, le pantalon maintenu par des bretelles noires à pois.

« Je n'ai rien contre la conscience professionnelle, Alice, mais tu n'as rien à faire ici. Pas maintenant.

— Je ne vois pas où je serais plus utile.

— Si, tu le sais très bien : auprès de ta famille.

— Ma famille est un peu occupée en ce moment. Mon père est mort, ma mère est sous sédatifs à l'hôpital, Adam est sans doute déjà aux mains de la police, et Peter... je ne sais même pas où il est. »

CC s'est tourné vers Cheryl.

« Raccompagnez-la chez elle.

— Je ne veux pas rentrer, ai-je dit.

— Où veux-tu aller, alors ?

— Nulle part. Je ne veux pas rester seule.

— Je resterai avec toi, a dit Cheryl.

— C'est une idée, a approuvé CC.

— Je préférerais rester travailler.

421

— Pas question, Alice.

— Je t'en prie… J'ai besoin de m'occuper.

— Non, tu as besoin de sommeil. Ça fait combien de temps que tu n'as rien mangé ?

— Quelle heure il est ?

— Quinze heures, a répondu Cheryl.

— Depuis hier soir, alors. Au dîner. »

Le dîner. Je m'étais trompée sur toute la ligne en organisant les choses comme je l'avais fait. J'aurais dû prévoir que mon père le prendrait aussi mal.

Papa… Mon papa… Mon seul et unique père…

Je me suis caché le visage dans les mains en ravalant un sanglot. Pas question de craquer sous les yeux de mon patron. J'ai senti la main de CC sur mon épaule.

« Lève-toi, Alice. Cheryl va te ramener dans le West Side et vous déjeunerez dans le restaurant de ton choix. Et si tu as besoin d'un médecin pour te prescrire de quoi dormir…

— J'ai ce qu'il faut.

— Alors allez-y, toutes les deux. Je te donne ta semaine. Repose-toi.

— Mais deux de mes livres sortent vendredi…

— On s'en occupera, et tout se passera très bien. Interdiction de revenir ici avant la semaine prochaine.

— Tu ne vas pas me virer, au moins ? ai-je demandé.

— Qu'est-ce que tu racontes ? Bien sûr que non.

— Je suis désolée.

— Non, Alice. C'est moi qui suis désolé. »

J'ai secoué la tête pour empêcher CC de continuer. Je me suis levée, avec l'impression que je n'avais jamais été aussi épuisée de ma vie. Cheryl m'a aidée à enfiler ma veste, a passé son bras sous le mien et m'a guidée jusqu'à la sortie de l'immeuble, où elle a hélé un taxi. Elle connaissait mon adresse. Je lui ai dit qu'il y avait un bon restaurant chinois vers la 67ᵉ Rue et Columbus Avenue – je n'avais rien avalé de solide de toute la journée et je me rendais enfin compte que j'avais faim. Le taxi nous a déposées devant l'Empire Szechuan, et nous avons trouvé une table dans la salle presque déserte. Incapable de déchiffrer le menu, j'ai laissé Cheryl commander pour nous deux, et puis…

Et puis j'ai commis l'erreur de lever les yeux vers le bar situé à l'avant de la salle. Une télévision était posée dessus. Allumée. Pour la seconde fois en moins de vingt-quatre heures, j'ai eu de nouveau le privilège de voir l'un de mes frères sur le petit écran… sauf que, cette fois, c'était Adam, menotté. Autour de lui, plusieurs agents fédéraux imposants l'escortaient hors de son bureau et à travers un attroupement de journalistes convoqués pour l'occasion, qui lui criaient toutes sortes de questions pendant que sa déchéance de baron des obligations en criminel endurci était immortalisée à grand renfort de flashes.

Remarquant ma stupeur, Cheryl s'est retournée pour voir ce que je regardais. Sous cette mise en scène soigneusement orchestrée s'étalait un sous-titre.

ADAM BURNS, MAGICIEN DE WALL STREET, ARRÊTÉ POUR DÉLIT D'INITIÉ

Je me suis pris la tête entre les mains en priant pour que le monde autour de moi disparaisse. Je savais que l'arrestation d'Adam aurait lieu. Mais le fait de voir mon frère menotté, malmené et humilié publiquement par le gouvernement américain…

Au moins, ma mère ne pouvait pas voir ça.

Une fois devant chez moi, Cheryl a insisté pour m'accompagner jusqu'à mon appartement et s'est assise en face de moi, comme une assistante sociale aux prises avec une patiente fragile, pendant que je téléphonais à Janet dans son palais d'Old Greenwich. Personne n'a décroché. J'ai laissé un message très simple sur le répondeur, pour lui dire que j'étais désolée de tout ce qui arrivait à Adam, qu'elle devait déjà être au courant pour mon père, mais que c'était un moment difficile pour nous tous, et que j'étais là si elle avait besoin de moi, surtout avec le bébé sur le point de naître.

Ma voix s'est mise à trembler quand j'ai mentionné mon père, tandis que la réalité de sa perte me frappait à nouveau de plein fouet. J'ai jeté un regard à ma montre. La dernière fois que j'avais dormi remontait à dimanche matin, et il était maintenant presque dix-sept heures le lundi après-midi. J'ai dit à Cheryl qu'elle pouvait partir, mais elle a refusé, prétextant qu'elle ne s'en irait pas tant que je ne serais pas endormie.

« Ce n'est pas la peine de jouer les infirmières, tu sais.

— J'obéis simplement aux ordres de CC. »

Je me suis déshabillée, j'ai pris les cachets prescrits et je me suis glissée entre mes draps. En enfouissant mon visage dans l'oreiller, j'ai pu me laisser aller pour la première fois depuis le début de ce cauchemar, sans plus retenir les larmes de chagrin pur qui menaçaient de me dissoudre de l'intérieur.

Les somnifères ont fait leur travail. J'ai émergé peu après quatre heures du matin, un peu groggy, mais reposée. En me rendant dans la cuisine pour préparer du café, j'ai trouvé un petit mot de Cheryl m'indiquant qu'elle avait quitté les lieux à dix-neuf heures, quand il était devenu clair que j'étais partie pour dormir toute la nuit, mais qu'elle restait joignable à toute heure si j'avais besoin de quoi que ce soit.

Je sais que tu viendras à bout de cette terrible épreuve, avait-elle ajouté.

Il y avait également un message sur le répondeur. C'était la voix de ma mère, qui m'avait appelée à trois heures trente :

« Je viens de sortir de l'hôpital. L'interne de service voulait absolument me garder, mais je ne lui ai pas laissé le choix. Je suis chez moi. Aucun risque que je me recouche, après plus de vingt-quatre heures de coma artificiel, alors viens me rejoindre dès que tu auras ce message. »

Une demi-heure plus tard, je frappais à sa porte. Elle m'a étreinte rapidement et s'est lancée dans le sujet qui la préoccupait.

« Où tu en es des préparatifs des obsèques ? »

Elle m'a écoutée lui raconter ce que j'avais fait avec l'aide de Howie, a approuvé mes choix, puis m'a dit de la laisser s'occuper du reste.

« C'est à moi de le faire », a-t-elle déclaré.

Elle était sans nouvelles d'Adam. Par chance, Sal Grech avait lui aussi laissé un message sur mon répondeur, et j'ai pu lui répéter ce qu'il m'avait appris. L'audience de cautionnement aurait lieu dans deux jours, et il était parvenu à éviter à Adam d'être temporairement incarcéré dans la prison cauchemardesque de Rikers Island. Par ailleurs, il avait fait en sorte qu'il puisse se rendre à l'enterrement – escorté par des policiers en civil.

« Il voulait aussi te téléphoner dans la matinée pour voir s'il pouvait te rendre visite aujourd'hui.

— Histoire de te blanchir, c'est ça ?

— Maman…

— Je n'ai pas envie d'en parler, pas maintenant. Comme disait ma mère, le seul avantage de la mort, c'est que, avec l'organisation des obsèques, il y a de quoi s'occuper. Elle adorait les enterrements, ça la confortait dans sa vision déprimante de l'existence. Je vais suivre son exemple et me concentrer sur le départ de ton père au paradis, puisque c'est là que sa religion ridicule prétend qu'il doit aller. »

J'avais envie de lui dire que je préférais mille fois l'idée de mon père au paradis plutôt qu'étendu dans un tiroir de morgue. Mais, au lieu de ça, je lui ai demandé comment elle avait fait pour se remettre aussi vite des sédatifs administrés à l'hôpital.

« Leurs médicaments sont très bien, ils ont réussi à m'endormir sans me donner la sensation d'avoir été assommée à coups de massue. En me réveillant, j'ai dit à l'interne que j'allais mieux, merci, et que, puisqu'ils ne m'avaient pas passé de camisole de force, je me considérais libre de partir. Il n'avait qu'à me retenir, s'il voulait tant me garder jusqu'au lendemain matin.

— Tu es vraiment solide, quand même.

— Ne te fie pas aux apparences. J'ai juste décidé de garder ma tristesse pour moi jusqu'à ce que tout ça soit fini. D'ailleurs, je te le dis maintenant, que ce soit très clair : il est hors de question que Peter mette les pieds dans cette église.

— Je pense que, de ce côté-là, on est tranquilles.

— Pourquoi ? Tu sais où il est ?

— Je ne sais pas si tu as remarqué, mais moi aussi, j'ai été un peu occupée ces dernières trente-six heures, donc, non, je n'ai pas eu le temps de retourner toute la ville pour le retrouver.

— Promets-moi de ne pas aller le chercher à Brooklyn. »

Je comptais demander à Howie de s'en charger, tout comme je l'avais laissé surveiller pour moi les informations relayées dans les médias sur cette affaire. Ma mère n'avait probablement pas eu le temps de se rendre compte de l'importance de la couverture médiatique, mais je ne doutais pas que sa secrétaire ultra-efficace, Marge, ait déjà soigneusement découpé tous les articles de journaux traitant de ce sujet, voire enregistré sur cassette le reportage de l'arrestation d'Adam. Ma mère ressentait toujours le besoin de tout savoir, en particulier les mauvaises nouvelles qui risquaient de mettre en péril sa réputation professionnelle. Quant à son attitude hyperactive et pragmatique de ce matin, j'y reconnaissais sa volonté de refouler autant que faire se pouvait le désespoir qui grandissait en elle.

En repartant, je suis passée au kiosque à journaux de la 86ᵉ Rue et Broadway pour acheter *Esquire*, avant d'aller m'installer au Burger Joint, ma gargote préférée du quartier. Tandis que je mangeais des œufs brouillés et des toasts accompagnés d'un café relativement correct, j'ai lu l'article très touchant et impeccablement rédigé de Peter. Malgré tout ce qu'il avait provoqué, je ne pouvais pas m'empêcher d'admirer son style sophistiqué mais accessible, ainsi que la manière dont il aspirait le lecteur dans l'enchevêtrement de tromperies familiales et publiques qu'il avait choisi pour sujet

– car il partait d'emblée du postulat que les intrigues de Wall Street n'étaient que le reflet d'une culture, d'une société, « tout entière à la solde de l'argent, notre seul et unique moyen de tenir les comptes entre nous ». Le coup de maître de Peter résidait dans sa capacité à inscrire ces considérations et ces réflexions dans le récit de la vie de notre frère, depuis ses tentatives désespérées pour satisfaire notre père jusqu'à ce besoin impérieux de faire ses preuves qui l'avait mené à sa perte. Notre vie de famille étouffante à Old Greenwich, la manière dont Adam avait brusquement arrêté le hockey sur glace (selon l'hypothèse de Peter, il n'avait pas l'« instinct de tueur » requis pour ce sport), ses années à entraîner l'équipe de hockey d'un lycée, sa renaissance en spéculateur tout-puissant, son ensorcellement par le très charmant et très manipulateur Tad Strickland… tout y était, narré avec un luxe de détails et un aplomb stylistique impressionnants.

La deuxième partie de l'article se penchait sur le détail des fraudes perpétrées par Adam et les délits d'initié dont il s'était rendu coupable. Peter en avait fait un exposé redoutablement minutieux, étalant au grand jour l'immense cupidité et la corruption de son frère. Je comprenais maintenant pourquoi *Esquire* et lui avaient tenu à garder le secret jusqu'au bout : ce texte avait clairement des allures de mise en accusation.

J'ai terminé ma lecture, une boule dans la gorge – car l'article s'achevait sur la certitude que sa publication mènerait à l'arrestation d'Adam, et à une rupture définitive entre Peter et notre père. « Il ne me pardonnera jamais d'avoir brisé son sacro-saint principe de loyauté familiale. »

Chose curieuse, Peter n'essayait pas de justifier sa décision de dénoncer son frère. Il était parvenu à ne pas se montrer sanctimonieux ni moralisateur, mais posait au contraire de nombreuses questions sur la légitimité qu'il y avait à livrer à la justice une personne qu'on aime mais qui a commis un crime. Jamais il ne tentait de mettre le lecteur de son côté. En tant qu'éditrice, j'appréciais sa manière de traiter les problèmes moraux soulevés dans l'article, sans pour autant dicter au lecteur ce qu'il devait penser. Celui-ci pouvait tirer ses propres conclusions, même défavorables, et Peter ne craignait pas d'être jugé pour ses actions ni d'être considéré comme un opportuniste pour avoir livré Adam à la vindicte populaire.

Après cette lecture, je suis restée pensive plusieurs minutes, les yeux rivés dans le fond de ma tasse. Je luttais pour ne pas céder à la tristesse. Peter nous avait cernés à la perfection – nous, sa chair et son sang. Il parlait très peu de moi, sauf pour mentionner le mal que m'avaient fait les petites brutes gâtées d'Old Greenwich, et dire que j'avais toujours tracé ma propre voie. Mais en décrivant la frénésie de ma mère, les infidélités de mon père et l'impératif de virilité dont il avait accablé ses deux fils – auquel l'un avait réagi en se rebellant, et l'autre en se pliant à ses moindres exigences –, il se montrait d'une lucidité brutale. À coup sûr, ma mère piquerait une crise en lisant ça, même si Peter faisait preuve de compassion pour son statut de femme au foyer : très instruite, réduite à un rôle domestique qu'elle méprisait, et exilée dans les confins bourgeois de la banlieue, où ses origines juives faisaient d'elle une cible de dédain et de rejet.

Le Burger Joint tenait un téléphone à la disposition de ses clients. En constatant qu'il était presque huit heures, j'ai jugé raisonnable de téléphoner à Howie. Il a répondu à la quatrième sonnerie, apparemment mal réveillé.

« Je me doutais que c'était toi. Viens, je vais faire du café. »

J'ai marché jusqu'à la station de métro de la 72ᵉ Rue. Devant l'Ansonia Hotel, une *drag queen* pleurait toutes les larmes de son corps, le visage strié de mascara et d'eye-liner. Ses plaintes déchirantes semblaient provoquées par la plus grande misère du monde – et sans doute était-ce le cas.

Howie m'a ouvert sa porte, vêtu d'un pyjama de soie grise et de pantoufles de velours.

« On dirait que tu as enfin décidé de faire quelque chose d'intelligent et de dormir un peu.

— Le Valium a ses avantages.

— C'est le nirvana, tu veux dire.

— Tant qu'on n'y devient pas accro.

— Franchement, il n'y a pas de mal à devenir accro au nirvana. »

Il m'a fait signe de le suivre dans la cuisine, où une cafetière à piston nous attendait. Howie a terminé la préparation de son café et nous en a servi une tasse à chacun.

« Tu veux un peu de cognac avec ?

— Ne me tente pas.

— La moitié de la France commence sa journée par un café-cognac.

— Ça m'a tout l'air d'une phrase apocryphe.

— Bien, au moins, maintenant, on sait que ton cerveau fonctionne toujours aussi bien.

— Je fais de mon mieux pour ne pas sombrer. Alors non merci, pas de cognac. Et, connaissant ta haine des cigarettes, je vais même éviter de fumer.

— Tu ne m'as pas attendu pour commencer. Mon nez ne se trompe jamais.

— Mon père aurait peut-être vécu plus longtemps s'il n'avait pas autant fumé.

— C'est la colère qui a tué ton père, tu sais. On ne fait pas plus corrosif. Et ça ronge jusqu'à l'âme.

— Je vais rester en colère contre Peter un long moment. Mais c'est à moi-même que j'en veux le plus.

— Pourquoi ? Parce que tu n'as pas pu empêcher tout ça de se produire ?

— Parce que, en plus de tout le reste, j'ai fait la pire connerie de ma vie samedi soir. Stupide, et irréparable.

— Raconte. »

Je lui ai parlé de la lettre de Duncan et de mon télégramme dévastateur. Il m'a pris la main en voyant que je me mettais à pleurer.

« Je gâche toujours tout, ai-je hoqueté. Je ne serai jamais foutue de vivre une histoire normale.

— Duncan ne t'a pas répondu ? »

J'ai secoué la tête.

« Pour être honnête, ce n'est pas bon signe. Je connais le bonhomme. Vu ses antécédents avec les femmes, il a peut-être décidé que, si tu lui fermais la porte au nez, il n'essaierait même pas de la rouvrir. Trop risqué pour lui.

— Quelle conne.

— Ça suffit, l'autoflagellation. Pose-toi la seule question qui compte : que veux-tu vraiment ?

— Je ne veux pas souffrir.

— Dans ce cas, c'est facile, tu n'as qu'à rester seule toute ta vie. Regarde-moi, je ne fais que coucher à droite à gauche. Mais ça ne te ressemble pas, ma belle. Tu as déjà connu l'amour, le vrai. Puis tu as passé plusieurs années à le pleurer, et à te contenter d'une non-relation avec Toby. Pour Duncan, c'est bien dommage, quelque chose en toi voulait tuer cette relation dans l'œuf. Mais il n'est pas trop tard pour te poser à nouveau la question : que veux-tu ?

— Je ne peux pas réfléchir à tout ça maintenant. J'enterre mon père dans deux jours.

— Alors n'y réfléchis pas. Sache juste que, si tu regrettes ce télégramme, il suffira d'un second pour tout arranger. Je te le dicte, si tu veux : *Mon père est mort. Je ne sais plus où j'en suis. Tu me manques. J'ai besoin de te parler.*

— J'ai tout fichu en l'air. Tu connais Duncan. C'est ton meilleur ami.

— Tout autant que toi. Mais, je te l'ai dit, son silence n'est pas bon signe.

— On ne peut pas lui en vouloir.

— Envoie-lui un autre télégramme. »

J'ai secoué la tête.

« Je veux bien un cognac, maintenant. »

J'aurais aimé me rendre au travail, mais CC me l'interdirait. J'aurais aussi aimé être aux pompes funèbres quand le corps de mon père y serait transféré, mais Howie m'a fait signe que non, en me disant de laisser les employés faire leur travail, et ma mère prendre les

432

décisions – comme celle du choix du costume dans lequel mon père serait inhumé.

« D'après ce que j'ai compris, tu ferais bien de rester hors de sa ligne de mire. Comme elle ne peut pas mettre la main sur Peter, elle va retourner toute sa rage et sa culpabilité contre toi, même quand elle aura compris que tu ne pouvais absolument rien faire pour désamorcer la situation. Tu connais ta mère. Elle a beau avoir beaucoup progressé depuis le divorce, les vieilles habitudes ont la vie dure. Ne lui laisse pas l'occasion de te pourrir l'existence pour atténuer sa peine. Garde tes distances, à moins qu'elle ne t'appelle pour quelque chose de concret. »

Ce qu'elle a fait le soir suivant, tard, après avoir lu une longue interview de Peter dans le *New York Times*. Il s'y était prêté le lendemain de son apparition chez Susskind et de la mort de notre père. Dans l'introduction de l'interview, la journaliste le décrivait comme « rongé par le remords et le manque de sommeil, mais sans le moindre sentiment apparent de culpabilité ».

« Mon père vivait sous tension permanente depuis des décennies, déclarait Peter. C'était une vraie bombe à retardement, toujours en train de fuir ses responsabilités émotionnelles, au motif qu'il ne croyait pas en l'idéologie de la famille. »

La journaliste ne retenait pas ses coups. Arriverait-il à dormir la nuit, avait-elle demandé, en sachant que son père était mort au moment de le renier publiquement ?

« Il va me falloir beaucoup de temps pour accepter cette réalité, avouait Peter. Cela dit, malgré toute ma peine à l'idée de l'avoir perdu, mon père a fait une crise cardiaque en voulant défendre un fils dont les principes sont tout aussi flexibles que les siens l'étaient au Chili. »

Mais n'était-il pas lui-même accusé d'opportunisme et d'absence de principes, lui dont la tentative de résurrection de sa carrière littéraire en pleine déconfiture avait eu pour conséquence la ruine et l'incarcération de son frère ?

« Peter Burns ferme les yeux, comme s'il souhaitait se trouver ailleurs... Et pourtant tout à fait disposé à accorder une interview au *Times* quelques heures à peine après que son père est décédé sous ses yeux, devant une foule de spectateurs et de journalistes rassemblés sur la 55ᵉ Rue Ouest. »

La réponse de Peter était édifiante, et nul autre que lui n'aurait pu faire une telle déclaration :

« Je prends tout ça de manière très existentielle. Nous portons la responsabilité de nos décisions, c'est vrai, mais, d'un autre côté, nous sommes tous seuls dans un univers impitoyable. J'ai réfléchi longuement aux implications de cet article, et l'effet qu'il pourrait avoir sur mon frère et le reste de ma famille. Certains me traitent d'opportuniste, d'autres disent que ce que j'ai fait est courageux, d'autres encore m'accusent de profiter de la situation. La seule chose que j'ai à dire, c'est que j'assume mes choix, ce qui ne m'empêchera pas de porter le deuil de mon père pour le restant de mes jours. À présent, veuillez m'excuser. Il faut que je disparaisse. »

La journaliste terminait en précisant que cette interview serait la dernière accordée par Peter au sujet de son article, car il quittait effectivement le pays dans la soirée. « En attendant, son essai dans *Esquire*, renforcé par les événements tragiques du 1er octobre au soir, a fait de Peter Burns le sujet de prédilection du Tout-New York. Les éditeurs risquent fort de s'arracher son prochain livre. »

Au téléphone, ma mère écumait de rage.

« Où se cache cette petite merde ?

— Je n'en sais rien.

— Menteuse.

— J'étais sûre que ça me retomberait dessus, ça aussi. Tu as pu parler à Sal Grech ?

— Oui. Il a fait le déplacement ce matin, tout spécialement pour essayer de me prouver que tu étais blanche comme neige. »

Je n'ai pas répondu. Après quelques secondes de silence, ma mère a repris :

« Si c'est mon pardon que tu veux…

— Je vais raccrocher.

— Vas-y, prends la fuite, comme d'habitude.

— Ma plus mauvaise habitude, c'est plutôt de revenir vers toi chaque fois, alors que j'aurais dû couper les ponts depuis longtemps. Il suffit que je me dise que ça va mieux entre nous, et…

— Tu avais juste à me prévenir, Alice. Juste quelques mots, et j'aurais pu intervenir, et…

— Je vois que tu n'as rien écouté de ce que t'a dit Sal Grech.

— Oh si, j'ai été très attentive. Il t'a très bien défendue. Il n'empêche, si tu m'avais mise au courant, j'aurais trouvé une solution. Et ton père serait encore parmi nous. »

J'ai violemment reposé le combiné. Quelques instants plus tard, il s'est remis à sonner. Je l'ai ignoré.

Il a recommencé, encore et encore. J'ai fini par prendre ma veste et quitter mon appartement. La nuit était tombée sur Manhattan, fraîche et claire. Je suis partie vers le nord, prenant soin de marcher le plus près possible de la chaussée pour rester à l'écart des ruelles obscures au-dessus de la 96ᵉ Rue. Je brûlais de parler à Howie, de débarquer chez lui pour m'effondrer au milieu de son opulence de velours – mais je ne pouvais pas me reposer sur lui chaque fois qu'une crise remettait mon semblant d'équilibre en cause.

Alors j'ai continué à marcher, dépassant la 106ᵉ Rue et le West End Café où, adolescents, Arnold Dorfman et moi avions découvert ensemble la magie du jazz, à une époque où tant d'autres choses nous restaient à découvrir. J'avais reçu une lettre d'Arnold peu après ma promotion chez Fowler, Newman & Kaplan, dans laquelle il me disait avoir eu vent de mon succès professionnel. *Ça ne me surprend pas. J'ai toujours su que tu ferais un métier littéraire et exigeant.* Lui-même avait terminé Cornell avec une mention d'excellence, et intégré Yale Law School (*À la grande satisfaction de mes parents, enfin !*) avant d'être contacté par un cabinet d'avocats ultracoté de Philadelphie, dont il était devenu un associé en moins de quatre ans. Il était à présent marié à une femme rabbin du nom de Judah, et ils vivaient sur la Philadelphia Main Line à Haverford avec leur fils de deux ans, Isaac.

Ma vie n'a rien d'extraordinaire, c'est vrai. On essaie d'avoir un deuxième enfant. Un troisième suivra peut-être. On vient d'acheter une grosse maison en brique qui ne déparerait pas à Old Greenwich.

Tout va bien. Mais je regrette parfois de ne pas avoir accompli certains de nos rêves de jeunesse : une année à Paris, l'exploration des îles grecques avec un simple sac sur le dos. Peut-être n'aurais-je pas dû me précipiter ainsi sur la « voie du succès » tracée par mes parents ? Enfin, je suis beaucoup trop clairvoyant pour les accuser de quoi que ce soit – et quand il m'arrive, au milieu de la nuit, de maudire toutes mes responsabilités, je suis capable de me dire que c'est moi qui ai choisi cette vie, que j'aime profondément Judah et Isaac, et que j'ai beaucoup de chance. Je t'envie tout de même un peu, toi qui vis en ville et qui fais ce qui te plaît, libre comme l'air, avec toute la latitude que je n'ai pas voulu m'accorder.

J'avais été pour le moins intriguée par cette lettre. Ma première pensée avait été : « De la latitude, moi ? » Certes, je n'avais ni compagnon, ni enfants, ni emprunt immobilier à rembourser, et mon découvert de carte bancaire était suffisamment négligeable pour que je puisse le combler chaque mois. Mais j'étais tout aussi esclave de mon salaire que n'importe qui. Comme tout le monde, je devais payer mes factures, faire des économies, me rendre utile à mes supérieurs hiérarchiques afin qu'il ne leur vienne pas à l'idée de me mettre à la rue… J'avais beau aimer réellement mon métier et m'estimer chanceuse d'être payée pour cet engagement professionnel avec l'écriture, il m'arrivait de regarder les années à venir en me demandant : *Est-ce que je peux vraiment me contenter de ça ?* Et je n'étais pas la seule de mon entourage que cette question hantait. J'ai pensé à mon père, étendu dans son cercueil, attendant sa descente dans la terre glacée. Tout le monde est seul, même quand il est accompagné. L'épanouissement et la satisfaction (comme le montrait la lettre d'Arnold) ne sont pas des objectifs à atteindre – car, même avec toutes les briques à disposition, sera-t-on jamais satisfait de l'édifice qu'on bâtira pour soi-même ?

Arrivée devant le portail de l'université Columbia, j'ai fait demi-tour pour retourner au West End Café. Il était presque une heure du matin, et le concert de nuit venait de commencer. Installée au bar, j'ai commandé un manhattan, que j'ai bu en l'honneur de mon père. Je regrettais son absence, et j'aurais tant voulu que ses dernières paroles pour moi n'aient pas été : « Fous-moi la paix, Alice. » Il était resté fidèle à sa rage jusqu'au bout. Si seulement j'avais réussi à lui parler, s'il ne s'était pas mis en colère, s'il avait été le genre d'homme qui réfléchit avant de tirer des conclusions hâtives…

Mais les « si » *a posteriori* n'y changeraient rien. Mon père m'aimait, et cette certitude adoucissait la peine causée par son ultime accès de colère. Perchée sur mon tabouret, tout en écoutant un disciple vieillissant d'Ellington tirer des notes mélancoliques de son saxophone, je me suis répété une chose : la culpabilité ne résout rien.

Pourtant, qu'il est difficile de combattre son poison, d'échapper à son attraction gravitationnelle semblable à celle d'un vortex minuscule niché en nous, au cœur de chaque famille… Ne venais-je pas, à cause d'elle, de claquer la porte au nez d'un homme que je désirais plus que tout, et dont l'amour pour moi, je le savais à présent, était bien réel ?

Je m'apprêtais à fumer une cigarette pour tromper ma peine quand un souvenir a suspendu mon geste : mon père assis en face de moi au restaurant, la respiration sifflante, en train d'allumer une Lucky Strike à la flamme de son Zippo.

« On m'a toujours dit que c'était une sale habitude. »

Serais-je capable de renoncer aux cigarettes ?

Sans doute pas ce soir ni demain, et surtout pas après-demain, quand aurait lieu l'enterrement. Mais il faudrait décidément que je me débarrasse de cette mauvaise habitude.

Et la culpabilité, pourrais-je m'en débarrasser un jour ?

À côté, arrêter de fumer semblait presque facile. La culpabilité est encore plus addictive que la nicotine.

Pourtant, je n'avais pas d'autre choix que de tenter d'échapper à son influence insidieuse. J'ai levé mon verre une seconde fois en l'honneur de mon père.

« J'espère que tu as trouvé la paix. J'en aurais bien besoin, moi aussi. »

Aussi difficile que cela puisse être, j'allais devoir arrêter de croire que je pouvais tout arranger – quand la réalité, durement apprise, est la suivante : avec un peu de chance, on arrive à peine à arranger ses propres affaires.

Sur la scène, le musicien a joué les dernières notes d'une interprétation morose de *Round Midnight*. Quand les applaudissements de la dizaine de spectateurs se sont interrompus, il s'est penché sur son micro. Sa voix sonnait comme de l'ambroisie épicée de tabac :

« Les belles femmes m'inspirent, vous savez. Et il y en a une parmi nous ce soir, assise seule au bar, avec le regard triste. »

J'ai regardé autour de moi. La seule autre personne au bar était un homme chauve d'au moins cinquante ans, en costume mal coupé, qui enchaînait les petits verres de Jameson's. Puis j'ai compris. Je me suis tournée vers le musicien pour lui adresser un discret signe de tête, gênée, avant de replonger mon regard dans les profondeurs ambrées de mon manhattan.

« Belle, triste… et impénétrable », a-t-il commenté.

Je n'ai pas pu retenir un sourire.

« Bref, le prochain morceau est une composition originale. Son titre résume ma façon de voir les malheurs qui nous arrivent à tous, parce que, comme disait toujours mon père, l'infortune fait partie du jeu. *C'est comme ça*, répétait-il souvent. Un vrai philosophe, mon papa, et qui m'a appris bien des choses. Alors je dédie cette chanson à notre élégante mélancolique assise au bar. *C'est comme ça*, triste demoiselle. *C'est comme ça.* »

Je n'ai pas revu ma mère avant la messe de funérailles de mon père, à St Malachy. Adam est arrivé menotté, en compagnie de Sal Grech et de deux hommes imposants en costume-cravate, dans une voiture banalisée. Sal Grech a murmuré quelques phrases aux deux hommes. Ils ont détaché mon frère. Mais, quand ma mère s'est avancée pour le prendre dans ses bras, ils se sont interposés.

« Je suis sa mère, a-t-elle lâché d'une voix blanche.

— Ce n'est pas autorisé.

— C'est l'enterrement de son père… »

Sal Grech, voulant éviter que les choses ne s'enveniment, est intervenu :

« Brenda, c'est déjà bien qu'il ait pu venir.

— Ils te traitent convenablement, au moins ? a-t-elle demandé à Adam.

— Je ne peux pas me plaindre. Sal dit que je serai transféré demain dans une prison de basse sécurité de l'État de New York. »

Ma mère s'est retournée vers Grech.

« Pourquoi il n'est pas en liberté sous caution ?

— Ce n'est ni le moment ni l'endroit, maman, lui ai-je fait remarquer.

— Ne te mêle pas de…

— Alice a raison, Brenda. Je vous expliquerai tout ce qu'il y a à savoir sur le statut juridique d'Adam dès que les circonstances s'y prêteront. En attendant… »

Il lui a galamment offert son bras pour entrer dans l'église.

« Salut, sœurette », a dit Adam.

Je détestais ce surnom. Mes yeux se sont remplis de larmes.

« Tu as l'air plutôt en forme, étant donné les circonstances, ai-je réussi à articuler.

— J'aimerais bien dormir un peu plus. Mais, là où je suis enfermé…

— Ça suffit, Burns, a dit le deuxième agent fédéral.

— D'accord, pardon.

— Comment va Janet ?

— Elle a demandé le divorce.

— Elle ne perd pas de temps.

— Sans doute histoire de mettre la main sur mon argent tant qu'il m'en reste.

— Je lui ai laissé un message. Elle n'a pas répondu.

— Elle s'est retranchée dans sa famille. Comment lui en vouloir, avec le bébé qui va naître d'un jour à l'autre ?

— Et Ceren, tu as des nouvelles ?

— Non. Je pensais qu'elle t'aurait contactée en apprenant toute l'histoire. »

Elle ne l'avait pas fait. Mais son agent, si. Il m'avait informée qu'elle comptait attendre quelques jours pour voir comment les événements évoluaient et déterminer ainsi de quelle façon tirer le meilleur parti possible de sa relation avec Adam avant de mettre son livre sous les feux des projecteurs. Son agent s'était même excusée de son « peu de tact dans cette histoire, étant donné que vous êtes sa sœur. Mais les affaires sont les affaires, vous comprenez ».

« On peut peut-être attendre que j'aie enterré mon père avant de parler de ça ? » avais-je rétorqué.

L'agent avait dû se rendre compte qu'elle avait dépassé les bornes, parce qu'elle s'est confondue en excuses. Je lui ai assuré que c'était oublié – mais j'avais désormais l'avantage sur elle pour notre prochaine négociation. Honnêtement, je n'étais pas surprise que Ceren, en brillante opportuniste qu'elle était, ait décidé d'exploiter sa liaison avec mon frère pour accroître encore sa renommée.

Bien entendu, je n'ai rien dit à Adam.

« Je suis certaine qu'elle s'inquiète beaucoup pour toi, ai-je menti. Elle attend sans doute que les choses se tassent un peu pour venir te voir. Tu penses que tu pourras être libéré sous caution ?

— Sal y travaille. C'est tout ce que je sais. »

Sal Grech se concentrait surtout sur l'élaboration d'une négociation de plaidoyer visant à réduire la condamnation d'Adam en échange de son témoignage contre Tad et plusieurs autres grands seigneurs des obligations à rendement élevé. Tad avait été arrêté un jour après Adam, et son avocat s'était empressé de déclarer qu'il « ne laisserait pas son nom être souillé par un homme aussi corrompu qu'Adam Burns, le vrai coupable de tout ce dont on accuse mon client ».

« Ce sont des paroles en l'air, m'avait rassurée Grech. La SEC veut la tête de Tad Strickland sur un plateau, au point de négocier la peine de votre frère s'il accepte de leur dire tout ce qu'il sait. Il est d'accord, bien entendu, surtout depuis que je lui ai promis une condamnation de moins de huit ans dans une prison relativement correcte. Si tout se passe bien, il sera libéré pour bonne conduite d'ici quatre à cinq ans. »

Sal Grech était maintenant assis à côté de ma mère au premier rang. J'avais pris place de l'autre côté de l'allée centrale, non loin de mon frère encadré de ses deux cerbères. Ces gars-là étaient armés (impossible de ne pas remarquer la protubérance sous leurs vestes) et ne le quittaient pas du regard, bien décidés à ne lui laisser aucune chance de s'échapper – ce qu'il n'était pas assez bête pour tenter de faire. Dans l'église, les gens se contorsionnaient pour le regarder, lui, plutôt que le cercueil enveloppé d'un drapeau. Après tout, son visage s'étalait à la une des journaux depuis des jours. Il adressait un sourire et un signe de tête à tous ceux qui croisaient son regard. À ses yeux hantés et à ses cernes sombres, on reconnaissait sans peine un homme conscient que sa vie était en train de s'écrouler, et que les choses ne seraient plus jamais les mêmes.

Une garde d'honneur, composée de deux Marines, se tenait près du cercueil. Ainsi que l'avait découvert ma mère, c'était la procédure de l'US Marine Corps quand l'un de leurs vétérans quittait ce monde. Mon père aurait été heureux de les voir là. L'église, par ailleurs, était loin d'être vide. CC était venu avec une dizaine de mes collègues, Howie avait convié plusieurs amis communs, et les associés de ma mère étaient là également. Seuls brillaient par leur absence les collaborateurs de mon père, à l'exception d'une femme qui s'est présentée comme étant sa secrétaire.

« Le P-DG de l'entreprise m'a demandé de le représenter ici aujourd'hui. Nous avons envoyé des fleurs au cimetière. »

Il n'y avait personne de l'International Copper Company non plus, et ce n'était pas faute d'avoir mis un point d'honneur à téléphoner à son ancien supérieur pour l'informer que Brendan Burns, fondateur de la mine d'Iquique et employé émérite pendant plus de vingt ans, venait de nous quitter.

Je lui avais transmis la date et l'heure de la cérémonie, mais aucun de ses anciens collègues ne s'était donné la peine de venir. Ni d'envoyer des fleurs. Pas même un mot de condoléances.

Le prêtre a dit la messe, récité des prières pour le défunt tout en aspergeant le cercueil d'eau bénite, et résumé brièvement la vie de mon père, à partir des quelques pages que je lui avais transmises à cet effet. Il a parlé de son rôle pendant la guerre, de ses origines modestes à Brooklyn, de ses voyages internationaux et de la part importante de lui-même qu'il avait laissée au fond de sa mine, au Chili. De son amour envers sa femme et ses enfants. Et enfin, de sa propension à se laisser envahir par ses émotions, une habitude très irlando-américaine, qui l'avait vu rendre l'âme en défendant un de ses fils dont il était si fier.

Adam n'a rien fait pour dissimuler ses larmes durant ce passage – que le père Meehan avait répété mot pour mot à partir de mes notes. Le voyant secoué de sanglots, je me suis levée pour aller le prendre dans mes bras et lui rappeler qu'il n'était pas seul. Mais les deux agents fédéraux m'ont barré le passage. Ma mère était scandalisée.

« Quels cons », a-t-elle marmonné, suffisamment fort pour se faire entendre de la moitié de l'église.

Le prêtre, qui préparait la communion avec un enfant de chœur, a haussé les sourcils, et j'ai entendu le petit rire de Howie plusieurs rangs derrière moi.

« Ils ne l'ont pas volée, celle-là. »

Sur le chemin du cimetière, je me suis retrouvée seule dans la limousine avec ma mère, car les fédéraux avaient obligé Adam à faire le chemin avec eux dans leur voiture. Nous étions toutes les deux habillées en noir, mais ma mère avait décidé d'assortir sa tenue d'un petit chapeau qui lui donnait l'air de Lana Turner dans un mélodrame en noir et blanc des années cinquante. Sa tristesse avait cédé le pas à l'indignation.

« Mes contacts dans le milieu racontent que les enchères pour le livre de Peter ont commencé à cent mille dollars. Ce salaud va toucher une fortune. Tu ne sais toujours pas où il est ? »

J'ai secoué la tête.

« Tu as bien une idée, a-t-elle insisté.

— Non, maman.

— Au fait, merci pour tous tes appels, ces derniers jours.

— C'est toi qui m'as obligée à garder mes distances.

— Ne rejette pas la faute sur moi. Tu es trop susceptible, c'est tout.

— Le discours du prêtre était beau, non ?

— J'avais pensé que tu t'entêterais à lire un poème au-dessus de la bière.

— Les catholiques font rarement ce genre de chose.

— Tu aurais pu me téléphoner. »

Je l'ai regardée droit dans les yeux.

« Pas après ce que tu m'as dit.

— Ce sont des excuses que tu veux ?

— Je n'attends rien de ta part, maman. »

Elle a baissé ses yeux débordants de larmes.

« Tu auras peut-être des enfants, un jour… Et tu te rendras compte de l'ingratitude dont ils peuvent faire preuve à l'égard d'un parent qui a tout sacrifié pour eux. »

Le reste du trajet s'est déroulé en silence.

J'ai gardé mon calme pendant la seconde partie de la cérémonie. Davantage d'eau bénite, davantage de prières, ma mère et Adam en train de pleurer, et le prêtre qui nous rappelait la sinistre nature de notre temporalité – « car tu n'es que poussière, et tu retourneras à la poussière ». Avant la mise en terre, j'ai posé une main sur le bois tout simple du cercueil en souhaitant à mon père une paix éternelle. Adam a tressailli quand l'un des agents lui a tapoté l'épaule pour signifier qu'il était temps de repartir. Ma mère a murmuré quelque chose à Sal Grech, qui, à son tour, s'est approché des deux agents pour parvenir à une sorte d'arrangement. Puis il s'est retourné vers ma mère et moi.

« Vous pouvez l'embrasser une fois chacune. »

Ma mère a enveloppé Adam dans son étreinte et s'est remise à pleurer.

« Ça va aller, tu verras, tu vas t'en sortir, je t'aiderai... »

Adam répétait la même phrase encore et encore : « Je suis désolé, je suis désolé, je suis désolé. »

Au bout d'une minute, l'un des agents l'a forcé à se dégager. Puis ç'a été mon tour de le prendre dans mes bras.

« Tu vas survivre, ai-je dit.

— Janet refuse de venir me voir.

— Elle accouche dans quelques jours.

— Son avocat a envoyé un message à Sal hier. Ils vont faire tout leur possible pour me dépouiller – si le gouvernement ne s'en charge pas avant. Tout mon travail, tous les risques insensés que j'ai pris, et que je paie maintenant au prix fort... Tout ça n'aura servi à rien.

— Sal Grech saura limiter les dégâts. Et je ferai tout ce qui est en mon pouvoir pour t'aider à traverser cette épreuve.

— Pourquoi Peter a fait ça ? Pourquoi ?

— Exactement pour la même raison que toi : il a vu passer une occasion et il l'a saisie. »

Adam a de nouveau été escorté jusqu'à la voiture banalisée. Les fédéraux se sont obstinés à le menotter avant de le faire monter à l'arrière en lui baissant la tête, comme le font tous les flics au moment d'embarquer un criminel.

Ma mère a regardé s'éloigner leur voiture en secouant la tête. Puis elle s'est retournée vers moi.

« Tu n'as pas pleuré une seule fois, aujourd'hui. »

Pour toute réponse, j'ai tourné les talons et je me suis éloignée.

Howie a insisté pour m'emmener boire quelques cocktails dans un boui-boui entre Broadway et la 80e Rue, le Tap-a-Keg.

« J'ai encore deux amis qui sont morts ce week-end, m'a-t-il confié à la fin de son deuxième manhattan. Ça fait cent douze personnes que je connaissais qui ne sont plus de ce monde.

— Mais toi, tu es toujours là.

— Il paraît qu'il y aura bientôt un test pour savoir si on est atteint.

— Tu es toujours persuadé d'être condamné, pas vrai ? ai-je dit.

— Jusqu'à preuve du contraire…

— Pour l'instant, tu n'as présenté aucun symptôme jusqu'ici.

— Je n'arrête pas de penser à cet accident, il y a quelques mois. Ça pourrait très bien être déjà trop tard pour moi.

— Mais tu n'as rien fait d'imprudent, depuis ? »

Il a secoué la tête.

« Je n'ose pas te demander si tu as renvoyé un télégramme à Duncan.

— Alors ne le demande pas.

— Trop tard, tu viens de répondre à ma question.

— Je suis peut-être incapable de supporter l'idée du bonheur.

— Tu en as bien fait l'expérience, une fois.

— Quand on te l'arrache d'un coup, le bonheur devient comme l'Albanie : un pays aux frontières fermées.

— Je suis sûr qu'il y a tout un tas d'Albanais prêts à renverser leur régime totalitaire pour se libérer.

— Tu es en train de filer ma mauvaise métaphore, là ?

— Le malheur est totalitaire, parce qu'il nous contrôle. Mais c'est un dictateur qu'on choisit.

— Je n'ai pas choisi ce qui m'est arrivé à Dublin, ai-je objecté.

— Mais tu as choisi tout ce qui s'est passé depuis.

— Le malheur… l'emblème de la famille Burns.

— Jusqu'à ce qu'un de vous décide de briser le moule. »

J'ai regardé le fond de mon verre, accablée.

« Je ne sais pas si je pourrai être heureuse à nouveau.

— Réfléchis à une alternative. C'est ce que je fais depuis que tout le monde autour de moi s'est mis à mourir beaucoup trop jeune. »

J'ai repoussé ses tentatives de m'emmener dîner quelque part. Le manque de sommeil se faisait sentir. J'ai promis à Howie de le voir le lendemain – et de prendre un Valium pour m'endormir rapidement.

En rentrant chez moi, j'ai décidé de passer un appel téléphonique avant de céder à la fatigue. Il m'a fallu fouiller cinq cartons d'archives rangés sous mon lit pour retrouver le numéro, griffonné à l'intérieur de la couverture d'un carnet à spirale acheté chez Eason, sur O'Connell Street, et que j'avais emporté lors de mon unique séjour à Paris. Au moment de le composer, j'ai hésité un instant – était-ce vraiment une bonne idée ? Puis j'ai composé le code d'accès international, suivi de 33 pour la France, et le reste du numéro, à commencer par un 1 pour Paris. Dix-neuf heures huit à ma montre : une heure du matin dans la Ville lumière.

Le téléphone a sonné très longtemps. Puis un homme a décroché à la douzième sonnerie, d'une voix qui me donnait la quasi-certitude que je venais de le tirer d'un profond sommeil.

« *Hôtel Louisiane, oui* ?

— *Je veux parler avec* Peter Burns, ai-je dit dans mon français rudimentaire.

— *Qui* ?

— Peter Burns.

— Burns ? *B-U-R-N-S*.

— *Oui*.

— *Il descend ici* ?

— *Je crois*.

— *Attendez un moment*. »

Après un silence interminable, une tonalité d'appel a retenti. Cette fois, on a décroché à la deuxième sonnerie. Pas de doute, c'était la voix de mon frère aîné.

« Allô ?

— Tu es bien à Paris, alors. »

Il n'a pas répondu tout de suite.

« Qu'est-ce que tu veux ? a-t-il fini par lâcher.

— Tu ne vas pas me croire, mais je me fais du souci pour toi. Je voulais savoir où tu avais disparu.

— En effet, je ne te crois pas.

— C'est ton droit, ai-je dit.

— J'espère bien. »

Et il a raccroché.

450

Cet échange ne m'a en rien remonté le moral. Au moins, je disposais momentanément de la localisation géographique de mon frère (que je me garderais bien de divulguer à ma mère). Et je lui avais fait passer un message important : malgré tout ce qui s'était passé, et contre toute logique, j'étais là pour lui. Connaissant Peter, il faudrait des mois, peut-être des années, avant qu'il ne reprenne contact. Mais, le moment venu, je répondrais à son appel. De la même manière, quand ma mère se déciderait à abandonner son chagrin et sa rage pour regarder la vérité en face, elle reviendrait à moi. Et je serais là pour l'accueillir, et ferais mon possible pour ne montrer ni peine ni rancœur. Nous étions cinq, il y a peu. Aujourd'hui, il n'en restait que quatre, dont un sur le point de perdre sa liberté pour plusieurs années. J'avais passé ma vie à fuir mes problèmes familiaux sans jamais pouvoir m'en débarrasser. À présent, j'inaugurais une nouvelle approche : être là pour mes deux frères ennemis, et pour ma mère aux deux visages, l'un bienfaisant, l'autre destructeur. Jamais je ne les repousserais, du moins pas tant qu'ils ne commettraient pas l'impardonnable. En attendant, j'allais maîtriser cet art si indispensable dans le chaos propre aux familles, celui de ne pas s'accrocher quand tout devient trop sombre, trop difficile, impossible. L'art du lâcher prise.

J'ai ôté mes vêtements noirs et j'ai pris une longue douche brûlante avant de me mettre en survêtement et tee-shirt. J'ai décidé de me coucher et de lire pendant une heure pour voir si je pouvais éviter une nuit blanche sans prendre de cachets. En m'asseyant sur le lit, toute la peine refoulée depuis des jours et des jours

– la perte de mon père, l'immense gâchis qui l'avait précipitée, tous mes regrets, toutes mes erreurs – a enfin fait céder le barrage que j'avais édifié en moi. J'ai dû pleurer sans m'arrêter pendant dix bonnes minutes, jusqu'à ne plus avoir de larmes. Puis je suis allée remplir d'eau glacée le lavabo de la salle de bains, et j'y ai plongé la tête.

Ça m'a fait du bien. En me redressant, j'ai aperçu mon visage dans le miroir. Ce n'était pas une vision agréable, mais, au moins, j'avais enfin craqué. *Tu vois, maman, je n'ai pas un glaçon à la place du cœur...* À présent, le long deuil de mon père pouvait commencer.

J'ai résisté à la tentation de fumer une cigarette et d'ouvrir une bouteille de vin. J'avais déjà bu deux cocktails, ce qui était largement suffisant avant de dormir.

C'est à ce moment-là que l'interphone a sonné. J'ai regardé l'horloge. Vingt heures. *Tu abuses, Howie. Je t'ai dit que je ne voulais pas sortir ce soir.* J'avais envie de l'envoyer au diable pour pouvoir enfin passer une nuit correcte, mais je me sentais tellement redevable envers cet homme généreux, l'une de mes seules constantes dans ce monde perpétuellement instable. En pensant à Howie, je me suis dit que les amis, c'était le moyen que Dieu avait trouvé pour se faire pardonner d'avoir créé la famille.

J'ai appuyé sur le bouton de l'interphone.

« Si tu es prêt à me voir dans un état déplorable, vas-y, monte. »

Des pas ont retenti dans les trois volées de marches menant à mon repaire. On a frappé à la porte. J'ai ouvert.

Ce n'était pas Howie.

C'était un homme à la barbe de plusieurs semaines, au visage hâlé par le soleil, échevelé, l'air très las, avec un gros sac à dos posé sur le sol à ses pieds et une sacoche en cuir jetée sur l'épaule. Il me regardait en souriant.

« Quel état déplorable ? Tu es plus belle que jamais. »

Duncan.

L'émotion m'a prise à la gorge.

« Howie m'a envoyé un télégramme au Caire il y a quelques jours. J'ai essayé de rentrer à temps pour l'enterrement, mais le seul vol disponible partait ce matin et passait par Athènes…

— Je m'en fiche. Tu es là. »

Il a souri à nouveau.

« Je suis là. »

Il m'a pris la main.

« Je peux entrer ?

— Si tu ne repars pas tout de suite après, ai-je répondu en serrant ses doigts entre les miens.

— Je ne repartirai pas. »

Et, d'un geste, je lui ai fait franchir le seuil de mon existence.

Reagan a gagné l'élection de novembre, et pas de peu. Quarante-neuf États sur cinquante ont voté majoritairement pour lui. Les marchés ont décollé encore plus haut, l'immobilier à Manhattan a flambé. On lisait partout des articles à propos d'une nouvelle espèce métropolitaine : le yuppie (*young urban professional*), riche et dépensier. Le shopping est soudain devenu l'activité culturelle dominante et les journaux ont inauguré des rubriques gastronomiques pour vanter les mérites de nouveaux restaurants où il fallait se battre pour obtenir une table, et dont les menus se lisaient comme des œuvres de science-fiction (« Salade hydroponique accompagnée de sa crème fraîche à l'aneth »). D'anciens villages de pêcheurs nichés au cœur des Hamptons ont été pris pour cible par les ploutocrates. Les marques de luxe sont devenues une obsession. Brusquement, toutes les questions morales concernant la surconsommation étaient reléguées au rebut avec les échos de 1968. L'argent, depuis toujours un carburant essentiel au moteur de la vie américaine, nous avait dorénavant réduits en esclavage – même ceux d'entre nous qui fronçaient le nez face à ses excès.

Consciente que le livre de Ceren saurait résonner comme nul autre dans l'air du temps, j'avais avancé sa parution à la semaine des élections. Beaucoup de monde chez Fowles, Newman & Kaplan désapprouvait ce risque, mais j'avais le soutien de CC depuis la réunion éditoriale de mi-octobre, durant laquelle j'avais souligné qu'il était raisonnable d'espérer tirer un certain profit de la victoire imminente de Reagan et de l'*ethos* qu'il représentait, reflété à la perfection dans la sexualité moderne, stratégique et profondément transactionnelle décrite par Ceren.

Ceren, qui avait évidemment su exploiter à son avantage l'inculpation de son amant pour délit d'initié. En tandem avec son agent, elle avait tenu à obtenir mon feu vert d'abord. Certains journalistes (notamment dans le *New York Magazine*) ne s'étaient pas privés de mettre en cause mon professionnalisme, moi qui publiais un livre écrit par la maîtresse de mon frère criminel. Chaque fois, ils tiraient un parallèle avec Peter et son exploitation de la débâcle familiale au profit de son ascension littéraire.

J'ai fait le choix stratégique de donner une seule et unique interview au *Wall Street Journal* (que le service de presse de notre maison d'édition s'est employé à diffuser aussi largement que possible) pour déclarer que, même si Ceren m'avait effectivement été présentée par Adam, ma décision de la publier n'avait été influencée en rien par leur relation. D'ailleurs, ai-je judicieusement fait remarquer, si son livre n'avait eu ni potentiel commercial ni qualité d'écriture, il n'aurait pas déjà atteint la cinquième place sur la liste des best-sellers, et ne s'approcherait pas jour après jour des cent mille exemplaires vendus en grand format.

Quand l'interview a dérivé sur Peter et son nouveau contrat éditorial (dont la valeur dépassait le quart de million de dollars), j'ai éludé les questions en affirmant que je n'étais pas en contact avec mon frère – la stricte vérité. Par respect pour ma famille en deuil, je n'avais rien de plus à déclarer sur les événements qui avaient suivi son passage à la télévision et la parution de son article. Ma mère m'a fait parvenir une carte quelques jours plus tard, avec ce bref message :

Tu as bien fait, pour le Wall Street Journal. *Exactement ce qu'il fallait dire, et de la bonne manière.*

C'était tout. Même pas un simple « Maman ». Cela dit, venant de Brenda Burns, le compliment était immense. J'ai envoyé ma réponse par le même procédé.

Contente que tu approuves. Bises, Alice.

J'espérais qu'elle comprendrait le sous-entendu caché derrière ma signature : je souhaitais rester en contact avec elle, mais je ne me laisserais plus impressionner.

CC aussi était satisfait de la façon dont j'avais géré les médisances de la presse.

« Tu as vraiment du talent pour t'exprimer sur un sujet sans trop en dire. Enfin, ta discrétion est assez légendaire dans cette maison. Et j'espère que tu ne t'offusqueras pas si je te pose la question : ta légèreté et ta bonne humeur ces derniers temps seraient-elles dues à un nouvel homme dans ta vie ? »

Je l'ai gratifié d'un sourire réservé.

« Peut-être.

— Je ne t'en demanderai pas plus, tu n'as rien à craindre. Mais je suis content pour toi, Alice. Tu as bien mérité un peu de bonheur après tout ce qui t'est tombé dessus ces derniers temps. »

Sal Grech a tenu ses promesses, en faisant transférer Adam dans une prison de sécurité minimale le lendemain de l'enterrement de notre père. Il me téléphonait régulièrement pour me tenir au courant de l'avancée des négociations. Sa stratégie consistait en fait à ne pas demander de liberté sous caution, ce qui permettrait à Adam de commencer le plus tôt possible à collaborer avec les fédéraux et la SEC pour coincer Tad.

« Adam a accepté de leur dire tout ce qu'il savait. C'était la meilleure décision à prendre. Il va plaider coupable, et on est déjà parvenus à un arrangement avec le cabinet du procureur : huit ans de prison, une amende de huit millions…

— Tant que ça ?

— Il lui en restera à peu près trois. Je m'occupe aussi de son divorce : Janet va obtenir deux millions en plus du produit de la vente de la maison. Avec ça, elle pourra vivre confortablement avec les enfants, quelque part près de Rye ou de Byram, si j'ai bien compris. Il n'y aura pas de pension alimentaire, mais Adam est déterminé à contribuer autant qu'il le pourra à l'éducation et au bien-être de ses enfants dès qu'il sera libéré. Bref, avec ce qu'il doit à Janet, et les frais juridiques, il devrait lui rester environ six cent mille dollars quand il sortira, dans cinq ans, grand maximum. Ce n'est pas une fortune, mais suffisant pour repartir du bon pied. Et, étant donné les sommes exigées d'habitude par le tribunal et les ex-femmes en colère, surtout quand on sait que la peine moyenne pour délit d'initié est de quinze ans, je trouve qu'Adam s'en sort bien. D'ailleurs, c'est lui qui m'a demandé de vous faire part des termes des accords passés avec le procureur et avec son épouse.

— Nous vous devons énormément, monsieur Grech.

— C'est mon travail. »

J'ai pris l'habitude de rendre visite à Adam chaque semaine dans sa cellule du centre correctionnel d'Otisville. En dépit de son soulagement au regard de la relative légèreté de sa peine et à la perspective de ne pas se retrouver complètement dépouillé une fois libre, je me faisais du souci pour lui. Clairement dépressif, il mangeait beaucoup trop, ne faisait pas le moindre exercice et ne s'intéressait plus à rien. Je lui apportais des livres, des magazines et toute la nourriture qu'il me demandait : M&M's, bœuf séché, chips tortillas… Quand il a commencé à se plaindre de ne pas trouver le sommeil, de n'avoir plus goût à rien, et de la tristesse et de la honte qui l'accablaient, je l'ai exhorté à aller parler au psychologue de la prison. Mais il n'y en avait pas, seulement un psychiatre qui donnait des consultations toutes les deux semaines. Sans doute parce que c'était une prison de basse sécurité, les autorités correctionnelles ne prêtaient pas beaucoup attention à la santé mentale de leurs détenus. C'est là qu'est intervenu l'évangéliste de service, le bien nommé père Willie. Il avait pris contact avec Adam à la fin de sa première semaine de détention. Le temps qu'arrive l'élection présidentielle, mon frère s'était plongé dans la religion comme un assoiffé dans un ruisseau. Mais quand je lui ai rendu visite ce jeudi-là, déprimée à l'idée qu'un acteur de série B allait rester à la Maison Blanche pour quatre années supplémentaire (sans compter qu'il avait déjà opéré presque autant de changements dans le pays que Franklin D. Roosevelt à son époque), je ne m'attendais pas à entendre Adam déclarer :

« Le père Willie dit qu'on ne s'excuse jamais assez pour ses péchés ; que la seule manière de se racheter, c'est de marcher à nouveau sur le droit chemin en expiant les fautes passées. »

Après avoir tourné autour du pot un bon moment, il a annoncé qu'il voulait me raconter quelque chose.

« Franchement, je ne sais pas si j'ai envie de l'entendre.

— Mais il faut que ça sorte.

— Pourquoi maintenant ?

— J'ai besoin de partager ça avec toi.

— Arrête-moi si je me trompe, mais j'ai l'impression que le père Willie n'est pas étranger à ce soudain "besoin de partage"…

— C'est vrai. D'après lui, tant que je n'aurai pas avoué cette transgression…

— C'est sacrément fort, comme mot, "transgression".

— Tu veux bien m'écouter, s'il te plaît ? »

Je me suis calée dans ma chaise, surprise par la véhémence de son ton. Voyant qu'il recommençait à s'agiter, je lui ai tendu le paquet d'Oreo : il en a avalé deux presque sans mâcher, puis, calmé par cette dose de sucre, a fermé les yeux un moment comme pour prier. Enfin, il m'a regardée en face.

« Tu te souviens de mon accident de voiture ? »

Une fois lancé, il n'y avait plus eu moyen de l'arrêter. J'ai tout découvert de cette soirée de 1970 : après un match de hockey, il était allé boire dans une fraternité de Dartmouth. Son coéquipier, Fairfax Hackley, seul Afro-Américain de l'équipe, qui n'avait jamais bu d'alcool, avait proposé de conduire au retour, mais Adam avait insisté pour prendre le volant, et avait percuté de plein fouet un combi Volkswagen sur la route, tuant sur le coup un couple de hippies et leur petite fille. Assommé par l'impact, il avait repris conscience pour découvrir Fairfax mort sur le siège passager, la nuque brisée – à cette époque, personne ne mettait jamais sa ceinture de sécurité. Adam avait traîné le corps de Fairfax derrière le volant, puis avait ouvert à la volée la portière passager pour faire croire qu'il avait été expulsé de la voiture lors de la collision, avant de s'effondrer dans la neige à l'extérieur. Les autorités n'avaient pas tardé à arriver sur les lieux, et certains policiers n'avaient pas été dupes de la mise en scène ; mais, sans preuves formelles, à quoi bon pointer mon frère du doigt, alors qu'il y avait un coupable tout désigné, noir de surcroît ? Mon père était arrivé avec un avocat, de l'argent avait changé de mains, une version officielle avait été mise en place, et Adam s'en était sorti avec quelques côtes cassées – alors qu'il venait de commettre un quadruple homicide.

Pendant qu'il parlait, je pensais au sens de ces aveux. N'était-ce pas un excellent moyen de se décharger d'une partie de sa culpabilité en me forçant à la partager ?

Mais quand il m'a dit que le père Willie l'encourageait à se confesser aux autorités, mon sang n'a fait qu'un tour.

« N'écoute pas ce foutu missionnaire quand il te dit d'avouer tes fautes, si tu ne veux pas qu'on rouvre le dossier et qu'on te colle un nouveau procès sur le dos. Sauf que, cette fois, non seulement tu seras accusé d'homicide involontaire et d'obstruction à la justice, mais la famille de Fairfax lancera une procédure civile qui te fera regretter de n'être pas mort dans l'accident, toi aussi. Tu penses que le père Willie saura se taire ?

— Il dit toujours que nos entretiens sont confidentiels. Qu'il est le gardien d'"éternelles révélations". »

Et j'aurais parié que, comme tant d'autres personnes excessivement pieuses, il avait sa part de lourds secrets.

« Tes révélations sont sérieusement *temporelles*, figure-toi. Si ça s'ébruite, tu pourrais très bien ne jamais sortir de prison. C'est pourquoi je vais tout de suite oublier ce que tu viens de me dire.

— J'ai l'impression d'entendre papa.

— Je n'ai rien à voir avec lui.

— Alors pourquoi tu nous imposes le silence, toi aussi ?

— Parce que, malheureusement, on est de la même famille. Et, donc, je vais bien devoir trouver un moyen de vivre avec tout ça.

— Il y a quelques secondes, tu disais que tu allais tout oublier.

— Ce serait bien trop facile. Je ne pourrai jamais me débarrasser de ce souvenir, mais je n'en reparlerai pas. Sous aucun prétexte. Et toi non plus, tu ne diras rien à personne si tu veux un jour quitter ces murs. Je regrette tellement d'être restée là à t'écouter.

— Il fallait que tu le saches. Parce que c'est ce que je suis. Ce que nous sommes. »

Adam a levé les yeux vers les dalles fissurées du plafond, le tube de néon blafard, puis, soudain, il m'a fixée avec une lueur nouvelle dans le regard, celle du sniper qui vient de mettre sa cible en joue.

« Maintenant, tu es impliquée. »

Et je l'étais bel et bien. Dans le train qui me ramenait en ville, encore désorientée par ce que je venais d'apprendre et tout ce qui en découlait, il m'est apparu que je ne pourrais jamais répéter cette histoire – ni à ma mère, ni à Peter (surtout pas), ni à Howie… Car, même si je lui faisais entièrement confiance, un secret partagé n'en est plus un. Pourtant, quand mon train s'est arrêté à Grand Central Station et tandis que je prenais le métro à Lexington Avenue, je commençais déjà à douter. Le silence était-il vraiment la seule option ?

461

Je suis descendue à Astor Place, et j'ai longé deux blocs vers l'est jusqu'à un vénérable immeuble des années vingt au croisement de la Deuxième Avenue et de la 11ᵉ Rue, où Duncan venait tout juste d'emménager. Son appartement était au onzième étage.

Pendant ses pérégrinations en Afrique du Nord, l'un de ses vieux amis, enseignant à NYU, avait obtenu une chaire de maître de conférences à l'université du Wisconsin et Duncan avait récupéré son trois-pièces à loyer modéré, avec une vue plein est sur Alphabet City. Une semaine après son retour, il m'avait tendu un double de ses clés en déclarant que j'y serais doré-navant chez moi. Et j'avais fait de même avec mon petit appartement.

Ainsi avait commencé notre vie commune. Nous étions convenus que chacun conserverait un espace à lui pendant l'année à venir, histoire de nous laisser le temps d'apprendre à se faire à la présence de l'autre. En l'occurrence, nous passions pratiquement toutes nos nuits ensemble. Pour tout dire, dès que nous arrivions dans l'appartement de l'un ou de l'autre, nous nous retrouvions presque aussitôt au lit.

« Tu crois que tes parents ont été comme nous, un jour ? ai-je demandé ce soir-là, blottie entre ses bras, alors que nous partagions une bouteille de bière St Pauli Girl dénichée dans son frigo.

— Il y avait sûrement de la passion, au début. Mais quand les choses ont dégénéré, ç'a dû être terrible. J'ai l'impression qu'ils ne se sont pas touchés depuis des lustres. C'est pour ça que mon père, comme le tien, a cherché du réconfort dans les bras d'une autre femme, mais sans jamais trouver le courage de quitter ma mère.

— Je ne veux pas qu'on finisse comme eux. »

J'ai immédiatement regretté ma phrase. Mais Duncan a souri.

« Ne t'en fais pas, on ne sera jamais comme eux.

— Désolée, je me fais trop de souci.

— Entre ta famille et la mienne, honnêtement, il y a de quoi. Mais on dépassera tout ça.

— J'espère.

— J'en suis certain.

— Alors, pas de secrets. »

Il s'est penché pour m'embrasser.

« Il y aura toujours des secrets. C'est dans la nature humaine de cacher des choses – aux autres, et surtout à soi-même.

— Pas de graves secrets, dans ce cas.

— Ça me paraît raisonnable. Je n'en ai aucun. Pas d'ex-femme, pas d'enfant caché avec une veuve mormone, pas d'addiction à la pornographie ni aux combats de coqs… À ton tour. »

J'ai pris une longue gorgée de bière.

« Mon frère vient de m'avouer qu'il a tué quatre personnes dans un accident de voiture un soir qu'il avait bu, qu'il avait rejeté la faute sur son ami, mort sur le siège passager, et que mon père l'avait aidé à maquiller la vérité. »

Duncan a ouvert de grands yeux.

« C'est une sacrée révélation. Pourquoi tu as attendu tout ce temps pour me le dire ?

— Je voulais qu'on fasse l'amour avant. »

Je lui ai répété tout ce qu'Adam m'avait révélé, y compris sa dernière phrase : « Maintenant, tu es impliquée. »

« Avant de repartir, je lui ai fait promettre de n'en parler à personne d'autre avant qu'on en rediscute ensemble.

— À mon avis, ce serait une bonne idée d'appeler Sal Grech. S'il y a une personne que ton frère écoutera, c'est bien lui. Et je suis sûr qu'il trouvera un moyen de clouer le bec à ce fichu père Machin.

— C'est une idée de génie, tu veux dire.

— Merci bien. »

Sal m'avait donné le numéro de téléphone de son domicile – « En cas d'urgence, appelez Sal à toute heure », avait-il déclaré avec sa manie caractéristique de parler de lui à la troisième personne. C'était effectivement un cas d'urgence. J'ai composé le numéro sur le téléphone de la table de chevet. L'indicatif correspondait à Manhattan, mais je n'avais pas la moindre idée d'où Sal habitait. Park Avenue ? Central Park Ouest, dans l'un de ces immeubles tape-à-l'œil et princiers ? Sûrement pas dans un taudis de l'East Village, avec vue sur les junkies de Tompkins Square Park ni dans mon quartier où les prostituées arpentaient le trottoir chaque soir en attendant que des clients les abordent. New York avait beau exsuder le néocapitalisme des temps modernes, la ville restait crasseuse et débridée, loin des idéaux d'hygiène et de sécurité des yuppies – et j'espérais de tout cœur que la gentrification galopante de ces dernières années serait stoppée net par quelque krach boursier. New York ne serait plus New York sans son côté sordide.

C'est la domestique de Sal qui a décroché. Je lui ai expliqué que j'étais la sœur d'un client et que c'était important. Elle m'a demandé de patienter pendant qu'elle allait le chercher.

« C'est une question de vie ou de mort, Alice ? a-t-il demandé d'emblée.

— Adam m'a révélé des choses graves aujourd'hui en prison, et j'ai très peur des conséquences sur son…

— Je vous arrête tout de suite. On n'aborde jamais de sujets graves au téléphone. Vous pouvez me retrouver au bar de l'hôtel Carlyle dans une heure ?

— J'y serai sans faute. »

Duncan a proposé de dîner ensuite au Sweet Basil, où la grande pianiste de jazz Marian McPartland jouait justement ce soir. J'ai pris une douche éclair, j'ai remis ma tenue de bureau (on ne s'habille pas n'importe comment pour rejoindre Salvatore Grech au bar du Carlyle), et j'ai couru à Astor Place pour attraper le métro. Grech était très à cheval sur la ponctualité, et je savais qu'il interrompait sa soirée pour moi ; il n'était donc pas question que je sois en retard. En marchant aussi vite que possible depuis la station de la 77e Rue, je suis arrivée à l'hôtel à l'heure pile. Grech m'attendait à une table discrète dans un coin, vêtu comme toujours d'un costume trois-pièces sur mesure. Il s'est levé en me voyant approcher, et a attendu que je me sois assise pour m'imiter. Nous avons commandé à boire. Sal a abordé la discussion sur une note heureuse.

« Vous avez entendu la bonne nouvelle de notre ami Howard ?

— Le test, vous voulez dire ?

— Oui. »

Un chercheur de l'école de médecine de Johns Hopkins, à Baltimore, travaillait à la mise au point d'un test pour détecter le VIH, et Howie avait été l'un des premiers volontaires à le passer, deux semaines plus tôt – grâce à l'intervention de Sal Grech, qui avait fait jouer ses relations considérables pour le placer en tête de liste. Howie avait subi deux prises de sang, et les deux tests étaient revenus négatifs, à six jours d'intervalle. Quand il m'avait annoncé la nouvelle, j'avais eu envie de sauter sur place, mais je m'étais contentée de l'étreindre de toutes mes forces.

« Continue à faire attention, avais-je murmuré. J'ai envie de vieillir à tes côtés, moi.

— Sal m'a dit plus ou moins la même chose. Je lui dois une fière chandelle. Ce type peut vraiment régler n'importe quel problème… à part la mort. »

C'est pourquoi, au bar du Carlyle, j'ai remercié chaleureusement l'avocat pour ce qu'il avait fait.

« C'était incroyablement généreux de votre part de lui obtenir ça.

— Howie est quelqu'un en qui j'ai toute confiance, quelqu'un qui ne songerait jamais à trahir ses amis. Les hommes de sa trempe sont rares. Mais passons à autre chose. Je vous écoute. »

Je me suis lancée dans le récit de mon entrevue avec Adam. Grech m'a interrompue une fois, en levant un doigt pour me faire taire au moment où le serveur nous apportait nos boissons. Puis, quand j'ai eu tout dit, il m'a posé une question cruciale : qui était au courant, à part moi et son confesseur ? Selon lui, le père Willie n'était pas un problème, et il n'aurait aucun mal à lui faire oublier définitivement cette histoire. Quant à Adam, il lui rendrait visite dès le lendemain pour lui faire rentrer dans la tête que ce secret ne devait jamais, sous aucun prétexte, repasser la barrière de ses lèvres.

« Au sujet de votre petit ami…

— Je lui fais entièrement confiance.

— Dans ce cas, je suis rassuré. Parfois, la politique de transparence dans les couples peut avoir des conséquences désastreuses.

— C'est lui qui m'a suggéré de vous en parler.

— Bon, c'est un garçon raisonnable au moins. Mais je vais vous donner un conseil simple. Je suis sûr que vous le connaissez déjà, mais il vaut la peine d'être rappelé : tout le monde dissimule quelque chose. Tout le monde ment, à sa manière. Tout le monde a des secrets. La transparence est un mythe, un conte de fées. Surtout dans un couple, et à plus forte raison encore dans une famille. Personne ne dit jamais l'entière vérité, parce que personne ne le peut, et qu'il ne faut pas le faire. L'immense majorité d'entre nous en est encore à résoudre l'infini mystère de sa propre personnalité. »

Il a levé son verre de gin martini pour trinquer avec moi.

« Vous avez bien fait de vous en remettre à moi. Votre instinct vous a bien guidée. Gardez-le affûté. Vous allez en avoir besoin, aussi longtemps que vous vivrez. Et, à l'avenir, gardez ceci en tête : si vous voulez garder un secret, commencez par l'oublier vous-même. »

Les nuits sont froides dans le désert. Une découverte intrigante. Tout comme la vision d'un tapis de neige étalé sur le sable rouge sang.

Il faisait en dessous de zéro au Grand Canyon, et le voile blanc d'une tempête de neige nous avait coincés pour la nuit dans un motel sur la route de Flagstaff. Dans la chambre voisine, un couple éméché s'est livré à une querelle violente, suivie d'ébats aussi rapides que sonores, ponctués d'éructations post-coïtales.

« Le plaisir inégalé des murs fins comme des hosties, a commenté Duncan. Et tout de suite, la délicieuse chanson de Rodgers et Hart, *Isn't It Romantic*.

— Moins fort. S'ils t'entendent, ils vont se croire épiés par un New-Yorkais snob.

— Un New-Yorkais snob ? Moi ? Sans vouloir te vexer, c'est une tautologie. Quoi qu'il en soit, j'ai assez entendu leur version néandertalienne de la sensualité. Ils ont bien mérité une dose de savant palabre métropolitain.

— J'aime ton savant palabre, ai-je dit en me penchant pour l'embrasser. Merci de m'avoir enfin traînée dans l'Ouest sauvage.

— C'est inclus dans le service. »

Il m'a rendu mon baiser.

Ce voyage dans l'Arizona était mon cadeau de Noël. Duncan m'avait persuadée de prendre dix jours de congé afin de voir par moi-même si ce coin du pays méritait son aura mythique. Après un vol jusqu'à Las Vegas – ville délicieusement absurde où nous avions passé deux nuits sur le Strip, à nous enivrer de faux-semblants, de néons multicolores et de mauvais goût –, nous étions partis vers le sud dans une voiture de location, sur la route sinueuse menant à l'emblématique Grand Canyon. Dès le premier regard, ce monument a renforcé en moi l'évidence d'une vision darwinienne du temps, tout en me rappelant l'existence d'une période nommée préhistoire, bien avant que les premiers de nos semblables n'aient émergé de leurs cavernes. Ainsi l'immense majorité des aspirations et des efforts de l'humanité semble s'évanouir sans laisser de traces sitôt que nous, et ceux qui nous accompagnent, cessons d'être.

Sous mes yeux, cette gigantesque crevasse métaphysique fendait la terre jusqu'à l'horizon. Je n'ai pas pu m'empêcher de penser à mon père, maintenant membre de cette infinie communauté des âmes disparues. À tout ce qu'il avait désiré sans jamais l'obtenir. Tout ce contre quoi il s'était battu. Tous les secrets accumulés, toutes les peines inutiles. Il n'en restait rien. Mon père appartenait désormais à un passé aussi vaste que ce canyon, un lieu où nous devons tous nous rendre, auquel nul sur cette planète n'a jamais échappé. Chacun de nous est éphémère, et c'est ce qui permet à la vie d'être en même temps grotesque et infiniment précieuse. Tous, nous allons droit vers l'inconnu, et nous passons la majeure partie du trajet à perdre bêtement le peu de temps qui nous est alloué en nous fourrant dans des situations, des obligations dont nous ne voulons pas, en esquivant la possibilité de réaliser nos rêves. En restant immobiles au lieu d'avancer. En nous privant nous-mêmes de tant de choses.

Comme s'il lisait dans mes pensées, Duncan m'a demandé :

« Tu es assaillie de questions existentielles ? Émue face à une beauté si nue et primitive ?

— Quelque chose dans le genre. Mais aussi émerveillée de votre adresse avec les jolis mots, monsieur Kendall.

— Ça me sert à dissimuler mon angoisse. Derrière toute mon assurance, je me sens perdu et ravagé. »

J'ai passé un bras autour de lui.

« Te voilà retrouvé. »

Le lendemain matin, après un départ difficile dans les rues gelées de Flagstaff, nous avons repris la direction du sud à travers un terrain alpin vertigineux. Puis le ciel a refait son apparition, sa splendeur plus grande encore : devant nous s'étalait un désert rouge de rocaille volcanique, de cimes déchiquetées, jusqu'aux confins de nulle part.

« On s'arrête ? » a proposé Duncan.

Il a coupé le moteur et nous sommes sortis sur le bitume craquelé, la gorge desséchée par l'air ambiant. Nous avons marché jusqu'à sentir le sable rouge crisser sous nos chaussures, sans rien dire, dans un silence immense et caverneux.

« Imagine ce que les premiers colons ont dû ressentir en découvrant ce spectacle, a fini par dire Duncan.

— Ils n'avaient aucune idée de ce qui les attendait.

— C'était comme atteindre le bout du monde… Ou son commencement.

— L'espace grand ouvert, ai-je dit. C'est comme ça qu'ils l'ont appelé. D'infinies possibilités, toutes présentes dans ce vaste désert. Autrement dit, l'avenir.

— Qu'est-ce qu'on possède, sinon l'avenir ? » a demandé Duncan en me prenant la main.

J'ai eu envie de répondre bien des choses, sur le passé, le présent, le futur. Mais une pensée ressortait plus que les autres : on ne peut jamais vraiment prévoir l'avenir ni savoir ce qui nous attend. On peut échafauder des projets, entretenir des espoirs. Mais la symphonie du hasard égrène toujours ses notes, et ses variations incessantes nous rappellent que tout ce que la vie a d'intéressant, de bon, de merveilleux, sera toujours contrebalancé par le mauvais, le tragique, l'effroyable. C'est le prix à payer pour ce cadeau extraordinaire, ce cadeau fou qui nous est fait : l'absence de certitudes… Sinon celle, absolue, que notre présence dans cet espace grand ouvert touchera un jour à sa fin.

Mais pour ceux d'entre nous qui sont toujours là, sur le chemin, que dire de ce qui les attend ? Quels mots suffiraient à résumer ce qui s'étend devant nous ?

À suivre…

« Avec *Cet instant-là*, Douglas Kennedy franchit encore une marche vers l'Olympe des romanciers. »

François Busnel,
L'Express

Douglas KENNEDY
CET INSTANT-LÀ

Écrivain new-yorkais, Thomas Neesbitt reçoit à quelques jours d'intervalle deux courriers qui le replongent dans son passé : les papiers de son divorce après vingt ans de mariage, puis le journal de son premier amour.

1984. Parti à Berlin pour écrire, Thomas travaille pour Radio Liberty. Il rencontre Petra, traductrice. Entre eux, naît une passion dévorante. Peu à peu, Petra lui confie son histoire et le récit de son passage à l'Ouest. Thomas est bouleversé. Rien désormais ne semble pouvoir séparer les deux amants...

« *Sous ses airs nonchalants, [Kennedy] dissimule une diabolique machine à écrire, à attraper le lecteur pour ne plus le lâcher.* »

Arnould de Liedekerke
Le Figaro Magazine

Douglas KENNEDY
LA POURSUITE
DU BONHEUR

Greenwich Village, au lendemain de la guerre. Un premier Thanksgiving sous le signe de la paix. Ce soir-là, Jack Malone liera à jamais son destin à celui de Sara. Malgré l'ombre grandissante du McCarthysme, la mort, l'Amérique, Jack et Sara se battront, jusqu'au bout, pour leur droit au bonheur...

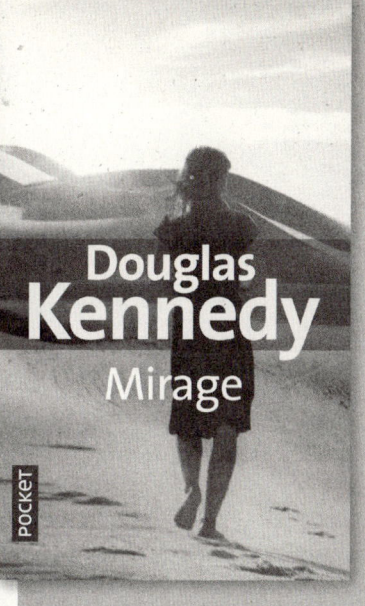

« Douglas Kennedy excelle lorsqu'il s'agit de plonger ses personnages dans un engrenage que nul ne contrôle. »

L'Express

Douglas KENNEDY
MIRAGE

Rien ne les prédisposait l'un à l'autre. Elle : expert-comptable, raisonnable, pragmatique. Lui : artiste, insouciant, fantasque. Pourtant Robyn aime Paul, inconsidérément. Et inversement. Il ne leur manque qu'un enfant pour parfaire leur bonheur. Un enfant que des vacances paradisiaques à Essaouira, pense-t-elle, sauront enfin engendrer. C'est alors qu'une nouvelle tombe, un secret révélé, si lourd qu'il dévaste tout. Et Paul disparaît dans les sables marocains... Entre secrets et mirages, Robyn traversera tous les déserts...

Composition et mise en pages
Nord Compo à Villeneuve-d'Ascq

Imprimé en France par

Maury Imprimeur
à Malesherbes (Loiret)
en février 2019

Visitez le plus grand musée de l'imprimerie d'Europe

ami atelier-musée
de l'imprimerie
Malesherbes-France

N° d'impression : 234450
S29158/01